T0277876

LOS ECOS DEL SILENCIO

LOS ECOS DEL SILENCIO

BRIDGET COLLINS

Traducción de Eva González

Q Plata

Argentina – Chile – Colombia – España
Estados Unidos – México – Perú – Uruguay

PARTE I

A noche las oí de nuevo. Hacen tan poquito ruido que no comprendo cómo este puede propagarse por los pasillos de esta casa. Pero lo hace. Me es difícil dormir, embarazada e hinchada como estoy, y cuando lo oigo, ya no consigo sacármelo de la cabeza. Por eso, cuando ese susurro sedoso me invocó, me levanté para responder a su llamada. Me puse la bata, porque las desganadas noches de verano inglesas apenas consiguen calentarme la piel, bajé la escalera descalza y atravesé los oscuros pasillos hasta que llegué al invernadero. La luna estaba llena, resplandeciente entre la hojarasca de los olivos y de los limoneros, destellando a través del fragante enebro. De no haber sido por las paredes y las ventanas, me habría creído transportada... Y me descubrí pensando: *Mi hogar*. Pero aquella isla mediterránea no era mi hogar; nunca lo fue, por mucho que yo lo ansiara, por mucho que anhelara perderme para siempre en la sombra de los bosques perennes a mediodía. Entonces debería haber recordado que soy inglesa, cristiana, forastera y de piel clara y, sobre todo, que soy la esposa de James. Si me hubiera aferrado a esos hechos innegables (si hubiera mantenido la fe), entonces... Pero ya está hecho, es agua pasada, y no sirve de nada pensar en ello.

Me detuve en el umbral, tiritando, descalza, mirando el destello de los reflejos en el extremo opuesto de la habitación, donde la vegetación casi escondía las urnas de cristal. La luz de la luna y las sombras eran tan engañosas que solo podía ver mi propio rostro pálido mirándome a través de las hojas, mis hombros delgados y mi cuello huesudo sobre la desconcertante protuberancia de mis pechos y de mi vientre. No distinguí el contenido del vivero más cercano hasta que di un paso adelante, hacia una franja de oscuridad, y eso borró mi reflejo: ramas secas sobre piedras muertas, agujas de pino dispersas, escabrosos hatos que colgaban como frutos con patas de las telarañas que se extendían de un lado al otro. Olía a podredumbre. El sonido que me había despertado se hizo más fuerte... ¿o no? Quizá fuera una ilusión, quizá sea siempre una ilusión... y parecía arremolinarse en la habitación, viniendo desde nuevas direcciones o desde todas a la vez. No es ni una canción ni un susurro, ni una llamada ni un crujido ni una orden; y aun así es todo eso a la vez. Me arrebató el aliento e hizo bullir mis entrañas. Descubrí que mis piernas me llevaban hacia la urna, hasta detenerme a apenas un palmo de distancia del cristal.

Algo se movió en el interior del terrario. Al principio fue apenas perceptible, un pequeño temblor en la tela de araña, un destello de luz de luna demasiado breve para posar la mirada en él. Después, con su peculiar rapidez, la araña se detuvo ante mí. Le brillaba el abdomen como un mineral pulido; sus patas precisas tenían llamativas motas rojas en las articulaciones. Me alegré de que hubiera un cristal entre nosotras. Pero, mientras la miraba fijamente, empecé a ser consciente de otros movimientos, a cada lado, hasta que por fin levanté la mirada y vi que una araña había aparecido en cada urna, saliendo de sus rincones o grietas, avanzando hacia el denso corazón de su tela. Debieron ser mis pasos por el suelo, o alguna otra variación en la vibración, la temperatura o la humedad... De hecho, ¡seamos racionales!, gritaría James. Pero, para mi mente insomne, aquello poseía la deliberada improbabilidad de una pesadilla. Notaba hostilidad, un reproche en cada ojo... y había muchos. Muchos ojos, y todos clavados en mí.

Dije: Perdonadme, aunque no en voz alta.

Dije: Yo no quería traeros aquí.

Dije: ¿Tenéis hambre? Os traeré más comida. Os la traeré viva. Y lo dije en serio, a pesar del nudo que se me hizo en la garganta al recordar el largo viaje por mar y las miradas que me echaban los marineros cuando les rogaba que me dieran alguna rata viva, a cualquier precio. No había creído que pudiera ser tan feroz, una criatura tan desprovista de ternura femenina; no me había imaginado capaz de sacrificar mis sentimientos tan completamente. Entonces descubrí con sorpresa que el pánico de una rata es muy parecido al de un hombre; y, aun así, cuando fue necesario que me encorvara sobre la tapa abierta de una urna de cristal y lanzara a una muerte segura a una víctima que se retorcía, chillaba, arañaba y mordía, lo hice sin vacilación. Vi en la expresión de James en qué me había convertido.

Él había dicho que lo aprobaba, que había sido él quien me había ordenado que mantuviera vivas a las arañas, que eso era lo menos que podía hacer para redimirme... pero su expresión lo traicionaba. Nunca me lo dijo, pero creo que miraba a las ratas, atrapadas en los sacos de seda donde esperaban a que las exprimieran, y se preguntaba si, en otras circunstancias, estaría dispuesta a cometer crímenes mayores.

Pregunté: ¿Qué puedo hacer?

El rugido creció en mis oídos. Era como el sonido de las olas contra la costa, la noche de nuestra partida. Sé muy bien (sí, ¡seamos racionales!) que no son las arañas las que hacen ese ruido, sino su seda... y que tampoco es exactamente la seda, que el sonido es un simple reflejo, no más innato a la seda que los colores iridiscentes que destilan los élitros de un escarabajo. Pero eso no me protegió de la escalofriante impresión de que las arañas también recordaban esa noche, la noche en la que abandonamos Kratos... de que podían leer mis pensamientos y, con furioso reproche, estaban imitando deliberadamente el ronco romper de las olas en la arena.

Después de lo que ocurrió, me he sentido demasiado enferma para escribirlo aquí, pero quizá lo haga ahora. Todo lo que recuerdo, al menos... Recuerdo una cama revuelta que se convirtió en las duras tablas de un bote, recuerdo la inmensa náusea que me apresó cuando levanté la cabeza, que me hizo vomitar sin poder evitarlo en algo que solo comenzaba a comprender que era el mar. Y recuerdo las tenues siluetas de piedra sobre el agua, mientras avanzábamos a lo largo de la costa, y a James sentado rígidamente frente a mí, un borrón blanquecino que se resolvió despacio en su rostro, doble y tembloroso, con una sonrisa que todavía no comprendía. A su espalda, una figura oscura se movía como un autómata, y oí los remos, hundiéndose y salpicando. No recuerdo si me vi obligada a jadear una pregunta o si James se mostró encantado de contarme voluntariamente, mientras yo vomitaba, que íbamos por fin de regreso a Inglaterra; que yo debía convertirme de nuevo en una buena esposa o cosechar las consecuencias; y que no solo era su intención, sino que creía firmemente que iba a convertirse en un hombre adinerado y respetado. No creo que alguna de estas declaraciones causara una gran impresión en mí, en su momento. Estaba demasiado desconcertada, demasiado ocupada intentando clavar los ojos en los tambaleantes acantilados. No me había despedido de Hira. Me sentía como si hubieran arrancado una de mis profundas raíces de la roca que me anclaba y estuviera ya marchitándome en el aire salado. Deseé haberme tirado del barco, desesperada y mareada; habría llegado a tierra, o me habría ahogado. Pero no tuve la entereza necesaria. Me dejé llevar, como una buena esposa, por la marea de los deseos de otro, aunque eso me alejara de todo lo que yo quería. Bueno, no de todo, supongo, pero entonces no sabía qué más transportaba aquel barco. Ni siquiera conseguí mantener la mirada en la línea de la costa; un momento después, las náuseas me apresaron de nuevo, y todo a mi alrededor se emborronó y giró.

Puede que James se apiadara de mí, porque cuando los espasmos cesaron y conseguí recuperar el aliento, me agarró la mano. «Oremos», me dijo. «Dios Todopoderoso, contempla a tu sierva, Sophia, y acompáñala al arrepentimiento. Repréndela como lo haría un padre, hasta que sus lágrimas hayan limpiado la negra mancha del pecado. Y llévanos a ambos en tus manos hasta la bendita tierra de Inglaterra». Me miró un momento; cuando comencé a sufrir arcadas de nuevo, dijo, aclarándose la garganta con brusquedad: «¡Amén!».

—Debo volver —le dije cuando pude hablar—. Debo ver a Hira.

Él negó con la cabeza.

—James, por favor, no puedo marcharme así, sin una palabra. No puedo. Está mal... Es indigno.

Di con la palabra sin pensar, porque era uno de sus epítetos favoritos. ¿Cuántas veces había condenado él a los aldeanos por su falta de decoro y de los adecuados modales ingleses? Pero él movió la cabeza como si le hubiera picado una abeja.

—¡Cómo te atreves a decir eso! —exclamó—. Bueno, perdóname si no me creo tus elevados sentimientos. Con el tiempo llegarás a comprender la hondura de tus ofensas, espero. En cuando a ver a esa... ¡Verla de nuevo a *ella*! No, naturalmente, no vamos a volver ahora. Es una suerte que hayamos conseguido marcharnos justo antes de las tormentas de otoño. Límpiate la cara, contén tu lengua y sométete ante Dios, que te está viendo y juzgando.

—Adiós —le rogué—, solo quiero decirle adiós...

—Eso es imposible.

Vi en el rostro de James (tan inexpresivo y pálido como una máscara) que no lo haría ceder ninguna súplica, ninguna humillación.

—¡Si no es para que me despida, hazlo al menos porque estoy enferma! —grité, desesperada—. ¿No te das cuenta de que no estoy en condiciones de viajar? Dame un día, una hora, para recuperarme en tierra firme...

—No es nada —me aseguró—. Pronto pasará. Son solo los efectos secundarios del somnífero. Me vi obligado a asegurarme de que vendrías conmigo sin causar problemas.

Me estaba mirando como lo había visto mirar a las rameras. No podía soportarlo. Cerré los ojos y contra la hinchada oscuridad carnosa de mis párpados lo vi como era la primera vez que llegamos a esa costa: lleno de energía y de elegancia; un poco ambicioso, sin duda, pero un buen hombre. Aquel hombre había desaparecido hacía mucho, asesinado, creía yo, por este. Y sentí tanta ira y odio que me puse en pie de un salto en el balanceante bote sin saber qué pretendía hacer.

Quizá, después de todo, deba alegrarme de que una ola me tirara de nuevo; no quiero pensar en lo que habría pasado si lo hubiera golpeado. (¿Soy, como habría dicho James, una mujer que cedería a un horrible impulso, una mujer que debía ser protegida de sí misma? Eso no importa, no importa). Me caí hacia atrás y terminé rodando sobre la apestosa agua del fondo del bote, mientras el dolor de mis costillas me arrebataba el aliento.

—Si no controlas tu nerviosismo, te harás daño —me dijo James. Esta vez no me ofreció la mano.

Gruñí y me cubrí la cara. Cuando me recogí las rodillas contra el vientre, golpeé con los pies algo de peculiar resonancia. Hizo un sonido como de madera hueca, pero con una elusiva armonía, como el redoble de la campana de un barco hundido.

—¡Ten cuidado con eso! —me gritó James, y me apartó el tobillo de un golpe. Cuando levanté la cabeza, me percaté de que había varias cajas encastradas debajo del asiento del bote: eran del tamaño de mis puños cerrados, o un poco más grandes, todas envueltas en arpillera y atadas con cordones de piel. James estiró la pierna para protegerlas, contorsionándose como si temiera por ellas, y como si les temiera a ellas; como si fueran a la vez algo valioso y despreciable. Creo que fue la expresión de su rostro y no el sonido que hicieron lo que me reveló, como si apartaran una cortina, lo que contenían.

—¿Qué hay en esas cajas? —le pregunté, aunque lo sabía.

—Quiero llevarme a casa todos los especímenes que pueda —dijo James, y de repente tosió, como si se hubiera tragado una mosca—. He ordenado que llevasen la mayoría al puerto, donde embarcaremos en el *Bonanza*. Espero que sobrevivan en el suroeste; el clima es más suave allí que en Sussex. Tengo la intención de que nuestro jardín se haga famoso tanto entre los paisajistas como entre los eruditos clásicos.

—Pero lo que hay en esas cajas no son semillas —le dije.

—Algunas especies están demasiado localizadas para solicitarlas y recogerlas en otra parte. Vamos, vamos, Sophia, no te pongas dramática. Solo me he llevado un par de cada sexo, para criarlas…

Creo que no respondí. No creo que fuera capaz de hacerlo. Me pregunté cómo respondería James si pisotearan unos textos religiosos, si quemaran biblias... Sin duda, la analogía le parecería un sacrilegio.

Bajé la cabeza.

—Por el amor de Dios, Sophia, ¡solo son arañas! Interesantes, te lo garantizo, pero es solo una superstición...

Debería haberle preguntado cuál es la diferencia entre religión y superstición, aparte de que la primera es en la que cree él y la segunda en la que creo yo. Debería haberle...

Oh, déjalo. Déjalo, Sophia. Es inútil, da igual, es agua pasada. Me siguió al santuario sagrado y miró con los ojos llenos de odio lo que allí pasó; y después, más tarde, me drogó. Se adentró en el bosque y se llevó a las arañas de sus telas como si tuviera derecho a hacerlo; las metió en cajas como si fueran baratijas inertes y se las llevó a kilómetros de su hogar sin pensárselo dos veces. Pero no había nada que decir, porque a ningún inglés le parecería esto algo extraordinario. Si yo misma, diez años antes, me hubiera topado con una mujer blanca con objeciones a la razonable recolección de especímenes para la educación e ilustración del público inglés, que seguramente está más interesado en las tierras de Homero y Ovidio que aquellos que de verdad vivieron en ellas... Bueno, habría parpadeado y me habría mordido la lengua, y me habría sorprendido un poco ante su escasez de miras. Ahora...

A veces creo que no puedo soportarlo. ¡Cuánto echo de menos a Hira! Anoche, mientras estaba con las arañas, me rodeé el vientre con los brazos intentando invocar su sólida fortaleza femenina. Puede que lo único que ella sintiera por mí fuera lástima, pero prefería tener su compasión a la estima de James. Incluso ahora... No, especialmente ahora. Ahora que estoy, como James diría, en *estado de buena esperanza*, o como yo prefiero, *preñada*: preñada como lo está de augurio una profecía, grávida como una melancólica heroína romántica. Ojalá estuviera ella aquí para frotarme la espalda con aceite, para murmurar canciones que prometen un parto fácil, para ofrecerme gajos de limón y aliviar mis entrañas revueltas. Y, cuando llegue el momento, para darme la mano y conducirme a la tienda de seda donde gritaría tan fuerte como me permitieran mis pulmones y de la que emergería con cautela, como lo hizo Misia (¿o era Mila su nombre? Mi memoria me traiciona ya), a un mundo nuevo, con un bebé arropado entre mis lechosos senos... No debería haber escrito esto. Me hace pensar con demasiada claridad en lo que me espera aquí: aislamiento y desconocidos y manos frías violentándome. Recuerdo que una tía mía me contó una vez que no abrieron la caja en la que el doctor tenía guardado su instrumental hasta que no le vendaron los ojos.

Tengo miedo. No hay escapatoria. No puedo hacer nada más que esperar.

Alargué la mano y la coloqué contra el cristal. Puede que mi carne contra el panel amortiguara su resonancia, porque el rugido del océano en mis oídos se aquietó hasta convertirse en un siseo suave, como el de la lluvia de primavera. Dije: Todas estamos en el exilio.

Los ojos seguían mirándome, todos ellos. Si la urna que estaba tocando hubiera sido lo bastante grande, me habría metido en ella, me habría cubierto los hombros con la telaraña como si fuera un chal y me habría tumbado. Me habría quedado allí, cantándoles a las arañas, cantándole al bebé que pesa como una piedra en mi vientre, hasta que me quedara dormida, embriagada por sus ecos. ¿Qué habría soñado, antes de que me dejaran seca? ¿Qué habría soñado mi hija?

Esperar, debemos esperar. Me quedan muy pocas cosas en las que todavía tengo fe. Puedo contarlas con los dedos, como si rodeara con un hilo cada uno de ellos: la niña, las arañas, el recuerdo de Hira. Y quizás el recuerdo de la isla, tan calurosa y salvaje como los orígenes del mundo, y su cielo y sus pinos y el olor del mar. En comparación, Inglaterra está tan fría y desposeída como el retrato de un desnudo, con los brazos cruzados sobre sus pechos descarnados, unos senos creados para ser pudorosamente mostrados, para satisfacer las miradas de los hombres, no para nutrir. Hira odiaría este país, a los hombres que lo poseen y a las mujeres que los aman... O no; solo la desconcertaría, la divertiría y entristecería un poco, como le ocurría a menudo cuando se daba cuenta de dónde había salido yo, y quién era.

No hay duda de que ya no la divierte. ¿Qué hicieron, cuando vieron que el lugar sagrado había sido profanado? ¿Culparon a James? ¿Me culparon a mí? ¿Pensó Hira que yo me había escabullido voluntariamente, que había guardado silencio deliberadamente en lugar de gritar para despertar y advertir a todo el mundo? O peor, que yo ayudé a James, que él conocía el camino no porque me hubiera seguido sino porque yo se lo enseñé. ¿Me maldijo?

Por eso es por lo único por lo que rezo, para que no me haya maldecido. No sé a quién dirijo esa oración. No es al Dios de James, el juez padre que nunca muestra piedad, el que es como un inglés en su despacho celestial. Tampoco es a los vengativos dioses rapaces de las viejas historias. A veces me pregunto si será a las arañas. Por favor, les digo, por favor. Por favor, no dejéis que Hira me odie. Si me ha echado una maldición, anuladla. No dejéis que me haga daño a mí, ni a la niña. Ni a vosotras. Es una paradoja que les rece a ellas para pedir por ellas; debe significar que en realidad no creo que tengan ningún poder. Que mi oración es solo superstición, y que James tiene razón.

Y anoche les pregunté de nuevo: ¿Qué puedo hacer? Haré cualquier cosa.

No me contestaron. Me llevé una mano al vientre y deseé que la niña se adelantara, pero es obstinada, está esperando algo, alguna voz que todavía no ha oído. Apoyé la otra mano con fuerza contra el cristal, estando segura y sin estarlo de que no lo presionaría con fuerza suficiente para romperlo.

Dije: Os mantendré con vida. Pase lo que pase, vosotras y vuestros hijos sobreviviréis. Os lo prometo.

UNO

Cuando la campana de la tienda sonó, Henry estaba puliendo las espirales de una oreja de plata; o, mejor dicho, estaba sosteniendo la oreja y un trapo sucio mientras miraba la lluvia que caía contra las ventanas. Observaba el crepúsculo que se acercaba con la mente dispersa, fijándose solo en el rastro de las gotas de lluvia sobre los cristales y en el cielo que se oscurecía despacio sobre los abarrotados tejados de Londres. Fue solo el tañido de la campana que colgaba sobre la puerta y el sonido del tráfico en la calle lo que lo hizo volver en sí. Se irguió bruscamente. Al hacerlo, se le cayó la oreja, que se deslizó sobre el mostrador y fue a parar a los pies del hombre que había entrado.

El desconocido se agachó para recogerla y se levantó, girándola en una mano mientras se quitaba el goteante sombrero con la otra. Sus movimientos habían hecho que Henry pensara que era joven, pero ahora, a la luz de la lámpara, veía que se trataba de un hombre de mediana edad, aunque conservaba todo el pelo y sus ojos eran tan alegres como los de un muchacho.

—Qué extraordinario —dijo—. Supongo que es un audífono.

—Uno histórico —replicó Henry—, diseñado para reemplazar el pabellón auditivo, si este está ausente. Es decorativo, en realidad. —Envolvió la oreja en el trapo sucio y la guardó en un cajón debajo del mostrador. Cuando volvió a alzar la mirada, el visitante estaba girando despacio, dejando un círculo de agua sobre la alfombra con su goteante chaqueta.

—Qué establecimiento tan encantador. Me siento como si me hubiera adentrado en un museo de curiosidades.

Era cierto que las hileras de armarios de caoba y cristal eran preciosas, con el brillo cálido del latón y de la luz de las lámparas. Cada objeto estaba en una brillante urna, apartado de sus compañeros, como si solo debiera tocarse con reverencia. Y sin duda muchos eran tan excéntricos (las orejas, los audífonos, las trompetillas y los *apparitor auris*) como ostentosos, bañados en plata o delicadamente chapados o lacados, y resultaban lujosos y extraños ante el ojo desinformado. Era el tipo de tienda en el que preguntar el precio se convertía normalmente en un proceso lleno de rodeos, si es que el dinero llegaba a mencionarse. Argyll se lo decía a menudo: «Esto no es una tienda, Latimer, es un emporio».

—El señor Argyll se alegrará mucho de saber que la aprueba, señor —dijo Henry.

—¿Su padre?

—No —replicó. Estaba demasiado cansado para sentir el viejo destello de resentimiento que lo asaltaba siempre que pensaba en el «E HIJO» que Argyll había añadido sin consultárselo al letrero dorado de la fachada—. Es mi suegro, en realidad. Mi apellido es Latimer.

—Ah —dijo el hombre con una sonrisa. Fue una sonrisa amarga y cómplice, y por un momento en el pecho de Henry brincó una cálida chispa en respuesta, aunque no lo bastante fuerte para prender—. Bueno, es muy intrigante.

Dejó el sombrero sobre el mostrador y caminó hasta la esquina más alejada; ladeó la cabeza para examinar las espirales en forma de caracola de una elaborada trompetilla francesa. Unos segundos después se concentró en otra cosa, aunque el vaho de su aliento perduró sobre el cristal, de donde se evaporó lentamente. Se detuvo delante del estante de los dispositivos invisibles, de los que el conjunto más cercano estaba chapado en oro, y le dio unos golpecitos al cristal, como si los pequeños objetos fueran a escabullirse de su mullido lecho escarlata.

—¿Qué es esto? Estas cosas que parecen brotes en un tallo.

—Esos no son demasiado eficaces —le dijo Henry—. Están diseñados para abrir las paredes del canal auditivo externo, pero rara vez es una solución al problema. —Mientras el hombre pasaba a otra cosa, añadió—: No parece que sea usted... Quiero decir, ¿busca algo para usted, señor?

—Para mi hija.

—Entonces, quizás aquí... —Henry le señaló el expositor donde se encontraban los audífonos para señoras, con sus diademas de flores y sus enrolladas caracolas de nácar.

El hombre asintió, pero no se movió en la dirección que Henry le había indicado. Se quitó el reloj, lo consultó y volvió a guardárselo en el bolsillo.

—¿Alguna vez tiene la sensación de que le escuchan?

—Continuamente —dijo Henry—, pero nunca digo nada que merezca la pena comentar.

El hombre se rio.

—No sé por qué, pero eso me resulta difícil de creer. —Siguió mirando a Henry y, aunque la sonrisa lo abandonó, la luz de sus ojos no lo hizo—. Es curioso, ¿no? Usted vende sonido, y yo vendo silencio. Son dos caras de la misma moneda.

Bajo su penetrante mirada, Henry notó que se ruborizaba, y aun así fue inusualmente estimulante. Se aclaró la garganta.

—¿Usted vende...?

—Oh, ¿no me he...? Discúlpeme. Mi nombre es Ashmore-Percy. Tengo una cita con el señor Argyll.

Henry buscó en la agenda que tenía junto a la caja registradora. El hombre había anunciado su nombre como si debiera conocerlo y lo cierto era que Argyll había dicho algo durante el almuerzo... Allí estaba, *señor Edward Ashmore-Percy a las cuatro y media*. Debería haber estado esperándolo.

—Iré a buscar al señor Argyll de inmediato. ¿Pasará a la consulta? ¿Le apetece un poco de té?

—Gracias.

Condujo al hombre, a Ashmore-Percy, hasta la puerta de la consulta. Allí había menos luz y, a pesar del fuego de la chimenea, el aire era frío. Henry le señaló el amplio sillón orejero, dejó una lámpara sobre la mesa y se giró para marcharse, deslizando la mirada sobre el piano cubierto, con su taburete vacío y sus velas apagadas. Argyll estaba ya en la puerta.

—Ve a buscar el té —le pidió en voz baja—. He mandado a Townsend a enviar una carta. —Pero, tan pronto como avanzó, su voz cambió, asumiendo una nueva untuosidad—. Señor Edward, es un placer. Un honor. Espero que mi yerno no lo haya hecho esperar demasiado.

Henry no oyó la respuesta. Cuando regresó con una bandeja cargada, se habían puesto manos a la obra. Captó el final de una frase de Ashmore-Percy:

— … la quiero mucho —dijo, y Argyll respondió con un murmullo que derrochaba empatía—. Solo tiene que aprender a hablar. ¡Debe hacerlo! De lo contrario, será prisionera de su propia vida. Puede imaginar mi preocupación, como padre…

Henry se acercó para servir el té y le entregó una taza a Ashmore-Percy.

—Gracias —le dijo este, echándole una mirada rápida—. Como ve, señor Argyll, debo hacer todo lo que pueda por ella. Me gustaría saber qué me sugiere.

—Bueno, señor Edward, me alegro mucho de que haya acudido a mí. Los médicos son útiles, por supuesto, pero su rango de soluciones es limitado. Se han dado casos aparentemente incurables que han mejorado ostensiblemente gracias a la ayuda mecánica… Y en eso somos *nosotros* los expertos. No puedo prometerle nada, como comprenderá, pero todavía hay esperanza, por supuesto, y me atrevería a decir que debe seguir teniéndola. —Argyll sonrió.

—Esa es una noticia excelente.

—La única dificultad es que la joven dama no está aquí para que la evalúe. Nos preciamos de hacer el audífono a la medida de la oreja, ¿sabe? Es un trabajo minucioso. Gracias, Latimer, será mejor que vayas a vigilar la tienda.

Henry sintió que los ojos de ambos hombres lo seguían mientras se marchaba. A su espalda, oyó que Ashmore-Percy decía:

—Ah, entiendo. No tiene sentido que compre nada ahora, entonces. Bueno, no importa. Gracias de todos modos.

—Dicho eso, estoy seguro de que podríamos encontrar alguna manera…

—No. Entiendo su postura, por supuesto. ¿Cómo podría decirme sin verla que va a ser eficaz? Aprecio su sinceridad, señor Argyll.

—Soy un profesional, señor Edward —dijo Argyll, y Henry oyó un arrepentimiento mal escondido en su voz—. Me enorgullezco de mi integridad y de mi rigor. Pero sin duda hallaremos un modo. Muchos de mis clientes prefieren recibirme en sus hogares…

—Hoy no le haré perder más el tiempo. Ambos somos hombres ocupados, me atrevería a decir. —Se oyó un susurro de tapicería cuando el visitante se puso en pie—. Buenas tardes, señor Argyll.

A continuación, pasó a la tienda. Se detuvo cuando vio a Henry, como si fuera a añadir algo, pero al final se despidió con un asentimiento. Abrió la puerta con un tintineo y salió al lluvioso crepúsculo azul.

—¡Maldita sea! —exclamó Argyll. Estaba en la puerta de la consulta, con una mueca—. Creí que lo tenía. Un hombre así, con dinero para gastar y grandes esperanzas…

Henry no dijo nada. Había sentido su propia punzada de desazón cuando la puerta se cerró, pero no conseguía identificar por qué exactamente, ya que a él no le importaba demasiado la pérdida de un cliente. Sin embargo, ahora la tienda parecía más fría.

—Maldita sea —repitió Argyll, en voz más baja. Al pasar junto a Henry para volver a su despacho, miró de soslayo la consulta. Hubo una pausa ínfima en su andar, y una repentina fijeza en su expresión. Henry siguió su mirada: estaba mirando el piano, con sus velas apagadas y su atril vacío. Por primera vez esa tarde, Henry sintió algo por su suegro que no era resentimiento. Pero antes de que pudiera hablar, en el caso de que se le hubiera ocurrido algo que decir, Argyll ya se había recompuesto, y un instante después desapareció por la puerta detrás del mostrador.

Henry se pasó las manos por la cara. La campana repicó de nuevo. Soltó un suspiro cansado y levantó la cabeza.

—Mi sombrero —dijo Ashmore-Percy, señalando el lugar que todavía ocupaba este, junto a la agenda. Tenía el cabello mojado, y un hilillo de lluvia bajaba por su sien.

Henry echó mano al sombrero.

—Aquí tiene.

—Gracias. —Tomó el sombrero de la mano extendida de Henry, pero no se lo puso. En lugar de eso, observó la manga de Henry, y la cinta negra. Cuando miró a Henry a los ojos, no se mostró avergonzado (como lo parecía la mayor parte de la gente cuando la sorprendían mirando) sino tranquilo—. ¿Es por su esposa?

—Sí —dijo Henry. Por supuesto, también habría visto la cinta en el brazo de Argyll.

—Lo siento.

Henry había oído aquellas palabras, o alguna variación de ellas, más veces de las que podía recordar. Y le daba igual si alguien lo sentía de verdad, pues no le proporcionaban consuelo alguno y Madeleine seguía muerta.

Pero Ashmore-Percy estaba mirándolo a los ojos con una pequeña sonrisa, y para sorpresa de Henry, se le ocurrió que, después de todo, había algo en ellos. Era como encontrarse con otra persona en una carretera que había parecido la más solitaria del mundo.

—Anímese.

Henry abrió la boca para contestar, pero de repente, humillantemente, se le hizo un nudo en la garganta que le impidió responder al inesperado pésame del otro hombre.

—Ha dicho, señor… —comenzó, cambiando desesperadamente de tema—. Ha dicho que vende silencio. ¿A qué se refiere?

Entonces se produjo un pequeño mutis, como si la palabra *silencio* fuera un frasco roto cuya esencia se había derramado en el espacio entre ellos.

—Pensaba que… —dijo Ashmore-Percy, que se detuvo con una mueca triste—. Puede que no haya oído hablar de mí, ¿y por qué debería? Uno se acostumbra a que lo reconozcan, pero fuera de tu *petit monde*, casi nadie te conoce o se interesa por tu existencia… Yo vendo silencio, ¡literalmente! Pero no ponga esa cara; no soy un sobornador ni un sicario. No, soy el dueño de la fábrica que hace la seda Telverton.

Henry levantó las cejas. Era consciente de que se esperaba de él cierta reacción, y no quería decepcionar a aquel hombre.

—Entiendo —dijo.

—Ah, tampoco ha oído hablar de ella. Es una pena. Me gustaría que la conociera más gente, y que todos desearan acortinar con ella sus salas de dibujo. Pero deje que lo ilumine.

Dejó su sombrero sobre el mostrador, buscó en su bolsillo y sacó un retal de brillante tela blanca. Se la puso a Henry en la mano.

—Bueno —dijo, con una intensa sonrisa en sus ojos—, ¿qué le parece?

Durante un instante, Henry tuvo la sensación de que oía notas agudas en el aire… o de que las *había* oído, mejor dicho, como los vestigios de un sueño. Obedientemente, miró el pequeño trozo de seda que tenía entre los dedos. Era tan fina que apenas podía notarla; sutil como el aceite, ligera como el aire, y con un bonito lustre húmedo que hacía que las espirales de plata y madreperla de los estantes que lo rodeaban parecieran de repente mates en comparación. Era como si la luz que lo rodeaba se hubiera extinguido y un resplandor diferente, sobrenatural, estuviera manando de los hilos de seda.

—Es preciosa —dijo, pero antes de que la última sílaba hubiera abandonado sus labios, se sobresaltó y miró sobre su hombro. Estaba seguro de haber oído un susurro en respuesta, justo en el límite de lo audible.

Ashmore-Percy se rio.

—Acérquesela a la oreja —le pidió—. No, del otro lado. Un momento, permítame. —Giró la tela en la palma de Henry con sus dedos cálidos—. Pruebe ahora.

Henry la levantó, formando una copa con la mano. No sabía qué esperaba; tal vez el siseo de una caracola o una atenuación en el sonido, como si hubieran corrido una cortina entre su mente y el mundo exterior. A pesar de lo que Ashmore-Percy había dicho, no esperaba silencio. O, al menos, no aquel silencio, la más absoluta nada, una ausencia tan completa que parecía envuelta en arcilla. Se apartó la tela de inmediato y los conocidos sonidos del tráfico y de la lluvia regresaron.

—¿Qué es esto?

—Asombroso, ¿verdad? Quédesela, si quiere. Recomiéndesela a cualquiera que quiera aislarse del ruido de la calle. Supongo que está relacionado con su trabajo, en cierto sentido.

—Es muy amable —balbuceó Henry, porque no se le ocurría qué otra cosa decir.

—Seda de araña —dijo Ashmore-Percy, balanceándose en sus talones como si fuera un niño—. De *Pseudonephila graeca sireine*, la araña orbe plateada, que solo se encuentra en Kaphos... No, Psaxos... Ay, se me ha olvidado. Una lejana isla griega, en cualquier caso. Las criamos en el suroeste y transportamos la seda para tejerla en la fábrica que tenemos aquí. Mi padre montó la fábrica para hacer encaje, ¿sabe? Hizo su fortuna adaptando maquinaria para tejer. Pero fui yo quien decidió volcarse en la seda de araña. Llevamos haciéndolo casi diez años ya. Y ha sido... Promete ser un gran éxito. Dentro de uno o dos años, oirá hablar de la seda Telverton allá adonde vaya.

—No lo dudo. —Henry desplegó el cuadrado de seda y lo suavizó sobre el mostrador. Cuando deslizó las manos sobre ella, captó otro murmullo casi inaudible.

—Ese es el otro lado. Es la urdimbre, no está tejido de verdad, ¿ve? Los lados tienen efectos distintos. Para conseguir silencio, debe colgarse con el otro lado hacia afuera.

—¿Y... este lado?

Henry la suavizó de nuevo. Era tan sutil, tan fluida, que apenas notaba fricción en su palma, y aun así la tela emitió ese tenue campanilleo, una especie de crujido a la vez melodioso y desagradable.

—Parece crear algún tipo de vibración impredecible. Nosotros lo llamamos «turbulencia». A algunas personas les causa un pequeño dolor de cabeza, si hay mucho ruido. Pero no es nada, un inconveniente menor. El precio a pagar por un silencio perfecto, supongo.

—Turbulencia —repitió Henry, y le pareció oír las notas más graves de su voz perdurando un momento antes de desaparecer.

—No sabemos cómo funciona exactamente —continuó Ashmore-Percy—. Pero ¿no es extraordinario? Se lo contará a todos sus conocidos, ¿verdad?

Henry asintió. Nunca había prestado demasiada atención a los instrumentos para oír que lo rodeaban, a los ordenados conos y espirales y pabellones de perla y plata.

—Bueno, debo irme. Que tenga un buen día, señor Latimer.

—Buenas tardes, señor.

Se produjo un repentino incremento en el volumen de la lluvia cuando la puerta se abrió, y después el sonido quedó amortiguado de nuevo. Henry acercó la cabeza a la seda para mirar sus plateadas profundidades, como si fuera agua. Se envolvió los dedos en una esquina y, cuando el lado mudo quedó al descubierto, fue como si le hiciera un agujero al tejido de la realidad, un lugar que se tragó todo el sonido.

La quitó del mostrador y la metió en un cajón, que cerró y se guardó la llave. Después levantó la mirada hacia la tienda, con sus interminables estantes de orejas muertas, descarnadas.

Desde la muerte de Madeleine, Henry había temido el momento en el que se veía obligado, cada noche, a apoyar la cabeza en la almohada y cerrar los ojos. No era que la casa estuviera en silencio; era que algunos silencios concretos (a su lado, donde debería haber estado Madeleine, en el dormitorio infantil que las sábanas protegían del polvo y en el pasillo por donde los pasos de una niñera deberían haber ido y venido) dirigían su atención hacia el sonido. El tictac del reloj del despacho, el aullido de un perro en el patio de al lado o los gritos lejanos de una pelea de borrachos a algunas calles de distancia lo hacían sobresaltarse justo cuando comenzaba a quedarse dormido. Entonces apretaba los puños y maldecía Londres y a todos los que la habitaban, y cuando se permitía alcanzar la cima de la furia (irracional, lo sabía, y aun así irresistible; ¡lo único que quería, por todos los santos, era sumirse en la inconsciencia!), sabía que, aunque los sonidos cesaran por completo, aún pasarían horas antes de que pudiera dormir. Durante el día, apretaba los dientes al oír a los organilleros y a los vendedores callejeros y tenía que contenerse cuando Argyll sorbía la sopa; pero era por la noche, como si la oscuridad amplificara cada crujido y grito, cuando creía volverse loco. Ojalá estuviera allí Madeleine, para burlarse de él con ternura y ponerle un brazo caliente por el sueño alrededor del cuello; ojalá pudiera oír su voz sobre su cabeza, en el cuarto de los niños, murmurando una nana, o sus pasos de un lado a otro. Eso no le importaría. Ni siquiera un bebé llorando; eso incluso menos, un bebé llorando... Se cubría las orejas con las manos hasta que le dolían los brazos. Casi envidiaba a los ancianos clientes de Argyll, con sus ceños fruncidos y sus trompetillas para oír. Qué alivio sería, qué bendición, no volver a someterse al incordio del ruido.

Así que aquella noche, cuando como siempre no pudo dormir, se vistió y descendió las chirriantes escaleras para entrar en la tienda, abrir el cajón y meterse el lustroso retal en el bolsillo. Su intención había sido dejarlo allí (había sentido en él algo demasiado parecido a la magia cuando lo colocó sobre el mostrador), pero ahora, sumido en su insomnio de ojos secos, entendía que sus reparos habían sido infantiles, que no estaban basados en nada más que en la superstición y la desconfianza hacia la novedad. Si resultara ser un remedio... Volvió a subir las escaleras despacio, por si Argyll también estaba despierto. Después se desnudó y se tumbó sobre la disipada calidez de las sábanas y giró la cabeza de modo que una oreja quedó enterrada en la almohada. Buscó la seda, dudó tan brevemente que podría habérselo negado incluso a sí mismo y se la colocó sobre la otra oreja.

Fue como un encantamiento, o un milagro. El perro, el hombre, el tictac del reloj se extinguieron tan limpiamente como un espejismo. Después de un momento, agarró la tela, inquieto, por si el mundo entero había desaparecido, pero cuando se aseguró de que todavía podía oír y de que la cacofonía de la ciudad era la misma, la soltó de nuevo. El silencio lo inundó como un suspiro largo y fácil. Alivió la tensión en sus extremidades y el dolor detrás de sus ojos, y por fin lo arrastró como una corriente cálida hacia una oscuridad sin sueños.

Los días siguientes sintió una paz desconocida. Se metía la seda en el bolsillo, tan enrollada que podría haber atravesado con ella una alianza, y la llevaba consigo. Cuando estaba atrapado en la consulta, haciendo un esfuerzo para hablar con tacto pero con claridad («¿Nota mejoría *así*...? ¿Y así? ¿Y así? Ah, entonces probaremos con el audífono de flores. Tiene cierta elegancia, quizá para llevarlo por la noche...»), se sentía en paz. Cuando su mirada se detenía en el piano, con sus velas polvorientas, y reacio recordaba a Madeleine tocando fragmentos de Beethoven, cuando los ancianos retrocedían y suspiraban, dejando que los tubos auditivos colgaran de sus manos arrugadas como si, después de todo, su sordera no tuviera importancia... Incluso entonces conseguía apartar sus pensamientos. Nada había cambiado: Madeleine seguía muerta, sus días allí eran monótonos, sus horizontes seguían siendo tan limitados como antes. Pero ahora tenía la posibilidad de una retirada, como si la seda fuera una salida. ¿O era incluso más sencillo? Quizá no se tratara solo de la seda, sino del hombre que se la había entregado. «Anímese», le había dicho el señor Edward Ashmore-Percy, y por primera vez desde la muerte de Madeleine, Henry no se había sentido solo.

No obstante, al habituarse a su presencia, la seda (y el recuerdo de la sonrisa del señor Edward, fácil y tan brillante como una cerilla encendida) se hizo menos notable. Otras cosas la expulsaron de su mente: la rabieta mensual de Townsend, el cliente que intentó escabullirse con una trompetilla telescópica bañada en oro en el bolsillo..., y la última carta de su primo desde el norte, que era concisa y diligente, como siempre, y que Henry leyó dos veces mientras su tostada se quedaba como la suela de un zapato en el plato que tenía delante antes de pasársela a Argyll sobre la mesa del desayuno.

Normalmente, su suegro la habría aceptado sin una palabra y le habría echado un vistazo antes de devolvérsela, pero aquella mañana estaba absorto en su propia carta, escrita en papel con membrete y bordes dorados. Al final, con un suspiro, se echó hacia atrás en su silla.

—Parece que tendré que dejarte algunos días —le dijo.

—¿Qué?

—He recibido una invitación del señor Edward Ashmore-Percy, ¿lo recuerdas? Vino a la tienda a preguntar por un audífono para su hija. Un hombre encantador. Bueno, parece que le gustaría que fuera a hacerle una visita, para que pueda verla en persona.

Henry lo miró fijamente.

—Vive en Devon. Tiene una casa muy bonita, creo. Recién construida, lo mejor de lo mejor. Es un hombre conocido por su riqueza. Creo recordar que está trabajando en algún nuevo invento para hacer fortuna... o para reponer la que ya tiene. ¿Qué ocurre, muchacho?

Henry apartó la mano, en la que todavía tenía la carta de su primo, y la soltó con cuidado. Pensó en el retal de seda que llevaba en el bolsillo. No le había hablado a Argyll de ello. Miró las ventanas. Bajo un cielo gris, el jardín desgastado por el invierno estaba angosto y oscuro; las nubes negras creaban la ilusión de que los muros estaban reptando hacia adentro.

—¿No sería más fácil que fuera yo?

Argyll se pasó la mano por los ojos.

—Sé que en el pasado has mostrado cierto... talento con los clientes. A pesar de tu reluctancia inicial a unirte al negocio, no te desenvuelves mal. Pero, desde lo de Madeleine... —Tosió—. No creo que seas el mejor representante para «ARGYLL E HIJO».

Henry tomó aire, resistiendo el impulso de corregir «hijo» por «yerno».

—El señor Edward se alegraría de recibirme. Estoy seguro de ello. Habló conmigo, en la tienda. Tuvimos una larga conversación.

—Y añadió, para dar credibilidad a su afirmación—: Me dio un trozo de su seda.

—¿Sí? ¿Para qué?

—Como regalo —dijo Henry, y después agregó, sincero sin pretenderlo—: O como muestra, en realidad. Pensó que nuestros clientes podrían estar interesados en algo que los ayudara a reducir el ruido exterior.

—Podrían, sin duda —asintió Argyll—. Y es un largo viaje para un anciano... —Suspiró—. Lo harás bien, ¿verdad? Debes dar la impresión de que eres un experto, un joven científico, y no un vago.

—No soy un vago.

—Bueno. No un... un *poeta*.

—No he escrito... No he *leído* poesía desde hace meses.

—Y debes tener mucha paciencia con la niña. Dios sabe si... —Argyll se aclaró la garganta, como si se sintiera avergonzado—. Quiero decir que seguramente se mostrará retraída, y con toda probabilidad indisciplinada. Si perdió la audición antes de comenzar a hablar...

—¿Fue por una enfermedad?

—Un accidente, por lo que he sabido, aunque no entró en detalles. Es evidente que se trata de un tema doloroso para él. Si te soy sincero... —Argyll suspiró—. No sé si conseguiremos encontrar un artilugio adecuado. Podría ser un caso difícil.

—Sí —dijo Henry—. Entiendo. ¿La niña puede...? Supongo que es capaz de hacerse entender.

—Hasta cierto punto, supongo. Parece que en este momento puede decir muy pocas palabras, y que recurre en gran medida a la mímica y la gesticulación.

La imagen que Henry tenía en la mente titilaba entre un pequeño querubín, agradecido por cualquier llave que lo sacara de su cárcel muda, y un desecho ruidoso.

—Muy bien. Quizá podrías pedir más detalles, para que yo pudiera...

—Eso sería extremadamente grosero —replicó Argyll—. Es evidente que se trata de un tema delicado, y una fuente de dolor.

Prepararé todo lo que puedas necesitar. Tendrás que llevarte varios maletines con instrumentos. Te haré una lista. —Se levantó rígidamente, y asintió como despedida.

—Gracias —dijo Henry, y bajó la cabeza sobre su plato vacío, intentando acallar la repentina euforia que lo atravesó.

El día antes de su partida, Henry estaba tan inquieto que cerró la tienda después del almuerzo y salió, a pesar del sombrío y amargo día. No tenía ninguna cita, y Argyll no volvería hasta el anochecer. Por impulso, se dirigió al oeste, hacia la calle Oxford.

Pero, cuando Henry preguntó por la seda Telverton, la chica del departamento de mercería de Marshall & Snelgrove solo negó con la cabeza.

—Tiene un… efecto acústico —le explicó—. Es seda de araña.

—¿Seda de *araña*? Nuestros clientes no suelen mostrarse interesados por comprar tela de araña, señor. Si telarañas es lo que busca, le sugiero que le pregunte a su doncella. —Se giró para seguir la mirada de otra cliente—. Esa es tan elegante como resistente, señora, pero ¿ha visto esta *faille française…*?

Henry buscó el cuadrado de seda en su bolsillo y lo sacó.

—Mire —insistió—. El señor Edward Ashmore-Percy en persona…

—Si desea presentar una muestra para que la consideremos, por favor, diríjase al gerente —dijo ella sobre su hombro—. Ah, señora, ¡su cutis es tan delicado! Quizá nuestro nuevo tono malva…

Él volvió a guardarse la seda en el bolsillo y giró sobre sus talones. Le había preguntado por simple curiosidad; ¿cómo se atrevía a tratarlo como a un viajante? Caminó a través de los expositores de capas, guantes y pieles y salió al aguanieve unos minutos después. Apretó los dientes y caminó contra el viento. No importaba. Solo había sido un arrebato. Y al día siguiente estaría lejos, de camino a la mansión Cathermute para ver a la pequeña hija sorda del señor Edward.

Entró en un pequeño callejón entre dos casas altas. La luz estaba flaqueando. Ante él, una iglesia y un cementerio cubierto de maleza brillaban a través de los velos del aguanieve. La tumba de Madeleine estaba muy lejos, al otro lado de Holborn Hill; no sabía por qué se había detenido a mirar a un ángel emborronado por la lluvia tras una parte derruida del muro. Una ráfaga de viento cargada de hielo y agua tamborileó a su alrededor, más fuerte que nunca. Y creyó...

Se giró. Sobre el reverberante siseo de la lluvia había oído una voz, cantando: *Calla, amor mío, calla, cielo mío...* Los límites de su visión se ondularon, como una gasa esperando ser apartada. No podía ser... Pero la nana crecía y disminuía, y cuando siguió caminando se suavizó hasta que ya no pudo estar seguro de oírla. Tragó saliva, se esforzó por escuchar sobre la lluvia y el extraño clamor del viento en el estrecho espacio. Por supuesto, no había oído a Madeleine; quizás alguna otra mujer, en una ventana cercana...

Pero se parecía a ella, se parecía mucho a ella. Aquellas eran las palabras que había murmurado mientras se acariciaba el vientre, con esa luz adorada e íntima en sus ojos.

Miró a su alrededor, mareado de... ¿qué? No era esperanza, no exactamente, ni miedo, sino algo intermedio. Captó un destello en el suelo y se encorvó para ver mejor.

De algún modo, se le había caído del bolsillo el retal de seda Telverton. Debió tirar de él sin darse cuenta, pensó, se había rodeado los dedos con él y lo había dejado caer. Ahora estaba arrugado y mojado, en un charco, pero todavía tenía ese brillo lustroso, todavía era lo bastante brillante para llamar su atención en el crepúsculo invernal. Se agachó para recogerlo.

Cuando lo hizo, la voz que había oído creció de nuevo. Levantó la seda y la giró, pero al cerrar la mano sobre la tela, el mundo se estabilizó, sólido y real. Con cautela, abrió la mano. Tan pronto como lo hizo, volvió a sonar: una nota insidiosa y evocadora, casi imperceptible. Tomó aliento profundamente, escuchando. El señor Edward había dicho que la seda causaba vibraciones impredecibles («turbulencias», las había llamado), pero Henry no había esperado que su sonido fuera tan insólito, tan...

No. No era desgarrador. Solo era desconocido, de modo que el cerebro humano buscaba el modo más rápido de hacerlo inteligible. Era un fenómeno acústico, no sobrenatural, intensificado, sin duda, por la sibilante lluvia y los altos muros de ladrillo, que producían un efecto que podía ser confundido con otras cosas.

Con un escalofrío, se guardó el retal húmedo en las profundidades del bolsillo y se secó la lluvia de la cara con la manga. Después se puso en movimiento de nuevo, con la cabeza baja, pensando con decisión en el día siguiente y en la tarea que lo esperaba en Telverton.

DOS

Mientras el tren traqueteaba hacia la estación, Henry se movió en su asiento y giró la cabeza de lado a lado. Algo había cambiado: era como si hubieran subido una empinada pendiente para emerger abruptamente en un deslumbrante espacio sobre las nubes, donde la altitud le dificultaba respirar. Se recostó, intentando identificar la sensación. Oía un tañido, como el de campanas lejanas en el viento, y se sentía ligeramente mareado al moverse. Miró más allá de los penachos de humo y vapor que pasaban por la ventana. Nada en el paisaje gris de solares hormigonados y almacenes que iba quedando atrás estaba fuera de lo normal, y aun así habría jurado que había una especie de brillo en el aire, una ausencia de sombras y de solidez, una dimensión más, o quizá menos de lo habitual, que sus sentidos físicos no podían percibir.

La rolliza viuda que tenía delante se inclinó en su dirección y le ofreció una tintineante lata en una de sus manos con mitones de encaje.

—Pruebe uno, querido —le dijo—. ¿Es su primera visita?

Con esfuerzo, Henry se concentró en la etiqueta. *Los incomparables* CONFITES TELVERTON *de Maddison. Un remedio soberbio para toda dolencia, turbación y migraña, sobre todo el reciente* MAL DE TELVERTON.

—No, gracias.

—Es el ruido de la fábrica y de la seda que está por todas partes. Puede provocar dolores de cabeza horribles, si no se está acostumbrado a ello...

—Es muy amable, de verdad, pero estoy bien.

Se giró para mirar por la ventana y se sintió aliviado al oír que la mujer se echaba hacia atrás en su asiento con un susurro de bombasí. Antes había visto cómo lo miraba, desde la corbata negra al cintillo, con expresión ávida y maternal: ambas eran señales de peligro, y aquel día le apetecía menos que nunca la compasión de una desconocida.

Afortunadamente, en cualquier caso, el tren estaba aminorando la velocidad, traqueteando por una larga curva bajo un puente peatonal y más allá de la enorme silueta de una fábrica de gas. Henry se puso en pie y agarró su equipaje, evitando la brillante mirada de la viuda mientras amontonaba las cajas de los artefactos en el suelo, entre las piernas del resto de los pasajeros. Un repentino temblor lo hizo tambalearse como un borracho y trastabillar contra el hombre que tenía delante.

—Perdón.

—No os preocupéis.

El hombre era un cuáquero de mirada penetrante, vestido de gris. Cuando el tren giró en la curva con un chirrido de frenos él también se levantó, balanceándose con el movimiento del vagón, y pasó junto a Henry para abrir la puerta. Permaneció quieto, esperando a que se detuviera por fin, con el brazo tenso como si odiara cada instante de retraso. Al final, mientras el tren iba parando, abrió la puerta, mirando sobre su hombro al hacerlo.

—Bostezad —le dijo, y bajó al andén.

—Disculpe, no lo he…

El hombre se tocó la sien, delante de la oreja.

—*Bostezad* —repitió, como si usar más sílabas fuera un lujo caro—. Abre la trompa de Eustaquio. —Después, sin esperar a descubrir si lo había entendido, desapareció en la creciente multitud del andén.

Pero Henry no tenía tiempo para buscarle sentido; tenía la extraña y vertiginosa sensación de que los pocos pasos hasta la puerta y hacia el andén se habían convertido en miles, y de que el tren se libraría de él antes de que le diera tiempo a bajar. Se irguió, reunió las cajas en sus brazos y se tambaleó hacia adelante. Después, cuando por fin bajó del vagón, las dejó en el suelo y se quedó inmóvil, dejando que los otros pasajeros se movieran a su alrededor, sin confiar del todo en sus piernas. Qué absurdo, ¡era como si estuviera borracho! Oyó un portazo distante a su espalda, y otro, muchos más, una desordenada cadena de ruido a lo largo del tren, además del motor reuniendo vapor para salir. Oyó despedidas, saludos, buenos deseos mezclándose en una resonante cacofonía. Parpadeó hasta que volvió a ver la estación con claridad.

Un baulero se materializó junto a su hombro.

—¿Le ayudo con eso, señor?

—No —dijo automáticamente—. Son frágiles.

El baulero se alejó con un resoplido y Henry se arrepintió de ello de inmediato; había más posibilidades de que él mismo las tirara. Las levantó de nuevo, aplastando los aparatos, en sus cajas, contra su pecho, y curvando un dedo dolorosamente en el asa de su maleta, y se tambaleó con cuidado hacia la taquilla. Tuvo que esperar a que un grupo de mujeres lo dejara pasar, con un frufrú de faldas, pero por fin salió de la estación. Ante él había una berlina, con un escudo de armas en la puerta. Un cochero de aspecto aburrido estaba apoyado en una rueda, silbando a través de los dientes.

—¿Señor Latimer? ¿Se dirige a la mansión Cathermute?

Henry dudó; había esperado un cabriolé o un charrete. Después asintió, como si estuviera totalmente acostumbrado al lujo y la opulencia, y subió tras el cochero al sombrío interior acolchado del carruaje. Había paneles de seda Telverton en las ventanillas, colgados de cables para mantener la tela tensa, y cuando la puerta se cerró a su espalda, el bullicio de la estación y el rechinante ruido del tráfico desaparecieron. La sangre comenzó a regresar a sus dedos rígidos y se reclinó en su asiento, sin fuerzas por el alivio. Así que aquel era el mal de Telverton: una desorientación, sutil pero inconfundible, como el primer momento tras una excesiva indulgencia. De hecho, como esta, no era desagradable… pero sin duda se acostumbraría a ello, y su embriagadora novedad se disiparía.

Cuando el carruaje comenzó a moverse, se acercó a la ventana. La tela que cubría el cristal era semiopaca, como una fina coraza de madreperla. El día anterior, en Yeovil, había leído con atención la entrada de la guía Bradshaw, como si el conciso texto (*Telverton, línea de Devon. Hostales: Ángel, Rosa, Sol Naciente. Día de mercado: miércoles*) fuera algún tipo de código, pero ni siquiera la breve mención de la fábrica le había dicho algo que no supiera ya. En Yeovil, el ventero le advirtió sobre el mal de Telverton y después se rio y añadió: «Solo estoy bromeando, señor, no es mucho más que un dolor de cabeza, si no se hospeda demasiado cerca de la fábrica». Pero Henry no había anticipado su extrañeza, la resplandeciente aura que había descendido tan rápidamente cuando el tren se acercó a la estación. El alivio que sentía en el interior del carruaje se vio atemperado por un inexplicable deseo de volver a salir. Era un fenómeno fascinante, que lo hacía ser consciente de que estaba en un sitio nuevo, en un sitio muy distinto de Londres, como si Telverton fuera una tierra ignota y su mal el necesario mareo de un explorador en el mar. Sonrió un poco al pensarlo y tomó aire profundamente, notando apenas el sabor amargo del hollín en el aire. Sí, era eso: había sido arrastrado hasta una nueva costa y estaba listo para comenzar una nueva vida, lejos de Argyll y de la tienda y de las habitaciones vacías de arriba. Había escapado. Y allí, bajo el nuevo cielo del suroeste, comenzaría de nuevo. Se ganaría la aprobación del señor Edward… No, ¿por qué detenerse ahí? Se ganaría su amistad y sería el salvador de su pequeña hija sorda; le demostraría a Argyll que se merecía el sustento, después de todo, y haría…

Pensó en Madeleine y su sonrisa desapareció. Ella lo habría animado, sin duda; se habría inclinado, le habría tomado las manos y habría murmurado: «Cariño, debes aprovechar todas las oportunidades». Incluso, pensaba, habría comprendido su ansiedad por alejarse de Argyll y de la ausencia que le habían dejado ella y la niña. No la estaba traicionando, porque ella no habría querido que sufriera. Y estaba muerta, por el amor de Dios, ¡no era como si pudiera traerla de vuelta! Pero de repente tenía un nudo en la garganta, y un escozor en los ojos.

Era mejor no pensar demasiado en ello. Se giró decididamente hacia la ventana, apartó del cristal con un dedo una esquina del panel de seda y miró a través del hueco.

Captó un atisbo de una terminal de mercancías a la izquierda. Pasaron junto a un puente peatonal, junto a un espacio verde y una hilera de casas recién construidas. Un poco más allá había una terraza de casas bajas de ladrillo y después tiendas, y a continuación calles más estrechas y abarrotadas, donde el olor del humo y de los químicos se hizo más fuerte en el aire. Los débiles sonidos de la industria comenzaron a filtrarse en el espacio cerrado a través de la rendija entre la seda y la ventanilla: los golpes y gemidos de un motor lejano, el pulso grave de las hileras de máquinas… Un sabor desconocido se fue extendiendo por su lengua, y la presión se acumuló de nuevo en sus sienes. Avanzaron a través de una calle más amplia junto a mampostería ennegrecida por el hollín, un atisbo de agua marrón entre altos muros, oscuro hormigón aplastado en el fango. A continuación, giraron en una esquina y, gracias a un peculiar truco de perspectiva, la chimenea de la fábrica apareció abruptamente, materializándose contra el cielo gris como por arte de magia, demasiado alta y cercana para que Henry pudiera ver la parte de arriba. Justo entonces, la afluencia del tráfico hizo que el carruaje se detuviera casi por completo y Henry inclinó la cabeza para ver tanto como le fuera posible. Los edificios principales eran también visibles sobre los muros, con sus seis plantas y sus ventanas como espejos vacíos a la luz del sol. ¡Y el ruido! Incluso a través de la pequeña rendija de la seda, sentía el retumbo y el tronido de las máquinas vibrando en sus dientes.

Miró tanto tiempo como pudo, hasta que las ruedas del carruaje doblaron la esquina, rechinando despacio, y el edificio quedó oculto, aunque el sonido seguía cantando en su cabeza, insinuándose entre las placas de su cráneo. Después, de repente, se desplazaron por un suburbio. El tráfico aceleró mientras pasaban junto a una mugrienta hilera de casuchas, tanto que solo captó un atisbo de dos niños gesticulando furiosamente, agitando las manos en todas direcciones como si tallaran amenazas en el aire. Se oyó un portazo, más adelante, y una mujer joven salió a la calle. Se detuvo, encorvada contra una farola, cubriéndose la cara con la mano.

El carruaje ya la había dejado atrás, pero en ese breve instante su miseria fue tan evidente, tan desesperada, que Henry se giró para mirarla, incapaz de descartar lo que había visto.

—Pare. Por favor, disculpe, *pare* —dijo, antes de percatarse de que el cochero no podía oírlo. A su lado estaba el cordón de una campanilla (obviamente, tenía que estarlo), y tiró de él. Un segundo después, de mala gana, el carruaje se detuvo con un chirrido.

—¿Está bien, señor? —El cochero abrió la puerta y lo miró como si fuera un inválido.

—Sí —dijo Henry, apartándolo—. Pero esa mujer... Ella necesita ayuda. Espere aquí.

—Si lo están afectando las turbulencias, será mejor que se quede dentro, señor. Hay demasiados por aquí que necesitan ayuda.

Henry no le hizo caso y se apresuró por el camino por el que habían llegado, junto a un hombre tirado en un umbral, con la boca abierta y laxa. Pero estaba concentrado en la joven que, apoyada contra la farola, respiraba con dificultad.

—Parece angustiada —le dijo—. ¿Hay algo que pueda hacer por usted?

La mujer tenía el cabello oscuro, los labios gruesos y la piel cubierta de pequeñas cicatrices. Parpadeó y más lágrimas bajaron y cayeron de su barbilla. Antes de que pudiera hablar, sonó una campana. Otra pareció responder a su tañido, reverberando en la hilera opuesta de casas, y después más, viniendo de todas direcciones, en un sonido prolongado y frágil, como si las campanadas fueran martillos contra el hemisferio de cristal del cielo. Después, milagrosamente, murieron, y con ellos el horrible sonsonete de la fábrica. De repente, el mundo parecía más grande, más despejado, como si el cerebro de Henry recibiera de repente más sangre.

—Esa es la campana de la cena —dijo la mujer. Tenía un acento raro, arrastrado, como si estuviera borracha, aunque su aliento solo olía a ranciedad—. Deje que me vaya... Cuando el turno cambie, se dará cuenta...

—Pero ¿está bien? Tome —le dijo, y buscó un pañuelo que ofrecerle. Se topó con el resbaladizo retal de seda de su bolsillo, pero eso era demasiado valioso y no podía dárselo. Probó en su chaleco—. Está llorando. ¿Le ha hecho daño alguien? Si puedo ayudarla...

La mujer hizo una mueca.

—No, no puede. Debo irme.

—Lo siento —dijo, impotente. ¿Qué lo impelía a querer consolarla? Solo sabía que algo en su postura lo había hecho recordar a Madeleine, mientras ella buscaba algo donde apoyarse cuando comenzó el dolor del parto. Madeleine había sido tan valiente, tan absurdamente amable con él, como si fuera él quien estuviera sufriendo... Al principio, al menos, hasta que el dolor empeoró y... Pero no quería recordar. Encontró algunas monedas y puso una en la mano de la joven—. Tome. Es lo menos que puedo...

—¿Y qué quiere a cambio, señor?

—Nada. No, por el amor de Dios, nada en absoluto —dijo, sintiendo que el calor subía por su cara—. Solo ayudarla.

Ella lo miró con las cejas enarcadas, una larga mirada después de la que se alejó, secándose la cara con la manga mientras se tambaleaba.

Podría haberla seguido, pero en ese momento aparecieron algunos hombres en la esquina, gritando y gesticulando. Después, de repente, la acera se llenó de gente empujándose, gritándose, desbordándose en una marea humana. Henry se aplastó contra la farola, temiendo verse arrastrado por la presión de los cuerpos. ¿Se habría producido alguna emergencia, alguna revuelta? Pero no, se dio cuenta de que aquellos eran los obreros de la fábrica, que volvían a casa para cenar. Había algo en el acento que le resultaba molesto, y sin duda sus voces eran más agudas y estridentes que en Londres. Un grupo de hombres mayores caminaba en hosco silencio hasta que uno tropezó con otro; ni siquiera entonces hablaron, sino que recurrieron a gestos torpes que rápidamente pasaron de hostiles a violentos. Henry no deseaba verse envuelto en una refriega local y, en cualquier caso, la mujer a la que había querido consolar había desaparecido. Con una sensación de aunado fracaso y alivio, se giró antes de que el aluvión de obreros llegara a donde estaba.

El carruaje se encontraba donde lo había dejado, y el cochero estaba a su lado.

—Le han dado bastante fuerte, ¿no? Las turbulencias —añadió, cuando Henry lo miró—. Apenas puede caminar derecho.

—Tonterías. Estoy perfectamente.

—Es entonces cuando debe tener cuidado, señor, cuando se siente como si solo se hubiera bebido un par. Hay una caja de confites debajo de la ventanilla; tómese uno y relájese. Cuando salgamos de Telverton se sentirá...

—Le agradezco la atención, pero de verdad, no lo necesito —dijo Henry, cerrando la puerta para no oír la respuesta del cochero.

El carruaje comenzó a moverse. Observó las sombras angulares danzando sobre la gasa que cubría las ventanas. Deseó haber esperado hasta que pasara la multitud y haber seguido a la mujer, haber insistido en aliviar su tristeza, de algún modo... Pero, si cerraba los ojos, lo que veía no era a la mujer sino la fábrica, aquel edificio resplandeciente, tosco y brillante. Era glorioso, como lo era un torrente o un glaciar; no se parecía a nada que hubiera visto antes. Se imaginó la seda tomando forma en los telares, creciendo milagrosamente centímetro a centímetro. Se imaginó grandes longitudes enrolladas en fardos, más lujosos y delicados que ninguna otra cosa en el mundo. Se imaginó el adorable susurro que emitiría cuando alguien tocara el lado equivocado, como un fantasma cantando... Pero no, con el sonido de las máquinas no sería un susurro sino un rugido que haría temblar los huesos, el espectacular trueno de un órgano de muchos tubos, un sonido demasiado puro y demasiada seda para responder a él, para repetirlo, para transformarlo... Era absurdo llamar «mal» a ese efecto, cuando se parecía más a la emoción de escuchar una orquesta a demasiado volumen. A su lado, las pequeñas miserias humanas de los suburbios eran insignificantes... u ordinarias, al menos. Dudó, deseando pedirle al cochero que diera la vuelta.

Pero se dirigía a la mansión Cathermute y, gradualmente, mientras avanzaban, la fábrica iba abandonando sus pensamientos. Después de un rato, las sombras que cruzaban las ventanillas se volvieron más escasas, y la luz más brillante. De vez en cuando, un árbol se acercaba lo suficiente para teñir de verde el interior del carruaje y Henry olía la diferencia en el aire, no tanto un aroma como la ausencia de este. Con la mente despejada, deslizó un dedo entre la cortina y la ventanilla y volvió a mirar. En el exterior había campos y robles y setos, praderas con el verde hoja y el rojo óxido de la tierra del suroeste. El perifollo verde se balanceaba junto a la carretera. No se oía nada más que las ruedas del carruaje y algunos trinos dispersos. Contuvo el aliento y de repente se sintió más feliz de lo que lo había estado desde que Madeleine había muerto.

Estaban desplazándose por las afueras de una aldea. Apartó la cortina de la ventanilla hasta que sus dedos amenazaron con romper el cable que la mantenía en su lugar (estaba claro que quien había diseñado aquel carruaje no tenía ningún interés por contemplar el exterior) y miró las cabañas con sus pulcros y coloridos jardines, un puente de piedra cruzando un río, el pórtico de una vieja iglesia. Al final, el carruaje giró y atravesó una enorme verja de hierro forjado y una bonita portería recién construida. Durante unos minutos, Henry se retorció en su asiento, complacido por la pulcritud de los muros y de la piedra rosada. Después, miró de nuevo hacia adelante mientras el camino se elevaba gradualmente a través de una extensa zona verde y zigzagueaba en una generosa curva hasta que la casa apareció ante su vista.

Era impresionante. Cuando bajó del carruaje, intentando no preocuparse por la repentina sudoración de sus palmas y por la aceleración de sus latidos ahora que estaba de verdad allí, se obligó a detenerse un instante y a mirar a su alrededor, fijándose en todo. La casa tenía la misma novedad contundente que la portería y había sido construida con la misma piedra rojo óxido, pero era enorme, tan grande como una iglesia, con altas ventanas, un porche profundo y una torre cuadrada con almenas. Miró la torre y se le vinieron a la mente algunos adjetivos: atrevida, masculina, espléndida. Y a pesar de sí mismo, añadió, en un paréntesis mental: cara.

—Ahí —dijo el cochero, señalando.

—Sí, gracias —replicó Henry, y caminó, con los brazos doloridos bajo el peso de sus cajas, en la dirección que el cochero le había indicado. Apenas tuvo que esperar antes de que la puerta se abriera, y la doncella lo condujo por un pequeño pasillo tan rápido que tuvo que apresurarse para alcanzarla.

—El señor Latimer, ¿verdad? Su habitación está en el ala este. Le llevarán una bandeja con la cena.

—¿Y el señor Edward...? —preguntó él, jadeando un poco.

—¿Qué pasa con él?

—¿Lo veré esta noche o...?

—Está de viaje de negocios. Verá a la niña mañana por la mañana, después del desayuno.

La mujer abrió una puerta y comenzó a subir una escalera, y salieron a uno de los pasillos principales de la casa. Henry vio un tapiz, un friso de rosas y ruiseñores de estilo medieval y mampostería de pulcros bordes recién tallados. Le habría gustado examinarlo todo de cerca, pero la doncella lo dejó atrás rápidamente y él hubo de hacerlo también para no quedarse rezagado. La mujer lo condujo a través de uno y otro pasillo, hasta que Henry se desorientó por completo; después subieron un tramo más empinado y estrecho de escaleras y llegaron a un pasillo oscuro que parecía atravesar la casa de lado a lado. La doncella abrió la puerta que había en el extremo opuesto.

—Esta es su habitación.

—Ah. Gracias.

La mujer asintió y se retiró. Henry suspiró y miró a su alrededor, sintiéndose como si acabara de bajarse de un tiovivo. La habitación no era lujosa, pero tampoco especialmente cutre: tenía una cama de forja, una butaca, una alfombra, un lavamanos, un escritorio y una silla y dos ventanas bajas con vistas al prado por un lado y un jardín en el otro. En las paredes había un par de impresiones con ilustraciones botánicas y la rejilla que había delante de la chimenea tenía polvorientos helechos bordados. Le recordó un poco a su habitación en Cambridge y esa fue una sensación agradable, el recuerdo de cuando era joven y libre, antes de conocer a Madeleine, antes de renunciar a sus sueños de poesía y éxito. Ahora sus sueños eran mucho más mundanos, pero más dignos: ayudaría a una niña a oír de nuevo, y su agradecido y aristocrático padre se lo agradecería.

Se sentó ante el escritorio y al mirar a su alrededor captó el brillo de algo en el hueco entre el escritorio y la pared, como una joya azul. Se agachó y la recogió. Era una esquina de cristal cobalto, al parecer perteneciente a una botella octagonal rota, como las que contenían láudano. La giró en sus dedos: había un residuo marrón en ella, como si la botella hubiera estado llena al romperse. No estaba seguro de qué hacer con ella. Mientras buscaba una papelera, se dio cuenta de que la pata de la silla estaba astillada y de que la alfombra se había torcido bajo sus pies para mostrar otra mancha en la tarima. Ambos desperfectos eran antiguos; el tiempo había pulido la madera en bruto de la silla y la mancha estaba desvaída después de las sucesivas limpiezas, apenas visible. Cuando apartó más la alfombra, vio un estampado de marcas, como si hubieran apretado un tubo o volcado un tintero… o algún otro líquido, uno que en el pasado fue tan llamativo como el carmín y tan denso como el aceite. Negó con la cabeza, intentando alejar de su mente el recuerdo de Madeleine y de la sangre que había empapado sus sábanas y salpicado el suelo.

Volvió a colocar la alfombra con el pie. En el pasillo exterior oyó pasos, así que se levantó y se asomó, pero la mujer que apareció en las escaleras no era de nuevo la doncella, sino la joven de cabello oscuro y labios gruesos que había encontrado llorando en la calle, cerca de la fábrica. La miró fijamente y ella ladeó la cabeza y lo miró a él, sin sonreír.

—Es usted —le dijo—. ¿Qué está…?

—No creo que nos conozcamos —replicó ella. Y era cierto. Ahora lo veía claro, como si su voz fría y precisa hubiera roto un hechizo. Había cierto parecido en sus movimientos y en la forma de su cara, pero eso era todo; y, mientras lo miraba, incluso eso pareció desaparecer.

Henry dudó, desprevenido.

—Quiero decir...

—No —dijo ella de nuevo—. Me temo que se equivoca. Buenos días.

¿Quién era? Iba vestida sobriamente, sin frivolidad, pero no como una criada. Entonces abrió una puerta al otro lado del rellano y Henry captó un atisbo de una habitación escueta y oyó el trino de un pájaro atravesando la ventana abierta. ¿Sería la institutriz de la pequeña? ¿Una doncella, o una tutora? Cuando la mujer entró, levantó la mano, señalando a alguien fuera de la vista mientras la puerta se cerraba a su espalda.

Henry dio un par de pasos, como para seguirla, y se detuvo. De repente era consciente de que estaba sucio y tenía la ropa arrugada tras el viaje, y de que la noche anterior apenas había dormido. *Mañana*, pensó, *mañana habrá tiempo*.

Regresó a su dormitorio, cerró la puerta y se encorvó para abrir la maleta más pequeña. Extrajo el retrato de Madeleine, que había envuelto con cuidado y guardado lo último. Era un marco doble con una bisagra en el centro: en un lado había una acuarela de Madeleine de pequeña y en el otro una fotografía de la Madeleine que él había conocido, un poco más delgada tras los vómitos de los primeros meses de embarazo, mirándolo con seriedad. Las Madeleine pequeña y mayor podrían haber sido madre e hija. Pensó en la hija de Madeleine, su propia hija, a la que ahora nunca conocería, a la que no vería crecer...

No dejó el marco en el escritorio, como había pretendido hacer. Después de un largo momento, lo envolvió de nuevo y volvió a guardarlo en la caja. Después se sacó el retal de seda de araña del bolsillo y lo desplegó, con el lado silencioso hacia arriba. Brillaba como un estanque de luz tenue en la ajada habitación. Henry cerró los ojos y se permitió recordar el aturdimiento que le había sobrevenido cuando el tren entró en la estación, el glorioso rugido de la fábrica y el resonante y refulgente velo que parecía envolver las calles y el cielo de Telverton. Eso no ahuyentó su tristeza, pero la alivió; y mezclado en ella había algo más elusivo, tan frágil que apenas se atrevía a llamarlo «esperanza».

TRES

Mientras llamaba a la puerta del dormitorio de la niña después del desayuno, Henry oyó el reloj marcando la hora y, unos segundos después, otro carrillón, y otro, como si los relojes de los distintos extremos de la casa se hubieran conservado a la antigua, en lugar de adaptarse al más moderno horario ferroviario. Giró la cabeza mientras oía la metálica melodía, el armonioso desacuerdo entre los relojes antiguos, y sonrió. Había dormido bien (sorprendentemente bien) en aquel sitio nuevo, y ahora se sentía contento y decidido, listo para comenzar y completar con éxito su misión. Daba igual lo retrasada o ignorante que fuera la niña: tendría paciencia, y aquella misma mañana iniciaría la larga tarea de conducirla a la sociedad civilizada.

La mujer de cabello castaño abrió la puerta, con la misma expresión serena e intransigente que había mostrado el día anterior.

—¿Sí?

—Soy Henry Latimer —se presentó—. Espero que la hayan avisado de...

Se detuvo. Detrás de la mujer, la luz del sol inundaba la estancia. En el extremo opuesto había una pizarra con palabras: *río, lago, océano, nube, lluvia, riada*. Frente a ella, sentada en una mesa de madera, había una niña pequeña, de cinco o seis años quizá, aunque Henry no conocía a muchos niños y no confiaba en sus suposiciones. Se había detenido mientras dibujaba en su pizarra, y lo estaba mirando con los ojos brillantes e inquisitivos.

—Sí —dijo la mujer—. Entre. Soy la señorita Fielding, y esta es Philomel. —Se apartó y sostuvo la puerta abierta como un sirviente; con la otra mano le hizo una señal rápida a la pequeña, que le dedicó a Henry una enorme sonrisa. Hizo que se pareciera tanto a su padre que Henry le clavó la mirada, total y absurdamente desprevenido.

Se produjo un silencio. Apartó la vista con esfuerzo y buscó a su alrededor algún sitio donde dejar sus cajas.

—Puede dejar eso sobre la mesa, si lo desea.

Obedeció. Quitó una mota de polvo de la tapa de la primera caja, como si eso pudiera poner en peligro los instrumentos del interior. Se había creído preparado para cualquier contingencia, pero no lo estaba para aquello, para una niña pequeña normal, bien vestida, encantada ante la interrupción de sus lecciones. Argyll le había dicho que apenas podía hablar. Pero, entonces, ¿cómo podía ser...? Bueno, así como era. Él nunca había conocido a una niña sordomuda; por las historias que había oído, eran taciturnas y agresivas, en el límite de la imbecilidad, apenas humanas. Aquella niña, con su vestido de volantes blancos y sus mejillas manchadas de tiza, lo desconcertó por completo. Era una niña como cualquier otra, una niña como la que Madeleine y él habrían tenido. Notó que la señorita Fielding estaba mirándolo y se irguió.

—Hola, Philomel —dijo, moviendo los labios con tanta claridad como le fue posible—. Soy Henry. Es un placer conocerte. —Por el rabillo del ojo vio que la señorita Fielding hacía otro ademán—. ¿Qué está haciendo?

La señorita Fielding negó con la cabeza, pero sus mejillas se tiñeron de rosa.

—Está aprendiendo a leer las palabras en mis labios, pero usted es un desconocido y ella es todavía muy pequeña. Bueno, Philomel —añadió, girándose para mirar a la pequeña—. ¿Qué se dice?

La niña tomó una gran inspiración.

—Có... mo... oos... tá —dijo. Estaba mirando sobre el hombro de Henry, con la expresión concentrada de estar repitiendo una lección. Después, de repente, su rostro se iluminó de nuevo y comenzó a gesticular, uniendo sus dedos en un complicado patrón. Pero un momento después, en respuesta a algo que Henry no veía, se detuvo, mordiéndose el labio, y miró a los adultos con los ojos muy abiertos.

—¿Qué ha sido eso?

—Nada.

—Pero...

—Me temo que a veces olvida que hemos prohibido... Que ya no hablamos con los dedos. Philomel, sabes que ahora debemos hablar con palabras. —La señorita Fielding se apartó de la mesa y Henry estuvo casi seguro de que la había visto hacerle alguna señal a la niña, oculta tras su falda—. Su padre ha determinado que debe aprender a hablar, para que pueda desenvolverse en sociedad. No debe verse limitada a conversar con personas que conozcan la lengua de signos. Es mejor que sepa decir algunas palabras imperfectas a la gente que importa, a que se exprese perfectamente con aquellos que no. El habla es lo que nos distingue de los animales, ¿no es cierto?

—Bueno... Sí, supongo que sí —dijo Henry, con la sensación de que esa no era la respuesta correcta.

—Pero Philomel creció hablando con los dedos, así es como llamo al lenguaje de signos, y a veces vuelve a ello. Por favor, no le hable al señor Edward de sus lapsus. No es desobediencia, señor Latimer, solo que es difícil para ella, porque está acostumbrada a comunicarse con libertad...

—Sí —dijo automáticamente—, debe serlo.

—Gracias. —Sonrió a la niña para tranquilizarla antes de dirigirse de nuevo a Henry—. Es usted médico, supongo. O milagrero.

—Soy otólogo. Es decir, vendo audífonos —dijo, cuando ella ladeó la cabeza—. Mi suegro, mejor dicho... No importa. He traído una selección para que los pruebe.

—¿Cómo funcionan esos audífonos?

—El mecanismo es muy sencillo —dijo Henry, contento de estar de nuevo en terreno conocido—. Utilizan las leyes naturales de la acústica para amplificar las vibraciones de los sonidos. Verá, el sonido es solo la compresión y relajación de un medio, normalmente el aire, tal como se transmite al oído; desde este pasa al nervio aural, y de ahí al cerebro. Estos instrumentos recogen y concentran las ondas para que al oído les sea más fácil captarlas. En algunos casos, usan los huesos de los dientes y del cráneo para conducir el sonido. Si el problema está en el oído medio, la diferencia puede ser enorme.

—Comprendo —dijo la señorita Fielding.

—Los probaremos todos y veremos qué funciona mejor. ¿Cuánto oye la niña?

—Nada en absoluto.

Él la miró.

—¿*Nada*?

—No. Nada. ¿Creía que era solo un poco dura de oído?

Henry bajó la cabeza sobre la caja, presionando la lengua contra los dientes.

—Muy bien —dijo, después de un momento—. Eso disminuye las probabilidades de éxito significativamente.

Argyll debía haberlo sabido y decidido por adelantado que era imposible. Sin duda fue por eso por lo que aceptó tan rápidamente que Henry acudiera en su lugar… Pero, maldita sea, no se dejaría derrotar; le demostraría a Argyll que era más que capaz.

—¿Y desde cuándo está sorda?

—Desde que nació.

Una malformación congénita, entonces. Argyll le había dicho que fue un accidente; ¿había mentido deliberadamente? Pero no podía detenerse en ello ahora. Sentía los ojos de ambas (unos brillantes e inquisitivos, los otros levemente antagónicos) sobre él, esperando.

—No importa, no debemos perder la esperanza. Todavía la hay. Podría requerir un poco más de dedicación, eso es todo. Veamos qué podemos hacer.

Extrajo los artilugios de arriba (una enorme y sencilla trompetilla, otra lacada, una más de doble curva y otra de cazoleta) y los dejó sobre la mesa. La niña los miró, mordiéndose el labio inferior; estos eran, por supuesto, los ejemplares más caros de Argyll, y tenían los bordes ornamentados y flores grabadas.

—Oh… Disculpe —dijo la señorita Fielding—. Iré a por mi caja de costura; así al menos aprovechará el tiempo uno los dos.

—Había tensión en su voz, como si creyera que las pruebas eran una pérdida de tiempo. Desapareció por la puerta del otro extremo, junto a la pizarra.

En otra caja, sobre los audífonos y aurículas, había un pequeño silbato, un tambor y cinco diapasones. Henry los sacó también y los colocó en una hilera sobre la mesa, frente a las trompetillas. Empezaba a darse cuenta de que la pequeña estaba agitando la mano para llamar su atención. Al final escribió algo, con gran dificultad, en su pequeña pizarra, y se la ofreció con una mano regordeta para que la viera. He escrito un poena, decía.

—Un… ¿Qué pone aquí? —Entonces lo comprendió. Un poema, ¡claro! Y la niña ya se había puesto en pie y sonreía como si fuera a recitarlo ante el mundo—. Esto es muy… Quiero decir, no es necesario…

Pero ella no lo vio hablar, o lo hizo y no lo entendió; se sacudió un poco, asumió una expresión muy seria y comenzó a gesticular.

Al principio, Henry pensó que estaba haciendo mímica: ¿estaba fingiendo caminar, abrir una puerta, arrancar una flor de una rama baja? Después descubrió que tenía algo en común con la gesticulación de los trabajadores de la fábrica. Pero no era el breve y primitivo vaivén que había visto usar a los viejos; empezaba a sospechar que, de hecho, había gramática en ello, una complejidad que lo eludía por completo. La niña giró en una pirueta, moviéndose en círculos al mismo tiempo, de modo que Henry casi veía los círculos en el interior de otros círculos. ¿La estaba soplando una brisa imaginaria, o estaba personificando el papel de una fuente? Entonces Philomel se detuvo y se llevó la mano a la mejilla como si sostuviera una rosa. «Ven al jardín —pensó Henry de repente—. Estoy aquí sola, junto a la puerta…». Le había encantado leerle los poemas de Tennyson a Madeleine, hasta que la poesía se convirtió en un recordatorio de todas sus ambiciones abandonadas. Y a pesar de sí mismo, las palabras acudieron a su cabeza: «Empezando a desvanecerse en la luz que ella ama… a desvanecerse ante su luz, y a morir…».

—Me temo que no lo comprendo…

Pero ella no lo oyó, naturalmente. Y él no podía apartar la mirada: ponía algo doloroso en su pecho, ver a la niña tan dichosamente abandonada a… ¿a qué? No era poesía, seguramente, pues no tenía musicalidad ni cadencia, y aun así aquel jardín estaba a su alrededor y lo transitaba tan hábilmente como si bailara, con pie seguro, agarrando con las manos las enredaderas y las flores invisibles…

Philomel tomó el vacío suavemente entre sus palmas y lo lanzó hacia arriba. Durante un instante, Henry creyó ver el destello de unas alas, o un rocío de pétalos cayendo alrededor de la niña.

Se produjo un silencio. No podía hablar; tampoco habría podido gesticular, aunque hubiera conocido los signos adecuados.

Oyó una voz a su espalda.

—¡Philomel! Siéntate, por favor. Recuerda, ya no debemos usar los signos. Lo siento, señor Latimer.

La señorita Fielding pasó junto a él y dejó una cesta vieja sobre la mesa. Agarró a la niña por el hombro y la condujo con suavidad de nuevo a su asiento. Si se dijeron algo, Henry no lo vio; había apartado los ojos para mirar sin ver la ventana.

—¿Comenzamos, señor Latimer?

—Por supuesto —dijo, y sin mirarlas a ninguna de ellas, acercó una silla, escribió la fecha en un pliego de papel y tomó la primera trompetilla.

Más tarde, aquella misma mañana, cerró la puerta del aula a su espalda y se detuvo un momento con los ojos cerrados. Le dolía la cabeza. Había trabajado metódicamente, nota a nota, trompetilla a trompetilla, resistiendo la tentación de apresurarse, pero la niña no había mostrado la menor respuesta, y después de una hora o así había empezado a bostezar, a rodearse un tobillo con el otro pie y a revolverse como si necesitara usar el orinal. La señorita Fielding, que hasta entonces había estado observando impasible, había dicho:

—Creo que debe dejarnos hacer una pausa, señor Latimer. Philomel toma un vaso de leche con pan y mantequilla a las once.

—Sí —respondió él—. De hecho, sería mejor que lo dejáramos por hoy.

—Si usted lo dice —replicó la señorita Fielding—. ¿Mañana por la mañana, entonces?

Henry había asentido y comenzado a guardar su equipo, intentando dominar su decepción. Al día siguiente seguramente haría algún avance; que su trabajo no hubiera dado fruto aquel día no significaba que la empresa fuera inútil. Tenía que intentarlo todo. Se lo debía a la niña. Al verla sonreír o intercambiar algunos signos medio escondidos con su institutriz había sentido una renovada oleada de determinación: si era tan dulce y encantadora ahora que no oía, ¡qué delicia sería cuando pudiera conversar! Qué satisfecho estaría el señor Edward; qué satisfecho estaría él mismo, sabiendo que le había dado el regalo de la música, del borboteo del agua, del canto del ruiseñor… Sí, debía perseverar. No debía desanimarse. Aquella era su gran oportunidad, y tenía que aprovecharla.

Pero ahora tenía el resto del día por delante, vacío. Dejó sus instrumentos en su dormitorio y los colocó en el suelo junto a la alfombra manchada. Después bajó las escaleras. Cuando la doncella lo acompañó a su habitación solo había captado imágenes de soslayo, tentadores atisbos de la casa, y ahora tenía curiosidad por ver más. Recordó a Argyll diciendo: «Recién construida, lo mejor de lo mejor…». Cuando llegó a los pies de la escalera, su resolución estaba flaqueando. Aunque no era un intruso, se sentía como uno. La casa era majestuosa, tan rica como la crema, con el suave brillo del oro y del terciopelo y de la piedra pulida, pero era su quietud lo que lo hacía caminar tan suavemente como podía, atreviéndose apenas a respirar. No era el silencio absoluto de la seda de Telverton, sino el susurro cómodo y costoso del aislamiento y la prosperidad. La suave diligencia de los criados, el gorjeo líquido de los pájaros, el lejano rasguño de un rastrillo sobre la gravilla… Todo esto solo atraía la atención hacia la elegante ausencia de otros sonidos, la declaración de posesión que se extendía al mismo aire. Notaba un cosquilleo en las plantas de los pies, como si estuviera embarrando una alfombra persa.

A su derecha, un pequeño pasillo conducía a las habitaciones, suponía, de la parte delantera de la casa. Desde donde estaba apenas podía distinguir un espacio alto y alargado encuadrado por una oscura arcada. Le habría gustado ver la habitación en la que desembocaba, pero estaban fregando el suelo con cepillo y, después de un segundo, la doncella gruñó y cesó en su trabajo, jadeando trabajosamente antes de continuar. En lugar de eso, Henry se dirigió en sentido contrario, hacia la parte de atrás de la casa. Las puertas estaban entreabiertas y las abrió más, preparado para retirarse ante cualquier movimiento o rastro de ocupación. La primera puerta conducía a un comedor, apanelado con madera oscura y lleno de colores profundos y de sombras borrosas. Justo bajo el oscuro techo de madera, con sus vigas pintadas y sus rosetones, un friso con letras medievales atravesaba la habitación. Sobre la alta ventana de piedra en saledizo captó las palabras: BIENVENIDO DE NUEVO. La siguiente puerta llevaba a un salón matinal con paredes carmesíes sobre más madera. Después, por fin, abrió la puerta de la biblioteca y luego de un momento entró.

Estaba más iluminada que las otras estancias, empapelada en ocre y siena natural, y la luz del sol yacía suavemente sobre los lomos dorados de los libros en sus estanterías espiraladas. El techo estaba pintado con un diseño medieval y salpicado de cúpulas doradas invertidas, como moldes de gelatina. Todas las superficies eran coloridas, estaban bien hechas, parecían caras; la madera brillaba como el raso, y el aire era como perfume.

Henry miró a su alrededor, fijándose en los adornos y en el estilo chino. Frente a él, en una hornacina, estaba colgado el retrato de un joven y su esposa, vestidos a la moda de cuarenta o cincuenta años antes. Se acercó a él. Era sin duda impresionante, pero después de examinarlo un momento, Henry decidió que no le gustaba mucho. El retrato de un marido y su mujer embarazada era bastante convencional, pero si el artista había intentado mostrarlos favorecidos, había fracasado. La mujer estaba demacrada y ojerosa, agarrándose el vientre hinchado con las manos huesudas, y aunque el hombre que estaba a su lado era innegablemente atractivo, tenía un aspecto inflexible y arrogante. Tenía una mano apoyada en un globo terráqueo y con la otra señalaba el sombrío y otoñal paisaje a su espalda. A lo lejos, entre los árboles retorcidos y desiguales, había otras plantas extranjeras, de modo que era imposible saber si representaba un lugar real o una deteriorada Arcadia. Henry acercó la cara al lienzo para intentar distinguir la firma del artista, y retrocedió con brusquedad. Había una mancha justo delante de su nariz que al principio había creído que era una mota de pigmento oscurecido por el tiempo pero que ahora veía que tenía patas, y un grueso abdomen peludo, y ojos diminutos en su cabeza como gotas de lluvia sobre la tela encerada. Era una araña. Y a su lado, bajando detrás del marco dorado, el artista había pintado una bolsa gruesa y blanquecina con una película grasienta, enganchada a una ramita. ¿Pretendía ser una presa envuelta, o un saco de huevos? Fuera lo que fuere, estaba fuera de lugar en un retrato, protuberante como un hongo, con esa extraña luz deslizándose sobre ella, como si se estuviera licuando…

Entonces Henry se dio cuenta, y se rio. Seguramente pretendía ser la seda Telverton, y la araña (la *Pseudonephila* o como se llamara) que la tejía; y el escurridizo brillo gris era solo un mal intento de expresar la mágica gracia de la seda. Instintivamente, se metió la mano en el bolsillo, sacó su talismán cuadrado y lo acercó al retrato. Sí, ahora lo veía claro; qué ambicioso había sido el artista. Mientras volvía a guardarse la seda en el bolsillo, oyó algo y se detuvo. Por supuesto, solo era el eco reflejado de su propia respiración, tan llamativo como un susurro en el silencio de aquella estancia. No obstante, cerró los ojos, abrumado por el repentino anhelo de oírlo de nuevo.

Se sobresaltó cuando una voz lo sacó de su ensoñación. Esta vez era una voz masculina, ronca e inconfundiblemente real. Se hizo más fuerte al decir:

—Sí, ¿y cuánto tiempo llevas haciéndola? Diez años ya, creo. Y la mayor parte de ella sigue en el almacén. ¿Cuánto dinero de la familia Ashmore has puesto en esa fábrica? Por el amor de Dios, estás malgastando la herencia de tu padre.

Henry se giró, guardándose la seda, pero era ya demasiado tarde para anunciar su presencia. Al otro lado de la habitación, el señor Edward Ashmore-Percy y otro hombre caminaron hasta la ventana y se detuvieron de espaldas a él. El desconocido (un caballero recio y rubicundo, elegantemente vestido) continuó hablando.

—Que tú, ¡tú, el hijo de John Ashmore!, estés suplicando financiación desafía a la razón. En un hombre más joven sería impertinencia. En ti… Bueno. ¿Debería llamarlo «desesperación»?

El señor Edward no retrocedió.

—No es eso, George. A mí no me parece que ser ambicioso sea un crimen. —Henry había olvidado el timbre de su voz, y su encanto.

—Oh, la ambición está muy bien, cuando está bien dirigida. Pero no. Esta seda Telverton es una novedad, eso está claro, pero solo eso. Tu padre estaría…

—Por Dios bendito, ¿debo seguir a la sombra de mi padre? Si hubiera muerto a una edad razonable… No, George, sé que lo querías, pero tengo cincuenta años, ya no soy un hombre joven. Y recibí esa herencia hace treinta años…

—Vuelve al encaje. Se gana mucho dinero con el encaje. Recupera las pérdidas, si puedes. ¡Arañas! Nada de esto es digno de ti. Lo de esa seda es una tontería. Es demasiado cara, y no hay mercado para ella. Es una fruslería.

—Disculpe, señor, pero se equivoca —se oyó decir Henry a sí mismo.

Se produjo un silencio. No había pretendido revelar su presencia y todavía menos había pretendido hablar, y tan descaradamente. ¿Qué diantres lo había hecho salir en defensa de la seda? A no ser que fuera a su anfitrión a quien pretendiera defender. Pero no le quedaba más remedio que salir de la hornacina y dirigirse al centro de la habitación. Los dos hombres lo miraron fijamente con expresiones idénticas, llenas de sorpresa y de desdén, pero cuando Henry abrió la boca (con la intención, Dios lo sabía, de excusarse) se descubrió dirigiéndose solo al hombre mayor.

—No pretendía oír su conversación, señor, pero veo por su atuendo y su conducta que es usted un hombre de éxito... un hombre importante. Me atrevería a suponer que vive usted en una casa acorde a su clase. Una mansión ancestral, rodeada de zonas verdes, quizá... Un lugar elegante, con una atmósfera de tranquila dignidad y contento. Un sitio donde usted es el señor de todo lo que ven sus ojos.

El hombre le echó una larga mirada. Después resopló.

—Y si algo lo perturba, un perro ladrando, un niño llorando o un loco gritando al otro lado de la ventana, puede eliminarlo fácilmente. Agita una mano, llama a un criado... Incluso... —Henry continuó, asombrado por su propia audacia—. Incluso el parloteo de su esposa y de sus hijas puede ser fácilmente evitado solo con trasladarse a otra habitación.

¿Era el atisbo de una sonrisa lo que había en los labios del hombre? Pero Henry no podía permitirse dudar para asegurarse. Tenía las palmas sudorosas.

—Pero no debe pensar que, como usted ha conseguido cierto estatus, cierto poder, todos los hombres son como usted. Acierta al pensar que en un domicilio como el suyo la seda sería solo un detalle bonito, algo en lo que no merece la pena gastar, pero eso es porque ya tiene tanto silencio como necesita.

Otra pausa. El señor Edward miró a Henry y al otro hombre, y a Henry de nuevo.

—Creo, señor, que podría estar haciéndome el honor de considerar lo que he dicho. Si es así —dijo Henry, ahora sin aliento—, se lo agradezco. Pero piense en lo difícil que sería si, en lugar de trinos, lo único que oyera fuera el chirrido del tráfico y los gritos de los vendedores en la calle, o el interminable retumbo de la maquinaria. El silencio no es solo silencio, señor, es atención... Es cordura. Es sueño para los niños, medicina para los inválidos, descanso para el hombre trabajador. Es dinero para el hombre que debe pensar o morirse de hambre. Construimos muros para proteger nuestros cuerpos del mundo, pero dejamos nuestras mentes expuestas al asalto por todos los flancos. La seda

Telverton, señor, no es una fruslería. Es el mayor descubrimiento de nuestra era.

Nadie habló. El calor que Henry sentía trepó por la piel de su rostro hasta que notó el hormigueo del sudor reptando por su cabello. Al final, el hombre resopló sonoramente.

—¿Quién es usted?

—Discúlpeme. Henry Latimer, a su servicio, señor —balbuceó Henry, e hizo una reverencia—. Soy otólogo. Estoy aquí para...

—Un filósofo natural, es usted.

—Bueno, no exactamente... —comenzó a decir Henry.

El enrojecido hombre no esperó su respuesta.

—Recuérdamelo, Edward. Diez guineas el metro, ¿era eso? ¿O más?

—Soy un hombre pobre y lo pagaría, señor. De buena gana —dijo Henry—. Y no soy el único. Cuando la gente descubra lo que es, el precio no será un inconveniente.

—Uhm...

Se produjo una pausa. Henry apartó la mirada. El señor Edward estaba mirándolo con una extraña expresión, pero tan pronto como sus ojos se encontraron, dijo:

—Vamos, George —y señaló la puerta—. Siento la impertinencia de mi empleado. Has sido muy claro en tu negativa, y sé que eres un hombre ocupado. Deja que pida tu carruaje, y mientras esperamos hablaremos de otras cosas.

—Sí... —dijo el hombre, como si se creyera víctima de algún truco—. Muy bien, entonces.

Asintió a Henry con la misma incomodidad resentida y se dirigió a la puerta. El señor Edward lo siguió.

Henry pensó, hasta el último momento, que el señor Edward lo saludaría al menos; cuando la puerta se estaba cerrando, tartamudeó, con una repentina desesperación:

—Lo siento mucho, señor Edward. No pretendía avergonzarlo...

El otro hombre se detuvo y lo miró un largo momento a través de la rendija que había entre la puerta y el marco, como si buscara defectos en un trozo de tela.

—¿No?

—No, por supuesto que no. Es solo que... La seda *es* extraordinaria —dijo Henry, oyéndose alzar la voz—. Cuando lo oí decir... No pude contenerme. Quiero decir, que solo intentaba complacerlo... porque aprecio mucho el retal de seda que me dio...

—¿Qué seda?

—Usted me entregó un cuadrado de su tela —le dijo Henry—. Cuando vino a la tienda. A la tienda de Argyll. Me dijo...

«Me dijo: *Anímese*». Pero las palabras murieron antes de llegar a su lengua. El hombre que ahora lo estaba mirando no era el hombre que le había parecido un compañero de viaje: su expresión era glacial.

—Lo siento mucho —repitió—. Le estoy muy agradecido por esta oportunidad... —Se obligó a dejar de hablar.

—Me había olvidado de eso. Será mejor que la devuelva, supongo.

—¿Que la devuelva?

—¿No lo ha oído? Cuesta diez guineas el metro. ¿Creyó que era un regalo?

Henry tragó saliva, pero no podía negarse; no podía hacer nada más que buscar con dedos aturdidos en su bolsillo y sacar el retal de seda. Lo había lavado después de que se le cayera en la calle, pero ahora había una tenue línea de suciedad aferrada al borde.

El señor Edward se lo arrancó de la mano como si fuera arpillera.

—Conocer la diferencia entre la elocuencia y la grandilocuencia es una habilidad muy útil —le dijo, tan frío como la nieve—. Como lo es saber cuándo contener la lengua.

Otra oleada de calor hirvió en el rostro y en el cuero cabelludo de Henry. Ahora sabía que había deseado volver a ver al señor Edward, desmedidamente. Había esperado... ¿Qué? Otra de esas sonrisas, sin duda; un momento de tranquila complicidad o incluso (¡ay, por Dios!) amistad. Y lo había arruinado todo, alocada, estúpidamente. Ojalá hubiera mantenido la boca cerrada.

—Sí... Por supuesto.

El señor Edward asintió.

—Si toma algún libro prestado, asegúrese de devolverlo, ¿de acuerdo? —En ese momento dudó, como si fuera a añadir otra humillación, pero entonces cerró la puerta y dejó solo a Henry.

PARTE II

Llegamos ayer, en un trasiego de calor, agotamiento y agitación. No recuerdo mucho de nuestro viaje, excepto la furia de James hacia los marineros que exigieron más dinero del que habíamos acordado antes de que nos llevaran el último tramo hasta la orilla y mi creciente malestar cuando quedó claro que ninguno de los hombres que se reunieron en la playa comprendía el griego básico de James ni hablaba una sola palabra de inglés. Por un momento pensé que íbamos a tener que quedarnos a dormir allí mismo.

Pero al final uno de los hombres se encogió de hombros y gesticuló, indicándonos que debíamos seguirlo, y mientras los remos de nuestro bote salpicaban a nuestra espalda, alejándose, tomamos el equipaje más importante y subimos el pedregoso camino. Después de una larga pendiente, el sendero se curvó y nos llevó a un grupo de casas blancas. Me detuve para recuperar el aliento, pero nuestro calvario no había terminado; el hombre señaló una casa baja a cierta distancia de las demás, casi cubierta por plantas trepadoras y a la sombra de las encinas y de los altos cipreses. Podría haber llorado ante la perspectiva de otro ascenso, pero mientras me mordía el labio, consciente de que mi fragilidad enfadaría a James todavía más, vi una silueta en la puerta. Era una mujer vestida de negro, con la cabeza cubierta y los brazos en los costados. El sol de la tarde le iluminaba la cara y el cabello bronceado que escapaba de su velo (creo que lo llaman «himatión»). Ella no se movió mientras nos acercábamos. Su rostro… Iba a escribir que era como una máscara, pero su mirada estaba más viva que ninguna otra que yo hubiera visto, totalmente concentrada en nosotros y absolutamente libre de miedo o deseo. Aminoré el paso hasta detenerme. Cansada, sentí el absurdo impulso de arrodillarme.

—¡Eh, tú! —le gritó James—. Soy James Ashmore. He venido a visitar a Montague Gritney. Estoy buscando alojamiento para esta noche. ¿Hay alguna posada?

Bajé la cabeza, un poco avergonzada (Oh, Sophia, ¡avergonzada de tu propio marido!) porque se dirigiera a ella así. Pero para mi sorpresa oí su respuesta clara y casi sin acento.

—Puede quedarse aquí —le dijo—. Esta casa está vacía. Es aquí donde vivía el señor Gritney.

—¿Vivía? —replicó James, echándome una mirada furiosa, como si aquel viaje hubiera sido idea mía, y no suya—. ¿Ya no está aquí?

—Murió hace mucho. Puede quedarse en su casa, si lo desea.

—Le escribí varias cartas…

—No sé leer su idioma.

Se produjo un silencio, lleno de la abrupta respiración de James y de mi propio corazón acelerado. Al final, la mujer se alejó de la puerta y caminó hacia nosotros. Pensé que nos diría algo al pasar, pero, aunque asintió, no se detuvo, y oí sus sandalias repiqueteando en el suelo empedrado mientras desaparecía en las verdes sombras del bosque.

—¡Bueno! —exclamó James, y negó con la cabeza como si un niño le hubiera escupido en la calle—. ¿Qué vamos a hacer? Es un fastidio que el anciano haya muerto. Esperaba…

—Lo sé, cariño —le dije, poniéndole la mano en el hombro. No pareció darse cuenta—. Pero, si su correspondencia es fiable, la isla podría ser digna de…

—Bah —contestó, sacando el labio inferior—. No deseo andar por ahí yo solo, sin dirección. Él podría habérmelo contado todo, y después solo habría tenido que enviar a un par de lugareños a reunir las muestras. Supongo que habría hecho alguna excursión ocasional, de vez en cuando, bien equipado y aprovisionado, pero confiaba en la cooperación de Gritney.

—Todavía tienes sus ensayos, y sus cartas. Fue eso lo que te trajo aquí. Quizá, si lo relees ahora, a la luz de… —Miré a mi alrededor, olvidando lo que había querido decir, porque, aunque no me había referido a una luz literal, me sorprendió el sol del atardecer que se asentaba opulentamente en el polvo y cubría de oro las enredaderas y la humilde casita.

—Oh, a la mierda todo —zanjó James, dándole una patada a la maleta que tenía al lado. Después, al verme, hizo una mueca y me ofreció la mano—. Perdóname, cielo. Bueno, si este es nuestro alojamiento para esta noche, entremos. Te ayudaré a hacerlo acogedor.

Yo no quería entrar, al menos no hasta que el sol hubiera desaparecido llevándose consigo su vívida alquimia, pero sabía que James estaba cansado y podía ver lo frágil que era su resolución de mantener el buen ánimo.

—Por supuesto —le dije, fingiendo un entusiasmo juvenil mientras tiraba de él hacia la puerta baja—. Seremos como los saltamontes de la Biblia, acampando en el seto.

La casa apenas es una casa, solo un par de habitaciones escuetas y sucias, desprovistas de más mobiliario que la deteriorada cama con somier de cuerda y los montones dispersos de libros del señor Gritney. No puedo decir que al abrir los ojos esta mañana me haya alegrado de recordar dónde estábamos, y por qué. Nos hemos alojado en otros lugares desagradables (oh, ¡aquella casa de huéspedes en Atenas, donde creí que iba a asfixiarme del asco!), pero este es tan miserable, está tan desprovisto de toda comodidad, que no soportaba quedarme allí ni un momento más. Me escabullí de las sábanas sin despertar a James, y salí de la casa.

He descubierto que me sucede a menudo que, cuanto más cansada estoy, antes me despierto, y así ha sido hoy. Cuando salí al exterior, descubrí que el mundo estaba envuelto en la semiluz azul que precede al amanecer. Había una dulce frialdad en el aire, y el sonido del mar, pero por lo demás había una quietud perfecta sobre todo, como una especie de encantamiento. Hemos estado en muchos lugares distintos, hemos disfrutado de sublimes vistas de montañas y ruinas, de acantilados y playas, de cascadas de agua blanca y grutas verdes, de rocas cocidas por el cegador sol… Por no mencionar las ciudades, todas ellas más o menos ruidosas y apestosas, y el vaivén de la humanidad por cada una de sus calles. Estoy muy harta de nuevos paisajes… ¡Ha pasado mucho tiempo desde que el placer de llegar a un sitio nuevo ha merecido la pena! Y no obstante hoy, sola en esa lucencia azul, noté que el aire entraba en mis pulmones como si no hubiera respirado en meses y me sentí irresistiblemente atraída hacia el camino que conducía a la aldea y al mar.

Mientras caminaba entre las cuadradas casas blancas, no vi a nadie y no oí nada más que las olas… y algo en el límite de la percepción, una nota distante que seguramente era el cencerro de una cabra pero que me recordó a las viejas historias de naufragios y tierras inundadas. Pasé junto a un pozo cubierto rodeado de flores rojas; junto a un perro que dormía en una entrada y que bostezó, lamiéndose el hocico; junto a un parche de tierra cultivada en el que las plantas trepadoras se aferraban a soportes improvisados. Vi una sandalia de niño abandonada a un lado del camino y me acordé de un héroe mitológico que perdió el zapato al llevar a una diosa al otro lado de un río y recibió su bendición eterna.

—Debes tener hambre. Toma.

Me giré. Era la mujer a la que habíamos visto el día anterior, la que hablaba inglés casi como una inglesa. Hice un sonido incoherente de sorpresa, pero ella me ofreció un trozo de pan de hogaza y esperó a que lo aceptara.

No me había dado cuenta de que estaba hambrienta hasta que tuve la comida en la mano. Ni siquiera recuerdo si le di las gracias antes de clavarle el diente. Era un tipo de pan ácimo, duro y agrio y maravillosamente bueno, y en el interior tenía queso, húmedo y salado y salpicado de aceite de oliva, de hierbas fragantes y de brotes encurtidos que estallaron en mi lengua.

Me sonrió.

—¿Está bueno?

—Sí. —Comencé a tartamudear algo sobre el pan rancio y el pescado que había conseguido regatear la noche anterior a la viuda bizca de la casa más cercana, pero temí sonar grosera.

Ella comenzó a caminar. No sabía si esperaba que la siguiera, pero cuando di un par de pasos vacilantes en su estela se detuvo, esperando impasible a que la alcanzara. Me condujo, deseara o no mi compañía, a lo largo de un sendero oculto que rodeaba las casas más alejadas y descendía. El sonido del mar se hizo más fuerte, y el camino más escarpado, zigzagueando entre los pequeños robles; después llegamos de repente a un saliente. Allí el cielo y el mar pendían ante nosotras, el cielo espléndido en rosa y cobre y marfil y el mar siendo su pálido reflejo, como si viera los mismos colores a través de un velo.

Un delfín saltó cerca de la orilla y desapareció en un remolino de lechoso fuego.

—Oh —dije—, es precioso. Precioso...

Nos quedamos allí hasta que el sol abandonó el horizonte y tuve que bajar los ojos, deslumbrada. Entonces la mujer se rio y se giró.

—Debo regresar —le dije, un poco sorprendida por haberme olvidado de James tan completamente—. Mi marido podría haberse despertado y descubierto que no estoy...

—Eres libre de hacerlo —contestó sin mirar atrás, y un momento después casi desapareció de la vista, bajando por el barranco rocoso con facilidad y rapidez.

Nunca me he sentido menos libre que mientras regresaba con James, pero claro, quizás ella no se había referido a eso.

Kratos, 23 (creo) de junio de 182—

Han pasado algunos días desde que escribí por última vez; días, como siempre, llenos de aburrimiento y frustración. La indecisión consume a James. Pasa del deseo de tomar el siguiente barco de vuelta a Atenas, y de ahí a algún sitio más civilizado, a la convicción de que, después de todo, hizo bien al venir aquí y de que conseguirá hacerse un nombre con los descubrimientos del señor Gritney. Es agotador.

No obstante, gracias a mis esfuerzos, la casa es más habitable, y he conseguido negociar una entrega diaria de pan, queso, huevos, aceitunas y fruta, además de la promesa de algún pollo ocasional. Este acuerdo se lo debo a la ayuda de la mujer que habla inglés, que se llama Hira. (Al principio creí que era «Hera», pero cuando se lo pregunté me escribió laboriosamente el nombre en letras romanas). No comprendo del todo quién o qué es; entre los aldeanos, quiero decir. Pienso que debió ser la criada del señor Gritney y que seguramente fue él quien le enseñó inglés, pues ningún otro aldeano habla una sola palabra. Se mantiene apartada de los demás, y aunque la llaman para pedirle ungüentos y tinturas y su ayuda cuando hay un hueso roto o se cae un niño, es difícil saber si la respetan, temen o desprecian. La tratan de un modo distinto al de las otras mujeres jóvenes, y no parece tener marido. Ella es lo más parecido a una amiga que he tenido durante muchas semanas, y esta es una confesión dolorosa, porque si soy sincera, está lejos de ser una amiga: solo tolera mi compañía, cuando consigo alejarme unos minutos de James. Ayer por la tarde la encontré en el jardín que hay junto a la casa, limpiando la tierra alrededor de las hierbas; cuando se irguió y me vio, balbuceé algunas palabras de agradecimiento y me mostró una breve sonrisa.

—No vamos a quedarnos aquí el tiempo suficiente para que eso importe, pero eres muy amable... —le dije, pero ella volvió a escarbar sin decir palabra, como si supiera lo que se hacía.

Kratos, julio de 182—

James lleva furioso toda la tarde. Para variar, hoy ha estado nublado y la luz lo cubría todo como una gasa (la aldea, el bosque y las flores, y la tierra pedregosa), así que todos los verdes y turquesas y rosas estaban teñidos de una ligera palidez. Me apetecía dar un paseo, y como por la mañana había estado bastante contento, pensé que no pasaría nada si lo dejaba un par de horas. Pero cuando regresé estaba escribiendo en su cuaderno de notas y apretando los dientes de tal manera que supe que debía esperar una borrasca. Hice la cena tan silenciosamente como pude y después me senté con las manos en el regazo, esperando no agraviarlo. Al final, me atreví a preguntar:

—¿Qué pasa, cariño?

Golpeó la mesa con la pluma.

—Esto no tiene sentido —me dijo—. Este sitio es un auténtico desierto habitado por salvajes… ¡No hay aquí ni rastro de civilización! Estoy harto y cansado de ello.

—Creí que las notas del señor Gritney te habían parecido muy útiles. Ayer dijiste…

—Ese hombre era un soñador. Sus ideas son una chifladura, la invención de un cerebro enloquecido. Debería haberlo sabido. ¡El lugar donde nació Harpócrates, claro! ¡La tierra de las rosas y el silencio! Auténticos sinsentidos. Creo que Dios está castigándome por prestar tanta atención a los mitos paganos.

—Pero las arañas…

—No existen. Los aldeanos se rieron de mí. ¡Se *rieron*, Sophia! Yo les expliqué que, por supuesto, no creo en los dioses del Olimpo ni en nada de eso, pero que sospechaba que tenían cierta base en hechos científicos y que en este caso podrían ser las arañas que Gritney me describió en su correspondencia. Les pedí que me condujeran hasta ellas. Esos hombres son tan cretinos que tardé horas en explicarles qué quería decir, ¡y entonces…! —Se levantó bruscamente de su silla y caminó hasta la ventana. Todo estaba tranquilo; el lejano mar debía estar tan sereno como un estanque.

Me acerqué a él y le apoyé la cabeza en el hombro, y después de un momento noté la presión de sus labios en mi cabello.

—¿Quieres que volvamos a casa? —le pregunté.

—¿Sin haber descubierto ni escrito nada, con un nombre tan desconocido como cuando me marché? ¿Para que mi codicioso y pecador hermano pueda seguir tratándome con condescendencia?

—O podríamos seguir —dije, conteniendo un suspiro—. Hay más islas. Si esta no es la correcta...

Él se rio, un poco triste.

—Eres una buena esposa —me aseguró—. Sé que estás cansada, y que echas de menos nuestra casa.

Es cierto que llevaba meses añorándola, pero el dolor que sentí al pensar en Inglaterra no fue tan punzante como solía ser. No supe qué responder.

—Descansaremos un par de días —me dijo—. Registraré los papeles del viejo, por si he pasado algo por alto, y confiaré en la Providencia para que dirija mis siguientes pasos. —Me dio un beso, y me acercó a él—. Mi sufridora mujercita. Estoy poniendo a prueba tu aguante, ¿no? No te preocupes, no nos quedaremos aquí mucho tiempo más.

No lo corregí. Fue inmoral permitir que me consolara por un malestar que yo no sentía, pero sus mimos son más inusuales ahora que antes, y de todos modos yo no habría sabido explicarle bien mi estado de ánimo.

Kratos, agosto de 182—

Han pasado semanas desde la última vez que escribí. Me temo que James está cayendo en el desánimo. Ha pasado largas horas de estos últimos días leyendo con atención los libros y diarios del señor Gritney, y una o dos veces ha desaparecido durante una hora y regresado sucio y sudoroso, maldiciendo el calor y las pendientes de los caminos que conducen al bosque, así que supuse que no había perdido por completo la esperanza de encontrar las arañas. Pero sus esfuerzos, sin recompensa, han disminuido. Todavía dedica la mayor parte de cada día a sus libros, pero he notado que rara vez pasa una página. Mi presencia lo irrita, y he comenzado a entretenerme cuando voy y vengo de la aldea. A veces me encuentro con Hira, y a veces ella me pide que la acompañe en sus visitas a los aldeanos. He bebido tisanas con una viuda y una joven madre que tenía un bebé colgado del pecho, he comido pasteles de almendra con un anciano, y he observado a Hira mientras aplicaba una pasta de olor fuerte en el sarpullido de un niño. Los aldeanos me aceptan sin un interés especial, como si fuera el animal domesticado que la sigue. Es la primera vez desde que me marché de casa que no me siento cohibida e incómoda.

No sé por qué es amable conmigo. Muestra el sereno desapego de una sacerdotisa, y me es inconcebible que esté sola… Y aun así tampoco estoy segura de que sea solo pena. Esta tarde me marché de casa y seguí el camino que baja hacia el mar, saboreando la fragancia del rocío y de los pinos y la sal. Me detuve debajo del último roble, sobre la arena. El mar era de un turquesa agrisado, tan tranquilo como la seda.

Oí algo a mi espalda, pero no me asusté; solo me giré despacio, sabiendo por algún instinto irracional que vería allí a Hira. Entonces contuve el aliento y noté que la sangre se me agolpaba en la cara, porque estaba desnuda. No tuve la sensatez de apartar la mirada; en lugar de eso (¡qué vergüenza!) la miré, totalmente sorprendida, sus pechos y su vientre desnudos. Dios sabe que he visto suficientes estatuas para no quedarme embobada… Y no obstante su silueta no se parecía en nada a la de aquellas Ateneas y Afroditas de piedra esculpidas por hombres para otros hombres. Sonrió y se secó el agua de la piel, y buscó su bata.

—Lo siento, no esperaba… —balbucí, y por fin aparté la mirada. Por el rabillo del ojo, vi cómo bajaba la tela negra sobre su cuerpo.

—Si quieres bañarte —me indicó—, te esperaré. Es peligroso nadar sola en un lugar desconocido.

—¡Oh! No, no puedo.

—Nadie te verá.

—No me atrevo, quiero decir. No sé nadar —le confesé, sintiendo un renovado calor en mis mejillas—. No he aprendido.

—Viniste del otro lado del mar —me dijo—. ¿No tuviste miedo?

—Sí.

Me miró tanto tiempo que apenas pude soportarlo. Después echó la cabeza hacia atrás y se rio, con una extraña nota de admiración.

—Muy bien —me dijo al final—. Yo te enseñaré.

—Eres muy amable, pero si te soy sincera, no deseo…

—He visto cómo miras el mar. Cuando estés preparada, dímelo. Buenas tardes.

Se alejó y cerré la boca. James me contó una vez que Platón decía que un hombre que no sabe nadar es tan ignorante como el que no sabe leer, pero él nunca se ha preocupado por ayudarme a remediar mi incapacidad.

Me senté en una roca y observé el mar hasta que el agua, el cielo y la arena se fundieron juntos como bandas azules de cristal licuado. La brisa que portaba el aroma de los pinos también transportaba un sonido, un elusivo y titilante campanilleo que me erizó el vello de los brazos. No sé si este es el lugar donde nació el silencio, pero estoy segura de que hay algo extraño aquí, algo que debería temer. Pero no lo hago.

Me quedé allí hasta que casi oscureció; no quería marcharme y volver con James.

Oh, ¡cuánto me cuesta ver escrita esta confesión! He descuidado mis oraciones desde que llegué aquí, y este es el triste resultado. Ahora dejaré mi pluma y concentraré mi mente en el Todopoderoso y en su infinita ayuda y piedad, y en su mandato de que una esposa debe obedecer a su marido.

CUATRO

Henry habría dado cualquier cosa por retractarse de su arrebato en la biblioteca. Si le dieran otra oportunidad, se arrancaría la lengua de un mordisco antes de decir una palabra. Pero era demasiado tarde; lo único que podía hacer era redoblar sus esfuerzos con Philomel. Para eso, después de todo, estaba allí. Cuando tuviera éxito, lo perdonarían y...

¿Y *qué*? Siempre que intentaba ponerle palabras, Henry solo conseguía pensar en el señor Edward diciendo: «Anímese» y en la sonrisa que le había parecido una llama encendida. ¿Era eso lo que anhelaba? No. O mejor dicho... Sí; eso, pero no solo eso. El señor Edward le estrecharía la mano y lo invitaría a quedarse un poco más, y... Pero la inspiración de Henry se agotaba invariablemente allí, y abría los ojos en la destartalada habitación del ala este en la que estaba solo, con el montón de papeles sobre el escritorio tan tachado por las marcas del fracaso como siempre.

Porque había fracasado, hasta el momento. A pesar de su determinación, no hizo ningún avance el segundo día, y tras una hora la tercera mañana estuvo claro que tanto Philomel como la señorita Fielding estaban cansadas de su presencia. Continuó, insistente, desenvolviendo un bonito audífono pintado como un abanico japonés y enseñándole a la pequeña cómo apoyarse el borde contra los dientes. A su espalda oyó el resoplido de la señorita Fielding y el chirrido de un dedo en el cristal; estaba garabateando en el cristal de la ventana. Philomel soltó el audífono y comenzó a hacer una pregunta con los dedos antes de recordar que Henry no podía entenderla; se detuvo y le dio una patada a la pata de la silla.

—Tienes que tensar los cordones así —le dijo Henry, haciéndole una demostración—. Ahora, métetelo en la boca y deja que toque otra nota.

Ella se encogió de hombros, se señaló las orejas y extendió las manos. Henry no estaba seguro de que aquello fuera lengua de signos, exactamente, pero el significado era preciso. Fue como si le dijera en voz alta: «No puedo oír nada».

—Debemos ser exhaustivos —insistió Henry, y se giró para mirar a la señorita Fielding. A decir verdad, esperaba que ella estuviera de acuerdo, además de traducirle, pero el gesto que ella le hizo a la pequeña no lo tranquilizó—. Lo cierto, Philomel, es que te conviene que haga esto adecuadamente. No debemos perder la esperanza.

Philomel se puso en pie. Se quedó junto a su silla, rodeándose el tobillo con el otro pie, pero no parecía tan desafiante como desvalida. Le estaba pidiendo mucho a una niña; había tenido clientes ancianos que por menos habían lanzado las manos al aire, que se habían negado a continuar y habían abandonado la consulta de Argyll. De repente, Henry recordó su propia etapa colegial y el devastador peso del aburrimiento un día de primavera en el que tenía veinte verbos latinos por conjugar y el reloj parecía haberse detenido. Pero tenía que hacer aquello. Se lo debía a ambos, tenía que seguir adelante.

Él también se levantó. Philomel frunció el ceño, pero él le dio la espalda y se inclinó sobre la mesa para arrastrar las dos cajas restantes hacia ella. Echó las pestañas hacia atrás y dijo:

—Bueno. Vamos a intentarlo de otro modo.

Ella parpadeó y miró a la señorita Fielding. Después, Henry vio por fin una sonrisa en el rostro de la niña mientras se inclinaba sobre la caja más cercana, hundía las manos en el lecho de algodón y sacaba los retorcidos instrumentos, vacilante al principio y después con desenfreno, como si fuera un barril de salvado en una feria. Exhumó una aurícula de latón con incrustaciones y después otra de madreperla, que se colocó con entusiasmo en la cabeza como una corona. Henry tomó su diapasón y tocó una nota, atento a cualquier respuesta en la niña, pero ella giró delante de la señorita Fielding, ajena y sonriente. Después dejó la aurícula, regresó a la mesa y tomó un auricular con animales míticos grabados.

—¿Cuándo admitirá la derrota, señor Latimer?

Henry se giró, sobresaltado. La señorita Fielding le había dado la espalda a la niña pero, por supuesto, no había bajado la voz.

—¿Disculpe?

—¿Cuándo va a dejar de malgastar su tiempo, y el nuestro?

—No estoy perdiendo el tiempo —tartamudeó—. Debemos probarlo todo...

—Todos estos instrumentos son variaciones sobre el mismo principio, ¿no?

—Hasta cierto punto. Algunos funcionan amplificando las ondas de sonido, reflejándolas y concentrándolas, y otros usando la estructura de los dientes y del cráneo para transmitir las vibraciones al nervio auditivo.

—Eso lo comprendo. Pero cuando el propio nervio...

—Hay diferencias. Diferencias sutiles, se lo garantizo, en algunos casos. Pero el menor cambio podría... Es decir, si percibimos el menor atisbo de esperanza...

—Pero no lo percibimos. Eso es lo que quiero decir. Ella no oye nada. —Y, quizás inconscientemente, repitió con las manos los gestos que Philomel había hecho.

—No es tan sencillo. Cuando el nervio auditivo no recibe estímulos, se atrofia —le dijo Henry, consciente de que estaba citando a Argyll. Pero era cierto, maldita fuera; ¿por qué debería sentirse como un charlatán?—. Cuando cierta capacidad auditiva se restaura mediante métodos mecánicos, el nervio debe volver a habituarse no solo a percibir sino a reconocer el fenómeno del sonido. Se han producido casos en los que han sido necesarias muchas sesiones para educar tanto el nervio auditivo como el cerebro, antes de que el sujeto comprenda que se ha producido una mejoría.

—¿Mejoría? —murmuró ella, y se giró para mirar a Philomel.

Henry siguió su mirada. Mientras hablaban, la niña había sacado un pequeño caballo de madera del estante y ahora lo estaba sosteniendo sobre el auricular como si quisiera presentárselo al unicornio grabado.

—Quiero ayudarla —insistió Henry, elevando la voz—. Quiero que oiga. Usted seguramente lo comprende. Si hay alguna posibilidad de que algún día oiga el canto de los pájaros, un discurso, música... No puedo rendirme cuando todavía hay esperanza. ¿Cómo podría?

—Admiro su persistencia, señor Latimer. Y ha sido más gentil con ella que muchos de los demás. Pero no es justo, ni amable, perseverar más allá de los límites de...

—¿Los demás?

Ella levantó las cejas.

—Ha habido otros, naturalmente. Médicos, especialistas, incluso un hipnotista. Ese hombre es incansable. Desde que Phil empezó a parecerse a él y se dio cuenta de que, a pesar de todo, la señora Cecilia, su esposa, le había sido fiel...

Henry la miró fijamente.

—¿Por qué diantres...? —comenzó, y se detuvo.

Ella lo miró a los ojos con un destello de amargura; después, dio un paso hacia la ventana y dijo, con firmeza:

—Eso no importa. Hasta que estuvo seguro, yo fui suficiente, ¿sabe? Bastaba con que la niña tuviera una maestra, alguien que supiera leer y escribir y usar la lengua de signos. Fui la primera de mi clase y podía imitar el acento de una dama para no traer vergüenza a la casa. No era una institutriz de verdad, pero serviría. ¿Qué importaba que Philomel no llegara a hablar como una persona civilizada, siempre que estuviera cuidada y alejada de la vista? Pero creció y se parece tanto a él que eso comenzó a importar, y entonces los médicos empezaron a venir. Creo que ya debe saber que nadie puede curarla, pero él sigue intentándolo.

Henry no dijo nada. Observó a Philomel, que hizo galopar al caballo de madera por la mesa, con el rostro tan luminoso como si estuviera viendo campos verdes y la libertad.

—No debería haberle contado eso —dijo la señorita Fielding de repente—. No debe repetirlo. Ahora no hay duda de su ascendencia. Philomel...

—Por supuesto que no.

—Quiero lo mejor para ella. Ella es lo único que tengo.

Henry se giró.

—Pero quiere que fracase. ¡No lo niegue, por favor! ¿Cómo puede decir que quiere lo mejor para ella cuando está haciendo todo lo posible para persuadirme de que me marche?

Ella lo miró sin sonreír.

—Si consiguiera que Philomel recuperara el oído por completo, de modo que pudiera aprender a hablar con la lengua tan bien como lo hace con las manos, no sentiría por usted nada más que gratitud.

—¿Y si consiguiera hacer algún pequeño avance, solo lo suficiente para permitirle conversar con la gente normal?

—¡Eso sería lo peor de todo! —Lo dijo tan apasionadamente que él se estremeció, pero no se disculpó ni bajó la voz—. Eso contentaría al señor Edward. Quiere que deje de usar los signos; preferiría que no dijera nada, a hacerlo así. Pero yo no podría... ¡No la *veré* reducida a una boba balbuceante, rodeada de gente que la cree tan incapaz de pensar como de hablar, limitada a un par de palabras apenas comprensibles! Tiene la suerte de haber aprendido la lengua de signos. No creo que usted sea consciente de *cuánta* suerte ha tenido. Y, con el tiempo, cuando los niños de Telverton crezcan, la sordera será tan común que la ciudad entera hablará como ella lo hace. Es lista y divertida, y perfecta justo como es.

—Pero... si pudiera aprender palabras... cadencia... poesía...

—¡Ella *ya* conoce la poesía! Hay más poesía en sus manos de la que su padre tiene en todo el cuerpo.

Eso no es cierto, pensó Henry, recordando los diestros y masculinos dedos que le habían ofrecido la seda, pero habría sido una pedantería decirlo. Se giró. La habitación parecía más fría y oscura. Si se rendía ahora, nunca se redimiría a los ojos del señor Edward. Regresaría a Londres y seguiría insatisfecho; regresaría con Argyll y el «E HIJO» sobre la puerta; regresaría con el piano mudo de Madeleine y el cuarto infantil cerrado. No lo soportaría.

La señorita Fielding no dijo nada más. Philomel los miró a ambos, notando quizá que sus voces se habían callado, pero sin hacer ningún ademán fue a donde tenían el papel marrón, sacó un lápiz de un cajón y se sentó de nuevo para hacerle un retrato al unicornio del auricular. No se oía nada más que el suave y rítmico rasguño del grafito sobre el papel. *Nadie,* pensó Henry, *pensaría que le pasaba algo malo.* Y si lo que la señorita Fielding decía era cierto… *Reducida a una boba balbuceante.* Se dio cuenta abruptamente de que no podía continuar. En las pocas horas que había pasado a su lado, había fallado a su hija totalmente. No podía dejar que su ambición y su soledad lo cegaran ante el daño que podría hacerle a Philomel si se quedaba.

—Debería ir a ver al señor Edward —dijo—. Para decirle que mi presencia aquí es inútil.

La señorita Fielding no se movió, pero Henry notó que se relajaba.

—Gracias —le dijo.

No confiaba en sí mismo para responder. Lo único peor que el dolor de aquella miseria sería que ella la viera, y se compadeciera de él. Era absurdo, después de todo; su esperanza había sido un espejismo, no más sustancial que la llama de una vela. Había soñado con empezar de nuevo, y ahora había despertado. No había nada más que decir. Se permitió echar una última mirada al aula, a la luz del sol que caía sobre la madera pulida, a las hileras de libros y juguetes y a Philomel. Casi había terminado su unicornio. Tenía el vestido manchado de polvo gris y se le habían escapado algunos mechones de la trenza.

La señorita Fielding se dirigió a la puerta y la abrió. Él la siguió, embotado.

—Mis cosas… —dijo, en el umbral.

—Haré que las guarden y que las dejen en su habitación.

—Sí. Gracias.

Sin pretenderlo, miró de nuevo a la pequeña. Era posible que a la señorita Fielding le cayera mejor ahora que se marchaba, porque siguió su mirada y sonrió.

—¿Tiene hijos?

—No. —Se le cerró la garganta sobre la palabra, amenazando con traicionarlo, y vio que los ojos de ella se deslizaban hasta la banda negra de su brazo. Rápidamente, antes de que pudiera preguntarle algo más, le dijo, aferrándose a la primera observación que le vino a la cabeza—: Philomel es un nombre muy bonito. No sé por qué me parece que significa «ruiseñor», o que hay alguna relación, al menos...

Había creído que el comentario era inocuo, pero por alguna razón eso hizo que la sonrisa de la señorita Fielding desapareciera.

—Sí. Filomela fue transformada en ruiseñor. Según Ovidio, creo. Para otros autores es una golondrina. ¿Cree que es una bonita historia, acorde al bonito nombre?

—Yo... Apenas la recuerdo. ¿Tejió un tapiz? ¿O esa fue Penélope?

—Sí. La violaron y después le cortaron la lengua, así que tejió el tapiz para contarle a su hermana lo que había pasado.

Se produjo un silencio. Henry la miró; había usado la palabra «violaron» como si no portara un peso especial, como si fuera una palabra que cualquiera podía usar, en cualquier momento.

Ella le sostuvo la mirada sin parpadear.

—¿Se imagina contar algo así en seda bordada?

—Yo... —dijo, y después comenzó de nuevo—. No me imagino contando algo así en absoluto.

—No. Quizás el final habría sido más feliz si ella no lo hubiera hecho. Sin duda, habría sido más conveniente. Para los hombres, y para los dioses.

Dijo «hombres» como si se refiriera a todos los hombres.

—No creo que estuvieran pensando en esa historia cuando le pusieron su nombre —dijo Henry.

La señorita Fielding se encogió de hombros. No fue un gesto de indiferencia, sino de resignación.

—Esta casa es extraña, señor Latimer. Tiene suerte de poder abandonarla.

Henry no tuvo tiempo de contestar antes de que la puerta casi le diera en la cara. Cerró los ojos, intentando grabar la última imagen de la habitación: el globo terráqueo y la pizarra, la niña pequeña sentada ante el dibujo, levantando la mirada para sonreír a su institutriz; un pequeño mundo soleado, protegido, sin tristezas, un mundo del que había formado parte, aunque brevemente. Pero ya no era exacta. Era como si nunca hubiera existido. Y supo, con una sensación de pérdida que no se atrevió a examinar, que cuando llegara a Londres los detalles estarían tan borrosos que serían irreconocibles.

No obtuvo respuesta cuando llamó a la puerta del despacho, pero una doncella que estaba limpiando el polvo cerca lo condujo a la biblioteca. Dudó ante la puerta cerrada, escuchando un murmullo de voces, pero después, con una fatalista resolución, se obligó a llamar. Difícilmente podría avergonzarse más de lo que ya lo había hecho. Pronto habría terminado, y después no volvería a ver al señor Edward. Al día siguiente, emprendería el camino de regreso a Londres.

—Adelante.

El señor Edward estaba de pie ante el escritorio, pasando las páginas de un libro fino. Cuando Henry entró, alzó la mirada con una expresión inquisitiva, amable y preocupada. El hombre que estaba a su lado era mucho más joven, solo un poco mayor que el propio Henry, pelirrojo, con las patillas irregulares y la tez grasa.

—Esto me parece bien. ¿Sí, señor Latimer? —dijo el señor Edward.

—¿Podría hablar con usted, señor? —replicó Henry, asegurándose de mirarlo a los ojos—. No tardaré mucho.

—Ahora no tiene tiempo, señor —dijo el otro hombre—. Debo regresar a la fábrica, y si tengo que hablar con la imprenta por el camino...

—Sí, sí —dijo el señor Edward—. Lo sé, Worsley, pero me atrevería a decir que un día de retraso no tendrá demasiada importancia en mi futura ruina. —Lo dijo con ligereza, pero el joven mostró los dientes sin que la sonrisa llegara a sus ojos—. Adelante. —Señaló la puerta y Worsley se escabulló, echándole a Henry una desagradable mirada—. Perdónelo. Se crio en los muelles de Bristol, y tiene sus costumbres. ¿Qué ocurre, Latimer?

Henry tomó aire y se clavó las uñas en las palmas. La expresión del señor Edward era amistosa; apenas parecía el mismo que le había arrancado el retal de seda de la mano para después echarlo con tanta frialdad. Quizá había decidido darle otra oportunidad. Sí, era eso; estaba esperando novedades sobre los avances de Philomel, y esperaba quedar satisfecho.

El discurso que Henry se había preparado titubeó en su lengua. Miró a su alrededor, a ciegas; después, se descubrió caminando sobre la alfombra hasta la ventana, como si pudiera atravesar el cristal y escapar al prado. Pero, mientras él se maldecía por su cobardía, el señor Edward se acercó y miró el exterior. El día se había nublado. Más allá de los árboles, el parque bajaba hasta el valle y la niebla de Telverton era apenas visible, allí donde el humo se elevaba para unirse al cielo gris.

—Allí —dijo el señor Edward, señalando—. Esa es la chimenea de la fábrica. Ese hilo de humo, ¿lo ve?

No podía seguir demorándolo.

—Lo siento, señor —comenzó—, pero me temo que las pruebas que he llevado a cabo con Philomel han fracasado. Esperaba poder ayudarla, pero… Bueno, no ha servido de nada.

Fue un alivio decirlo, al principio, pero la pausa se prolongó. Henry le echó un vistazo de soslayo. El señor Edward estaba mirándose las botas con expresión ilegible.

—Es una pena —dijo al final.

—Sí. —Era como el peor rapapolvo del colegio; ninguna reprimenda podía ser peor que el silencio de alguien a quien tanto has deseado complacer—. Lo siento. El señor Argyll tenía grandes esperanzas. Mi fracaso lo decepcionará.

—¿*Su* fracaso?

—Bueno… Sí.

—¿Se debe a su incapacidad? ¿O sencillamente a que mi hija es sorda?

—Bueno... Supongo... —balbuceó Henry—. He hecho todo lo posible, lo que cualquier otro podría haber hecho.

—Claro. —El señor Edward suspiró y se alejó. Se detuvo junto al escritorio y pasó una página hacia adelante y hacia atrás con el índice, hasta que Henry creyó que iba a romperse. Al final, dijo—: Así que va a regresar a Londres, supongo.

—Sí.

Intentó no pensar en Londres ni en la tienda en Argyll, ni en las habitaciones vacías.

—Ah.

—Debo disculparme de nuevo por avergonzarlo...

Al mismo tiempo, el señor Edward dijo:

—Antes de que se vaya, debo pedirle un favor. Al menos... una tarea. Una prueba, si quiere.

Henry lo miró.

—No le negaré que el otro día fue impertinente. Entrometerse así en una conversación privada... Me tomó totalmente por sorpresa. Creí que lo había estropeado todo, pero resulta que puede haber sido lo contrario. Creo que el viejo George podría estar cambiando de opinión.

Henry abrió la boca, buscando las palabras adecuadas. Al final dijo:

—No pretendía...

—Me temo que fui desagradable. ¿Me perdonará?

—¿Perdonarlo, señor?

Henry se sentía mareado. Miró al hombre a los ojos y se vio obligado a apartar la vista de nuevo; tenía esa misma expresión, el destello cálido y divertido que Henry había imaginado, solo que no así, porque nunca se habría imaginado que le pediría perdón.

—Pensándolo bien, fue un golpe maestro que le dijera al viejo canalla que estaba equivocado. No creo que pudiéramos haber planeado nada mejor para desconcertarlo y obligarlo a prestar atención. Y después los halagos...

—Sinceramente —dijo Henry—, hablé sin pensar. No tenía intención...

—Bueno, fue fantástico —replicó el señor Edward—. Cualquiera diría que es usted actor. Supongo que no tendrá estudios dramáticos.

—No. En el pasado ambicionaba ser poeta —le contó Henry, y de inmediato deseó no haberlo hecho. Recordó el rostro de Argyll, lleno de genial malicia cuando Madeleine le mencionó los versos que había escrito. El viejo había exclamado: «¡Tierno animal, inerme y despavorido!», y después añadió, riéndose: «Tú nunca superarás eso, muchacho».

Pero el señor Edward no se rio; levantó la mano en amargo reconocimiento.

—¡Debería haberlo sabido! Esa pasión, ese ingenio, ese fuego divino... —Sonrió, pero no de un modo burlón—. Bueno, entonces... Esta es mi petición: ¿dirá unas palabras en la cena de mañana? Algo parecido, que haga que mis invitados se yergan y presten atención.

—Sí... Por supuesto, si puedo ser de ayuda...

—Entonces está decidido. Y, si lo hace bien, ya veremos.

Hizo una pausa. Al final, Henry tuvo que girarse; no supo por qué, o si lo que sentía era satisfacción o miedo. La sangre tronaba en sus oídos: *una prueba, una prueba*. Si lo hacía bien... ¡Ojalá pudiera adivinar el final de esa frase! Parpadeó y descubrió que estaba mirando el viejo retrato colgado en la hornacina.

—Ese es mi tío abuelo, James Ashmore —le contó el señor Edward, en un tono distinto—. Fue él quien trajo las arañas de Grecia. —Se detuvo junto al hombro de Henry—. Me gusta contar la historia cuando la gente me pregunta qué tiene de especial la seda de Telverton. Un viejo adicto al opio escribió que había encontrado el lugar de nacimiento del silencio y mi tío abuelo James, que era ambicioso y sentía poca inclinación hacia lo que mi padre llamaría «el trabajo de verdad» —añadió, guiñando el ojo—, decidió ir a buscarlo. Viajó por todo el Mediterráneo, según se dice, como Odiseo. Pasó hambre y calamidades y sufrió mucho para traer las arañas. Son su legado para el mundo.

—Sí —dijo Henry, aunque sus ojos se movieron hasta el rostro de la mujer que había junto al tío abuelo del señor Edward, y a la tristeza que creía ver en él.

El señor Edward se detuvo ante Henry, frente al retrato.

—Lo pintaron justo después de su regreso. Mi tío abuelo se convirtió en un viejo diabólico. Cuando era un crío, me obligaban a visitarlo; vivía en la aldea, justo al otro lado del prado, y me daba mucho miedo. Me obligaba a lanzar ratas vivas en las urnas de las arañas. —Movió los hombros, como si se hubiera puesto una camisa húmeda y fría—. Tienes que llevar guantes, o te hacen jirones. Después de un tiempo, era extrañamente fascinante, pero...

—¿Ratas vivas?

—Oh, sí. Las arañas son muy voraces, sobre todo las hembras de la especie. Aunque no son tan grandes como cabría esperar. La seda hace todo el trabajo de atrapar a la presa. —Hizo una mueca—. Mi tío abuelo hablaba y hablaba de la seda, seguro de que esta lo haría rico. Siguió criando a las arañas. Mi padre creía que era un loco. Fui yo, ¿sabe? Quien vio que tenía potencial. Fui yo quien adaptó las máquinas, y amplió la fábrica.

Henry asintió. La araña del retrato lo observaba con sus ojos brillantes, voraces.

—Hice que otro artista añadiera la araña después, solo para darle contexto, pero no estoy seguro de que haya quedado bien. Parece... Bueno, *viva*, de algún modo. —Y enseguida añadió, con una extraña nota en la voz—: Me decepcionó, al final. El artista, quiero decir. No le pagué.

Henry dudó, pero al final dijo, en voz baja:

—Es maravillosa. La seda, quiero decir. Usted tenía razón; es buena idea fabricarla. Es magnífica.

—¿Usted cree? —El señor Edward se giró para mirarlo—. El viejo George, por no mencionar a la mayoría de los amigos de mi padre, cree que soy idiota.

—Por supuesto que lo creo. No debe hacerles caso. Hará una fortuna con ella, estoy seguro. —Apenas sabía qué estaba diciendo; era demasiado consciente del espacio entre ellos, y de la mirada del hombre. *Una prueba, una prueba, una prueba*, le decía el corazón.

—¿Sí? —El señor Edward frunció el ceño, como si Henry fuera una página a descifrar—. Pero ha dicho que no *debo*. ¿«No debo»?

—No pretendía... —dijo Henry, horrorizado.

—¡Ja! Oh, vamos, estoy bromeando —dijo el señor Edward, riéndose, y le puso una mano lisonjera en el hombro. Podría haber sido el gesto de un adulto hacia un niño, consolador y extrañamente íntimo, pero durante una fracción de segundo sus dedos lo apretaron dolorosamente y un repentino calor bajó por el brazo de Henry—. Bueno, supongo que debería llamar de nuevo a Worsley, o se enfadará —continuó, bajando la mano—. Está ansioso por enviar este catálogo a la imprenta.

Henry se acercó para mirar el libro que había sobre el escritorio, pero tardó un momento en enfocar la mirada. El título estaba impreso sobre tela barata en tinta oscura: Seda Telverton, decía, entre torpes florituras.

El señor Edward pasó un par de páginas, mostrando grabados de cortinas. El lustre de la seda estaba expresado monótonamente, con líneas y curvas concéntricas.

—Tenemos algunos diseños de cortinas que podrían hacerse, con distintos pesos y grosores y todo eso. —Pero solo había algunas imágenes antes de llegar a la lista de precios, y cerró el libro de golpe—. Vamos a enviar uno de estos a todos los cortineros y sastres del país. Quiero que se hable de la seda Telverton en todas partes.

—Muy bien —dijo Henry. Estaba un poco más tranquilo. Qué idiota, ¿por qué se había inquietado tanto! Pero había entrado en la estancia esperando una fría despedida, y era lógico que se sintiera agradecido por la indulgencia del hombre. Gratitud, eso era todo; y admiración, y alivio porque, después de todo, no había perdido su oportunidad.

—Toque la campana, ¿quiere? O... No, espere. —Atravesó la estancia y abrió la puerta de la biblioteca—. Ah, Worsley, estás aquí. Eso pensaba. Muy bien, entra.

Worsley entró con tal rapidez que estuvo claro que había estado escuchando. No miró a Henry con el ceño fruncido, no exactamente, pero su desagrado lo abofeteó como un viento fétido.

—Me temo que ya es demasiado tarde para la imprenta, señor.

—Entonces llévalo el lunes. Bueno, debo despedirme de usted, Latimer. Worsley y yo tenemos otras cosas que discutir.

—Por supuesto… Y gracias —tartamudeó, consciente de repente de que no había expresado nada de lo que sentía—. Haré todo lo posible. No sabe cuánto le agradezco…

—Oh, déjelo. —El señor Edward descartó sus palabras. Tras su brazo, Henry vio a Philomel corriendo por la hierba. La señorita Fielding corría tras ella, sosteniendo un sombrero diminuto en una mano y una manta, una carpeta y una caja de madera debajo del otro brazo—. Vaya a ayudarla si quiere. ¿Dibuja usted?

—No… No exactamente.

—Componga algunos poemas, entonces. O mejor aún, trabaje en su pequeño discurso de mañana. Esta no es la mejor época del año para el parque, pero el jardín es bastante bonito.

—Sí —dijo Worsley, mostrando los dientes en esa sonrisa que no lo era—, vaya a jugar. Tenemos cosas importantes que hacer aquí.

Henry tomó aire, buscando una respuesta adecuada, pero el señor Edward lo miró a los ojos y después (imposiblemente, maravillosamente) le guiñó el ojo.

Henry casi se rio a carcajadas. Asintió a ambos hombres, se dirigió al pasillo y salió a la terraza, inspirando el aire limpio en grandes y embriagadoras bocanadas antes de llamar a la señorita Fielding para ofrecerse a llevar los útiles de Philomel.

CINCO

Aunque todavía no había oscurecido, en la sala de dibujo estaban encendidas las velas. Daban un tono como de papel a las flores de los cuencos plateados y suavizaban la novedad de las paredes y del panelado. El rojo oscuro de las paredes era aterciopelado y tan denso como un telón, y un dorado apagado brillaba en las molduras del techo y en los capiteles de las columnas delante de las ventanas. Había un elusivo aroma a miel en el aire, y fuego en la gran chimenea gótica.

De haber estado vacía, habría sido una estancia sacada de un cuento de hadas, un palacio de una época que no había existido. Sus ocupantes, no obstante, eran rotundamente de aquel siglo: una docena de hombres con traje sorbiendo vino en copas de color topacio, algunos ya conversando, un par que aparentemente se había alejado para calentarse junto al fuego o para examinar una pintura. Henry se detuvo en el umbral, con el corazón palpitando. Tenía la misma sensación que había sentido cuando era universitario, antes de sus exámenes finales: sentía las rodillas débiles, y las palmas de las manos húmedas. ¿Cómo impresionaría a esos hombres? Él, Henry, que tenía la mitad de su edad, un poeta frustrado, un simple dependiente. Su discurso, que le había parecido satisfactorio cuando lo leyó en la privacidad de su habitación, le parecía ahora tan endeble como el papel en el que lo había escrito.

—Latimer, entra, entra. No seas tan ceremonioso. —Su anfitrión estaba junto a la ventana con otro hombre. Le pidió que se acercara y Henry lo hizo, agradecido—. Este es William Hinshaw —dijo, y el hombre con el que había estado conversando dio un paso hacia la luz.

Era el cuáquero que se había dirigido a Henry en el tren el día de su llegada a Telverton. Esta noche estaba vestido de negro en lugar de gris, pero todavía había un estilo pintoresco y anticuado en su ropa que lo hacía diferente. Asintió a Henry.

—Me alegro de volver a veros —lo saludó—, y con mejor aspecto.

—No sabía que ya os conocíais —dijo el señor Edward, echando una mirada rápida a Henry.

—Apenas —replicó Hinshaw—. Nos conocimos en la estación de ferrocarril. Así que sois un invitado aquí.

—Sí —dijo el señor Edward antes de que Henry pudiera contestar—. Es, de hecho, un amigo. Aunque a decir verdad es la seda la que lo ha traído aquí, y no el deseo de mi compañía. ¿No es así, Latimer?

—Sí. —*Amigo…* No podía corregirlo, y no quería hacerlo—. Es un honor para mí estar aquí.

El señor Edward se rio y le ofreció una copa de *tokay* de la bandeja más cercana.

—Eres impecablemente educado —le dijo—. Qué encantador. Bueno, Hinshaw, discúlpame, debo hablar con Colcastle antes de proseguir. —Se alejó para abordar al joven porcino que estaba mirando el grabado que había en la pared junto a la chimenea con los ojos entornados.

—¿Sois inversor? —le preguntó Hinshaw—. ¿O potencial inversor?

—¡No! No —repitió Henry, riéndose—. Me temo que no.

Estaba claro que el señor Edward no quería que revelara la verdad de por qué estaba allí, así que se aferró febrilmente a algo que no fuera verdad ni mentira.

—Estoy sin duda interesado en la seda. Soy otólogo, no sé si lo sabe… *is* —Dudó un poco en el trato, y Hinshaw sonrió.

—No sufráis —le dijo—. Yo uso «vos» y «usted» aleatoriamente con mis amigos. Lo que habéis decidido decir está a medio camino entre una cosa y la otra.

—Sí. Bueno. Soy asesor auditivo, y la seda despierta mi curiosidad profesional. —La casi mentira sonó más natural de lo que se había atrevido a esperar.

Hinshaw lo observó. No tenía copa de vino y Henry envidió su entereza, con las manos en los costados.

—Entonces no sois un invitado.

—Bueno… No. Espero que… Quiero decir, el señor Edward ha sido muy amable al decir…

—Uhm —dijo Hinshaw.

Henry no sabía cómo habría seguido si otro hombre no hubiera aparecido junto a Hinshaw. Dicho hombre tenía el cabello canoso, una barba plateada y afilada y un aire abstracto.

—Ah, Hinshaw —dijo, mirando sobre el hombro de ambos—. Espero que Rachel y Hannah estén bien.

—Están bien, gracias. ¿Y vuestra familia?

—Oh, como es de esperar… Me cuestan una fortuna en cursilerías y novelas. Ojalá se convirtieran a su religión.

—Os sorprendería saber cuánto puede costar una cofia sencilla —dijo Hinshaw con una pizca de diversión.

Henry tomó un sorbo de vino, les mostró a ambos una sonrisa educada y se alejó. No quería oírlos hablar de sus familias, cómodamente, con esa camaradería compartida, como si el hecho de que sus esposas e hijas estuvieran vivas fuera la peor de las cargas. Pero no debía pensar en Madeleine; no, debía pensar en el presente, debía pensar en lo que tenía que hacer. Sus nervios, que se habían disipado, se reunieron de nuevo. Más que nada, quería sacar las notas de su bolsillo y ensayar su discurso; ¡ojalá estuviera solo! Había planeado comenzar con los agradecimientos (le daría las gracias al señor Edward por haberlo invitado a hablar, y a los presentes por… Bueno, por estar presentes) y después, quizá, haría algún comentario típico, divertido. «Gracias, caballeros, por su atención. Como la brevedad es el alma del ingenio…». Pero tenía el estómago revuelto y no recordaba qué venía después.

—Pura inocencia —dijo alguien a su espalda, con una voz húmeda y como un rebuzno—. No sería la primera vez que alguien gasta más de lo que se puede permitir para engañar a sus acreedores.

—Admiro la ambición —contestó otro hombre—, y no hay avance sin riesgo.

—Pero ¿es esa una base sólida para un negocio? —Se oyó un chasquido de labios—. El padre era un hombre sensato. Pero este… ¿Qué ha hecho *él*? Gastarse la herencia, eso es lo único que veo. Y su esposa, la pobre mujer… Amplió la fábrica, construyó esta grotesca casa, esparció dinero por todas partes. ¿Y para qué? Nadie ha oído hablar de la seda fuera de Telverton. El mal, por otra parte… Sí, *eso* sí es bien conocido. He oído que puedes comprar Confites Telverton en Dover, ¡para el mareo! —Otro trago—. Y he oído que lleva meses sin pagar el seguro. Está jugándose la ruina a los dados, eso es lo que está haciendo, dejando que el seguro venza a pesar de lo cerca que están los almacenes y la fábrica del Tell. Otra riada como la del 53 y se quedará sin un centavo. Y los trabajadores están inquietos. Hinshaw dice que, cuando los cuáqueros visitaron el hospicio, oyeron rumores. En el pueblo están furiosos, dicen. Furiosos.

—Con todos mis respetos, señor, los trabajadores son iguales en todas partes. Traed a los irlandeses, eso es lo que yo digo.

Gruñó.

—No lo sé, Reeve. No me da buena espina. No me gusta ese hombre —añadió, sin bajar la voz.

Henry apretó la mandíbula. No debía girarse y mirar; debía mantener una expresión agradable, una postura relajada. Se alegró cuando los hombres se alejaron y pudo continuar con su monólogo interior: «Gracias, caballeros, por su atención. Como el ingenio es el alma de… Como la brevedad…».

Pero no había llegado muy lejos en su mudo ensayo cuando los llamaron al comedor. La mesa estaba preparada con candelabros y cuencos de flores del invernadero, y la plata y el cristal brillaban como espejismos. Se sentó, como le pidieron, frente a su anfitrión y a Hinshaw y junto a Colcastle, que se giró hacia su otro vecino y se lanzó a conversar sin hacer gesto alguno a Henry. La cena se sirvió a la rusa y Henry comió rápidamente, con la cabeza baja (más para tener ocupadas las manos y la boca, para enmascarar su incapacidad para unirse a las conversaciones de cada lado, que por apetito), y tuvo que hacer un esfuerzo para no beber más de lo que era prudente. Pareció pasar una eternidad antes de que despejaran la mesa para el postre, cuando tuvo que levantar la cabeza y mirar a su alrededor.

El señor Edward, frente a él, no lo miró a los ojos. Hinshaw estaba abriendo nueces, y había algún tipo de discusión en el otro extremo de la mesa. Otros invitados se reclinaron en sus sillas, satisfechos, conteniendo eructos o bostezos. Se oía el mascar y triturar de alguien comiendo uvas. Henry quería que el tiempo se detuviera, para no tener que hablar delante de todos aquellos desconocidos, o que saltara hacia adelante, para que ya hubiera pasado.

Justo entonces se produjo una pausa natural en la conversación; el paso de un ángel, como Madeleine habría dicho.

— … intentando convencerte, tú no eres tonto, Colcastle… —Y entonces el señor Edward miró a su alrededor, riéndose, consciente de que había seguido hablando en un momento de silencio. Elevó la voz—. Aquí ninguno lo sois. Caballeros, no finjamos que no os he invitado para pediros que invirtáis en mi fábrica. Me alegro de contar con vuestra compañía, pero me alegraría más aún de contar con vuestro dinero. ¿Estoy siendo lo bastante directo, Hinshaw? —aludió al cuáquero, que sonrió un poco mientras picoteaba trocitos de nuez de su cáscara—. Pero no voy a disculparme. ¿Por qué debería? No soy un mendigo. No os estoy pidiendo un favor; os estoy ofreciendo una oportunidad sin igual.

El viejo flaco se movió en su asiento y Colcastle escupió un par de semillas de uva en su servilleta. Nadie más se movió.

El señor Edward se echó hacia atrás, sonriendo.

—Pero no es necesario que creáis en mi palabra —les dijo—. Hay un hombre aquí, un experto en la ciencia de la audición, que puede hablar sin prejuicios. Dejad que os presente a Henry Latimer, doctor especialista en los trastornos del nervio auditivo que ha tratado a algunos de los hombres más ilustres de Londres. Después de que le entregara una muestra de la seda, vino a visitarme; ha sido un golpe de buena suerte que todavía estuviera aquí para asistir a esta cena. Latimer —añadió, y levantó la copa en un gesto que era tanto un brindis como una invitación.

Henry contuvo el aliento. No era cierto (no del todo), y aun así deseó reconocerse en esa descripción. Quería ser ese hombre. Una ola de miedo rompió sobre él; aquella era la prueba, por fin, y no podía moverse ni abrir la boca. El momento de silencio pareció prolongarse y prolongarse, hasta que no pudo creerse que los hombres no se hubieran aburrido y reanudado sus conversaciones.

Entonces su corazón latió de nuevo, siguió latiendo, y supo que su vacilación había durado apenas una fracción de segundo.

—Gracias, señor Edward —dijo, y casi añadió, buscando sus notas: «Gracias, caballeros. Como la brevedad es el alma del ingenio...».

Pero algo lo detuvo, justo a tiempo, un instinto inidentificable que sabía lo que se hacía. Bajó la mano y miró a su alrededor, fijándose en las cejas enarcadas y en los bostezos contenidos de los otros hombres. Y de repente, con una extraña y peligrosa emoción, descubrió que podía hablar con fluidez.

—Caballeros —continuó—, hace un par de días entré en Marshall & Snelgrove para preguntar por la seda Telverton. La dependienta me dijo que, si quería telarañas, preguntara a mi doncella.

Se produjo otro silencio, más denso y quieto que el anterior; después, Colcastle soltó una relinchante carcajada. Se propagó en una oleada de risillas más decorosa, hasta que pareció haber una sonrisa en cada cara... En cada cara excepto en la de Hinshaw, claro está, que mostraba un tranquilo interés, y en la del señor Edward, que se había inclinado hacia adelante y agarraba con fuerza su copa de vino, con la mandíbula apretada.

—Ella no la conocía —dijo Henry, encogiéndose de hombros—. Pero ¿por qué deberíamos culparla? Nadie ha oído hablar de la seda Telverton. Yo no lo había hecho. No, estoy siendo injusto; algunas personas han oído hablar de ella, algunas personas ya la han comprado, hay *cierta* demanda. Nuestro anfitrión la usó para aislar su carruaje; he tenido el placer de viajar en ese vehículo y he disfrutado de la sensación... Pero quizás estén de acuerdo conmigo en que el uso que el señor Edward haga de ella no es un testimonio imparcial.

Otro silencio; era como si estuviera perforando estratos, cada uno más duro y profundo que el anterior. Con un abrupto crujido, Hinshaw abrió otra nuez. No pareció reparar en las cabezas que se giraron para mirarlo; sacó la nuez perfecta de su cráneo de madera y la masticó concienzudamente.

—Y es cara, creo —continuó Henry—. No he visto la fábrica, y desde luego no soy un hombre de negocios, pero no es necesario ser un genio para darse cuenta de que no es barato producir algo tan delicado, inusual y exquisito como la seda Telverton. Por esto comprendo, caballeros, que la propuesta que el señor Edward les está haciendo es que le presten más dinero para que pueda seguir produciendo, a gran coste, algo de lo que nadie ha oído hablar y que nadie quiere.

Necesitó toda la determinación que poseía para echarse hacia atrás en su silla y levantar su copa; esperaba que no vieran cuánto le temblaba la mano mientras se humedecía los labios y la soltaba de nuevo, girándola como si observara la luz que se reflejaba en el tallo. Después, con una sonrisa, alzó la mirada y observó a su alrededor. Algunos ojos se detuvieron en el señor Edward, pero volvieron con él de inmediato, concentrados e intrigados.

—Entonces —prosiguió—, ¿por qué estoy aquí? He venido por la seda. He venido porque yo, que nunca había oído hablar de ella ni sabía que algo así podía existir, me quedé asombrado al descubrir que lo hacía. Con la muestra que me entregaron, pude bloquear los sonidos que habían estado distrayéndome. Dormí por primera vez en meses. Esa noche, cuando el retumbo del tráfico, los aullidos del perro apaleado, los chillidos y maldiciones del borracho que pega a su esposa… Cuando todos los sonidos se acallaron, entonces de repente, increíblemente, fui libre para cerrar los ojos en un bendito, bendito silencio… Nunca, en toda mi vida, había estado tan cerca de un milagro.

Tomó aliento y vio que volvía a tener la mano firme.

—El ruido es el flagelo de nuestra era, caballeros. Es la oscura sombra del progreso. No debemos anhelar los días anteriores a la tecnología, ni guardar nostalgia de un pasado que era pobre, poco higiénico y carente de las comodidades modernas. Pero no debemos cerrar los ojos, ni los oídos, a la realidad, que es que ese ruido está dañando nuestros sentidos tanto como el humo y el hedor del mal aire, filtrándose en nuestros hogares y envenenando nuestras vidas. Y el mundo entero está de acuerdo conmigo. Las mejores enfermeras, la señorita Nightingale entre ellas, creo, afirman que un inválido podría morir, que de hecho *morirá* antes, si no se lo protege de todo tipo de perturbaciones. Y no solo sufren los débiles. Todas las ediciones del *Punch* parecen incluir una tira cómica en la que un organillero provoca un accidente de tráfico o un ataque a un criado, o lleva a un autor a la miseria. La desgracia causada por los sonidos molestos es variada y horrible porque, caballeros, ¡nos priva de nosotros mismos! Preferiría no poder respirar a no poder pensar, dormir o amar… Y eso es lo que está en juego.

Se detuvo. No había preparado nada de aquello. No sabía de dónde había salido, solo que había sentido cada palabra.

—¿Qué hombre puede vivir en plenitud cuando se ve asaltado por el ruido desde todas direcciones, cuando nunca está a salvo de las demandas de cualquier vendedor ambulante, cuando no hay ningún sitio en el que pueda refugiarse de la maliciosa estridencia de un músico o de los chillidos de un caballo moribundo? Por no mencionar el implacable gemido de fondo de la ciudad, monstruoso e interminable… La mente de un inglés es su castillo, caballeros, y nos están asediando por todas partes.

Involuntariamente, pensó en la vendedora de berros que había voceado sus productos al otro lado de la ventana mientras Madeleine caminaba por la habitación, pálida, pero el recuerdo era distante, estaba desprovisto de su habitual poder y le fue fácil dejarlo pasar por su mente sin detenerse.

—El señor Edward me ha presentado como doctor. Ese ha sido un gesto de generosidad; no soy médico. Pero puedo imaginar cómo es examinar a un paciente con gangrena sabiendo que no está en mi mano curarlo. El ruido es esa enfermedad, caballeros, y la seda Telverton es la cura. Nadie la quiere… O, mejor dicho, nadie la quiere todavía porque nadie ha oído hablar de ella. Y si nadie ha oído hablar de ella, ¡seremos nosotros quienes se la presentaremos! Y cuando la noticia se extienda, verán el verdadero poder de lo que el señor Edward ha creado. Hasta ahora, su grandiosidad ha sido su perdición. Hasta que no notas sus efectos en tu propia carne, en tu sangre y tu razón, no puedes creer que sean tan extraordinarios como… No, *más* extraordinarios que la más exagerada recomendación. Nadie la compra, *todavía*, porque nadie lo ha experimentado. Pero cuando haya una farda en cada mercería, habrá una cortina en cada salón. Cada hombre, mujer y niño podrá escapar del estruendo diario del mundo moderno. Comparada con otras sedas es cara, sí, pero no estamos vendiendo seda, caballeros, estamos vendiendo un refugio… y en una época en la que nunca ha sido más necesario.

No se había dado cuenta de que se había inclinado hacia adelante, con las manos apoyadas en la mesa. En ese momento se echó hacia atrás, levantó su copa y bebió un trago. Nadie más habló. Tomó otro trago, y otro, hasta que vació la copa.

Al final, Hinshaw dijo:

—¿Y las turbulencias? ¿El mal de Telverton?

El señor Edward se rio.

—El lado derecho de la seda los bloquea. Si todos tuvieran la seda, nadie tendría que soportar sus turbulencias.

Colcastle se rio también, empujando la silla hacia atrás y levantando su copa.

—¡Ahí lo ha pescado, Hinshaw! —exclamó—. Si no te gustan las turbulencias de la seda de tu vecino, cómprala tú también. Doble venta.

—O puede usarse una doble tela para asegurar de que el lado derecho esté en ambas direcciones —explicó el señor Edward.

—Al doble de precio —dijo Hinshaw—. Cuando ya es demasiado cara.

—Nada es perfecto excepto Dios, Hinshaw.

Se oyó una risilla en el otro extremo de la mesa y Hinshaw levantó una ceja, pero ladeó la cabeza como si aceptara la derrota y no contestó.

—Tiene razón —dijo un hombre delgado y anciano—. Es demasiado cara. ¿Quiénes son los que se apiñan en pequeñas casuchas mal construidas, unas encima de otras, con organilleros en sus calles? ¡Las clases medias! Nosotros no. Esa es la cuestión. Todo el que podría querer la seda es demasiado pobre para comprarla.

Henry extendió una mano; ya se sentía mareado por el vino que había bebido.

—Comprendo por qué dice eso, señor —le dijo—. Pero, con el debido respeto, creo que es demasiado estrecho de miras. Hay grandes mansiones en todas las ciudades. ¿No está el palacio de Buckingham a un paso del Mall? Hay propietarios de fábricas en Manchester y Nottingham que seguramente viven cerca de sus empresas y que tienen tanto el dinero como el deseo de buscar descanso. Y en el interior de las mansiones más grandes y mejor administradas hay repiqueteantes cocinas y niños chillones. Hay salas de conciertos y teatros, bibliotecas y hospitales. Y...

Extendió los dedos sobre el mantel, observando las sombras que se profundizaban y desprendían bajo la luz de las velas como la piel de una serpiente.

—Yo no soy un hombre rico —continuó, en un tono distinto—. Pertenezco a una de esas *clases medias*, supongo. No podría permitirme muchas de las cosas a las que ustedes están habituados. Pero... —Tuvo que hacer una pausa y tomar aliento para preguntarse por primera vez qué palabras usar. No estaba seguro; vaciló, a punto de quedarse callado de nuevo, pero notó que el señor Edward estaba mirándolo y continuó—: Yo la pagaría. Creo que todos la pagaríamos. Para que nuestros bebés durmieran en paz. Para que nuestros padres pudieran yacer tranquilos en sus lechos de muerte. Para que nuestras esposas pudieran abordar el trabajo de parto con serenidad...

Se detuvo. La imagen que antes había conseguido apartar salió a la palestra en su mente, más luminosa que la habitación que lo rodeaba. Madeleine contuvo el aliento, dejó de caminar para apoyarse en una silla de respaldo alto y, en los oídos de Henry, la ronca vendedora de berros gritó como una vieja bruja, e insultó a Argyll como si estuviera borracha cuando este intentó alejarla. Y entonces, o después, no lo recordaba, Madeleine se llevó la mano a la boca para amortiguar sus gritos, y él (oh, ¡por Dios!) se había acercado con nerviosismo, preocupado por si Argyll la oía, y le había dicho: «¿No podrías respirar un poco más despacio?». Eso fue antes de que la matrona llegara, y antes de que llamaran al médico. Sí, habría sido agradable bloquear los sonidos de la calle, pero si pudiera haber corrido una cortina y decirle a Madeleine que podía gritar tanto como quisiera, que podía abandonar todo decoro, toda vergüenza, que no tenía que temer que nadie la oyera... No había pensado en eso, hasta ahora. ¿La habría ayudado eso? ¿Habría hecho más fácil la llegada del bebé, de modo que...?

—Sí —dijo con voz ronca—. La pagaría. Pagaría cualquier precio. —Se apartó de la mesa y se levantó, mareado, mientras el mundo se balanceaba—. Discúlpenme, caballeros —les rogó, y se tambaleó hacia la puerta.

No llegó lejos. Justo al otro lado del pasillo estaba la puerta que conducía a la terraza y salió a una noche fría y despejada, levantó la cara para mirar las estrellas. Pretendía regresar después de respirar un poco, como si solo hubiera tenido la urgente necesidad de vaciar su vejiga, pero estaba temblando, se sentía tan mareado como si hubiera corrido kilómetros sin detenerse y tenía la camisa sudada. Lentamente, se le despejó la mente y comenzó a tiritar.

Pasó mucho tiempo antes de que recompusiera y abriera la puerta; sus ojos se habían adaptado a la oscuridad y la lámpara del pasillo lo cegó. Desde el pasillo que conducía al otro lado de la casa (a través del Gran Salón y de la puerta delantera), oyó las voces de los invitados que se marchaban y el retumbo de las ruedas de los carruajes. ¿Se habrían percatado de su prolongada ausencia? ¿La habría notado el señor Edward?

Se dirigió a la sala de dibujo y se detuvo en la entrada. Había esperado encontrar en ella el ajetreo de los criados limpiando los restos, pero estaba tranquila y casi a oscuras, ahora que la mayoría de las velas se habían convertido en cabos muertos. El señor Edward estaba en la cabecera de la mesa, apoyado en dos de las patas de su silla, con las manos tras la cabeza y los ojos entrecerrados. Cuando vio a Henry, se balanceó hacia adelante y las patas de la silla aterrizaron con un golpe sordo. No habló; solo lo miró con una expresión extraña e ilegible en la cara.

—Perdóneme —le dijo Henry—, he perdido la noción del tiempo. Solo pretendía...

El señor Edward levantó la mano, interrumpiéndolo.

Se produjo una pausa. Una de las llamas restantes parpadeó y murió. Pareció sumir la estancia en una desproporcionada oscuridad.

—Menos mal que no soy un hombre vanidoso —le dijo.

Henry estaba demasiado cansado para pensar una defensa. No debería haberse dejado llevar por esa peligrosa oleada de inspiración; debería haberse aferrado a su soso discursito.

—Lo siento —dijo.

El otro hombre alargó la mano y tomó una chorrera de cera blanca de la única vela que todavía estaba encendida. La dobló como una cinta, se envolvió el dedo corazón con ella y admiró su trabajo. Después, para terminar, la convirtió en un disco aplastándola sobre la mesa.

—Eres un vendedor muy listo.

—No pretendía serlo —le dijo Henry automáticamente.

El señor Edward resopló, divertido.

—Sí, eso me lo creo. —Le indicó a Henry que se acercara—. Siéntate, por el amor de Dios, no te quedes en la puerta como un espectro.

Henry obedeció. Sus extremidades también podrían haber estado hechas de cera, entumecidas y blandas. Tropezó con una de las patas de la mesa al acercarse y estuvo a punto de caerse.

—Creí que habías planeado, deliberadamente, humillarme —dijo el señor Edward, pero antes de que Henry pudiera tartamudear una protesta, levantó la mano para acallarlo—. Creo que mis invitados también lo pensaron. Les caíste bien por eso. Tan pronto como los hiciste reír a mi costa… Bueno, ese fue un golpe maestro. Tan pronto como adquiriste ritmo (aunque demasiado grandilocuente para mi gusto, tienes talento para expresarte), estuvieron a tu merced. No se dieron cuenta, o más bien no les importó, que volvieras a estar de mi lado.

—Debe usted creer que no tenía intención de…

—Como he dicho, no soy un hombre orgulloso. Puedo soportar las burlas, si eso convence a un par de ellos para soltar algunas libras. Y lo harán, creo. Colcastle me preguntó mientras se marchaba qué interés consideraba razonable… —Levantó la copa y la levantó en la dirección de Henry—. Bien jugado.

Henry notó que la calidez se extendía desde su coronilla, fundiendo la cera de sus huesos, haciendo que sus piernas recuperaran la sensación.

—Lo único que hice fue decir la verdad —dijo, tembloroso.

El señor Edward echó la cabeza hacia atrás para reírse.

—Sí, desde luego. Muy bien. Eso fue lo que los convenció.

Henry no sabía si él era el blanco de la broma, pero no le importaba.

—Espero que esté satisfecho, señor —contestó, intentando controlar la voz con tanta fuerza que se descubrió usando la rígida cortesía que usaba para hablar con los clientes gruñones—. Dijo que era una prueba. Espero haberla superado.

—Oh, sí —replicó el señor Edward—. Sí, sin duda has aprobado. Con matrícula, debería decir.

Se tiró de la corbata hasta que el nudo se deshizo, y la dejó caer como una serpiente oscura junto al candelabro, con su única y titilante llama. Se pasó los dedos por el cabello. Durante un momento, bajo la traicionera luz, podría haber tenido la misma edad que Henry, y este sintió una extraña oleada de algo que no era solo admiración y alivio. Después bajó las manos.

—Y entonces… ¿Ahora qué? ¿Qué voy a hacer contigo ahora?

Henry no respondió.

—Vamos, vamos. Me estás mirando como si estuvieras totalmente en mi poder, pero tú tienes tus propias ideas, ¿no? Dije que eres listo, y lo eres… No solo porque los hayas convencido para invertir en mi fábrica. Creyeron que estabas hablándoles a ellos, pero, y corrígeme si me equivoco, creo que estabas hablándome a mí. ¿No?

—Obviamente, no podría haberlo excluido…

—*Nosotros*, dijiste. *Nosotros* no vendemos seda, *nosotros* vendemos un refugio. Si nadie ha oído hablar de la seda, seremos nosotros, *nosotros*…

—Era un modo de hablar. Perdóneme la osadía de…

—Supongo que pensé que podrías ser útil con los inversores —dijo el señor Edward, como si no hubiera oído el comentario de Henry—. Un par de palabras rápidas a los oídos de los viejos, como un recadero, convenciéndolos de que pagasen. Pero parece que tienes tus propias ambiciones. —Golpeó la mesa con una uña—. No soy tonto, Latimer. Hemos anunciado la seda en todos los periódicos, y espero que todas las cortinerías del país reciban nuestro catálogo. Está muy bien decir que deberíamos informar a la gente pero, como tú mismo has señalado, hasta ahora, después de más de diez años, no ha funcionado. Así que, si *nosotros* —enfatizó el pronombre ligeramente, irónicamente— queremos hablarle al mundo de ella, ¿cómo sugieres que lo hagamos?

Henry dudó. Volvía a sentirse atravesado por esa oleada taimada y eléctrica que lo hacía tener la sensación de que lo que iba a decir era lo correcto. Entrelazó los dedos sobre la mesa y preguntó:

—¿Puedo hablar con franqueza?

—Di la verdad, sin miedo.

—No es solo cuestión de decirle a la gente que existe y cuánto cuesta. El catálogo actual es más que inútil: esa encuadernación barata, esas listas de precios y los horribles y rígidos dibujos, sin rastro de habilidad artística o mimo… —Miró al otro hombre a los ojos, sin dejarse afectar por su ceño fruncido—. Me ha pedido que dijera la verdad, señor. ¿Por qué lo miraría alguien dos veces? A menos que tenga la seda en sus manos, nadie la comprenderá, y por eso, lógicamente, no la querrá. Debe conseguir que la gente quiera verla y tocarla. Podría enviar muestras con…

—¿A diez guineas el metro?

—Bueno, entonces debe *contarles* lo extraordinaria que es. No me refiero a testimonios, ni a descripciones, aunque eso no sería malo, sino a … La historia de las arañas griegas, que llegaron aquí contra todo pronóstico gracias a un héroe inglés; los resplandecientes hilos tejidos en antiguos bosques mediterráneos; la fábrica que convierte una telaraña en un milagro, como un cuento de hadas; y la seda misma, que es algo entre la plata y el alabastro y el marfil, con un aroma como el de las flores cuando caen sobre la tierra…

—Con poesía, quieres decir.

Sin saber si se estaba riendo de él, Henry asintió.

—Sí.

El señor Edward abrió la boca. Pero, mientras tomaba aire, la última vela se rindió y se vieron sumidos abruptamente en la oscuridad.

—Maldita sea. Ven al pasillo… Aquí —dijo, y agarró la manga de Henry para dirigirlo hacia la puerta tenuemente iluminada. Parecieron tardar una eternidad y tropezaron el uno con el otro al salir al pasillo, de modo que Henry captó el aroma de la colonia y sintió la calidez del aliento del señor Edwards. Bajo mejor luz, este lo soltó, pero no se apartó—. Debes hacerlo tú. Si crees que debemos contárselo al mundo, debes enseñarme cómo crees que debería hacerse. Quédate aquí un tiempo, y haz un esbozo de catálogo para mí.

—¿Cuánto tiempo? —le preguntó Henry, con la voz un poco ronca.

—Tanto como sea necesario. ¿Quién sabe? Si sigues siendo útil —dijo el señor Edward con un destello en la mirada—, quizá para siempre.

Henry se pasó una mano por la cara. La notó extraña en su palma, como si alguien le hubiera puesto una máscara sin su conocimiento, o se la hubiera quitado. *El premio,* pensó. Aquel era el premio. *Para siempre…*

—Vamos, Latimer. ¿Qué me dices? Sabes que has hecho todo lo posible por meterme la idea en la cabeza. Si es poesía lo que se necesita, entonces por Dios que escribirás poesía. ¿No quieres quedarte? Creía que sí.

—¿*Querer*? Oh, sí —dijo, casi atragantándose—. Pero el señor Argyll…

—Oh, al diablo con él. Yo hablaré con él.

Se imaginó el rostro de Argyll, lleno de incredulidad porque alguien lo quisiera a él, a Henry, como si valiera algo y no fuera solo un irritante yerno que debe ser mantenido y financiado, un sufriente camarada en las tristes secuelas de la muerte. Se imaginó el trabajo que haría en el catálogo y en la seda (la adorable y misteriosa seda, con sus susurros y sus seductores coros), los días y noches que pasaría en aquella lujosa casa, los días y noches que pasaría allí como invitado, como *amigo* de aquel hombre…

El señor Edward lo estaba mirando.

—¿Está decidido, entonces? —le preguntó al final.

Henry asintió y se rio, aunque no podría haber dicho dónde estaba exactamente la gracia. Solo sabía que era absurdo que se lo ofrecieran todo de repente, una nueva vida, tan abundante, tan parecida a la que él habría soñado.

—Espléndido. Ahora… —El señor Edward bostezó y rozó brevemente el hombro de Henry—. Me voy a la cama. Buenas noches.

—Buenas noches —dijo Henry.

—Oh —dijo el señor Edward, y se detuvo en la puerta—. La usé para despedirme de Colcastle antes. Puedes quedártela. Para inspirarte. —Le ofreció un cuadrado de seda… El mismo cuadrado de seda, parecía, que le había entregado cuando se conocieron. Brilló en las sombras, y cuando Henry alargó la mano para aceptarlo, sus oídos captaron un murmullo, justo en el límite de lo audible.

Después se oyeron pasos y Henry se quedó solo. Sostuvo la seda contra su pecho, y habría jurado que latía contra sus dedos. *Admiración*, pensó, *admiración y gratitud*… Eso era todo. La oleada de misterioso anhelo que había sentido al ver la luz de las velas deslizándose por el rostro del señor Edward… Eso no había sido nada más que admiración y gratitud. ¿Qué otra cosa podría ser?

Una nueva vida. Un regalo. Seguía borracho. Sí, era eso. Pero, de repente, sentía el corazón tan ligero como si se hubiera soltado, indoloramente, de su pecho, de modo que cuando se recompuso y corrió hacia las escaleras, se lo dejó atrás.

SEIS

Algunos días después, Henry llegó al patio de la fábrica y contuvo el aliento. Después de la aislada paz de la berlina, el ruido lo hacía tambalearse y buscar algo a lo que agarrarse, jadeando. Pero también era emocionante y lo agitó tan profundamente que deseó echar la cabeza hacia atrás y gritar, sabiendo que apenas oiría su propia voz. Había tanto ruido... ¡Un ruido rechinante, triturador y desgarrador! Era un ruido que emborronaba todas las siluetas, todas las certezas, incluso la gravedad. Pero, cuando se obligó a bostezar, la ensordecedora presión de sus oídos se alivió. Después de un momento, pudo pensar de nuevo con claridad, y aunque la cacofonía continuó, implacable, descubrió que tenía la suficiente entereza para girarse despacio y mirar a su alrededor.

Había visto la fábrica desde la calle, pero no había captado su escala, su espectacularidad. Se cernía sobre él como una masa de piedra y ventanas plateadas, con la chimenea tan cerca de la alta bóveda del cielo que no podía ver dónde terminaba la columna de humo y dónde comenzaban las nubes. Casi se rio ante su monumental audacia, ante su grandeza; ¡pensar que una cosa así había sido construida por manos humanas, y no divinas! Industria, tecnología, capitalismo... Eran las palabras equivocadas, porque lo que aquello inspiraba era terror y asombro, porque cada nervio de su cuerpo vibraba, reconociendo aquel poder. Era sublime, como lo era un relámpago.

No sabía cuánto tiempo habría pasado allí, asombrado, si Worsley no se hubiera acercado a él con las manos en los bolsillos.

—Latimer, ¿no? Buenos días. —Lo dijo sin emoción, como si fuera demasiado inconveniente incluso equivocarse con el nombre de Henry—. ¿Ha venido a hacer una inspección?

Henry se detuvo antes de llevarse la mano al bolsillo. No era un colegial obligado a presentar un permiso. La nota que le habían dejado en la bandeja del desayuno no había dicho nada más que: «Si deseas visitar la fábrica, el carruaje se marchará a las nueve. Worsley se reunirá contigo allí. E.». Pero le había proporcionado un placer peculiar, privado; puso el pulgar sobre la inicial y la presionó, como si fuera cera blanda, y envolvió la nota en su cuadrado de seda Telverton antes de guardársela en el bolsillo.

—El señor Edward me sugirió que visitara la fábrica —le dijo.

—Muy bien —replicó Worsley, poniendo los ojos en blanco—. ¿Qué quiere ver?

—No lo sé —contestó Henry—. Todo, supongo.

Worsley se alejó sin mirar atrás. Henry lo siguió, buscando el portaminas y el memorándum de marfil que había llevado consigo, preparado para tomar algunas notas de sus impresiones.

Entraron en el edificio y se apresuraron por un reverberante pasillo. Los hombres pasaban rápidamente junto a ellos, algunos obreros con camisas sudadas y otros claramente contables, con camisas de cuello alto y los dedos manchados de tinta.

—Despachos —dijo Worsley sobre su hombro—. A la izquierda, el señor Riley; a la derecha, comerciales y contables. Recuérdeme, ¿en qué es usted... eh... experto? ¿En vender trompetillas?

—Su jefe me ha pedido que... —Henry dudó. Era difícil explicar exactamente qué le habían pedido que hiciera, y no podía decirle a Worsley que lo habían contratado como poeta. En cualquier caso, Worsley no estaba escuchando; se había adelantado varios metros y no se detuvo hasta que llegó a los pies de una escalera de caracol.

—Comenzaremos por arriba, porque hay más silencio allí. —La escalera subía junto a unas ventanas estrechas que eran como saeteras; subió y subió, hasta que la frente de Henry se cubrió de sudor. Cuando por fin llegaron arriba, la distancia había amortiguado el traqueteo de las máquinas—. Esta es nuestra sala de extracción —dijo Worsley, y abrió una puerta.

Estaba oscura, y hacía calor. Estaban altos, cerca del tejado, y las únicas ventanas se encontraban en el extremo opuesto del espacio; los ojos de Henry tardaron un momento en adaptarse al crepúsculo. Después comenzó a distinguir siluetas estrelladas que se fueron convirtiendo despacio en husos y niños correteando entre ellos. Worsley extendió la mano para evitar que se acercara más.

—No. Intentamos no molestar más de lo necesario —dijo. Al oír su voz, un par de niños los miraron con sus ojos redondos y muy abiertos. Siguieron corriendo de máquina a máquina. Un niño estaba colocando un nuevo bastidor en el mecanismo; otro estaba reemplazando la caja que estaba junto a la rueda. Movían sus pequeñas manos con destreza y reverencia; en el trémulo silencio, podrían haber sido acólitos diminutos ocupándose de unos dioses invisibles.

—Es un proceso delicado —añadió Worsley—. Necesitan muchos cuidados: calor, oscuridad, silencio…

Al principio, Henry había asumido que Worsley se refería a los niños, pero ahora estaba claro que no era así.

—¿Necesitan…?

—Las arañas. —Worsley señaló las máquinas—. Cada devanador se ocupa de dos docenas, sujetas por guillotinas. Los devanadores extraen la seda y la colocan en el carrete, en el bastidor, que al girar permite que la seda fluya hasta que las arañas se vacían. Entonces el bastidor es enviado con el hilo a la siguiente planta, donde se lo transforma, y las arañas usadas regresan a su casa. —Señaló las sombras—. Ese niño de ahí, ¿lo ve? Es uno de los recaderos. Ellos traen las nuevas arañas y retiran las usadas. Otros quitan los bastidores y colocan nuevos. De este modo podemos continuar todo el día, sin descanso. Mire, allí… Tres hileras más allá, ¿lo ve? La niña está extrayendo la seda.

Señaló. Había una niña pequeña sosteniendo una vara fina, moviéndola despacio a través del aire; en la oscuridad era imposible ver el hilo, y a Henry le recordó a un director dirigiendo a una orquesta en el más lento de los adagios.

—Tocan los hileros de las arañas con el extremo de la varilla, les hacen cosquillas, como nosotros decimos, y después tiran, muy suavemente, para extraer la seda. Es un trabajo difícil —le explicó Worsley—. Hemos descubierto que a las niñas se les da mejor. También ocuparse de ellas... pero eso lo verá más tarde, cuando bajemos a la casa de las arañas. Ahora... ¿Ve? Cuando colocan el hilo en el carrete, vuelven a hacerlo girar.

Se detuvieron unos minutos, observando el movimiento de la maquinaria. Además de los chirridos y crujidos de los aparatos, había una inquietante sibilancia en el aire, como una tenue lluvia o un susurro; Henry suponía que lo hacían las arañas, o la siseante seda al abandonar sus abdómenes.

—Podrá examinarlas adecuadamente en la casa de las arañas. Podrá tocar una, si quiere. Pero ya hemos visto suficiente aquí, creo. Bajemos.

Descendieron de nuevo la escalera.

—No sé qué le ha dicho a él, pero no crea que me ha engañado a mí también —le dijo Worsley entonces.

—¿Disculpe?

El hombre le echó una mirada de absoluto desprecio.

—El señor Edward confía en mí. Llevo años trabajando para él. Fui una de las primeras personas a las que contrató cuando su padre murió.

—Pero he oído que no está consiguiendo beneficios —dijo Henry, con más seguridad de la que sentía—. Quizá sea esa la razón por la que...

Worsley se giró; unas manchas rojas se extendieron por su rostro, como un sarpullido.

—No meta las narices aquí. Si lo decepciona, se arrepentirá.

—No intento interponerme en su camino. Él me ha pedido que... Bueno, que evangelizase un poco, eso es todo.

—¡Por Dios! Está perdiendo las agallas —dijo Worsley—, aferrándose a cualquier cosa que aparece en su camino. Pero a usted no lo necesitamos. Lo único que él tiene que hacer es esperar. Si ahora cambia de rumbo...

—No le estoy sugiriendo que cambie de rumbo, solo que le cuente al mundo qué es esta seda. No podrá venderla si nadie sabe de ella.

Se produjo un silencio, aunque estaba lleno del chirrido de la maquinaria. Worsley lo miró con los ojos entornados. Después, por fin, se encogió de hombros y siguió bajando las escaleras. El ruido se incrementó.

—Las lanzaderas —dijo, deteniéndose en el primer escalón—. En el caso de la seda ordinaria, el hilo debe limpiarse, pero no es necesario con la seda Telverton. Pasamos directamente a la transformación y duplicación. Eso convierte las hebras individuales en hilo gracias a la torsión, para que podamos usarlas en los telares. Aunque no son telares estrictamente hablando, son máquinas de urdimbre, pero por aquí la mayoría desconoce la diferencia. Discúlpeme si lo tomo erróneamente por un ignorante.

Worsley abrió la puerta y se apartó para dejar que Henry mirara la sala. La luz del día entraba a través de las altas ventanas sobre las hileras de máquinas, llenas de bobinas de brillante seda. El movimiento de los mecanismos era demasiado rápido para seguirlo, y a pesar del trabajo y del ruido, el efecto era casi de inmovilidad. *Como el aceite hirviendo*, pensó Henry, temblando con ferocidad.

El hombre volvió a cerrar la puerta y lo condujo por dos tramos de peldaños descendentes para enseñarle la sala de duplicación. A los ojos de Henry, era casi idéntica a la sala de las lanzaderas de arriba, con las mismas ventanas e interminables y traqueteantes máquinas y el mismo estrépito golpeando incesantemente sus tímpanos. No podía soportarlo, y aun así habría seguido mirándolo para siempre: los brillantes hilos, la luz que destellaba y latía, las máquinas que danzaban y nunca se cansaban. Solo cuando Worsley le agarró el brazo, se dio cuenta de que se había quedado completamente absorto.

—Por el amor de Dios, venga ya. ¿Qué le pasa?

Henry comenzó a replicar que estaba perfectamente bien, pero Worsley ya había bajado las escaleras. Con esfuerzo, se alejó de la puerta y lo siguió.

Cuando llegaron a la planta baja, Worsley se alejó a zancadas, señalando una ventana interior sin aminorar el paso.

—La utilería —dijo—. También tenemos una fundición, al otro lado del edificio. Como puede imaginar, se necesita un esfuerzo ingente para mantener las máquinas en marcha.

Cuando pasaron junto a la utilería, Henry captó un atisbo de unos engranajes enormes y de unos cinturones vibrantes que bajaban desde el techo. Después entraron en un patio estrecho y ennegrecido. El ruido era mayor allí, con un zumbido grave que iba y venía en oleadas.

—Ahora le enseñaré la tejeduría, y después le haremos una visita a la casa de las arañas. —Tenía un brillo en los ojos que Henry no consiguió descifrar—. Oh, casi se me olvida. Tome. —Sacó algo, y por un segundo Henry pensó que le estaba ofreciendo una caja de confites—. Cera para los oídos. No debe entrar aquí sin ella.

Se tapó los oídos y le indicó que hiciera lo mismo. La cera amortiguó las notas más fuertes, pero no consiguió silenciar la vibración que Henry sentía en los dientes. El corazón había empezado a latirle incómodamente fuerte.

Worsley señaló la puerta y formó con los labios la palabra: «¿Preparado?». Tenía un brillo en los ojos, como un niño esperando una golosina. Después la abrió, e hizo pasar a Henry al cobertizo.

Fue como caer en un remolino: el ruido se reunió sobre su cabeza, lo sumergió, tiró de cada uno de sus nervios hasta que creyó que su fuerza iba a hacerlo volar en pedazos. Había sido fuerte en la sala de lanzaderas y de duplicación, pero aquello era distinto: aquello tenía un poder visceral, hambriento, que opacaba todo lo que había en su cabeza excepto la necesidad de huir. Se tambaleó. Le era imposible hablar, e incluso pensar; lo único que evitó que cayera de rodillas fue su feroz negativa a aceptar la derrota. Resolló y, lentamente, volvió a enfocar la mirada. Vio las hileras de telares (o lo que fueran aquellas máquinas), agujas moviéndose de un lado a otro, mecanismos elevándose y bajando y hombres trabajando en ellos; vio seda brillando en las urdidoras y estirándose en las bobinas. A unos metros de distancia, dos obreros gesticulaban, señalando y moviendo los dedos, formando puños y golpeando el aire como si estuvieran jugando a una extraña versión de pares o nones. Uno de ellos frunció el ceño y se inclinó hacia adelante para mirar con los ojos entornados una palanca. Cuando vieron a Worsley se alejaron, bajando la cabeza como si no quisieran que los reconociera. Después, con asombro, Henry vio una mano pequeña y pálida saliendo de debajo del telar más cercano, agarrando un diminuto puñado de jirones de seda. Retrocedió un paso instintivamente. Por supuesto, los niños serían los únicos lo bastante pequeños para arrastrarse debajo de las máquinas y recoger los recortes... Observó mientras el pequeño salía, encorvado y mugriento, con una especie de gorra y un delantal que hacía imposible saber si era un niño o una niña. Estaba más demacrado y ceniciento que los niños de la sala de extracción, con la mirada fija e inexpresiva. Corrió hacia el cubo de basura y después se puso a cuatro patas y comenzó a reptar bajo la siguiente hilera de telares.

Henry parpadeó para quitarse el sudor frío de los ojos. Le temblaban los músculos de las piernas y un escalofrío febril subía por su columna. El ruido era abrumador; apenas sabía qué era real y qué no lo era...

Lo agarraron del brazo para obligarlo a volverse. Se tambaleó. El mundo se inclinó, amenazando con ceder; las turbulencias se incrementaron, malignas e implacables...

Entonces, con un repentino y bendito alivio, salieron y la puerta se cerró tras ellos, bloqueando el ruido. Volvía a ser él (un poco mareado y débil, pero él) y Worsley lo estaba mirando con una sonrisa engreída. Dijo algo, y después señaló las orejas de Henry. Claro, la cera... Se apresuró a sacársela.

—Como ha notado —dijo Worsley—, tiene un efecto importante. Los telares normales ya son ruidosos, pero el estrépito que provoca la seda es extraordinario. Solo pasan un par de semanas antes de que los hombres se queden tan sordos como un leño. Por eso usan los signos, ¿ha visto? Como los monos. —Se rio.

—Sí —le contestó Henry, con voz ronca—. Lo he visto.

—Eso si las turbulencias no los hacen ahorcarse primero —añadió, y resopló—. Era broma, Latimer; las turbulencias no existen, es una tontería de histéricos. ¿Ha visto la enorme rueda al fondo de la sala? La mueve el motor principal, y las cuerdas transfieren la energía a las máquinas. Originalmente, la fábrica estaba impulsada por el agua, y todavía la usamos en parte, pero ahora sobre todo es vapor. El cuarto de calderas está al otro lado de la carbonería —añadió, y levantó la mirada hasta la chimenea que se cernía sobre ellos.

—Sí —dijo Henry de nuevo. Todavía se sentía embotado—. Y el niño... ¿Y los niños?

—En la sala de los telares usamos a niños del hospicio. Ahora podría mostrarle la sala de calderas, pero no creo que sea especialmente relevante para su trabajo. ¿Quiere que vayamos a la casa de las arañas? —Mientras conducía a Henry por un lateral del edificio paralelo al canal, añadió—: Como sabe, hay reglas diferentes para los niños, en las fábricas de seda. El trabajo aquí es más fácil que en las fábricas de algodón, y los dedos de los niños son perfectos para las tareas delicadas.

No había nada delicado en el niño que estaba reuniendo los restos de debajo de los telares... Ni nada infantil, excepto su tamaño.

—¿Y ellos? ¿Ellos también pierden el oído, como los hombres?

Worsley le echó una mirada, y su aire arrogante y estirado se endureció.

—Esos niños tienen suerte —le aseguró—. Tienen comida y un techo, y la parroquia nos está muy agradecida por el empleo.

—Por supuesto.

Henry se apoyó en la pared y miró los temblorosos reflejos del ladrillo, la hierba y el cielo en el canal. La niebla se estaba aclarando; después de la furia de la sala de los telares, podía volver a respirar, volver a pensar. Se secó el sudor de la cara y notó una brisa agitándole el cabello. Seguramente, la mano del niño era más rolliza, su piel más rosada, su rostro más inteligente de lo que recordaba. Era un niño que tenía la suerte de que le pagaran un sueldo justo, un niño bien alimentado y cuidado.

—¿Está enfermo? —le preguntó Worsley, a su espalda—. Si la fábrica lo hace sentirse mareado, quizá haría mejor en decirle al señor Edward...

—Lo que yo le diga a el señor Edward es solo asunto mío.

No pretendía sonar tan brusco, pero no le disgustó cómo Worsley retrocedía y lo miraba un instante. Volvió a sacar su memorándum y escribió «ventajas de la industria», y después, recordando los rostros concentrados de los inversores durante la cena, «una red...»; no, «una telaraña de seda para sacar incluso al niño más humilde de las calles de Telverton». Sí, así era. Ese era el modo adecuado de verlo.

—A la casa de las arañas, entonces. ¿Viene?

—Sí.

Se guardó el lápiz y la libreta en el bolsillo y siguió a Worsley hacia el edificio bajo de ladrillo oscuro que tenían delante.

—Antes de entrar, debo pedirle que tenga cuidado. Estas arañas son muy valiosas, y criarlas es muy difícil. Aparte de los ejemplares salvajes de Grecia, estos podrían ser los últimos de su especie. Nunca abandonan este edificio, nunca, si no es en una caja de extracción. Los obreros que intentan llevarse alguna a escondidas siempre son atrapados y castigados, severamente.

—¿Está sugiriendo que yo podría querer robar una?

—Por supuesto que sí. Son muy valiosas. Puede que el señor Edward confíe en usted, pero yo no lo hago. Hemos tenido ladrones antes, gente que se presenta aquí e intenta llevárselas a escondidas, ocultando sacos de huevos en las botas y cosas así.

Worsley abrió un poco la puerta y Henry oyó una leve resonancia, un estremecimiento en el aire, como el de una nota de un arpa eólica. Una oleada de excitación bajó por su columna. Atravesaron una pequeña antesala donde un hombre con una porra lanzó su periódico a un lado y se puso en pie, asintiendo apresuradamente a Worsley. Después entraron en un tenue espacio alargado y de techo bajo, caluroso y cerrado.

Al principio le recordó a Henry a un ático diáfano (el mismo aire templado, las mismas sombras), pero cuando sus ojos se acostumbraron a la penumbra, vio que se equivocaba. Su ático había sido un lugar meticulosamente ordenado y aquello era más parecido a una cueva, a un laberinto de cristal, a un espejismo. Había urnas de cristal en hileras que ocupaban toda la habitación, entre las que se movían mujeres vestidas de gris; en el extremo opuesto, había dos o tres niños agachados delante de las cajas. Pero en la oscuridad era difícil distinguir la silueta de los viveros, y en lugar de eso las telarañas plateadas del interior destellaban en anárquicos palacios y pabellones, como festones y redes intricadamente entrecruzadas. El brillo de la seda engañaba los ojos de Henry, entorpeciendo su cálculo de la distancia y de la perspectiva, como una casa de espejos... y cada espejo tenía su propia voz, y murmuraba. Intentó identificar el sonido de su respiración, pero se perdió en la niebla de los susurros y de los ecos que reverberaban en cada esquina de cada urna.

—Hay una araña en el interior de cada terrario —le contó Worsley. Sus palabras eran apenas comprensibles, como si las oyera a través del agua—. Perdimos casi una generación entera cuando las pusimos juntas. Se comen unas a otras, ¿sabe? Después del apareamiento, tenemos que sacar a los machos de inmediato.

—¿Puedo...? —le preguntó Henry, señalando la urna más cercana.

—Puede mirar. No hable demasiado alto ni golpee el cristal.

Henry se inclinó hasta que su rostro estuvo a apenas un palmo del cristal. Su reflejo se onduló, suspendido en la oscuridad entre los hilos brillantes. Al nivel de sus ojos, las hebras estaban separadas, tensas y tan finas que solo eran visibles de vez en cuando; pero en la esquina inferior del terrario la seda era más gruesa, pálida y casi luminiscente, como el interior de una caracola. Observó. Nada se movía, pero tuvo la impresión de que algo estaba observándolo, una inteligencia antigua y ajena. El siseo tembló y se reanudó tras una pausa, como una carcajada.

—¿Hacen ellas ese ruido?

—¿Qué ruido? —Worsley frunció el ceño—. Oh, las turbulencias. No, eso lo hacemos nosotros, y la seda.

Así que los sonidos eran solo los latidos y el aire, transformados. Inclinó la cabeza de nuevo. Esta vez, su mirada se detuvo en un bulto atrapado en la telaraña al otro lado del terrario. Abruptas esquinas y bultos negruzcos sobresalían de la densa seda; distinguió trozos de piel marchita, un fragmento desecado de pelo, una pata. Retrocedió.

—¡Cuidado!

A punto estuvo de tropezar con otra urna.

—Lo siento —dijo, y se recompuso, con precaución y la palma aplastada contra el cristal. Se había imaginado a las arañas entre retorcidas ramas de olivo y enredaderas colgantes, no en urnas desnudas, con cadáveres colgando de las telarañas. Pero había una belleza cambiante en los planos del cristal y de la telaraña, en los ojos brillantes que lo observaban desde cada esquina, en los oscuros restos de los muertos esparcidos entre la plata y la perla. Era el más sagrado de los lugares, el santuario más recóndito, peligroso para los mortales… Negó con la cabeza, intentando tranquilizarse, pero el mundo era tan elusivo como la niebla y se le escapaba cada vez que intentaba mirarlo directamente. ¿Era aquella sensación de embriaguez, de asombro, producto de las turbulencias, o de otra cosa, de algo casi divino?

—Señor Worsley —dijo una mujer, acercándose a ellos. Con asombro, Henry vio que era la mujer que había estado llorando en la calle el día de su llegada a Telverton. Pero ella no reconoció a Henry, y ni siquiera lo miró—. Disculpe, señor. Soy Mercy Harman.

—¿Qué?

—Soy Mercy Harman. Le escribí una carta al señor Edward. Por favor…

Worsley frunció el ceño.

—¿Qué podrías tener que decirle? Vuelve al trabajo.

—Lo siento, señor, pero… Por favor, ¿podría usted hablar con él? Menciónele mi carta. Necesito su respuesta, estoy desesperada. —Otra mujer le hizo un gesto disimulado a través de una borrosa pared de cristal y seda, pero ella continuó—: Por favor, señor. Por favor. Se lo pido humildemente. Mi hijo... No está bien, desde que empezó a trabajar en los telares...

—¿Y por qué está ahí? Porque estaba en el hospicio, supongo.

—Por favor, señor. No fue culpa suya. —Le temblaba la voz, ya amortiguada por la seda y por ese extraño acento ebrio.

—Yo no me ocupo de la correspondencia. No soy el secretario de nadie. Y aunque lo *fuera*, no deberías hablarme con tanto descaro. Ahora *vuelve al trabajo*, o acabarás de nuevo en las calles y tu hijo de nuevo en el hospicio. Considérate afortunada de tener un trabajo.

La mujer entrelazó las manos en su delantal y lo retorció como si fuera una cuerda. Después, con un suspiro, encorvó los hombros y bajó los brazos hasta sus costados. Agachó la cabeza.

—Sí, señor. —Regresó despacio al terrario del que había estado ocupándose.

—Worsley... —comenzó Henry, pero no sabía qué quería decir. Si intentaba interceder, ¿se enteraría el señor Edward de ello y le parecería inadecuado?

—En realidad... —Worsley se hizo crujir los dedos—. Oye. Sí, tú... ¿Harman, has dicho? Saca esa araña, ¿de acuerdo? ¿Puedes enseñársela a este caballero?

Mercy metió la mano en la urna.

—No —dijo Henry—. Gracias, no es necesario.

El reflejo de Mercy en el cristal podría haber sido otra mujer, cualquier mujer, y justo cuando lo pensó, oyó, o imaginó que oía, una voz diferente y querida pronunciando su voz. Parpadeó. Por supuesto, no era nada, solo el inconstante susurro de las telarañas.

La mujer sacó la mano, con los dedos curvados sobre su palma, y se acercó a él.

—No —dijo de nuevo, elevando la voz—. No deseo...

Pero se detuvo y miró la plateada nave entre las hileras de urnas, las telarañas agrupadas que parecían pender como bancos de niebla, bloqueando la luz. Había mujeres moviéndose en silencio entre ellas. Ninguna miraba en su dirección, pero había oído a alguien llamándolo. Dio un paso titubeante, sin saber a dónde quería ir, solo que había oído y tenía que obedecer.

—¿Sí...?

—¿Señor? ¿Quiere que...?

—No se mueva, Latimer. ¿A dónde va? Sí, Harman, pásasela. Con cuidado, ahora...

Pero Henry levantó una mano, distraído; ojalá se callaran y lo dejaran escuchar.

—Sí —dijo de nuevo—, estoy aquí...

Y en el extremo opuesto, detrás de las mujeres y de los niños, entre la seda brillante y la luz traicionera, la vio. Fue solo un atisbo, pero fue suficiente; su perfil, el ángulo de su barbilla, su cabello...

—Madeleine —dijo—. ¿*Madeleine*?

—¿De qué diablos está hablando? —le preguntó Worsley—. ¿Quiere ver un espécimen, o no? No importa, Harman, guárdela de nuevo. He dicho...

—Está llamándome —dijo Henry—. La he visto, allí...

Dio otro paso. Le temblaban las rodillas, y un trueno repentino palpitaba en sus oídos.

—No puede ser, pero...

—Oh, maldita sea —dijo Worsley—. Echadme una mano. Sí, tú y tú, daos prisa, ¿no veis que va a romper una urna...?

Henry sintió que el suelo se tambaleaba. Bajó la mirada: había oscuridad alrededor de sus zapatos, brillando, enviando chispas negras hacia su rostro. Por un momento, lo único que sintió fue asombro. En cualquier momento, los velos que lo rodeaban se rasgarían y el mundo que había más allá aparecería, un mundo de espacio infinito y estrellas, de inimaginable profundidad y oscuridad. Las arañas eran las guardianas, ellas tejían la entrada, y desde la abrasadora oscuridad lo llamaba Madeleine, sí... o el amor, en cualquier caso, la redención, no más muerte...

Se derrumbó, usó los últimos vestigios de su conciencia para no caerse sobre los terrarios. Después la oscuridad ascendió, y él se sumergió.

PARTE III

Puede que sea una deslealtad estar contenta mientras James se hunde cada vez más en el abatimiento. Maldice a Gritney y a las arañas fantasma, se niega a hacer planes más allá de continuar o de regresar a casa, y me temo que ha desarrollado cierto apego hacia el áspero vino resinoso que uno de los hombres de la aldea se alegra de venderle. Pero durante las últimas semanas me he sentido en casa aquí, entretenida con las pequeñas tareas rutinarias de procurar comida, lavar nuestra ropa y hacer trueques para conseguir pequeños lujos, y cuando tengo tiempo libre acompaño a Hira en sus recados, llevándole la cesta y el agua como una sombra esclava, satisfecha de estar allí, aunque ella nunca me dé las gracias. Sobre todo, me gustan los momentos antes del alba, cuando camino hasta la orilla y la encuentro allí, sola, quizás esperándome, quizá no. Entonces es como cualquier otra mujer, me hace preguntas y me cuenta historias, y a veces nos reímos como niñas; y lo mejor de todo es que me acompaña al agua y me pone de rodillas en el oscilante oleaje, o me sostiene mientras estoy de puntillas en las aguas más profundas, respirando conmigo hasta que domino mi miedo y noto la fuerza del mar acunándome. Oh, ¡cuánto me gusta, cómo sueño con ello, despierta y dormida! No se lo he contado a James. Él no lo entendería, y mi dicha sería como sal en sus heridas. No sé si estoy siendo egoísta, pero una esposa tiene sin duda el deber de prepararse para apoyar a su marido, y seguramente le soy de mayor utilidad así que compartiendo su desesperación, incapaz de hacer nada. Oh, ¡debería tachar eso! Gracias a Dios, él nunca leerá estas páginas… Ni ninguna otra persona. No obstante, debo conservar la disciplina y no dejarme llevar por una sinceridad indecorosa. Vamos, Sophia, alégrate de que el lector más duro que tendrás será tu yo del futuro… Y, si Dios quiere, si alguna vez hay algún niño…

Repito y subrayo: disciplina. Y comienzo de nuevo, ya que, en cualquier caso, no es por eso por lo que he retomado la pluma después de tan largo silencio.

Había pensado, hasta hace algunos días, que esta isla no era finalmente más misteriosa que cualquier otra. Pero antes de ayer… ¿Fue entonces? No, el día anterior. Entonces bajé a la playa muy temprano e Hira no estaba allí. Sabía que no era razonable sentirme decepcionada, porque ella no está obligada a reunirse conmigo allí cada día, pero después de esperar casi una hora, regresé a través de la aldea y descubrí que estaba especialmente silenciosa. No había mujeres trabajando en los pequeños huertos ni tendiendo sábanas para blanquearlas al sol. Nadie estaba sacando agua del pozo. Los únicos a los que vi fueron niños, vigilando el pescado que se ahumaba sobre una fogata, y cuando les pregunté con gestos qué había pasado, solo me miraron, sin hacer ningún esfuerzo por gesticular una respuesta. Regresé rápidamente con James y me pasé el día limpiando nuestra casita y recogiendo flores para alegrar la esquina donde se sienta a leer sus libros, pero siempre que salía a escuchar, no oía voces ni movimiento, ni siquiera el repiqueteo de las cazuelas o el salpicar del agua. El inquietante silencio se prolongó, como si hubieran lanzado un encantamiento a la aldea; durante dos días y noches enteros no vi a Hira, ni a ninguna otra mujer, y comencé a tener miedo. No sabía qué temía exactamente: que se hubieran refugiado esperando alguna enorme tempestad, o que la aldea hubiera recibido el ataque de los piratas. Ninguna explicación me convencía, pues los niños y los pocos ancianos a los que me había encontrado estaban impasibles, sin miedo ni sufrimiento. Y el silencio… ¡Oh! El silencio que pendía sobre el lugar era como si el mismo mar hubiera bajado la voz.

Después, una noche, oí tambores. Al principio pensé que eran truenos y me desperté sudando y aterrada, segura de que la esperada tormenta había llegado y seríamos arrastrados por el mar. Pero el sonido era demasiado constante, demasiado rítmico, con una profunda vibración que ponía un cosquilleo en mi piel. Venía del interior, más allá de los bosques de pinos. Cuando me acerqué a la ventana, de puntillas, no conseguí ver luz ni movimiento, solo la explanada de estrellas contra las oscuras cimas. De algún modo supe que Hira estaba allí, en el núcleo de todo aquello, fuera lo que fuere, y la idea me mantuvo inmóvil hasta que me sentí entumecida y tiritando, deseando estar con ella y al mismo tiempo alegrándome un poco de no estarlo. Al final regresé a la cama, pero en mi ausencia James había estirado piernas y brazos como una estrella de mar, dejándome apenas espacio, y no volví a quedarme dormida.

Justo antes del alba oí pasos fuera. No sabía que había estado prestando atención, pero tan pronto como los oí me levanté de la cama, agarré mi ropa y mis zapatos y salí a la fría penumbra del alba. Seguí el sendero que bajaba hasta el mar y por fin, cuando llegué a la arena clara, vi a Hira, como sabía que lo haría. Ella no me miró, pero no mostró sorpresa alguna cuando me senté a su lado. Durante mucho tiempo solo contemplamos el mar, y el cielo se iluminó y el agua lo reflejó, y después Hira se giró y sonrió.

—¿Dónde has estado? —le espeté—. Estaba asustada, pensaba…

—En el santuario. ¿Recuerdas la anciana que vivía en la choza del acantilado con sus nietos? Ha muerto.

—No lo sabía… Lo siento. ¿Cuándo?

—Ayer.

—Pero entonces… No estabas aquí. ¿Os marcháis cuando alguien está a punto de morir? No creo que…

Ella se rio.

—¡No, tontorrona! La llevamos al santuario. Es más fácil allí. Más amable. Murió despacio, pero como debía, en el lugar donde están los dioses. En el templo de las hilanderas…. Oh, estoy demasiado cansada para explicarte esto ahora.

—¿La sacasteis de su casa para que muriera?

—Sí. —Me miró con las cejas levantadas y otro destello de burla—. Y ella se alegró. Como Misia se alegrará de ir, cuando llegue el momento del nacimiento de su hijo. No es un sitio malo, ni uno bueno; es un lugar de... liberación, en el que ocurre lo que debe ocurrir. Nacimiento y muerte, y a veces otras cosas, cosas intermedias. Todos nosotros lo sabemos y cuidamos unos de otros, sabiendo que algún día será nuestro turno.

—¿Y los tambores? —le pregunté—. Oí tambores.

—Cuando se fue, nosotros... —Se encogió de hombros, como hace siempre que no conoce la palabra. Se tumbó sobre la arena y cerró los ojos.

—¿Así lloráis a los muertos? —le pregunté, pero ella no me contestó. No podía imaginarme un lecho de muerte allí arriba, en el bosque. *El templo de las hilanderas.* ¿Sería como las ruinas que habíamos visto cerca de Atenas? ¿O como las pequeñas iglesias ortodoxas que habíamos visitado, con sus interiores en dorada penumbra? Un lugar donde morir y nacer, donde ser liberado...—. ¿Me llevarás allí?

Abrió los ojos y me miró.

—No mientras alguien muere, no me refiero a eso, sino al lugar. Me gustaría mucho verlo.

Me sostuvo la mirada una fracción de segundo.

—¿A ti?

—Por favor... —comencé a decir.

—No. No, ¿cómo podría? —Comenzó a reírse—. ¿A ti, a la mujer gusano? No, por supuesto que no, ¿cómo se te ocurre?

—¿La mujer gusano? —repetí, sintiéndome humillada. Había creído que me aceptaba, o al menos que no me desdeñaba—. ¿Qué más da que mi piel sea más clara que la tuya?

—No —me dijo, negando con la cabeza y todavía riéndose—. No, no me refiero a eso. Tú todavía no has salido del capullo.

—No te comprendo, para nada. —Lo dije con gran dignidad, pero ella no pareció notarlo; volvió a tumbarse en la arena con una sonrisa, como divertida por una gracia infantil.

Se produjo un silencio. El sol había aparecido por detrás de la isla y el mar resplandecía en el horizonte, aunque nosotras seguíamos a la sombra. En el viento salado creí oler la luz del día, ácida y floral como un limón. Me miré la mano que tenía sobre la arena, a apenas unos centímetros de la de Hira.

—¿Quieres que nos metamos en el mar? —le pregunté—. ¿Para mi clase?

—Ahora no —dijo, y cerró los ojos de nuevo—. Estoy cansada.

—Debo irme pronto —le aseguré.

—Entonces vete.

Pero no me fui. Me quedé rígidamente sentada, intentando no revelar el desconsuelo que sentía, lo enfadada y avergonzada y herida que me sentía porque la había echado mucho de menos y había creído que para ella yo era algo más que una parte de la rutina. Ahora sabía que yo no le importaba un pimiento; de hecho, fue como si no estuviera allí, porque después de un momento se dio la vuelta, se colocó la cabeza sobre las manos y se quedó tranquilamente dormida. El oscuro himatión se le resbaló y el cabello le cayó sobre la cara, brillante. Era muy distinta de James, que roncaba y se movía mucho en sueños: ella era como una roca, como un animal, como una copa completamente llena, ni vacía ni rebosante. Oh, ¡no puedo explicarlo! Era totalmente ella, allí entre la tierra y el cielo, mientras el sol trepaba y el mar murmuraba. Hundí los dedos en la arena y cerré el puño con fuerza, como si pudiera anclarme allí, a su lado, para siempre.

La sensación desapareció gradualmente y descubrí que estaba escuchando las olas como si fueran música. No había melodía, solo ritmo, tan grave como se oiría el latido de un bebé en el vientre, pero hilvanada en las notas más graves había otra cosa. Creí oír una voz pronunciando mi nombre, una voz infantil, frágil, desconocida, querida... ¿O es solo mi imaginación, mientras frunzo el ceño y muerdo la pluma en un esfuerzo por recordarlo con *precisión*? Debo ser totalmente sincera; de lo contrario, ¿de qué serviría escribirlo aquí? Así que voy a decir que oí... algo, o que creí oír *algo*, y mientras me ponía de rodillas y miraba a mi alrededor, durante una fracción de segundo, lo tuve claro: era el desgarrador grito de alguien a quien conocía, tan cierto e imposible como un sueño. Después desapareció, tragado de nuevo por el oleaje.

Caí de rodillas, sin aliento. Hira suspiró y se movió. Había una joya enganchada en su cabello; no, un peinecillo, pensé, de delicada filigrana, con destellos metálicos y un ornamento esmaltado en el centro... y entonces, para mi horror, lo vi moverse.

Era una araña. Debo confesar que mi primer impulso fue apartarme. Fue horrible ver sus patas moviéndose tan delicadamente por el cabello de Hira, hasta que encontró el camino hasta su sien y sobre su mejilla. ¿Cómo podía seguir tumbada, cómo podía seguir dormida mientras cruzaba la línea de sus labios? Me armé de valor para quitársela. Pero antes de que pudiera acercarme, se adentró en los pliegues de su himatión e Hira giró la cabeza, parpadeando adormilada.

Aliviada porque ya no tenía que tocar a la criatura, retrocedí y la contemplé hasta que mi acelerado corazón se tranquilizó. Y de algún modo, para mi sorpresa, descubrí que era merecedora de atención. No era mucho más grande que las arañas que había visto en Inglaterra, pero era mucho más bonita: tenía el abdomen veteado en negro y rojo, como unas guardas danesas, y las patas oscuras, semitransparentes y con motas escarlata. Estaba muy quieta; de haber sido más crédula, habría pensado que estaba teniendo la amabilidad de permitirme mirarla.

Unos diminutos hilos brillantes atraparon la luz, estirados sobre la boca de Hira: una telaraña, o el inicio de una. Los hilos se estremecieron con su respiración, con un brillo infinitesimal, y la oí de nuevo, esa elusiva y adorable llamada.

Miré rápidamente sobre mi hombro y no vi a nadie. Cuando volví a mirar la araña, esta se había movido. Ahora había trepado al hombro de Hira y había dejado tras ella otro rastro de plata. Sentí el absurdo deseo de acercarme a esa resplandeciente casi nada. Deseaba seguir escuchándola para siempre, en un sueño como el de un adicto al opio, hasta que me muriera de hambre y sed...

Puede que fuera una tonta, porque solo entonces me di cuenta de que el espécimen debía ser la famosa *Pseudonephila* que James tanto había deseado ver, ni más ni menos. De repente, recordé la última vez que estuvimos en Atenas y las burlas de Broderick Jones, su insistencia en que la especie era una leyenda inventada para explicar las alucinaciones de los marineros borrachos. «Gritney era un chiflado —había dicho entonces—, confuso tras demasiado láudano y poesía. Es una misión imposible, Ashmore... Para eso, bien podrías ir a buscar la Tierra de Jauja». Pero las historias eran ciertas, porque allí había una araña tan real como mi propia carne y una telaraña que me cantaba con la voz de una sirena. James había fracasado, pero yo había tenido éxito; o, mejor dicho, yo había tenido suerte, bendecida por el dios que había persuadido a la araña para que reptara sobre el himatión de Hira. La miré, desconcertada por la incredulidad y la victoria.

Pero no serviría de nada. No había encontrado su hábitat; había sido la casualidad la que la había convertido en una polizona, y pronto, sin duda, se escabulliría a las sombras. Si corría a llamar a James, suponía que jamás volvería a encontrarla. Podría haberle preguntado a Hira de dónde había salido, pero no habría soportado que me mintiera, que se encogiera de hombros o fingiera no comprender la pregunta... ¡Y lo habría hecho, sé que lo habría hecho! Si había salido del santuario que ella se había negado a enseñarme...

Mantuve los ojos en la araña casi sin atreverme a pestañear. Hira seguía dormida, completamente tranquila, completamente ajena a mí. Ella no lo sabría, ni le importaría.

Me quité mi himatión y, con manos más firmes de lo que esperaba, lo coloqué con cuidado alrededor de la araña y tiré de los lados para hacer una especie de bolsa. Hira no se movió, pero cuando la miré dudé, y lo único que me dio fuerza para ponerme en pie y alejarme corriendo de allí, consciente con cada paso de mi valiosa carga, fue pensar en la aprobación de James.

No había pensado qué haría con la criatura cuando llegara a casa y casi se me escapó cuando la dejé en el suelo, antes de que se me ocurriera taparla con una cacerola vacía. En la fracción de segundo antes de quedar oculta pareció mirarme con odio y reproche, lo que, por supuesto, es ridículo, ya que no posee rasgos que permitan alguna variación en su expresión. Dudé, pero habría sido injusto para James (e idiota, después de haber reunido el valor para traerla con mis propias manos) que no le permitiera la oportunidad de examinarla.

Cuando empujé la puerta de nuestro dormitorio, James abrió los ojos, sobresaltado. Cerró la arrugada Biblia y se puso en pie, ya exclamando: «¡Sophia! Tienes la ropa sucia y hay una telaraña en tu cabello… No esperaba que abusaras de tu libertad tanto como…», pero me atreví a interrumpirlo y, tan pronto como comprendió lo que quería decir, olvidó sus críticas y pasó ante mí, ansioso por ver la araña con sus propios ojos. Al principio no se creyó que fuera de verdad una *sireine* (y no podía culparlo por ello, ya que no había tenido tiempo ni espacio para tejer la tela que la distinguía), pero al final me echó de allí, entusiasmado. «Quiero paz y tranquilidad. Silencio total, por favor; será mejor que salgas, porque incluso tus pasos me molestarían», me dijo, antes de darme la espalda con tanta rotundidad que me sentí como si hubiera dejado de existir. No obstante, decidí no tomármelo como un desaire; ¿qué madre, viendo a su hijo feliz con el juguete que le ha traído, no se alegra? Aplasté mi egoísta deseo de recibir su agradecimiento y me marché como me había pedido.

Y esta noche, aunque no cenó conmigo y todavía, de hecho, no ha venido a la cama, pasó a mi lado mientras estaba sentada en el porche y me miró con esa vieja sonrisa torcida, la que le mostraría a Jesucristo si alguna vez lo tuviera delante. «Ah, Sophia, mi belleza de clima despejado y cielo estrellado», me dijo, y me lanzó un beso. Y hacía mucho tiempo que no estaba tan contenta, y cierro los ojos y me parece fácil dirigir las oraciones a su Dios, a nuestro Dios, y alejar el recuerdo de esta mañana, del rostro dormido de Hira y de cómo me escabullí con la araña como una ladrona.

James no durmió en la cama anoche, y esta mañana temí encontrarlo enfermo o enfadado o ambas cosas. Es extraño, estos días, que un momento de alegría perdure; desde hace mucho tiempo, solo he visto esos breves instantes de ternura empapados en una bebida fuerte, y desaparecidos por la mañana cuando se despierta con dolor de cabeza. Así que me levanté de la cama tan silenciosamente como pude, pensando en buscar un vaso de agua y un plato con fruta para quedarme a su lado, por si se despertaba con hambre. Pero tan pronto como la madera crujió bajo mis pies, oí unos pasos en respuesta y apareció en la entrada, desaliñado pero sonriente.

—Sophy —me dijo—, ¡ya es de día! Acabo de darme cuenta de lo poco que alumbra la lámpara a la luz del día. Ven, ven. —Y me tomó del brazo y tiró de mí hasta la habitación en la parte delantera de la casa—. ¿Ves? La araña ha tejido una red. Creo que la he domesticado —añadió, riéndose—. Nos hemos pasado conversando toda la noche… Oh, Sophy, ¡anoche olvidé mis oraciones!

—Estoy segura de que el Creador se tomará eso como un cumplido —dije, desafiando a mi suerte.

Él negó con la cabeza ante mi frivolidad, pero siguió sonriendo.

—Y su seda… Su seda es una maravilla. ¡Y pensar que he encontrado al primer espécimen verificable de *Pseudonephila sireine*! Esos malditos paletos de la aldea no tienen ni idea de lo que hay en su propia casa. ¡Con esto me haré un nombre! ¡Una fortuna! Mi hermano no podrá seguir despreciándome. Es como si hubiera encontrado una sirena, o un unicornio.

Supongo que, como llevaba trabajando toda la noche, se le pasó que fui yo quien encontró la araña, aunque no es que eso importe. Me hizo girarme hacia el otro extremo de la habitación, donde efectivamente había una telaraña de un metro de anchura cruzando la puerta que conducía al porche.

—Ahora —dijo—, canta.

Creí que se dirigía a la araña hasta que me zarandeó, aunque no con rudeza, y repitió:

—Sophia, ¡canta! Me he pasado toda la noche susurrando y orando y tarareando y tengo las cuerdas vocales agotadas. Cualquier cosa servirá.

Lo miré, desconcertada, pero tenía la impresión de que su alegría se equilibraba en un precipicio muy angosto y no me atrevía a poner a prueba su paciencia, así que comencé a cantar una vieja cancioncilla popular. Pero tuve que detenerme, conteniendo el aliento, porque la habitación pareció cambiar a mi alrededor, deslizándose un poco como si se inclinara hacia mi voz. Comencé de nuevo, apresuradamente, ansiosa por complacer a James, pero él se rio y levantó la mano con un ademán satisfecho.

—¡Tú también lo oyes! —exclamó—. Es una voz de sirena, sin duda, ¿verdad? ¿Es como si la habitación se alargara y constriñera impredeciblemente y como si te sintieras vertiginosamente atraída hacia el centro de la telaraña?

—Sí —le dije. No necesitaba buscar mis propias palabras: aquel era un resumen perfecto de la sensación.

—¡Sí! Exacto —dijo, y se agachó para recoger del suelo la pluma y su cuaderno de notas para escribir algo—. Oh, ¡voy a escribir un gran ensayo sobre este fenómeno! Broderick Jones se morirá de envidia.

Pero, cuando se incorporó, trastabilló y vi por primera vez las marcas de agotamiento que la larga noche había dejado en su rostro. Lo sujeté, y por una vez no me apartó, sino que se sometió dócilmente a mi ayuda.

—Gracias, Sophy —me dijo—. Lo deja a uno bastante mareado.

—Debes comer —le dije—, y dormir. Has sido demasiado duro contigo mismo, cariño.

Me encogí un poco cuando lo dije, esperando una dura réplica, pero asintió. Después se agarró a mí.

—Pero, Sophy… Debes vigilarla. Le prepararé una caja cuando haya descansado, pero si se escapa…

—Sí, cariño.

—¡No, no! ¿Cómo te atreves a llevarme la corriente como a un niño? No debes moverte de aquí. Si intenta regresar al bosque, debes atraparla; ahora es mía, ¿lo entiendes? *Mía*. Podría no volver a encontrar otra. ¿Me lo prometes, Sophy? No muevas ni un músculo, pase lo que pase.

Asentí. Al final, examinando mi rostro con sus ojos, asintió también, y suspiró de tal modo que la habitación susurró a su alrededor como una tormenta reuniéndose. Me soltó y desapareció en la puerta hacia nuestro dormitorio. Unos minutos después oí su ropa cayendo al suelo, y su cuerpo en el jergón de nuestra cama.

Arrastré un taburete hasta el centro de la habitación y me senté. Pero, aunque no hice sonido alguno, me descubrí mirando continuamente sobre mi hombro, convencida de que no estaba sola, y al final eché el taburete hacia atrás hasta que pude apoyar los omoplatos contra la pared. La araña comenzó a reparar su tela, con complicados cruces de la espiral central. Al principio pensé que no podría soportar el tedio de la espera mientras James dormía, sin saber cuánto tiempo me vería obligada a permanecer en aquella habitación como una prisionera, pero después de quizá media hora o tres cuartos descubrí que mi atención había dejado de ir y venir y se había concentrado. Pensé en la gran basílica de Vézelay, y en sus arcos romanos; en la iglesia pintada de nuestro hogar, con sus santos descascarillados de rostros serenos y alargados con las manos elevadas en una bendición; y en el mar rompiendo contra la costa mientras Hira dormía.

Y me pareció que habíamos hecho una especie de pacto, la araña y yo: yo la vigilaría y ella, a cambio, seguiría complaciendo a James y, por tanto, también a mí.

Kratos, septiembre de 182—

Hasta ahora no he tenido la voluntad ni la oportunidad de escribir. James se está comportando como un tirano, debo escribirlo aquí, ordenándome que lo deje solo durante el día y que guarde silencio durante la noche; una vez, cuando cualquier marido razonable habría estado acostado a mi lado, dormido, se acercó a mí mientras usaba la bacinilla y se detuvo a la luz de la luna como un ángel vengador, quejándose de que mi orina resonaba como las campanas de la iglesia, ¿y cómo iba a trabajar él con tanto estrépito? Los últimos días no he sido bienvenida en mi propia casa. Como la araña ha tejido su tela desde la puerta hasta el porche, me he visto obligada a entrar en casa a cuatro patas, como una peregrina pagana, mientras James sisea a través de los dientes y me exhorta a no poner en peligro algún hilo crucial. Después regresa a su cuaderno de notas y a los toscos instrumentos de percusión que ha construido mientras yo me voy humildemente a la cama. Lo cierto es que estaba empezando a sentirme irritada por este tratamiento y a preguntarme cuánto lo soportaría y cómo diantres procedería cuando mi aguante se agotara. Pero el Todopoderoso nunca nos envía una prueba que no podamos soportar, y el tercer día (creo), cuando regresé justo antes del ocaso, encontré a James en el jardín, mirando a su alrededor con el dulce asombro de un niño que acaba de despertar de un sueño.

—¡Sophy! —me llamó, ofreciéndome la mano—. He escrito un relato completo sobre la araña y sus características —me dijo antes de que pusiera el pie en el porche— y tú serás la primera en leerlo. Te dedicaré mi descubrimiento a ti. O quizá preferirías que lo explicara de un modo más adecuado a la mente femenina. Ven, deja que te muestre mis experimentos. Lo oirás con tus propios oídos y yo diseccionaré los resultados.

—Qué listo eres —le dije, y me condujo a la puerta donde estaba colgada la araña, apenas visible ahora que el sol se había ocultado tras los árboles. Y es cierto: es listo. No sé si describir aquí lo que me contó, porque sé que mi inferior comprensión podría arruinarlo, y su ensayo se lo contará al mundo mejor de lo que yo puedo hacerlo. Pero es un ejercicio útil para la propia comprensión, y sé que mi futuro lector me perdonará las imprecisiones (seas quien fueres, querido, sé que serás amable), así que deja que intente resumir lo que aprendí.

James cree que las arañas se alimentan de murciélagos, que se orientan por un sonido inaudible para los oídos humanos. Me sorprendió descubrirlo, pero James puso los ojos en blanco y dijo que pronto me describiría un fenómeno que pondría mi credulidad todavía más a prueba; y me contó con cierto deleite los muchos experimentos que lo confirmaban, en los que arrancaban los globos oculares a los murciélagos y después les quemaban las orejas.

—Ahora podrías pensar —me dijo— que la tela de la *sireine* funciona bajo el mismo principio que las demás: que su presa cae en ella y forcejea con los hilos pegajosos hasta que está lo bastante débil para ser envuelta en seda y succionada. Pero la inventiva del Todopoderoso va más allá de tal confianza en el azar. La telaraña atrae a los murciélagos hacia ella a través de un engaño magistral.

Aquí, si recuerdo bien, tomó una pluma y la usó para señalar, se acercó a la telaraña y bajó la voz para que sus ecos en la habitación no distrajeran demasiado.

—El efecto *radar*, Sophy, lo crea un estímulo que inicia una fluctuación en el interior de un medio elástico. Eso quiere decir —añadió, sospecho, al ver la incapacidad de mi intelecto femenino para seguir sus palabras—, que cuando algo golpea otro algo crea una onda. Imagina una salpicadura que inicia una ondulación en un tanque de agua: hay picos y valles, puntos en movimiento donde hay *más* fluido o *menos*. Cuando la onda llega al oído, el órgano percibe el cambio rápido de densidad; eso es la *audición*. —Se detuvo, para asegurarse de que lo hubiera entendido hasta entonces, algo que creo que hice—. Ahora, esta es la cuestión —continuó, girándose un momento hacia la telaraña para señalar—. Imagina que otra salpicadura en el otro extremo del tanque crea otra onda, de modo que las dos se encuentran en el centro. ¿Qué ocurre? Depende, ¿verdad? Del momento y del lugar en el que se haya producido la segunda salpicadura. O las ondas se encuentran, y sus ritmos coinciden y se amplifican, de modo que los picos y valles se incrementan, o son opuestas y sus picos y valles se aplanan y las aguas se calman. Si son *exactamente* opuestas, el resultado es una superficie como la de un espejo, como si no se hubiera producido ninguna salpicadura: es decir, el silencio.

—Creo que empiezo a entenderlo —le dije.

—Mira —continuó, y regresó a la telaraña—. ¡Qué mecanismo de captura tan estupendo y singular! No conozco la composición de los hilos, pero mi hipótesis es que el borde exterior de la telaraña… Aquí, ¿ves? Es sensible a la vibración, de modo que cada diminuta vibración se transmite hacia adentro, hacia el centro. Y aquí, donde la telaraña es más densa, se produce una especie de milagro. La seda refleja el sonido hacia afuera, pero el reflejo no es una simple reproducción mecánica… Porque eso, por supuesto, no tendría en cuenta las diferencias en tiempo, dirección y distancia. En lugar de eso es como si, al sentir una cerradura, creara una llave… o una entalladura en un camafeo, si lo prefieres; moldea el aire como si fuera seda bajo la presión de un sello. ¿Me estoy explicando? Todavía no estoy seguro de si esto se debe a la configuración de los hilos o solo a las propiedades infinitesimales de la seda; me pregunto si habrá algún eje reflectante en cada hilo, combinado con un material que tiene unas propiedades de resonancia peculiares. Lo que es extraordinario es el modo en el que encarna físicamente una fórmula compleja en la que X se transforma en su correspondiente Y. Nunca había visto una evidencia tan perfecta de que Dios es un entusiasta del álgebra.

—Así es —le dije. Yo no soy demasiado aficionada al álgebra, pero supongo que, después de haber creado los mosquitos y la lepra, Dios no se avergonzará de ninguna rama de las matemáticas.

—¡Y eso no es todo, Sophy! Porque hasta ahora, aunque maravilloso, lo que te he descrito es un asunto de física; como una máquina, si lo prefieres, donde una parte responde a otra, produciendo un resultado acústico. Creo que lo que el murciélago *oye* es una ausencia en el centro de la telaraña, una simple nada, como si la tela fuera un anillo rodeando una zona despejada. Pero eso en sí mismo no sería suficiente, pues la posibilidad de que un murciélago eligiera esa dirección concreta no sería más alta que para cualquier otra ruta a través de los obstáculos que se le presentaran. Yo sostengo, estoy casi seguro, de que hay otro elemento en la trampa de las arañas. La tela no solo desorienta al murciélago; lo atrae. ¿Alguna vez has visto a un gato bajo los efectos de la hierba gatera, o una gallina hipnotizada por una línea dibujada con tiza? Gritney dijo que los murciélagos vuelan directos hacia la telaraña de la *sireine*, como si esta los llamara, y lo hacen hacia la zona más densa, el lugar más letal de todos. Esto no lo explica ningún fenómeno auditivo, por sí solo; a mí me sugiere un tipo de atracción distinto.

—¿Quieres decir que emite una especie de música, más allá de los límites de nuestra audición, una música celestial que ellos oyen y que les encanta? —le pregunté, pensando en la voz que había oído.

James hizo una mueca.

—Me gustaría que atendieras a lo que estoy diciendo, Sophy, y que no dejes que tu imaginación alce el vuelo. No estoy hablando de música.

—Me refería a que, como las sirenas… Quizás es por eso por lo que las llamaron *sireine*.

—¡Gritney les puso nombre, pero nunca tuvo el ingenio de capturar una! ¿Quién ha estado estudiando este espécimen, tú o yo? ¿O debería darte esto —me dijo, ofreciéndome la pluma con gran ironía— para que *tú* me educases *a mí*?

—Lo siento mucho —me disculpé.

—Ya —me dijo, apaciguado—. Queda mucho por ser elucidado y me alegro de ello, porque todo me proporcionará material para mis ensayos. No pretendo tener respuesta para todas las preguntas después de solo cuatro días de estudio. —Comenzó a mordisquearse el pulgar y su mirada regresó a la puerta, aunque en el crepúsculo no creía que pudiera ver la telaraña, ni a su dueña—. Música. Sí, quizá haya algo en esa idea, porque actúa sobre el alma a través de los sentidos. Incluso en nosotros puede inspirar una divina locura, éxtasis o desesperación…

No dije nada, porque no quería llamar su atención, pero al final miró de nuevo en mi dirección.

—Mi amor —me dijo—. Mi querida Sophy.

No quería molestarlo, pero no pude esconder las lágrimas que llenaron mis ojos al oírlo hablar con tanta ternura.

—Sí, James.

—Eres tan amable, tan femenina, tan cariñosa. Y yo soy un viejo ogro a veces, ¿no?

—No —le aseguré—. No, tú eres apasionado, eso es todo.

—Vete a la cama —me pidió—, pero no apagues la lámpara. Debo poner a mi araña en algún sitio seguro, y después iré contigo.

No dije nada; no habría soportado que cambiara de idea. Había pasado mucho tiempo desde la última vez que durmió a mi lado, y más aún desde que me abrazó como un marido debe abrazar a su esposa, y estaba casi muda por la esperanza y el deseo. Le besé la mano y obedecí.

Lo oí atrapar a la araña con un gruñido triunfal; después, hizo lo que había dicho y vino a la cama.

Kratos, noviembre de 182—

No me he atrevido a tomar la pluma de nuevo hasta ahora. Todavía tiemblo al escribir estas palabras, como si ese sencillo acto pudiera hacer o deshacer algún encantamiento. Pero creo, estoy casi segura… Espero que Dios en su infinito amor, a través de la intercesión de Jesucristo, en respuesta a mis infinitas y desesperadas oraciones… Oh, Sophia, ¡escríbelo!

Creo que estoy esperando un hijo de James.

SIETE

«La seda representada en estas páginas, hilada por las arañas de los míticos paisajes del Mundo Antiguo, se convierte en un material más delicado, más ligero y vaporoso que la del gusano de seda. Tiene el brillo del ópalo, el destello de la perla y el lustre de la plata, y envuelve al oyente en un silencio tan perfecto...». La pluma de Henry se detuvo sobre el papel y su mano izquierda se movió por una página del diccionario. Tachó «destello» y escribió «esplendor» encima. Pero no se le ocurría un buen modo de terminar la frase, y levantó la cabeza de nuevo para mirar la chimenea, donde el fuego se había reducido ya a algunas ascuas brillantes. Aparte de la moribunda luz de las llamas y de la lámpara que había junto al escritorio, la biblioteca estaba a oscuras y en silencio; solo había sombras suaves, los destellos de oro en los lomos de los libros y en las decoraciones del techo y el tranquilo tamborileo de la lluvia en la ventana.

Se pasó la mano por los ojos, doloridos y arenosos. Durante los días que habían pasado desde su visita a la fábrica se había concentrado en su trabajo en el catálogo; había escrito y dibujado durante horas sin parar, caminando por la habitación cuando no conseguía dar con la frase perfecta, editando y reeditando el prefacio hasta que se lo supo casi de memoria, deteniéndose solo para imaginar la reacción del señor Edward. Había trabajado hasta tarde por las noches, postergando el momento de retirarse a la cama; incluso dormido había soñado con palabras, eligiéndolas una a una de unas hinchadas telarañas para descubrir que en sus manos cobraban vida y se retorcían.

«Un silencio tan perfecto…». Pero la inspiración se le había agotado. Se fijó en el retrato colgado en el rincón. La mujer lo miraba con sus ojos oscuros, como si hubiera algo que quisiera decir.

La puerta se abrió.

—Latimer —dijo el señor Edward, riéndose un poco—, me has asustado. Trabajando hasta tarde, ¿no?

Henry se giró, retiró la silla y se puso en pie en un solo movimiento.

—Espero que no le importe —le dijo—. Trabajo casi siempre en mi habitación, pero he bajado para consultar…

—No seas absurdo, mi querido amigo. —Cuando entró en el círculo de luz de la lámpara, Henry vio que estaba sonrojado, un poco despeinado y con el cuello de la camisa abierto en la base de la garganta. Miró los papeles de Henry—. ¿Qué es esto?

—Pensé que el catálogo debía tener una especie de prefacio… Una nota para los clientes, explicando…

—Ah, sí. Poesía. Bien, bien.

—Todavía no está terminado, pero si quiere leerlo, señor… —Henry se lo ofreció. De repente, no le llegaba el aire a los pulmones.

—No es necesario, no ahora.

El señor Edward se giró, pero en lugar de abandonar la habitación, se dirigió a la ventana y apartó la cortina para mirar su propio reflejo.

Henry asintió. En silencio, soltó el pliego de papel, levantó de nuevo la pluma e inclinó la cabeza.

—Vamos, vamos. No te enfades. Estoy seguro de que lo harás muy bien, y cuando esté sobrio le dedicaré toda mi atención. ¿Te está quedando bien?

Henry no pudo evitar sonreír, aunque no podría haber dicho por qué.

—Eso espero. Pero he hecho más de lo que me pidió. No es solo una nueva versión del viejo catálogo, es totalmente distinto.

—¿Sí?

—Las palabras son importantes, por supuesto. Y los grabados deben estar bien dibujados, y la encuadernación ser lujosa, y le sugiero una portada con las arañas en su hábitat natural, para evocar el lejano glamur de la isla. Pero lo he dividido en secciones. Cada una de ellas debería empezar con una imagen de un elegante y moderno interior... Y después los artículos, bien delineados, con espacio de sobra a su alrededor.

—Uhm —dijo el señor Edward, al borde de un bostezo—. Pero páginas extra implican un gasto extra, y...

—En su catálogo anterior solo había cortinas —dijo Henry, incapaz de evitar interrumpirlo—. Un sinfín de cortinas, que, y perdóneme, eran casi idénticas en cada página, y estaban mal dibujadas, además. Pero aquí... —Buscó en sus papeles los bocetos que había hecho—. Este es el cuarto infantil. Tendremos un dosel para una cuna, con encaje o lazos, una página entera con distintos adornos; cortinas para las ventanas y las puertas, con estampados adecuados para los niños; un uniforme para una niñera, para que pueda moverse por la habitación en un silencio absoluto, sin perturbar el sueño del niño. Tendremos un gorro de tamaño infantil, acolchado, si se desea, para proteger los sensibles oídos del ruido del tráfico. Tendremos una túnica de cristianar, que evitará que la solemnidad del bautismo se vea interrumpida por los ruidos inapropiados que puedan escapar de debajo de las faldas del infante. —Se detuvo para respirar y descubrió que estaba en pie—. Todas las habitaciones de la casa tienen su propia necesidad de silencio y privacidad. No solo el cuarto de los niños y la enfermería, sino el despacho, el salón, el dormitorio, el cuarto de baño.

El señor Edward se acercó al escritorio. Le arrebató las páginas a Henry y las acercó a la luz.

—Esta es la sección de luto —dijo Henry—. Si estamos buscando mercado para el silencio, no debemos olvidar la muerte. Imagine que todos los féretros y sudarios no estuvieran hechos de terciopelo negro sino de silencio. Y las cortinas de las casas de los dolientes, la ropa de luto y el velo de la viuda... Nadie se atreve a quejarse de los gastos de un funeral.

En su mente, vio a Madeleine yaciente, a los visitantes vestidos de negro, el espejo tapado, los cerosos lirios blancos resplandecientes en la penumbra de las ventanas de cortinas cerradas. Las voces le habían parecido estridentes, en el silencio de la casa; los murmullos de las conversaciones habían amenazado con revolverle el estómago. Pero ahora, en aquella rica y dorada habitación con aquel hombre extraordinario, todo parecía haber ocurrido hacía mucho tiempo, y podía recordarlo y pensar, sin emoción, que sin duda habría comprado metros de tela, que sin duda habría pagado cualquier precio, que sin duda lo haría cualquiera.

—El amor es un gran estímulo para el gasto —terminó.

El señor Edward levantó una ceja divertida. Pasó otra página.

—Pañuelos, velos, corsés… Sí, supongo que nadie quiere el chirrido de las ballenas en un entierro. Vestiduras para los carruajes, amortiguadores para los cascos de los caballos, vestidos para las plañideras, guantes… ¿Para qué servirían los guantes?

—Para nada —contestó Henry—, pero serían el accesorio perfecto para el resto del atuendo.

Esta vez, la carcajada del señor Edward fue larga y espontánea.

—Entiendo —dijo al final, y pasó a las últimas páginas de texto—. ¿Y esto…?

Henry no necesitaba leer las palabras. «Para los usos de la seda que todavía no hemos ideado ni soñado, ofrecemos nuestros servicios en el desarrollo y la confección de cualquier artículo. Debemos admitir que hay misterios todavía sin descubrir, y esperamos con entusiasmo las invenciones y exigencias de nuestra clientela».

—La última sección es un pequeño batiburrillo: confesionarios, salas de asesoría, celdas de confinamiento, camisas de fuerza con capucha, vagones de tren y todo eso. Pero me pareció inteligente ofrecernos a hacer cualquier cosa que a alguien se le pudiera ocurrir. Pensé en escribir a Marshall & Snelgrove —añadió—, ofreciéndome a enviarles algunas muestras. Y —continuó rápidamente, recordando el desaire de la dependienta— me preguntaba si quizá querría instalar una pequeña sala de muestras, aquí en Telverton.

—Uhm.

—Y una cosa más —dijo Henry, con una sensación de osadía que no era totalmente desagradable—. No hay glamur en «Telverton»;

me refiero a la palabra, no al lugar. Telverton solo evoca una ciudad industrial. Creo que debería llamarla seda *Arain*. Es una antigua palabra para «araña», del francés. Tiene más encanto, creo.

—Más poesía, quieres decir. Arain… Es bastante bonito. Como un nombre femenino.

Henry lo miró, pero el señor Edward no respondió a su mirada; solo soltó los papeles y se acercó, sin pensar, para ponerle la mano en el hombro. El joven se detuvo, con el corazón acelerado. No se atrevía a moverse. Quería que esa caricia inconsciente y abstraída se prolongara para siempre.

El señor Edward caminó hasta el sofá y se sentó en uno de sus brazos. Se giró para mirar a Henry.

—Dime qué quieres —le dijo—. Sinceramente.

Se produjo una pausa en la que, a pesar de la oscuridad, la sangre subió con un cosquilleo a las mejillas de Henry.

—Lo siento, pero no sé qué…

—Un poeta, un joven romántico, un visionario. Eres extraordinario, Latimer. Y aun así trabajas en una pequeña tienda de Londres para un terco y viejo escocés.

Henry se mordió el labio; no era justo describir así a Argyll, y no obstante tampoco era injusto.

—Garabateaba versos, eso es todo —balbuceó—. Me sonrojaría si tuviera que leerlos ahora.

—¿Ya no lo haces?

Un recuerdo acudió a él, iluminado por una llama titilante en una habitación fría. Se vio a sí mismo encorvado en su mesa, con la carta que había recibido de su viejo profesor en sus manos temblorosas. «Mi querido Latimer, creo que tus esfuerzos contienen la promesa de un gran…». Se había sentido triunfal, a pesar de que la tinta se estaba congelando en su tintero. Había sentido el mismo júbilo aquellos últimos días, mientras buscaba la palabra correcta.

—No —reconoció—. Lo dejé, después de casarme.

—Ah.

—No fue culpa de Madeleine. Quiero decir, es natural… Yo había estado viviendo muy frugalmente, ¿sabe? Tenía ingresos modestos, y racionándolos podía permitirme una buhardilla… Bueno, era algo un poco mejor que una buhardilla, supongo, pero no podría haber mantenido a una familia allí. Y muy pronto íbamos a tener un bebé. Éramos felices.

—¿Un niño? Mi querido amigo, no sabía que lo había alejado de su…

—No —dijo con demasiada brusquedad, pero era demasiado tarde para suavizar o retirar sus palabras—. No —repitió, más despacio—. La niña tampoco está. Murió. Madeleine dio a luz y después…

No debería haberlo dicho en voz alta: de inmediato vio el bulto en los brazos de la matrona que debería haber pedido que le dejaran sostener al menos una vez, ¡solo una vez! Estaba aturdido, conmocionado. Se había negado a apartar la mirada del rostro ausente y tranquilo de Madeleine, o a soltarle la mano hasta que escapó de la suya, pero no debió dejar que se llevaran a la pequeña antes de que al menos hubiera… Pero debería haberlo aliviado no oír un llanto de bebé, porque ¿qué podría haber hecho él? Un hombre, sin instinto femenino, sin pecho ni manos tiernas ni voz melódica, sin nada más que un feroz deseo de protección y dolor. Habría sido inútil, si aquella diminuta… si el bebé, si *ella* hubiera estado allí, llorando.

—Murió —repitió—. Ambas murieron.

—Lo siento —dijo el señor Edward.

—No. No, fue lo mejor, yo no podría haber… —replicó. Oyó lo que había dicho, y una especie de rugido creció y murió en sus oídos—. Quiero decir, que esto es…

—Lo comprendo.

Quizá solo se refería a que sabía lo que Henry estaba intentando decir, pero sus ojos se encontraron y Henry sintió un vértigo en el pecho, como una bocanada de aire cuando creía estar ahogándose. «Anímese».

El señor Edward lo observó, compuesto, sereno, atento… Como si de repente estuviera sobrio, mientras que Henry se sentía mareado.

—El amor —dijo, en voz muy baja—. Eso es más valioso que ninguna otra cosa. Sé lo que es perder a una esposa, ver destruido de repente todo lo que querías... Mi dolor ya ha perdido su aguijón, pero se necesita tiempo, Latimer.

Henry se aclaró la garganta con brusquedad.

—Tiempo —asintió—. Sí.

—Confía en mí. Con el tiempo, será más fácil.

—Eso espero.

El señor Edward se levantó y se acercó a la mesa.

—El amor —dijo de nuevo, como para sí mismo. Tomó la mano de Henry y le quitó la pluma de los dedos. La dejó a un lado, sin apartar los ojos del rostro del joven—. Y ahora tienes otra oportunidad. Puedes comenzar de nuevo, aquí. Con tu poesía. Con la seda. Conmigo.

Durante un momento, Henry vio la biblioteca como si lo hiciera a través de un velo: un pálido halo emborronaba las tenues luces doradas, y había un leve susurro en sus oídos.

—Sí —dijo, casi sin aliento.

Silencio. De repente, el señor Edward se apartó.

—Vamos —le dijo—. Supervisaré tu trabajo como es debido mañana. Todavía no te he enseñado la mansión Cathermute; deja que te la muestre en toda su gloria. Tiene un romanticismo peculiar por la noche, como algo escrito por la señora Radcliffe. Uno espera cruzarse con villanos confabulando y con princesas encerradas.

A ciegas, Henry lo siguió hasta el pasillo. Y mientras pasaban por estancia tras estancia, mientras su anfitrión le señalaba las paredes pintadas, las escaleras y los techos ornamentados y el panelaje medieval, la cerámica y las obras de arte, los grabados y los tapices y los relojes, su gratitud creció hasta formar un nudo en su garganta y llenarle los ojos de lágrimas. No podía creérselo, pero era cierto; estaba empezando de nuevo.

Nunca se había aventurado en el Gran Salón por la noche y se sintió emocionado mientras descendía los peldaños de piedra y se detenía delante de la enorme y oscura chimenea. La habitación estaba empapada en plata; la lluvia había cesado y la luna había salido y brillaba a través de las altas ventanas, lanzando la lámpara a la irrelevancia. Sobre ellos, la galería de los trovadores estaba llena de sombras tan sólidas como su celosía tallada; la larga mesa y las sillas delante de las ventanas eran un altar flanqueado por tronos. El techo formaba una alta bóveda, donde la oscuridad se intensificaba hasta una oscuridad absoluta.

El señor Edward colocó la lámpara sobre la mesa. Después de un momento, sin explicación, la apagó. Se quedaron inmóviles en el frágil y hechizado silencio.

Había un rostro en el extremo opuesto de la habitación, más allá de las columnas que se alzaban junto a la escalera. El cosquilleo de un escalofrío bajó por la columna de Henry, que retrocedió medio paso. El señor Edward se rio un poco.

—Se ve mejor a la luz de la luna, creo —le dijo.

El rostro permaneció totalmente inmóvil, blanco y pequeño, con los ojos y la boca oscuros. Teñido de gris perla, parecía cernirse en las sombras, desencarnado, sin mirar a Henry sino más allá, sin parpadear. Entonces, con retraso, Henry se dio cuenta de que era una pintura, convertida en un trampantojo por la inquietante luz. Al acercarse, distinguió el resto de la obra: un pedregoso claro en el bosque, lleno de sombras y de hojas y con una zona de vidriosas aguas. El rostro era el de una joven mirando a través de las ramas de un sauce llorón, que en parte escondía su cuerpo, aunque al acercarse al lienzo Henry pudo ver sus hombros delgados y la cremosa curva de un seno y un muslo. Con una mano pálida sostenía las ramas lejos de su cara, para poder mirar hacia afuera. Y su expresión...

—Ojalá pudiera hablar —dijo el señor Edward.

Henry levantó la mano y la detuvo a un centímetro del lienzo, como si se hubiera topado con un panel de cristal. En primer plano, siendo objeto de la mirada de la mujer, había un joven arrodillado sobre el tranquilo estanque, admirando su reflejo. Su cabello se rizaba sobre su frente y sus sienes, y el agua goteaba de su mano como si se hubiera detenido mientras bebía, asombrado por su propia belleza. Esta habría tomado desprevenido a cualquiera que la viera por primera vez, pensó Henry.

—Sí —dijo—. Es una belleza.

Aunque era el tipo de belleza que hacía que uno se estremeciera; sintiendo su vulnerabilidad, Henry deseó correr una cortina sobre su mitad de la pintura, para poder examinar el resto sin sentirse culpable.

—Pobre Eco. A veces me pregunto cómo sería ser condenado a decir lo que nunca quisiste decir, mientras que lo más importante de todo sigue estando más allá de tu alcance.

Hubo una pausa en la que Henry se sintió como si hubiera algo no pronunciado pendiendo en el aire, como una fruta invisible no arrancada. Miró de soslayo, pero la luz de la luna se derramaba sobre el hombro del señor Edward, haciendo brillar las puntas de su cabello y sumiendo su rostro en la oscuridad.

—Sí —dijo Henry de nuevo. Casi podía creer que el lienzo era un velo de gasa, nada más que una cortina separándolos del mundo de los dioses y las ninfas y las metamorfosis. Podrían adentrarse juntos, a través de la tela, en ese claro semioculto en el bosque, y allí… Pero no conseguía imaginar qué le esperaría en ese lugar—. Pobre Eco —repitió, porque no conseguía poner palabras a lo otro.

—Encargué estas pinturas cuando decidí hacer fortuna con la seda. A mi esposa le pareció presuntuoso.

Henry volvió a concentrarse en la realidad.

—Para alcanzar la grandeza, hay que atreverse a hacer grandes cosas.

—¡Ja! Sí. Y la fábrica… Pero ya la has visitado, ¿no? No te he preguntado qué te pareció.

—Era magnífica; *es* magnífica. —Parpadeó para alejar el recuerdo de los telares y su cacofonía—. Su escala, la fuerza pura de las máquinas y la belleza de la seda… Me hizo pensar en el ensayo de Burke sobre lo sublime.

—Worsley me dijo que te había resultado apabullante.

Henry podía suponer qué le había dicho Worsley exactamente.

—Debo disculparme, si le supuse una molestia. Le aseguro que no volverá a ocurrir.

—No seas tonto. Sé que la seda tiene más efecto en algunas personas que en otras, y nadie sabe en realidad por qué. Tú eres sensible a ella y él no lo es, eso es todo.

—Estoy seguro de que me acostumbraré…

—¡Qué obstinado eres! Supongo que te estás disculpando justo por la razón por la que yo te pedí que te quedaras. Posees una vulnerabilidad, una afinidad… llámalo como quieras, pero yo no creo que sea una debilidad. Comprendes la magia de la seda de un modo que Worsley no puede entender. Y además eres inteligente, ambicioso y encantador. Si tuviera que elegir a un hombre para que fuera mi mano derecha…

Henry deseó, de repente, que la lámpara siguiera encendida; habría dado cualquier cosa por ver el rostro del otro hombre con mayor claridad. No dijo nada.

—Si me hubiera casado antes, y hubiera tenido un hijo —dijo el señor Edward, moviéndose en la oscuridad para tocar el rostro pintado de Narciso con un dedo—, ahora tendría tu edad. Un hombre joven, apenas empezando, apenas comenzando a descubrir quién es… Pero nunca tendré un hijo. No tengo muchas esperanzas de que Philomel llegue a casarse, y si lo hace supongo que mi yerno no será lo bastante competente para llevar un negocio. Me queda menos tiempo del que quiero pensar que tengo, y cuando me haga viejo…

—Seguramente encontrará a alguien en quien pueda confiar —dijo Henry, en voz baja.

El señor Edward se giró para mirarlo. Se rio y el sonido pareció llegar de todas partes y de ninguna a la vez, como si las sombras repitieran su diversión.

—Eres un tarugo —le dijo—. Lo que intento decir es que, si no me equivoco mucho, ya lo he hecho.

OCHO

Henry no volvió a ver al señor Edward durante algún tiempo. Pero no tuvo la oportunidad de sentirse solo porque había que elegir un ilustrador, y encargar los grabados, y encontrar una imprenta, y escribir las instrucciones; tenía que ocuparse del diseño de la portada, y del prefacio, y de las cartas que acompañarían al catálogo cuando estuviera impreso por fin. Los días pasaban en un borrón de actividad y, cuando terminaban, se dejaba caer en su cama, exhausto y satisfecho. No recordaba la última vez que había trabajado tanto, y se sentía con el control absoluto de su propio destino. Era una sensación embriagadora, intoxicante. Apenas tenía tiempo para pensar en Madeleine.

Pero algunas semanas después recibió otra nota del señor Edward, una que era de misteriosa brevedad y que solo decía: «Reúnete conmigo en la Puerta del Ángel, el martes a las 5 en punto». Ese día tenía cosas que hacer en Exeter, pero terminó rápidamente y llegó a Telverton con tiempo de sobra, y para entretenerse en los largos minutos antes de su encuentro, se dirigió a la fábrica. Cuando llegó al puente se detuvo, con las manos en los bolsillos.

Frente a él, al otro lado del canal, estaban las ruinas de un castillo. Había sauces en las orillas, encorvados hacia sus reflejos, y tras ellos la luz del sol reverberaba en la esquina de la vieja capilla del castillo. Mientras miraba, vio a una niña de blanco saliendo al espacio verde entre las lomas y las paredes derruidas, con los lazos de su sombrero ondeando al viento. Henry se inclinó hacia adelante. Justo entonces se giró la niña; estaba demasiado lejos para que le viera la cara, pero la reconoció por la energía rápida de sus gestos… Y sí, ahora la señorita Fielding iba tras ella, tensando las cuerdas de su cofia para que no se la arrancara la brisa. Dijo algo con los dedos y Philomel saltó a la sombra de la capilla.

A Henry le quedaba media hora antes de tener que reunirse con el señor Edward, así que apretó el paso por el puente y a lo largo de la calleja que conducía a las ruinas. A través del diseño de la destrozada ventana de la capilla atisbó el vestido claro de Philomel mientras la niña giraba en círculos impacientes; estaba tarareando, y por un segundo Henry intentó identificar la melodía antes de darse cuenta de que, por supuesto, no la había. Buscó a la señorita Fielding a su alrededor.

Estaba con otra mujer, a la sombra de una escalera rota que no conducía a ninguna parte. La señorita Fielding miraba el suelo, mordiéndose el labio, escuchando; la otra mujer se giró, levantando un poco las manos, y exclamó:

—¡Pero debes hacerlo! ¿De qué nos sirve que trabajes para él si no puedes...?

Era Mercy Harman. Tan cerca, su parecido con la señorita Fielding era sorprendente: tenían la misma boca grande, los mismos ojos, la misma forma de la cara, solo que la suya estaba demacrada y ojerosa, marcada por el dolor...

—¡Basta! —le pidió la señorita Fielding—. Lo siento, pero no puedo. Me preocupa...

—¡Sí, sí! Philomel, que difícilmente necesite tanta lealtad. ¿Qué pasa con *mi* hijo?

—Si pudiera ayudarlo, lo haría. Pero *puedo* ayudar a Philomel.

—¡Oh! —Mercy levantó las manos en el aire—. Maldita seas, Ruth. Estoy desesperada, no lo soporto más.

La señorita Fielding no intentó consolar a la otra mujer.

—Lo sé —contestó. Después, al ver a Henry, su expresión cambió—. Mercy...

—Si no vas a ayudarme, no hay nada más que decir. Encontraré un modo yo sola.

Le echó a la señorita Fielding una última mirada de ojos entornados y se marchó apresuradamente. Si reconoció a Henry al pasar, no dio muestra de ello. Él se mantuvo inmóvil, observándola hasta que la ocultaron los muros de la garita de entrada; después miró a la señorita Fielding, y levantó la mano en un saludo.

—Señor Latimer —le dijo ella, irguiéndose—. He sabido por los criados que va a quedarse un poco más en Cathermute. Debo felicitarlo por el cambio en su suerte.

—Buenos días, señorita Fielding —replicó él, desoyendo la tensión en la voz de la mujer—. La he visto desde el puente. Espero que imponerle mi compañía no sea de mala educación.

Ella se encogió de hombros.

—Este es un lugar público.

—Su nombre es Mercy Harman, ¿no? —le preguntó, y tuvo la satisfacción de verla parpadear—. Trabaja en la casa de las arañas. ¿Es su hermana?

La señorita Fielding apretó la mandíbula. Después, con un repentino ademán de resignación, negó con la cabeza.

—Mi prima. Diría «por la gracia de Dios», pero si Dios puede causar tal injusticia, no creo que *gracia* sea la palabra adecuada.

—¿Está enferma? La vi llorar el día que llegué.

—Como nada hay que pueda hacerse, cambiemos de tema —le dijo la institutriz con brusquedad—. Debo regresar con Philomel, que se estará preguntando a dónde he ido. Vamos. —Mientras se alejaba, y él seguía su estela, le echó una mirada un poco más amable sobre el hombro—. ¿Qué lo trae a la ciudad, señor Latimer?

—He ido a visitar a un artista de Exeter para encargarle algunos nuevos dibujos para el catálogo —dijo, apresurándose tras ella—. ¿Y usted?

—Hemos estado en las clases de baile de Philomel. —Se detuvieron en la puerta de la capilla. Philomel salió, saltando a la pata coja, y saludó a Henry con la mano. Él le devolvió el saludo—. Siempre está muy contenta después. Es su actividad favorita. Está haciendo grandes avances con la polka. Tiene buen sentido del ritmo, para su edad. Puede notar las vibraciones, ¿sabe?

—¿Y no...? Quiero decir, ¿el resto de los niños no son desagradables con ella?

—Son clases privadas. Su padre insistió. No quiere que la niña sea objeto de curiosidad o de pena. —Sus ojos siguieron a Philomel mientras se alejaba para recoger flores silvestres junto a un viejo muro, y después de un momento caminó tras ella—. Está en su derecho, por supuesto. Quizá, si alguna vez la ve bailar, descubrirá que no era necesario temer.

—Estoy seguro de que así será —dijo Henry.

—Si le soy sincera, la dejo quedarse en la ciudad más tiempo del necesario. Le encanta estar aquí, como puede ver. Ver a otros niños en la calle usando la lengua de signos... Eso es lo que más le gusta.

Henry sintió que el ritmo de sus pasos flaqueaba. No había pensado en ello antes, en cómo sería para una niña (una niña lista y curiosa como Philomel) ver a otros hablando en su idioma. Sería como si el mundo se desplegara ante ella en un mapa de colores primarios.

La señorita Fielding se detuvo y se giró para esperarlo.

—No se le permite hablar con ellos, por supuesto, así que no debe mencionárselo al señor Edward. Pero no hay nada de malo en que yo le conceda quedarse un poco más para observarlos. —Lo miró y asintió, como si su falta de objeciones le diera confianza—. ¿Sabe? La fábrica solo lleva diez años trabajando la seda de araña, y fue entonces cuando los obreros comenzaron a perder el oído. Quienes hablan con los dedos como lo hacemos Philomel y yo, con reglas y gramática, son sobre todo niños. Los adultos que se han quedado sordos no tienen la misma facilidad. Hay una gran diferencia entre la lengua de signos y la gesticulación, ¿sabe? Si le hace a Philomel alguna pregunta abstracta, ella puede responder perfectamente... Para su edad, en cualquier caso. No debe pensar que solo hacemos mímica. Pero aquellos que no lo dominan... Algunos saben leer y escribir, pero no todos. La comunicación de quienes no saben se ve muy reducida. Es como una extremidad atrofiada, si quiere pensarlo así: pueden cojear, pero jamás podrán correr, ni bailar. Si a Philomel se le prohíbe usar la lengua de signos, será lo mismo. —Se detuvo y se mordió el labio—. Pero estoy divagando.

—¿Inventó usted esa manera de hablar con los dedos, entonces? —le preguntó Henry, frunciendo el ceño.

Ella se rio.

—¡No! A mí me la enseñaron, o la aprendí, mejor dicho, mientras aprendía a hablar. —Se detuvo, mirándolo con una nueva calidez—. La hermana favorita de mi padre se quedó sorda cuando era muy pequeña. Le enseñaron la lengua de signos del señor Braidwood. Después mi padre la aprendió de ella, y yo la aprendí con ambos. Pero ahora hay un dialecto en Telverton, gracias a los niños; mi tía se queja a menudo de que un londinense no conseguiría entenderlos.

Miró sobre el hombro de Henry y señaló con expresión reprobatoria el polvo verde de los líquenes en el vestido de Philomel. La niña se rio y se acercó corriendo para ponerle un ramillete de decaído diente de león en la mano. La señorita Fielding gesticuló un agradecimiento mientras la niña se alejaba, corriendo hacia el sauce que se cernía sobre el canal.

—Mi padre era maestro. Yo habría seguido su ejemplo cuando fuera lo bastante mayor, pero cuando la fábrica se actualizó y los niños empezaron a quedarse sordos, me pidió que me quedara aquí. Fue entonces cuando el señor Edward me encontró... O, mejor dicho, lo hizo su agente. Él no me visitó en persona; yo no era lo bastante importante para eso.

Se produjo un silencio. Ella miró su ramito de hierbas, pero en lugar de tirarlas, las colocó con cuidado sobre el tocón de un árbol, como si otra persona pudiera aprovecharlas. Philomel estaba arrancando hojas de una rama del sauce. Curvó la rama en un círculo pálido y se la puso en la cabeza como una corona. La señorita Fielding le indicó algo con gestos y la niña se rio, encantada.

—¿Cómo se dice Philomel con los dedos? —le preguntó Henry.

—Rara vez necesito hacerlo. Pero, cuando lo hago, es así. —Entrelazó las manos y se las acercó al corazón. Un pájaro, le pareció a Henry, atrapado y cobijado en su pecho.

La imitó, y ella sonrió.

—Más o menos. —Pero después de un momento sus ojos volvieron a seguir a Philomel, como si, en comparación con la niña,

Henry no fuera importante—. Mi tía se enfadó conmigo, ¿sabe? Por atreverme a darle un nombre en la lengua de signos. Me dijo que yo no era su madre, y que no tenía derecho. Yo le dije que quería a Philomel más que a ninguna otra persona, ¿y quién podría darle un nombre en su propio idioma, si no lo hacía yo?

Philomel regresó con ellos. La pálida corona se le deslizó sobre un ojo, y la señorita Fielding le agarró la mano.

—Quizás estaría interesado en conocer a mi tía, antes de marcharse —añadió, mirando a Henry—. Puede comunicarse, ¿sabe? Si yo la traduzco, podría contarle mucho mejor que yo cómo es…

—No es necesario. —Ella frunció el ceño y él añadió, casi creyéndoselo—: O quizá cuando el catálogo esté hecho, y yo no tenga tanto trabajo.

—¿No volverá a casa cuando el catálogo esté terminado?

—No —le dijo, y se rio al ver su expresión—. Espero seguir siéndole de utilidad al señor Edward incluso después. ¿Quién sabe durante cuánto tiempo? Lo que… Oh, eso me recuerda… —Sacó su reloj—. Se supone que debo reunirme con él en diez minutos, cerca del Ángel. Quiere enseñarme algo.

—Entiendo. —La mujer miró a la niña, que estaba gesticulando una pregunta, y le contestó con más signos. Después volvió a dirigirse a Henry—. Le estoy diciendo lo que ha dicho. Por educación. —Después de un momento, añadió—: A ella le gustaría ver a su padre. Supongo que no le importará que lo acompañemos. Rara vez está en casa.

—No, por supuesto que no.

Pero ella ya lo había dejado atrás, tirando de Philomel.

La berlina estaba esperando en la esquina. Mientras Henry se acercaba, la puerta se abrió y el señor Edward se asomó y lo llamó.

—Latimer, sube. Oh… La señorita Fielding, qué inesperado placer. —Dudó y después bajó a la acera, alargando la mano hacia Philomel como si fuera un cachorrillo—. Y tú, pequeña. ¿Cómo estás?

—Có-mo-os-tás —dijo Philomel, y sonrió de oreja a oreja.

—Sí, sí —le dijo él—. Muy bien. Bueno, Latimer, tengo algo que enseñarte. El agente lo ha conseguido y... Bueno, es una sorpresa. Vamos. Y... —Dudó, mirando el rostro encantado de Philomel—. Supongo que, como allí no habrá nadie más que nosotros, tú también puedes venir. Después volverás en el carruaje. ¿Sería eso adecuado, señorita Fielding?

—Si usted lo cree, señor.

—Bien, bien. Vamos, entonces.

Obedientemente, Henry subió al carruaje.

—¿A dónde vamos?

—Ya lo verás.

Un momento después todos estuvieron acomodados, la puerta se cerró y viajaron en la queda penumbra de la berlina mientras las pálidas sombras iban y venían ante las ventanas cubiertas de gasa. Los ojos del señor Edward danzaban, y el viento le alborotaba el cabello; casi parecía tan joven y ansioso como Philomel. Cuando Henry empezó a hacerle otra pregunta, levantó la mano para interrumpirlo.

Al final, el carruaje se detuvo. El señor Edward bajó la seda con un dedo y miró por la abertura con los ojos entornados.

—Hemos llegado. La calle Clovelly. —Abrió la puerta, bajó y le ofreció la mano a Henry—. Date prisa.

No esperó a que la señorita Fielding y Philomel descendieran; agarró a Henry del brazo y tiró de él por la acera.

Estaban en una amplia y tranquila curva. Las casas eran grandes, construidas con piedra de color mantequilla, con porches delanteros y altas ventanas; las verjas separaban los jardines de la acera, de modo que cada fachada estaba apartada de la carretera por un cómodo y abundante espacio. Henry se dejó conducir hasta la casa de la esquina, como un niño.

—Cierra los ojos.

Henry se rio. Pero, aunque el señor Edward estaba sonriendo, también estaba serio, y al final Henry se llevó las manos a la cara. Después del chasquido de un candado y del chirrido de una puerta, notó unas manos cálidas en sus hombros, empujándolo hacia adelante. Casi trastabilló, y lo sujetaron con fuerza.

—¿Puedo…?

—Sí.

Abrió los ojos, parpadeando. Estaban en un salón oscuro y enorme. Una escalera de mármol subía elegantemente sobre su cabeza y altas puertas se abrían a cada lado.

—La casa se llama «Sub Rosa». Hay una placa sobre la puerta. Es apropiado, ¿no crees? La rosa es el símbolo del silencio.

Henry miró a su alrededor, fijándose en las proporciones clásicas, en las sombras y la tersura, pero su mirada se vio atraída de nuevo hacia el rostro del señor Edward. Se miraron. En los ojos del señor Edward seguía brillando esa misteriosa alegría.

—¿Te gusta?

—Sí, naturalmente, pero…

—¿Serviría como salón de muestras?

Se produjo una pausa. Al final, Henry tartamudeó:

—No… No sé si lo entiendo…

—Dijiste que querías un salón de muestras. ¿Has cambiado de idea?

—¿Se refiere a…? Discúlpeme, no…

—Oh —dijo el señor Edward, con un suspiro fingidamente lánguido—. Oh, entiendo, esperabas algo parecido a la tienda de tu suegro. Un cuartucho pobre, lleno de expositores de cristal. ¿Es así?

—No había…

—Pero esa ya no es tu vida, Latimer. Ya no estás trabajando para un viejo tacaño como Argyll. Ahora tienes el mundo entero a tus pies. —Retrocedió y extendió los brazos—. Bueno, dime. ¿Servirá?

Henry no podía hablar. Aquello era seguramente un sueño, o un malentendido; no podía estar ofreciéndole aquella casa entera, aquella casa maravillosa, resonante, elegante… Pero el señor Edward, riéndose a carcajadas, lo tomó del brazo y comenzó a llevarlo de puerta en puerta, y después escaleras arriba; estaba hablando, pero sus palabras no penetraban en la niebla de la dicha y la incredulidad de Henry, que no podía hacer nada más que mirar la escena que se estaba desarrollando ante él. Había habitaciones, y más habitaciones; techos altos bordeados por frisos ornamentados, blanco sobre blanco; suelos desnudos suavizados por el polvo, chimeneas de mármol con vegetación y querubines y una sala de baile con lámparas de araña cubiertas.

Lentamente, empezó a recuperar el sentido de la realidad.

—No debe parecer un museo —estaba diciendo el señor Edward—. Será como caminar por la morada más tranquila y lujosa de Telverton. Debes equiparla habitación por habitación, para exhibir todos los artículos posibles. La sala de dibujo, la sala de música, la habitación de los niños... Y creo que quizás una estancia pensada para un difunto, sombría pero no dramática, con cortinas de bordes negros, un féretro, el sudario y todo eso. Abajo podríamos tener un comedor donde servir el té. Me pregunto si podríamos pagar a un organillero para que se apostara fuera, para que pudiéramos abrir las cortinas y demostrar... —Se detuvo en el rellano, de modo que Henry casi colisionó con él—. Pero no dejo de parlotear y tú todavía no me has dicho si te gusta. Dime, mi querido amigo, ¿es adecuada?

Henry titubeó.

—¿No será... terriblemente caro?

—Uf, ¿qué importa eso, si causa el efecto deseado? —Y después añadió, con una extraña nota en la voz—: Creí que te gustaría.

—¿Que me gustaría? Oh —dijo Henry, suspirando sin poder evitarlo—. Sí, sí, por supuesto que me gusta...

Podía verlo: seda en cada habitación, adhiriéndose e hinchándose como plata tejida, filtrando la luz que atravesaba las ventanas, añadiendo sutileza y suavidad a todas las superficies, perlada, intensa, inusual...

—Me alegro de oírlo.

—Estoy desconcertado, señor. No... No sé cómo agradecérselo.

—Gracias, sin más, sería un buen comienzo.

—Gracias —le dijo—, gracias. Yo...

—Solo estoy bromeando. Tu rostro lo dice por ti.

El señor Edward se acercó y rozó la mejilla de Henry con los nudillos. A Henry se le calentó tanto la cara como si se hubiera quemado, y cada partícula de su cuerpo vibró, electrificada y brillante.

El señor Edward dudó, como si fuera a añadir algo, pero en lugar de eso avanzó hasta la siguiente puerta. La habitación al otro lado era la sala de baile, con altas ventanas en toda su longitud. El día despejado había dado paso a una tarde nublada: fuera, una única línea de cielo claro llameaba, dorada y ambarina, entre franjas rojas. Henry se detuvo en la entrada, fijándose en la luz enjoyada sobre el suelo pulido; después, en un arrebato audaz y repentino, avanzó en un paso de baile y giró sobre sus talones, fingiendo que era suyo, todo suyo. Entonces se dio cuenta de que no era una farsa; *era* suyo, o casi. El descubrimiento lo hizo detenerse en seco, y sus pies resbalaron; agitó los brazos ridículamente y el señor Edward se apresuró hacia él, y le agarró la mano para evitar que se cayera.

—¿Qué pasa?

No le importó parecer un idiota.

—Un baile —dijo—. Deberíamos celebrar un baile aquí, una gala de inauguración, la velada del año…

—Mi querido amigo, lo que quieras…

Tienes el mundo entero a tus pies. ¿Era cierto? ¿Todo lo que quisiera? No podía… La vívida luz de la tarde iluminaba el rostro del señor Edward, convirtiéndolo en oro. Henry le agarró la mano, sin querer soltarlo, al borde de las lágrimas de felicidad. Y en un puro, abrumador e imposible destello, se dio cuenta de que lo que quería era al señor Edward Ashmore-Percy. Se detuvo, con el corazón desbocado.

El señor Edward tampoco se movió. Observó a Henry con una sonrisa jugando en la comisura de sus labios. El sol se hundió, emergiendo de su velo de nubes, y su esplendor inundó el cielo a su espalda.

NUEVE

El señor Edward no los acompañó de vuelta a la mansión Cathermute. Philomel se había quedado dormida, con la cara aplastada contra el hombro de la señorita Fielding mientras esta miraba la ventana cubierta, como si pudiera ver más allá de la seda y de la oscuridad, desanimando la conversación. No era que Henry se sintiera inclinado a hablar. Le daba vueltas la cabeza y el corazón le latía con fuerza; no conseguía olvidar el momento en el que el señor Edward lo agarró, cuando pensó… sintió…

Era imposible. Era una locura. Nunca había considerado algo así, no más allá de la trivial inmoralidad que había vivido en la escuela, universal aunque inmencionable. Había deseado a Madeleine (por supuesto que sí, y hubo un bebé para demostrarlo) pero no así, no con aquella ansia imperiosa que lo llenaba de dicha y desesperación. No podía creerse que no… que no se le notara en la cara. ¿La habría visto el señor Edward? No se había apartado, no hasta que… Si la señorita Fielding y Philomel no hubieran entrado en la sala de baile tras ellos, si la niña no hubiera comenzado a bailar una polka con un chillido de placer… ¿Qué habría pasado entonces? *Nada,* se dijo, *nada.* Pero…

Cerró los ojos y vio el atardecer.

Estaba traicionando el recuerdo de Madeleine, y peor, el futuro que habían esperado tener, y a su hija. Había pasado menos de un año desde… Era imposible. Obsceno. Pero no le parecía obsceno; le parecía *correcto.* Si aquella era una nueva vida, un nuevo mundo, ¿cómo podía estar mal enamorarse? Aunque fuera de un hombre, de otro hombre… ¡Era tan nuevo, tan maravilloso todo ello! Se habría contentado con vivir en un mundo en el que estuviera el señor

Edward, pero todo lo demás era también una profusión de riquezas, de deleites. La seda, la fábrica… Oh, sí, la casa, la casa que sería una cueva de secretos y de lujo, brillante, seductora; la casa que él crearía… Todo eso y aquel hombre, por fin una vida que quería, por fin *amor*.

«Puedes empezar de nuevo, conmigo».

Pero ¿qué significaba eso? ¿Qué podía significar? Ser amantes, poder… poder tocarlo, poseerlo y ser poseído. Henry ni siquiera lo sabía, solo podía imaginarlo. Pero, sí, podía imaginarlo, *podía*…

Notó que la señorita Fielding lo miraba y apartaba los ojos. Se pasó la mano por la cara y durante el resto del viaje recitó poemas en su cabeza, decidido a no permitirse pensar.

Cuando regresó a Cathermute tenía trabajo que hacer, más trabajo que nunca, pero no conseguía concentrarse. Se dirigió a su dormitorio y tocó la campana para pedir un coñac («Una botella, de hecho, para que no tenga que volver a llamar», y bebió mientras miraba sin ver el fuego de la chimenea. Sabía que debía sentirse asustado, y avergonzado, al descubrir algo así sobre sí mismo, algo tan peligroso, extraño y pecaminoso… pero el señor Edward no se había apartado. Y eso significaba… Oh, ¿qué significaba? ¿Qué, *qué*?

No podía hacer nada respecto a sus sentimientos. Para empezar, la conducta indecente era ilegal («conducta indecente» parecía una formulación absurda para referirse a lo que quería), pero eso no importaba, no pensaría en ello ahora, era ilegal, aunque… No. No podía negar la ola de deseo que lo había inundado entonces y que todavía perduraba, en la profundidad de su vientre y en sus ingles, pero tampoco podía permitir que mandara sobre su razón. Era suficiente, era maravillosa, aquella hilarante ráfaga de alegría, estar solo delante del fuego recordando esa caricia. Vivir bajo el mismo techo que el señor Edward; poder verlo, hacer lo que le pidiera y hacerlo bien… Sería ingrato pedir más. Nunca se había sentido así, ni siquiera después de que Madeleine hubiera aceptado su proposición, ni siquiera después de que le dijera que iban a tener un bebé…

Se bebió las últimas gotas de su copa y se sirvió otra. Esa vida había quedado atrás; en el futuro estaba el señor Edward, la casa, la seda… La casa, la Sub Rosa, era el mayor regalo que le habían hecho nunca, un regalo del que se demostraría merecedor. ¡Cuánto dinero pasaría por sus manos! Y transcurrirían semanas, largas semanas, atareadas semanas, mientras comprobaba las listas y pagaba las facturas y visitaba salas de muestras y Dios sabía qué más. El nuevo catálogo funcionaba a una escala totalmente distinta. Y después, con la gala de inauguración, tendría incluso más trabajo, más responsabilidad, más, más…

Echó la cabeza hacia atrás. El calor y el alcohol le estaban dando sueño. Oh, pero podía verlo, a través de la ondulante bruma del coñac y de la luz del fuego, podía ver la sala de baile: llena, abarrotada de vestidos y joyas brillantes, de rostros iluminados por las deslumbrantes lámparas de araña, boquiabiertos y asombrados. Habría dos cuartetos de cuerdas, uno en cada extremo, y nada más que una cortina de seda entre ellos. Y después, tras un gesto, el velo se apartaría y la música estallaría en un repentino *fortissimo*… Sería extraordinario, la comidilla de la ciudad, la envidia de los que no habían sido invitados. El señor Edward estaría de acuerdo. Estaría de acuerdo con todo. *Todo lo que quieras…*

Empieza de nuevo, conmigo…

Llamaron a la puerta. Se irguió y despegó la mejilla del cuero de la butaca con un desagradable sonido de desgarro. Había estado tan perdido en su ensoñación que, por un momento, no supo dónde estaba. Miró la pequeña habitación a su alrededor, sin expresión, fijándose en la destartalada estructura de la cama y en las impresiones descoloridas como si nunca las hubiera visto antes.

—Sí, adelante —dijo automáticamente, notando el residuo de baba de su mejilla estirándose y agrietándose. Se frotó la cara con el puño de la camisa.

Era la señorita Fielding. La mujer dudó.

—No pretendía molestarlo.

—No —dijo él automáticamente—. No, no me molesta, en absoluto. ¿Qué ocurre? ¿Le gustaría sentarse?

—No… Sí, quizá —contestó, y ocupó la silla de madera junto al escritorio.

Se produjo una pausa. El fuego ardía bajo, y Henry se inclinó y lo removió con el atizador. Solo consiguió despertar un breve resplandor y una lluvia de chispas. Los vientres brillantes de las ascuas se volvieron grises rápidamente.

—Lo siento… —comenzó a decir.

—Espero que me perdone… —empezó la señorita Fielding a la vez. Se detuvo y tomó aire antes de comenzar de nuevo—. No, señor Latimer, soy yo quien debe disculparse. Seguramente no debería estar aquí tan tarde, pero ahora que *estoy* aquí, voy a hablar de lo que no debería.

Él la miró con una repentina incomodidad agitándose en el fondo de su estómago. Ella había entrado en la sala de baile con Philomel justo cuando… justo después de que el señor Edward le agarrara la mano. No había nada que ver, nada que pudiera haberlo traicionado. ¿O sí? Se sirvió más coñac, salpicando un poco, como para subrayar su dominio de la situación.

—Soy todo oídos.

Ella asintió, y asintió de nuevo, como si quisiera demorar el momento de hablar. Henry nunca la había visto tan vacilante. Se bebió su coñac y esperó.

—Váyase a casa —le dijo.

Se produjo un silencio. El fuego susurró en la chimenea.

La inquietud era ahora más fuerte, cercana al miedo.

—¿Disculpe?

—Debería irse a casa. Vuelva a Londres, a su…

—No tengo familia en Londres.

Ella no se inmutó.

—A su vida, iba a decir.

Henry quería contestarle que tampoco tenía una vida en Londres, pero eso habría sonado infantil.

—Me temo que no la comprendo —le dijo—. No hay ninguna razón para que me marche. Al contrario.

Le pareció que ella reprimía una mueca; en cualquier caso, miró el fuego y pareció pensar un instante antes de contestar.

—Está enfadado conmigo, y no lo culpo. ¡Qué impertinente soy, al sugerirle que termine con su carrera aquí! ¿Qué puedo saber yo? Yo, que fui arrancada de la pobreza para ser la institutriz de una niña sordomuda.

—Nada de eso se me ha pasado…

—No tiene razones para confiar en mí, lo sé, pero debe hacerlo, señor Latimer. Por favor. No hay nada bueno para usted aquí.

Henry la miró.

—Usted ha visto la casa —le dijo al final—. Es espectacular. El señor Edward confía en mí. Ha hablado de mi futuro, como si… Esta es mi oportunidad, mi oportunidad para hacerme un nombre, y una fortuna. Por no mencionar el avance de la ciencia, la seda, los beneficios para la humanidad.

—Lo sé —replicó ella.

—Entonces, ¿por qué…? ¿Por qué diantres habría de renunciar a ello? ¿Está sugiriendo de verdad que debería regresar a Londres? ¿Ahora? ¿Que debería abandonar al señor Edward justo cuando ha empezado a confiar en mí? —Se le rompió un poco la voz al decir Edward.

Ella no se movió ni habló; solo lo miró como si fuera capaz de hacer la suma solo, aunque ella no lo ayudara.

—Creí que comprendía qué importante…

Pero se quedó sin aliento antes de terminar la frase y él apartó la mirada para asegurarse de que no pudiera verle la cara. ¿Qué había visto ella? Nada más que dos hombres, a la luz de un ocaso de primavera, riéndose. ¿Cómo se atrevía a hacerlo estremecerse ante la idea, a hacerlo sentirse avergonzado, cuando no había nada vergonzante en ello? ¿Es que era asunto suyo, en cualquier caso? Pero no debía enfadarse con ella, no debía dejarla pensar que tenía algo que esconder.

—Pero ¿por qué? —le preguntó—. ¿Por qué debería marcharme? No debe temer por Philomel, porque mi trabajo no tiene nada que ver con ella y no le diré a su padre que sigue hablando con los dedos.

—¡Oh! No es eso. Olvide eso.

—Bueno, entonces, ¿qué? —Lo dijo sin pensar. Continuó, temiendo su respuesta—: Usted siempre ha querido que me marchase. Desde que llegué aquí ha intentado que aceptase la derrota. Ha intentado ahuyentarme.

—Y usted no me ha hecho caso —le dijo, con una repentina tensión en la voz que lo hizo tragarse el resto de la frase—. Debería habérselo contado, haber hablado con claridad. Una y otra vez, hasta que por fin me hiciera caso.

—¿*Contado*? —repitió.

Ella hizo una mueca.

—Esto es culpa mía, señor Latimer. He sido una cobarde. Creí… Deseaba, esperaba no tener que hablar. Pero después de lo de hoy…

Un último esfuerzo de valentía lo hizo preguntar:

—¿Qué ha pasado hoy?

—He oído un poco de lo que el señor Edward le dijo. Supongo que usted creerá que hice mal al escuchar —añadió, con una pizca de desafío—, después de que tuviera la amabilidad de invitar a Philomel, y la casa estaba tan vacía y era tan antigua, tan bonita, que fue como si hubiéramos entrado en otro mundo. Pero…

Henry apretó la mandíbula, preparándose.

—Es eso, supongo. *Era* otro mundo. Y todas sus grandes ideas… Le suplico que se vaya, por su bien. O más bien… —Negó con la cabeza, haciendo una mueca—. Oh, le estoy explicando esto muy mal. ¡Perdóneme! —Se produjo un momento de silencio y después dijo, con un gesto de derrota—: Es la seda.

Henry esperó, pensando que la había oído mal. Después, cuando ella no continuó, resopló con resentida perplejidad.

La mujer se irguió en su silla, como si Henry hubiera restallado un látigo.

—Está mal, señor Latimer. No puedo expresarlo de ningún modo más sencillo que ese. La seda está… *mal*.

Henry tomó aliento, mareado de alivio. No estaba acusándolo, solo tenía algún tipo de obsesión.

—Por supuesto que no —le dijo él—. Es un milagro. No debe presentar reparos ante las novedades solo porque le sean desconocidas. Todos los avances de nuestra era parecían mágicos en el pasado. Piense en el telégrafo, en la fotografía, en las cerillas, en el láudano... Seguramente ve sus posibilidades.

—Oh, nadie puede oírlo hablar de ello durante cinco minutos sin ver sus posibilidades —le aseguró—. ¡Eso es justo lo que quiero decir! La seda es fascinante, por supuesto, pero es peligrosa.

—Supongo que se refiere a los accidentes en la fábrica, pero no creo que haya más que en...

Ella golpeó el brazo de la silla con brusquedad.

—¿Los accidentes? —le preguntó—. ¿Se refiere a los accidentes, o a los niños destrozados? ¿Al hijo de Mercy, convertido en un idiota? ¿A los suicidios, a los drogadictos, a los que maltratan a sus mujeres y a los asesinos? ¿A la miseria por la que Telverton es famosa? ¡Ja! ¿Ve cómo lo ha influido ya la seda? ¿Habría desdeñado a todos ellos tan fácilmente hace un mes?

—¿El hijo de Mercy?

Henry frunció el ceño, intentando recordar lo que Mercy le había dicho a Worsley aquel día cuando visitó la fábrica, justo antes de desmayarse. La mujer le había escrito al señor Edward... Sí, eso era: su hijo estaba en la fábrica.

—El niño trabaja en los telares —dijo él, despacio, intentando unir los fragmentos—. Y ella cree...

—Lo ha... enfermado. Más que enfermado. Ahora es retrasado.

—¿Se refiere a que el ruido ha dañado sus oídos?

—¡No! Vamos, señor Latimer, yo conozco bien la diferencia entre un niño sordo y uno retrasado. Le rompería el corazón verlo. El ruido ha dañado su mente.

—Pero... No creo que... Los hombres que trabajan allí están perfectamente. Hay accidentes en todas las fábricas, y el señor Edward no permitiría...

Ella negó con la cabeza, como si él acabara de decir algo muy estúpido.

—Estoy hablando de la seda, no de la fábrica, aunque Dios sabe que también es mala. ¿De verdad comprende lo que es y lo que puede hacer?

—Sí, lo sé. Perfectamente. Él me ha explicado…

—¡Oh! —La mujer levantó las manos y suspiró profundamente antes de continuar—. El modo en el que habla… Entiendo por qué lo quiere aquí. Se le da muy bien hacer que su entusiasmo parezca racional, pero la seda lo ha hechizado.

—No lo creo —dijo él, forzando una sonrisa.

—Sí, lo ha hecho. Y no lo digo metafóricamente. Le canta, está embelesado por ella. Se dice a sí mismo que es una simple ecuación, una cuestión de álgebra: por un lado, tiene silencio, y por el otro un poco de ruido antinatural que provoca alguna pequeña disrupción en el nervio neural, y eso es todo. Dos lados, previsibles. Un descubrimiento que será tanto beneficioso como lucrativo. Un regalo de Dios, de hecho, esperando que usted lo acepte. Pero ¿y si está jugando con algo que no comprende de verdad? —Lo miró—. La seda es un misterio. Es una arrogancia pensar que puede dominarla, como si fuera una máquina. Tiene más poder del que cree.

—No soy tan ingenuo como para no comprender que todos los avances tienen un precio.

—No se trata de un precio. Es una maldición. —La mujer se detuvo, pero no retiró la palabra—. Fue una gran injusticia que trajera a las arañas aquí, a Inglaterra, un hombre que las despreciaba y que creía que tenía derecho a tomar todo lo que quisiera. En el lugar de donde venían eran veneradas y tratadas con amabilidad; aquí se las mantiene en cajas sin luz ni aire, y se les roba la tela. Sé que la seda no tiene conciencia, pero a veces casi me pregunto si no puede estar enfadada. A ese hombre no le hizo ningún bien, y tampoco se lo ha hecho al señor Edward. Ha hecho un gran daño a todos los demás que se han acercado a ella. —Se detuvo, como si oyera la absurdidad de sus palabras, aunque él sabía que se las creía—. Yo pensaba que la fábrica estaba condenada. Todos lo pensábamos. Era un proyecto arrogante que se vendría abajo cuando el dinero Ashmore-Percy se acabara. La seda se pudriría en el almacén, demasiado cara para que alguien la comprara; los telares volverían a tejer encaje. Y la nube que cubre Telverton desaparecería. Pero ahora me temo que tendrá éxito, incluso sus sueños más salvajes. Y entonces...

—¿Y entonces...? —le preguntó Henry.

—Oh, yo no tengo su don para la elocuencia —le dijo, extendiendo las manos con brusquedad. Henry tenía la sensación de que el gesto significaba algo contundente en la lengua de signos, algo como «Me rindo»—. No lo sé, exactamente.

—Entonces me perdonará si no lo entiendo bien.

Quería que la burla fuera amable, pero a ella le provocó una mueca. Se produjo un silencio. El fuego casi se había extinguido, y en la habitación hacía frío.

La mujer se levantó. Parecía cansada. Henry deseó haber sido más amable. La noche antes de que comenzaran los dolores de Madeleine le había hablado con brusquedad, y nunca podría deshacerlo.

—Le aseguro que pensaré detenidamente en sus palabras —le prometió—. Le tengo un gran aprecio.

Ella le dedicó media sonrisa torcida. Después, abruptamente, le ofreció la mano.

—Venga —le dijo.

—¿Qué?

—Es mi turno de enseñarle algo. *Venga.*

Henry dudó. Ella tomó una lámpara, abrió la puerta y se detuvo en la entrada, esperando. Él se puso en pie rígidamente y la siguió.

La señorita Fielding lo condujo al pasillo y le ordenó que esperara, y un momento después volvió a salir de la habitación infantil en el extremo opuesto con algo en la otra mano. A continuación, pasando muy cerca de él, se encorvó para abrir la puerta que había frente al aula y se apartó para dejarlo pasar.

Él lo hizo, y contuvo el aliento.

Nunca se había preguntado qué habría en las habitaciones de aquel lado, frente al aula; había supuesto que eran los aposentos de la señorita Fielding, o de la niñera. Pero no lo eran: lo supo de inmediato por el silencio absoluto del interior, por el silencio antinaturalmente perfecto que solo podía significar que las paredes y ventanas estaban cubiertas de seda Arain. A su alrededor, la habitación era un vacío abierto a sus oídos, y sus ojos comenzaron a interpretar la oscuridad. Tenía razón: la luz de la lámpara jugaba en las paredes, que refulgían, lustrosas, como cubiertas de agua.

—¿Qué es esto? —preguntó.

La señorita Fielding dejó la lámpara sobre una mesa. El círculo de luz iluminó un montón de cajas y baúles colocados contra la pared.

—Estos eran los aposentos de la señora Cecilia —le contó—. La madre de Philomel. Y cómo debió sufrir... Pero eso no tiene importancia. No es eso lo que quería que viera.

La joven abrió un baúl, emitió un silbido grave entre los dientes y cayó de rodillas para mirar con mayor atención su contenido. La lámpara recortaba su perfil, hacía brillar sus pestañas.

De repente apareció la luna, deslumbrante y envuelta por un halo detrás de una ventana velada. Henry se acercó. La señorita Fielding no levantó la mirada; se movió hacia un lado, sacando libros viejos para estudiarlos antes de apartarlos. Tan cerca, Henry podía ver que los paneles de seda Arain que cubrían la ventana eran dobles: absorbían el sonido, pero lo mantenían en su interior. Miró a su alrededor, incapaz de distinguir el resto de la habitación a la luz de la luna. Allí estaban los baúles y cajas (el equipaje de un largo viaje, quizá) junto a los que la señorita Fielding estaba arrodillada; una silla de madera con la estructura astillada contra la pared; algunos jirones de seda podrida bajo la ventana; y en la esquina, una botella de cristal azul con el cuello roto. Láudano. Lo hizo recordar las esquirlas que había encontrado en su habitación, como si alguien lo hubiera usado a menudo y tuviera la costumbre de romper las botellas...

En la pared de la izquierda había otra puerta. Caminó hacia ella, esperando que la señorita Fielding lo llamara en cualquier momento, pero ella lo ignoró y solo murmuró:

—Oh, ¿dónde está?

Henry entró. Era una habitación más grande, con una hilera de ventanas, todas, de nuevo, veladas por la seda nacarada y polvorienta. Estaba totalmente vacía: las paredes estaban desnudas; la chimenea era sencilla y limpia. Frente a él, en la pared contraria a las ventanas, había tres manchas de color, pintadas directamente sobre el yeso. Aunque la luz de la luna las desvaía, suponía que la primera era de un verde turquesa plateado; la siguiente de los tonos ocre y óxido de la tierra y la piedra de Devon; y la última, más llamativa, de púrpura y blanco. No significaban nada, y aun así tuvo la sensación de que, si se concentraba, entendería su mensaje, como si fuera un tríptico en un templo pagano. En el escarlata de la pintura central (¡pintura! Pero ¿de qué otro modo podía llamarlas?) estaba el cuerpo de una araña, atrapada y embalsamada bajo una corteza de color.

Cuando retrocedió vio otra puerta frente a él, abierta en el mismo ángulo exacto, como si estuviera en un laberinto. Pero al otro lado estaba la última habitación. Era mucho más pequeña, pero amueblada a la moda; había una estrecha cama de hierro con el colchón manchado, y otra silla contra la pared. La ventana estaba velada, como las demás, pero un rasgón en la esquina mostraba una rendija irregular de cielo iluminado por la luna. Daba la impresión de ser una celda, abandonada hacía mucho. Había un trozo flácido de tela colgando del cabecero de la cama, que todavía exhibía las marcas de haber estado anudado. Alguien había estado atado a...

No. Debió ser para dar a luz. La matrona había puesto una tira de arpillera en su cama para que Madeleine tirara de ella, diciendo que eso la ayudaría cuando llegara el momento del parto. Sí. La mancha en el colchón... Era sangre, había sangre en el suelo...

Giró en sus talones, regresó a ciegas hasta que se detuvo en la primera habitación. Cuando entró, la señorita Fielding estaba arrodillada entre un caos de libros viejos, sacando ropa de un baúl de madera. Extrajo un arrugado vestido de muselina y después un ruinoso vestido de terciopelo con la cintura alta y volantes en el cuello.

—Supongo que trajeron el baúl aquí cuando el tío abuelo del señor Edward murió. Desde que la señora Cecilia... Desde que estas habitaciones se encuentran vacías, los criados suben y bajan las escaleras todo el tiempo con cajas y muebles viejos. —De repente levantó un cuaderno fino y deformado por el agua—. ¡Aquí está! Debería haber supuesto que lo había guardado de nuevo en el lugar donde lo encontré.

Se lo pasó. Olía a moho.

—¿Qué es esto?

—Un diario —le contestó.

—¿El diario de la señora Cecilia? No esperará que lea los pensamientos privados de...

—No. No es el suyo. Es el de Sophia Ashmore. No hay duda de que nadie lo creyó importante después de su muerte. Creo que soy la única persona que lo ha leído. Pero le contará más sobre la seda. Le mostrará lo que yo no puedo decir. Y entonces me creerá, y se marchará a casa.

—No estoy seguro de tener tiempo...

—Debe hacerlo —le dijo. Se echó hacia atrás en sus talones y lo miró—. A menos que tema lo que podría descubrir en él.

De repente, Henry se sentía tan cansado que lo único que quería era tambalearse hasta su dormitorio, tumbarse en la cama y perder la conciencia. Estaba harto del inquietante silencio de la habitación y de la mirada demandante de la señorita Fielding. Si no hubiera abierto la puerta cuando ella llamó, todavía seguiría soñando, mirando la luz crepuscular del fuego.

—Muy bien —dijo, y salió tambaleándose al pasillo. El fino cuaderno que tenía en la mano le parecía tan pesado como si estuviera transportando el cuerpo de una mujer, y no solo su vida.

PARTE IV

¿Quién está leyendo esto? ¿Quién lo leerá? No está pensado para la posteridad: el historiador interesado leerá el relato de James, que será erudito y masculino y por tanto merecedor de su lectura. No es para James. No es para mis amigas, pues ya no me queda ninguna… A menos que cuentes a Hira, que no sabe leer. No es para mis hijos, porque no existen.

¿Es para Dios? ¿Está Dios leyendo esto?

Bueno, pues si estás leyéndolo, puedes irte al infierno.

No debería haber escrito eso, pero si Dios puede leer lo que escribo, puede leer mi corazón, y si puede leer mi corazón, sabe que es el miedo, y no la pena, lo que me hace desear tacharlo. De modo que así se queda. Un pecado más, eso es todo; una mancha más en mi alma, que ya debe tener una gruesa capa de suciedad. Supongo que el Diablo podría plantar un jardín en ella, si lo deseara.

Tengo fiebre. Lo sé porque tengo frío, aunque mi sudor está arrugando está página, y porque hace un momento, cuando aparté la pluma, Hira, sí, Hira me ha acercado una taza de té amargo a la boca y la ha inclinado hasta que me he visto forzada a bebérmela hasta los posos. No creo que apruebe que escriba, pero se ha sentado y se ha cruzado de brazos, sin decir nada. Y debo hacerlo: debo escribirlo todo, debo ponerlo en palabras, aunque no sé por qué. Comienzo a escribir, como una voz gritando en el desierto… Pero eso es una blasfemia. Otro pecado. Y yo no soy un profeta, no estoy preparando el camino para nada.

Con una voz gritando. Sí, así fue como comenzó.

Había estado durmiendo bien; viviendo bien, en realidad, como una medusa en el mar, bajo la luz, dejándome arrastrar de aquí para allá por la corriente. James estaba absorto en su correspondencia y en su estudio de la araña, y yo disfrutaba de su desatención, pues me daba libertad para vagar y soñar y descansar, para atiborrarme de fruta cuando me apetecía y ayunar cuando no me apetecía. Por primera vez creía saber lo que me convenía, a mí y a mi carga secreta y querida. Ni siquiera se lo había contado a Hira, aunque una vez, cuando nos estábamos desnudando para nadar, la vi mirar las nuevas venas azuladas de mis senos y sonreír. No sentía náuseas, pero a veces se me revolvía el estómago, como cuando conocí a James, y antes de mi boda, y de partir hacia Grecia. Entonces me levantaba y caminaba, hasta que me sentía mejor; era la inquietud más adorable que había sentido nunca. Me sentía como si estuviera en el Elíseo.

Era una idiota, supongo.

Fue… (cuento con los dedos, recordando). Oh, ¡justo ayer, creo! Por la noche. Estaba dormida, en la cálida marea salada del sueño que me ha tragado cada noche, cuando algo me sacó de ella. Sentí una conmoción atravesando mi cuerpo, desde la mandíbula a las rodillas, dejándome sin aliento. Me detuve un instante, mojada y congelada a pesar de la calurosa noche de verano, paralizada y rígida, mirando el dosel de muselina de nuestra cama. Después, despacio, el movimiento regresó a mis manos y extremidades y me incorporé, intentando recuperar la calma. Pero no sabía qué me había despertado. No había sido una pesadilla, o no conseguía recordar ninguna pesadilla, mejor dicho; no había sido James, que protestó, adormecido, y tiró de la colcha sobre sus hombros. Pero estaba temblando, y había una extraña sensación líquida en mis intestinos y en mi vejiga. Había luna llena y luz suficiente para ver que no había nadie más que James y yo en la habitación, y que nada fuera de lo normal reptaba por el suelo o nos observaba por la ventana. Y aun así…

Me levanté con cuidado de la cama, porque no quería molestar a James. Cuando coloqué los pies en el suelo, este pareció deslizarse de un lado a otro. No sabía qué hacer. Mi única certeza era que no debía despertar a James. Dudé. Si hubiera regresado a la cama y me hubiera tumbado, inmóvil... Pero no podía. Tenía la convicción, creo, de que podía caminar hasta la aldea para buscar a Hira, aunque no podría haber dicho por qué. No era exactamente miedo; en lugar de eso, era un misterioso imperativo, una orden que no podía desobedecer.

Entonces la oí de nuevo: una voz, gritando. Supe entonces que era el mismo sonido que me había despertado y asustado, pero más allá de eso no conseguía formular ningún pensamiento coherente, así que me quedé quieta y aguanté. Podría haberme arrancado el corazón del pecho, ese sonido. Deseé que lo hiciera, para no tener que seguir oyéndolo. Era un gancho que me atravesaba y una horca que me asfixiaba, y por eso me tambaleé, incapaz de acercarme al sonido o retirarme. No sé cuánto tiempo se prolongó antes de que me diera un respiro. Cuando recuperé el dominio de mí misma, estaba aplastada contra la pared, aunque no recordaba haber cruzado la habitación.

Podía ver el otro extremo de la casa a través de la puerta abierta, el lugar donde James había estado realizando sus experimentos. Cerca de la ventana, algo resplandecía y destellaba como un relámpago en una bolsa; había una oscura sombra en su centro, la silueta de unas alas rotas. No puedo describir el horror.

La cama crujió y James se sentó, apartando la muselina. La inocente familiaridad del sonido casi me hizo llorar.

—¿Qué estás haciendo? —me preguntó.

Negué con la cabeza. Él se apartó el cabello de la cara, mirándome con el ceño fruncido. Yo sabía que, un segundo después, me reprendería por no contestar, pero no conseguía dominarme.

—¿Qué pasa? ¿Por qué me has despertado?

No sabía qué habría dicho, pero el silencio se quebró de nuevo. Un chillido me llenó los ojos y la boca; era un grito tan lleno de miseria y de furia, de dolor, que James retrocedió como si lo hubiera golpeado.

—¿Qué es eso? —me preguntó—. Oh, Sophia, por el amor de Dios, recompónte... No eres la protagonista de una novela gótica.

Sé que estaba alarmado, y que por eso hablaba con tanta brusquedad. Se levantó rápidamente de la cama y buscó sus pantuflas, pero él también estaba temblando.

Debería haberme sentido agradecida por su valentía, pero de algún modo deseé que hubiera seguido durmiendo. Caminó hacia el sonido, que ahora se había convertido en un horrible graznido borboteante, y al pasar junto a la puerta agarró el trozo de madera que tenía allí para matar a los escorpiones.

Lo seguí, con tanto esfuerzo que fue como si caminara sobre un líquido viscoso. Él se apresuró y el grito sonó de nuevo; nos encogimos, tapándonos los oídos, y después, en la breve pausa que siguió, se irguió, miró el enredo de luz y oscuridad que colgaba de la ventana y se rio.

—¡Extraordinario! —exclamó—. Mira, Sophy, mi amor... ¿Soy el primer inglés en poner sus ojos en esto? Mira, mi araña ha escapado de su prisión, de algún modo, y hay un pájaro en su telaraña.

No me atreví a sentarme en el suelo, por miedo a su desaprobación.

—Es un pájaro... Solo un pájaro... —dije, pero tenía la garganta seca y la cabeza me daba vueltas.

—¡Vaya ruido! Es inquietante. Como una arpía.

James se rio, pero cuando el pájaro chilló de nuevo, no consiguió mantener su frivolidad y ambos nos encogimos. Estaba sacudiéndose y convulsionando en su trampa de seda, y su voz era como la de un niño, la de un bebé, abandonado, torturado, solo...

Sentí algo desbordándose en mi interior, como una copa. Creí que me había ensuciado encima.

—Conozco la especie, y el canto... Debe ser la telaraña, y no el pájaro, lo que crea ese ruido espeluznante —dijo James—. Tengo que tomar notas, este es un descubrimiento fascinante. Tráeme mi cuaderno y una lámpara, ¿quieres?

Intenté girarme, pero había líquido manando de mí, manchando el suelo. No podía cubrirlo con el pie, era demasiado, como el mapa de un país desconocido extendiéndose ante mis ojos, un archipiélago naciendo sobre las tablas. Me pregunté si podría encontrar alguna excusa para sentarme, de modo que James no viera las manchas a la luz de la luna. O si conseguiría desmayarme, convenientemente; y, como en respuesta, las esquinas de la habitación comenzaron a oscurecerse y a girar antinaturalmente, y la sangre cantó en mi mente.

—Date prisa, Sophia. Esto me está dando dolor de cabeza. —James hizo una mueca mientras el chillido del pájaro me arañaba el interior, registrando los huecos de mis huesos—. Maldita sea, voy a tener que matarlo. Pero supongo que podría recrear algo parecido. Espero que ese chico… ¿Aktion se llamaba? Pueda atrapar algo similar. Sophia, ¡mi cuaderno, por favor!

—Sí —le dije, o más bien me oí decirlo, sin saber cómo había llegado el sonido a mis propios oídos. No estaba segura de qué resonante nota era del pájaro y cuál estaba en el interior de mi cráneo.

James golpeó la red con su arma improvisada. Fue extraño, cómo, a pesar del otro ruido, oí rasgarse la tela. Se produjo una cacofonía de alas y graznidos, una confusión de golpes y la dura reverberación de la madera contra la madera. Sentí cada impacto en mi interior, como una fosforescencia titilando en la oscuridad. Después acabó. Sentí una absurda gratitud por el silencio, por el imperfecto silencio roto por los insectos de la noche mediterránea. Entonces las esquinas de negrura se elevaron y se encontraron sobre mi cabeza, como una sábana de terciopelo, y supe que era demasiado tarde.

No fue, después de todo, un desmayo muy conveniente. Cuando abrí los ojos, James estaba maldiciendo en voz baja, ahuyentando las polillas que rodeaban la lámpara que había dejado en el suelo a mi lado.

—¿Qué es esto del suelo? —Y levantó las puntas de los dedos, manchadas de sangre, para mirarlas a la luz con los ojos entornados—. Qué asco —dijo, limpiándose la mano sobre las maderas—. ¿No tienes paños, para tus periodos?

—Por favor, ¿puedes mandar a llamar a Hira? Creo que estoy enferma.

—Eres inglesa, Sophy, no es adecuado…

—Es una enfermedad de mujer, James.

Se echó hacia atrás, mordiéndose el labio. Supongo que se resistía a la idea de dejar que un médico de verdad, un hombre, examinara a su esposa, porque al final dijo:

—Muy bien. Te meteremos en la cama y después le pediré que venga. Aunque espero que una buena noche de sueño te haga estar bien.

—Puedo levantarme —le dije, porque descubrí que podía, con facilidad. No me dolía nada; de hecho, no sentía nada, excepto un gran deseo de dormir. No necesitaba mirar las manchas. Había sentido la sangre escapando de mí, fácilmente, tan ligera como la leche, y sabía cuánta había. Caminé con bastante firmeza de vuelta a la cama, y permití que James me ayudara a sentarme. No le pedí que me trajera un camisón limpio. Cerré los ojos y lo oí marcharse.

No sé cómo encontró James a Hira, pero cuando abrí los ojos había luz y él estaba entrando con ella a nuestro dormitorio.

—Vete —le ordenó ella, y él me miró y se marchó.

«¿Ves?», quería decirle. «Él me quiere», pero de repente supe que no podría hablar sin llorar. Me puso la palma en la frente y, aunque solo estaba mirando si tenía fiebre, noté que las lágrimas inundaban y se derramaban por los rabillos de mis ojos.

—Me ha dicho que has tenido un mal… —Hizo un gesto, como el agua cayéndole de las manos—. La sangre de la luna, ¿no?

—Estoy embarazada —le dije, y la vi morderse el labio—. No ha salido de mí. Todavía estoy… Todavía está ahí, se está aferrando, es una criaturita fuerte. Si ya no estuviera lo sabría, ¿no?

Ella me tomó la mano.

—Puede —me dijo—. Esperaremos y ya veremos. ¿De cuánto…?

—Unas semanas. Es muy pequeña. Pero sé que vivirá. Debe vivir.

Ella asintió. Pensé, entonces, que estaba de acuerdo conmigo.

—Deja que te mire.

—No, por favor, no podría soportarlo —le dije. Pero se echó hacia atrás, con expresión serena, y no insistió—. Muy bien.

Se lavó las manos con agua caliente antes de tocarme, y fue muy amable. Pensé en el médico que visitaba a mi tía Elizabeth en su confinamiento y que, según me contó ella, tenía rastros de sangre seca alrededor de las uñas antes de tocarla, y me alegré de haber evitado que James buscara a un hombre en Theotokos. Pero, cuando terminó de lavarse las manos de nuevo, no dijo nada, y entonces yo me enfadé. Ella seguramente podía sentir si la niña seguía allí. Se sentó y me miró a la cara, y suspiró.

—No conozco tus palabras —me dijo—. Para esto no. La bolsa que sostiene al bebé no está cosida. Podría aguantar, o no. Por el momento, has dejado de sangrar.

—Lo hará —le aseguré—. *Aguantará*.

—A menudo hay sangre, así. No siempre significa que el bebé está perdido. Pero...

—Gracias —le dije, y respiré como si me hubiera estado ahogando. Esperaba que ella se levantara para marcharse, pero no lo hizo—. ¿Qué pasa? ¿A qué estás esperando? Está todavía ahí, ¿no? El peligro ha pasado.

—No tengo prisa —me contestó—. Hoy no hay nadie enfermo. Es agradable estar aquí.

Me puse las manos en el vientre y cerré los ojos. No podía recordar la última vez que me quedé descansando mientras otra persona estaba sentada a mi lado, y eso me hizo pensar en mi infancia. Siempre me alegraba cuando era yo, y no Lucy, la que estaba lo bastante enferma para reclamar la atención de mi madre; recuerdo la envidia que sentí cuando Lucy se estaba muriendo, y después el remordimiento. Nunca se lo había contado a nadie, ni siquiera a James (que me habría condenado sin piedad, y con razón), pero en ese momento tuve la impresión de que Hira me escucharía si se lo contaba y que después se encogería de hombros, que no veía nada más en ello que el deseo natural de una niña de ser querida. Y *esta* niña, pensé, esta niña nunca tendría que quedarse despierta preguntándose si su madre la quería. Mi niña viviría bajo la implacable luz del ardiente amor, y correría fuerte y vigorosa por los caminos de piedra, descalza… Y cuando necesitara el alivio de la frialdad y las sombras, James estaría allí, con sus principios severos y su disciplina. Ella nacería en aquella tierra, y prosperaría. Sentí que más lágrimas acudían a mis ojos. Por favor, le pedí al Dios que hizo las arañas, por favor…

Oí bostezar a Hira. Después comenzó a tararear en voz baja. La canción no era exactamente melodiosa, pero tenía una repetitiva suavidad, como la del agua en movimiento.

Se detuvo abruptamente; repitió una frase, como si estuviera esperando una respuesta, y después el taburete arañó el suelo mientras se levantaba. Cuando abrí los ojos, había desaparecido a través de la puerta. Oí sus pasos cruzando la habitación exterior, y contuvo el aliento como si la hubieran golpeado.

Me giré y levanté la cabeza, escuchando. Se oyó un tenue crujido, como una costura al rasgarse, y después el ligero tintineo de la porcelana. A continuación, me pareció que cruzaba la habitación y se alejaba. No regresó. Durante mucho tiempo pensé que se había marchado, a pesar de sus palabras, y había vuelto a la aldea. Me tumbé de nuevo y me negué a llorar, apreté los dientes e intenté tragarme el dolor de mi garganta. No estaba sola. Tenía a mi niña.

Casi me había quedado dormida cuando oí sus pasos que retornaban, y un único y desafiante estrépito de loza rota. No sabía qué había pasado hasta que James gritó:

—¿Cómo te atreves? Salvaje ignorante, la has matado.

—No —replicó ella—. El ignorante eres tú. ¿Mantienes a una de nuestras hermanas en una cárcel y la obligas a tejer en el interior de tu casa? Eres arrogante y estúpido. ¿Crees que eres su dueño?

—No tengo ni idea de qué estás hablando —dijo James, y pude oír que estaba tan incrédulo ante su insolencia que, por el momento, esto mantuvo su enfado a raya—. En ese cuenco había un espléndido ejemplar de *Pseudonephila sireine*, que fue descubierto por mi esposa. Estoy estudiándola. Si le has hecho daño, habrá consecuencias para ti. Es muy valiosa; de hecho, no tiene precio, es el único espécimen conocido...

Lo oí escarbar en el suelo, y el abrupto susurro de los fragmentos mientras buscaba entre ellos.

—La he devuelto al bosque. Es ahí donde viven. No eres quién para traerlas a tu casa.

Los frenéticos movimientos se detuvieron.

—Haré lo que me plazca, y no voy a dejar que una campesina me diga qué...

—No, *no* lo harás —replicó ella, y temblé ante el silencio que siguió a su voz—. Me escucharás a mí, por mucho que te creas que Dios es un hombre como tú, porque esta es mi tierra y no tuya. Eres como un bebé, intentando tocar todas las serpientes y escorpiones que ves porque no comprendes que algunas cosas son venenosas.

—Ninguna *Pseudonephilim* es peligrosa para los humanos —dijo James. Creo que intentó sonar despreocupado, pero le temblaba la voz—. No le tengo miedo a un pequeño mordisco de sus mandíbulas, si es en el interés de la ciencia.

—¡Todavía no lo comprendes! Vosotros, los hombres, vuestras religiones, sois todos iguales. Nos preguntas por las historias de los viejos dioses y nos miras por encima del hombro como si nosotros nos las creyéramos, y te crees superior... Y aun así tomas lo que quieres, como hicieron ellos.

—¿Cómo te atreves? Soy cristiano. Espero que mi vida sea un ejemplo...

—Oh, sí —replicó Hira—. Eres un ejemplo de los tuyos. Demuestras que las palabras elegantes no se interponen en el camino del encarcelamiento y el robo.

—Márchate —le ordenó James—. Esta es mi casa. Márchate antes de que te ponga las manos encima.

—Estoy aquí porque tú me pediste que cuidara de tu esposa. ¿Es tu vanidad más importante?

James tomó una larga y virtuosa bocanada de aire.

—Ella preguntó por ti, y yo estaba dispuesto a concederle el capricho. Pero es evidente que no pasa nada grave, solo un pequeño desorden de la matriz. Y tú… No volverás a poner un pie en esta casa. Gracias a Dios, me has mostrado la oscuridad de tu corazón antes de que tuvieras tiempo de envenenar la mente de mi esposa contra todo lo que es bueno y cierto.

Hira siseó a través de los dientes.

—Entonces ve a cuidar tú mismo de ella. Y nunca, jamás, vuelvas a poner a una de las hermanas dentro. Jamás, ¿me has oído? Es una locura. Pensar que podrías haber matado a tu hijo con el canto de la araña, y que aun así todavía no haces caso…

—¿A mi hijo? ¿Qué hijo? ¿Es que no tienes vergüenza? Te plantas aquí, en mi casa, y me mientes a la cara…

Oí, para mi horror, sonidos de lucha: el gruñido de James al empujarla, y el golpe de los pies de Hira mientras él se apartaba. Me incorporé y me levanté de la cama, pero perdí el equilibrio y me vi obligada a agarrarme a la pared. Grazné el nombre de James. Me pareció que Hira respondía, pero no conseguí oírla sobre el grito de dolor y rabia de James, y el frenético movimiento de las suelas de sándalo sobre el suelo.

James la golpeó. Sonó abrupto y sordo, como la piel de un tambor al romperse.

Me tambaleé hasta la puerta, desde donde podía verlos.

—James —dije de nuevo, con la boca seca.

Hira le golpeó la entrepierna con la rodilla y James cayó de bruces en el suelo con un golpe sordo. Se encorvó, como si fuera un musulmán rezando. Hira tenía el ojo rojo, y empezaba a hincharse. Pensé: *¿Qué he hecho?*

—Por favor… —dije, sin saber qué estaba pidiendo. Hira me miró. James no lo hizo.

Entonces comenzó el dolor.

La agonía no duró mucho. No tanto, desde luego, como los dolores del alumbramiento. Iba a escribir *parto*, porque yo estaba pariendo algo. Era algo que todavía no era reconocible, un fragmento de víscera con la suavidad insustancial del hígado, un coágulo de un rojo profundo, y unido a él una pequeña cantidad de hilo carnoso y un bulbo rígido, ensangrentado, como una chalota en vinagre. Era de la longitud de la falange más pequeña de mi meñique: una minucia, una insignificancia, un trocito de carne que salió de mí con mayor facilidad que alguna *merde*. Y cuando cayó al orinal, junto con algunas gotas rosas de fluido y sangre, el dolor cesó, fácil y educado, sin necesidad de insistir ahora que había cumplido con su deber y que mi útero estaba limpio y vacío.

Hira se inclinó sobre la bacinilla y rozó esa cosa suavemente con sus dedos bronceados. Después asintió, se lavó las manos y me pasó un paño para que pudiera limpiarme. Cuando estuve limpia, me rodeó los hombros con el brazo y me ayudó a volver a la cama. Me acercó una taza a los labios y me dijo que bebiera. Yo obedecí; no se me ocurría ninguna razón para resistirme. Me quedé totalmente quieta, con la desconcertada docilidad que sobreviene al cese de un tipo de dolor y antes del despliegue de otro.

—Ya ha terminado, creo —me dijo.

Yo asentí.

—Ahora dormirás. —Suspiró y me recolocó la colcha. Era la primera vez que la veía hacer un gesto superfluo, y deseé encontrar consuelo en ello—. ¿Esto te había pasado antes?

Negué con la cabeza. Las lágrimas acudieron de nuevo a mis ojos y bajaron, frías, hasta mis orejas. Miré el dosel de muselina, lo observé agitándose y deteniéndose, agitándose y deteniéndose, mientras el agua subía y se derramaba. Hira llenó la taza y la dejó en el taburete a mi lado. Después se acercó al orinal y lo tomó en sus brazos.

—¿Qué estás haciendo?

—Me llevaré esto para quemarlo.

—No —le dije, y le agarré los brazos—. No, no debes, no, por favor…

Ella frunció el ceño.

—¿Qué vas a hacer con ello?

—No lo sé —le contesté, y esa verdad me ahogó—. Pero es mi bebé... No puedes quemarla como si fuera basura, es...

—No es un bebé —me dijo Hira, sin amabilidad—. Una semilla no es un árbol.

—Entonces es la semilla de mi bebé, y eso es suficiente para mí. Al menos debería ser yo, y no tú, quien...

Pero no conseguí tomar aire suficiente para seguir hablando. Me aferré a la muñeca de Hira, clavándole las uñas en la piel, y lloré. Noté que se sentaba en el taburete. Acunó el orinal en su regazo y esperó a que mis sollozos remitieran.

—Muy bien —me dijo, cuando me tranquilicé lo suficiente para oír su voz—. Lo dejaré aquí, por ahora. Volveré. Lo enterraremos al atardecer.

Asentí. Le quité el orinal y lo rodeé con mis brazos. Una mujer histérica, manchada de sangre y lágrimas, abrazando una apestosa bacinilla... Pero no pensaba, entonces, en mi apariencia. Apoyé la cara contra la fría tapa, contenta de tenerla todavía conmigo.

Cuando Hira regresó, el sol estaba hundiéndose. El asa del orinal me había dejado una muesca, como un moretón, en la frente; lo noté, hormigueante y dolorido cuando levanté la cara. Hira se sentó, oliendo a algo aromático, como el romero, y me ofreció una tela doblada.

—Toma —me dijo—. Es un regalo.

Pero no lo acepté. Tenía los brazos doloridos, pero no soltaría el orinal hasta que tuviera que hacerlo. Ella lo desplegó, más y más, hasta que me habría sorprendido lo delicado y grande que era si me hubiera importado. Brillaba antinaturalmente en la penumbra, tan suave como el aire y tan inmóvil como el agua. Era un himatión de algún tipo de seda, más bonito que nada que le hubiera visto puesto.

—Pondremos a la pequeña aquí, para que pueda yacer en paz —me dijo.

—No lo quiero —contesté—. Prefiero envolverla en mi camisón.

Habría preferido envolverla en mi cuerpo, pero no podía ofrecerle eso.

—No —me dijo Hira—. Tómalo. —Lo empujó hacia mí—. ¿Lo oyes? Por este lado, pliega la voz del mundo sobre sí misma, de modo que todos los que lo oyen se asustan. Eso mantendrá a los animales alejados.

Ahora que lo decía, creí que podía identificar una trémula respiración en mis oídos, repitiendo y distorsionando sus palabras. Me erizó el vello de los brazos. Pensé en la rapidez con la que unas garras podían excavar, con la que unas mandíbulas se cerrarían sobre esa pequeña perla colgante de carne y pulpa, y no contesté. Hira le dio la vuelta a la brillante tela, estirándola entre sus manos. El miasmático susurro se extinguió.

—¿Oyes el silencio? En el interior, ningún sonido la perturbará, nada la despertará. Dormirá tranquila.

Deslicé la mano sobre la tela. No se produjo ningún sonido, ninguna fricción de la piel sobre el hilo, como si yo fuera un fantasma.

—Envolvemos a nuestros muertos en esta tela —me contó—. Está hecha con las telas de las arañas, arañas como la que tenía tu marido… Pero no hablemos de eso. No es para los vivos. Si la usaras, te enfermaría después de un tiempo; a la mente no le gusta el modo en el que cambia el sonido, como si fuera un reflejo en el agua perturbada. Pero a los muertos… A los muertos los protege y refugia hasta que el polvo los reclama.

Pensé en mi niña marchitándose hasta desaparecer bajo una fina capa de tierra, hasta que se la llevara el viento y la arrastrara a través de los pinos hasta el mar, acunada como una infanta en la seda más lujosa que había visto nunca. Sin hablar, dejé que Hira me quitase el orinal de las manos y volcase con cuidado el contenido en el centro de la tela. La sostuvo abierta para que pudiera llevarme los dedos a los labios y presionarle un beso. Después, con gran solemnidad (como si *fuera* un bebé, a pesar de lo que había dicho antes), lo dobló en un suave hatillo y me lo puso en los brazos.

—Iré a prepararle un lugar —me dijo—. No tardaré mucho.

—Debes decírselo a James —le pedí mientras se marchaba—. Ella también era su hija.

No estaba segura de que me hubiera oído, hasta que regresó y vi que James iba tras ella, con expresión atormentada, negándose a mirarme a los ojos.

—Está listo —dijo Hira. Me ayudó a levantarme de la cama y se arrodilló para ponerme los zapatos en los pies mientras James miraba la nada sobre mi hombro. Pero ella no me tomó del brazo para ayudarme a salir de la casa, para caminar junto a los bajos muros de piedra donde crecían el hibisco y las adelfas, hasta el límite del pinar; en lugar de eso, anduvo delante y fue James quien se vio obligado a darme la mano cuando se la pedí con expresión suplicante.

Miró el hato que llevaba presionado contra mi pecho.

—¿Qué es eso?

—Hira me ha dado un himatión para que sea su sudario —le dije—. Mantendrá alejados a los animales.

—Oh, las supersticiones paganas —resopló—. Te pedirá dinero más tarde, grábate mis palabras. Un trapo habría servido igual de bien.

—No, James. Escucha. —Lo levanté hasta sus orejas, aunque no iba a dejar que lo sostuviera—. ¿Oyes?

Se detuvo y frotó un pliegue entre sus dedos.

—Vaya, ¡es extraordinario! —exclamó. La mezquindad abandonó su voz y su rostro—. ¿Qué es esto? ¿De dónde ha salido?

—Es de las arañas —le dije, y vi en su semblante que ya lo había sospechado.

—¿Las *sireine*? Sí, por supuesto —replicó antes de que tuviera tiempo de responder—. Oh, así que esos mentirosos conocían a las arañas. Más que eso... Esto era lo que Gritney sugería. Había oído hablar de los tejidos fabricados con seda de araña, pero esto, el sonido que hace... Mantiene alejados a los carroñeros, ¿no? Uhm.

—Y por el otro lado hay silencio —le conté—. Un profundo e inquebrantable silencio, para que los muertos puedan dormir tan profundamente como... como deberían hacerlo los muertos.

Estaba segura de que pronto me preguntaría de cuánto tiempo había estado embarazada y cómo llevaba la pérdida, pero asintió y me pidió:

—Despliégala un momento, ¿quieres? —sin mostrar indicio de que el sueño de algún muerto fuera importante para él. Le di la vuelta a una esquina suelta de la tela y James se encorvó hacia adelante y entornó los ojos con esforzada atención.

—Aquí —dijo Hira desde las sombras donde los árboles crecían más altos. En el lugar en el que estaba había un hoyo poco profundo en la tierra seca, de no más de un palmo de profundidad; supongo que eso significaba que confiaban mucho en la seda y en su capacidad para ahuyentar a los carroñeros.

Extendió las manos hacia mí. Cuando me acerqué a ella, cada paso me robó más y más fuerza, hasta que sentí que la vida estaba abandonándome por la planta de los pies. Pero, al final, cuando me arrodillé en la tierra para llorar, James me tomó la mano y me dijo:

—Vamos, Sophy, anímate, cariño.

Su inesperada amabilidad me sostuvo hasta que pude encorvarme y dejar el hatillo en el pequeño y pedregoso surco a los pies de Hira.

—¿Dirás una oración, James? —le pregunté.

—Pero es... Muy bien —dijo, echándole a Hira una mirada de desagrado y comenzando unas palabras que incluyeron una oración por el rey y por aquellos a punto de ser ordenados, aunque no dijo nada de los niños que todavía no habían sido bautizados. Sin embargo, fue agradable oír algunas palabras religiosas, como si la tumba fuera efectivamente una tumba, y su contenido fuera querido por Dios.

Hira mantuvo la mirada baja. Cuando James dijo: «Amén», y yo lo repetí, me miró y asintió, como si algo hubiera terminado. Después, levantó la pala que había usado y comenzó a empujar el montón de tierra suelta sobre los pliegues plateados de la tela. Cuando estuvo cubierta, se limpió las manos en la falda y giró en sus talones para marcharse sin mirar atrás.

Yo no podía hablar. Me agaché y coloqué las manos sobre la tumba, con las palmas hacia abajo, y la presioné como si pudiera sentir la silueta de mi niña bajo la capa de tierra.

—Deberíamos dejar algo aquí —sugirió James—, o no conseguiremos encontrarla después. —Arrancó un montón de hojas del arbusto más cercano y las estampó contra la tierra, donde debería haber estado la lápida—. Ahora vayamos dentro, Sophy. Los mosquitos me están comiendo vivo.

Creo que, si no se le hubiera ocurrido señalizar la tumba, me habría resistido, pero pensé en la tristeza (o podría haber sido su amor por mí) que lo había impulsado a hacerlo, y no pude oponerme. Si hubiera estado sola, le habría dado a mi niña las buenas noches, le habría deseado dulces sueños, pero James me estaba tirando del brazo y decidí regresar cuando me despertara por la mañana para pronunciar todo lo que no había podido decir. No había prisa; mi niña estaba ahora tranquila, y paciente, ya que el tiempo nada podía significar para ella.

Dormí intranquila, entrando y saliendo del sueño, pero al final fue una pesadilla lo que me lanzó a la costa del mundo real y me dejó temblando y con los ojos muy abiertos. Supongo que estaba ya febril. No me atrevía a cerrar los ojos porque todavía podía ver la última escena del sueño: una bestia hambrienta y encorvada que estaba escarbando en una tumba reciente. Intenté oír sus garras, pero lo único que escuché fueron las incesantes chicharras y la distante respiración del viento entre los pinos, y a James moviéndose por la habitación del frente. Debería haberme sentido consolada, pero al final me puse en pie y me tambaleé hasta la ventana. No podría volver a dormirme hasta que me asegurara.

No podía ver el pequeño montículo en la oscuridad bajo los árboles, pero nada se movía, no había ninguna silueta babeante, ni dientes ni ojos.

En la habitación exterior oí agua y de repente me embargó una enorme sed. La taza que había junto a la cama estaba vacía; me envolví en una sábana para protegerme del frío (aunque este salía del interior de mi carne, y no del exterior) y me dirigí a la puerta.

James estaba encorvado sobre una pileta, enjuagando una camisa bajo un charco de luz de la lámpara. Le agradecí que lo hiciera él mismo; creo que en ese momento lo quise más que nunca, encorvado en la pequeña tarea, con el cabello sobre la cara. A pesar de la sed que tenía, no quería interrumpirlo.

Sacó la camisa empapada del agua, la frotó con la pastilla de jabón y se sobresaltó como si lo hubiera sorprendido haciendo alguna fechoría.

—¡Sophy! —exclamó—. Apenas has dormido una hora.

—Quería un vaso de agua.

Fue al estante, sacó un vaso y me lo llenó.

—Vuelve a la cama.

Me lo bebí todo y alargué el vaso para pedir más. Esta vez resopló un poco, y después de llenarme el vaso me agarró por los hombros y me condujo a la puerta. Me tambaleé bajo el peso de sus manos, sintiéndome mareada.

—Deja que me siente —le pedí—. No te molestaré, lo prometo.

—Estoy trabajando, Sophy —me dijo.

—Estaré callada —le aseguré. Pero creo que lo que lo derrotó no fue mi súplica sino mi debilidad, porque me agarró cuando me tambaleé y me condujo rápidamente a un taburete. Miró la camisa mojada que seguía sobre la mesa, brillante, junto a su cuaderno de notas abierto y su lupa, y se mordió el labio.

No tenía mangas esa camisa, ni cuello ni canesú ni costuras. Me había equivocado. No era una camisa sino un himatión. Incluso a pesar de la espuma y de las manchas de tierra que todavía perduraban, estaba tan lustroso que parecía emitir luz. El agua se encharcaba y deslizaba por sus pliegues como *essence d'Orient*. Solo había un lugar en el centro donde algunas manchas rojizas atenuaban su brillo, y podía ver que los esfuerzos de James ya habían ablandado esas manchas y que pronto saldrían, como el resto.

El vaso de agua que sostenía se me ladeó y derramó. Intenté enderezarlo. No quería mirar a James a la cara, y no obstante descubrí que debía hacerlo.

James hizo un movimiento breve y casual con la mano.

—Sí, así es, esa tela es única —me dijo, y supe por su tono que esperaba una reacción desmedida y que estaba decidido a enfrentarse a ella desde la razón—. ¿Sabes, cariño? Es una gran suerte que haya terminado en mis manos.

—La has desenterrado —le reproché, o creo que lo hice, porque quizá no lo dije en voz alta.

—Era un crimen enterrar algo así antes de tener la oportunidad de examinarlo, ¿y por qué? Ni siquiera creo que estuvieras embarazada, Sophy; solo eran algunos coágulos desagradables de tu menstruación. Oh, ¡es agotador lo incapaz que eres de poner tu atención en algo que no seas tú misma! Aquí podrías ver uno de los objetos más maravillosos que has encontrado, pero sigues mirándome como si fuera un lunático Jeremías.

—¿Y los…? ¿Lo que enterramos? —No quería provocarlo, pero no podía decir «coágulos», aunque ella no pudiera oírme.

James hizo una mueca de impaciencia.

—No había nada allí —me dijo—. Con el drama que montaste, esperaba un homúnculo, aunque fuera pequeño, pero no había ni ápice de nada humano.

—¿Y qué ha pasado… con el… el…?

—Tiré los grumos al suelo, supongo. No lo recuerdo. De verdad, Sophy, estoy harto de tanta tontería. ¿Usarás tus paños mensuales a partir de ahora? ¿O me veré obligado a arrodillarme sobre tus desechos, como un papista?

No contesté. Me acerqué a la ventana y vi un destello de incredulidad en sus ojos, porque no atendí a su enfado ni apelé a su paciencia. Los restos de mi hija habían sido consumidos o arrastrados. Miré la noche plateada y una oleada de frío subió desde mis pies, como si estuviera mirando la gélida escarcha en lugar de la feroz y pagana luz de la luna.

Después me giré y lo dejé solo, y no pudo encontrar falta en ello, porque lo estaba obedeciendo.

DIEZ

Henry levantó la cabeza. Había oído el familiar tañido de los relojes de Cathermute, el repique más sonoro rezagado tras los demás, como si estuviera más al oeste y decidido a no permitir que nadie lo olvidara. El cielo brillaba inexorablemente a través de un hueco en las cortinas. Había estado toda la noche ante su escritorio, leyendo. Se pasó las manos por la cara, pero eso no consiguió aliviar su desazón. Le picaban los ojos.

Cerró el diario en su última página, medio en blanco, y se levantó. No podía pensar con claridad. La cabeza le daba vueltas, tenía el estómago revuelto por emociones que no podía nombrar. El atardecer del día anterior, la mano del señor Edward sobre la suya. Después la mirada fija de la señorita Fielding, las mudas habitaciones rebosando seda, las ventanas con barrotes. Y el diario: la isla, el mar, las mujeres... ¿Por qué no podía meterse en sus cosas la señorita Fielding? No tenía tiempo para pensar en una mujer muerta hacía mucho, aunque ella hubiera descubierto a las arañas, aunque lo que había escrito sobre la seda lo hiciera preguntarse cosas, inquieto...

«Le contará más sobre la seda. Le mostrará lo que yo no puedo decir. Y entonces me creerá, y se marchará a casa».

Y el hijo de Mercy, que se había vuelto retrasado. Las habitaciones con las ventanas cerradas, cubiertas de seda... los aposentos de doña Cecilia. El señor Edward nunca se lo había mencionado. Suicidas, drogadictos, asesinos. *Una maldición.* Henry hizo una mueca, caminó hasta la ventana y regresó, intentando aclararse la mente. No era cierto. No podía ser...

Oyó una melodía silbada y pasos subiendo las escaleras. Era el señor Edward, sin duda. Henry se detuvo, quedándose sin respiración. De repente era consciente de que estaba despeinado, sin afeitar, en mangas de camisa, y de que sin duda olía todavía a licor fuerte. Aun así, cuando su anfitrión llamó y abrió la puerta, sintió una oleada de la misma dicha incrédula que había sentido el día anterior. Pero parecían haber pasado años, y no horas, desde que la sintió, y tenía un regusto amargo, mancillado por lo que había visto y oído y leído desde entonces.

—¡Latimer! Ah, bien, esperaba que estuvieras despierto.

—Sí, entre —dijo, aunque el otro hombre ya estaba caminando hasta la ventana para abrir las cortinas. Era una mañana gloriosa.

El señor Edward se dejó caer en la butaca y lo miró.

—No podía esperar —comenzó—. Después de lo de ayer. Debemos ponernos a trabajar, así que dime lo que necesitas. Más dinero, espero, siempre es así. No, no me mires de ese modo, solo estoy tomándote el pelo. Quiero lo mejor, sin reparar en gastos.

Henry intentó sonreír.

—Sí —le dijo.

—Bien. He pensado en la noche de San Juan para la gran inauguración. ¿Qué te parece? ¿Te daría tiempo?

—Yo… Sí, eso espero.

—¿Qué pasa? No me duele el dinero, de verdad.

—Solo estoy un poco raro esta mañana.

El silencio se prolongó.

—Creí que te había gustado la casa —le dijo el señor Edward al final—. Esperaba que te gustara. Pero si…

—Me gusta —le aseguró Henry—. Me gusta, estoy abrumado por su generosidad, y… —Se detuvo. No soportaba la idea de parecer desagradecido, pero su voz no le obedeció.

Se produjo un instante de silencio. Después el señor Edward se puso en pie.

—Muy bien. Veo que te he molestado. Discúlpame. —Se quitó una mota de polvo de los pantalones y pasó junto a Henry hacia la puerta.

—No —dijo Henry, conteniéndose para no agarrarle la manga—. No, por favor... Ha sido muy amable. Es solo que... Por favor... —Balbuceó, de nuevo, hasta detenerse.

El señor Edward le echó una larga mirada. Después, por fin, lo agarró del brazo, lo empujó hasta la silla más cercana y se agachó para mirarlo a la cara.

—Algo va mal —le dijo—. Cuéntamelo. ¿Es la casa? ¿Es demasiado? Yo... Sé que a veces me muestro demasiado ansioso por complacer a mis amigos.

—La casa es magnífica.

—¿Entonces...? —Una idea cruzó su rostro. Habló lentamente—: Quizá... Puede que ayer... dejándome llevar por el entusiasmo...

—No —replicó Henry—. Por supuesto que no, no hay nada que usted pudiera haber hecho para... No, anoche, cuando regresé aquí, descubrí... Quiero decir... —Hizo un esfuerzo para recomponerse—. Anoche, la señorita Fielding vino a verme. Está preocupada por la seda. —El señor Edward levantó las cejas. Antes de que pudiera hablar, Henry continuó—: No es que importe demasiado lo que ella piense; se trata de una superstición, creo. Pero me contó cosas, me llevó a la habitación contigua, donde su... donde vivía la señora Cecilia...

Entrelazó los dedos, buscando las palabras adecuadas.

—Entiendo.

—Me entregó el diario de la mujer que trajo aquí las arañas. Su tía abuela, supongo. Y me dijo que la seda es peligrosa. Malvada. Que se han producido accidentes en la fábrica. Niños que han salido perjudicados.

El señor Edward se apartó un poco. Después, se levantó y caminó hasta la ventana, dándole la espalda.

—Siempre hay accidentes —dijo en voz baja.

—Lo sé. De hecho, yo...

—No encontrarás una sola fábrica en el mundo que no provoque sufrimiento humano. Y aquellos que pagan el precio son a veces a quienes más desearíamos proteger. Es descorazonador. Y te juro por Dios que desearía que no fuera así.

—No pretendía sugerir que…

—Pienso todos los días en lo que quiero que sea la fábrica: un faro para Telverton, un lugar donde tejamos no solo seda sino prosperidad y esperanza. Cuando tenga éxito, construiré colegios, viviendas, hospitales… Pagaré diez, cien veces más por cada accidente. Y, aun así… Sí, aun así seguiré tambaleándome bajo el peso de saber que hubo mujeres y niños que sufrieron para conseguirlo.

Henry miró el suelo.

—Lo sé —dijo.

—Mi querido amigo, no te estoy reprendiendo por preguntar. Eso habla bien de ti.

—Sí. Gracias, señor.

Otro largo silencio.

—Ah —dijo el señor Edward, en voz tan baja que apenas pudo oírlo—. Eso no es todo, ¿verdad? Viste los aposentos de Cecilia por primera vez. Y los criados te habrán contado alguna calumniosa versión de…

—Nadie me ha contado nada —replicó Henry—. Aunque lo hubieran intentado, no habría sido tan impertinente como para hacerles caso.

—Te pareció obsceno, ¿no? Una habitación forrada en seda, con barrotes en las ventanas. Te preguntaste: ¿por qué estaba encerrada allí, como una prisionera, para que nadie pudiera oír sus gritos? ¿Qué tipo de hombre le haría eso a su esposa? ¿Qué villano vil y vengativo…?

El señor Edward se detuvo y se dio la vuelta. Estaba muy quieto; solo abría y cerraba una mano, al ritmo de su corazón.

—Cecilia no estaba prisionera —dijo al final, con más brusquedad de la que Henry le había oído nunca—. No como imaginas. Ella era… peligrosa. Para Phil, para… No importa. Estaba loca. ¿Nadie te ha contado eso? No, supongo que no, si no has preguntado. Tuvo un accidente cuando estaba esperando a Philomel. Se quedó sorda. Había tocado música, y no podía oír. Gritaba hasta que le sangraba la garganta, intentando emitir un ruido que pudiera escuchar. Atacaba a cualquiera que se acercara a ella: a los médicos, o a la doncella, o a mí. —Tragó saliva—. Y después, cuando Philomel nació, empeoró. Teníamos que mantenerlas separadas. Era como una pesadilla de la que rezaba por despertar. Solía rezar para que algún día volviera... volviera a ser ella misma, como había sido. Pero ya no estaba, la mujer con la que me casé ya no estaba, y en su lugar había una especie de demonio.

A Henry se le hizo un nudo en la garganta.

—Lo siento mucho.

—Sí. Sí, gracias. Ya no me duele tanto como antes —añadió, con una pequeña mueca, como un escolar después de una azotaina—. Me es difícil hablar de ello. En general, no me importa lo que la gente oiga o piense de mí, pero tú... No soporto la idea de que *tú* pienses...

—No —dijo Henry, poniéndose en pie, tambaleante, de modo que la silla arañó ruidosamente el suelo—, no era necesario. Perdóneme, debería haber sabido... Lo sabía, por supuesto, que usted nunca habría...

—Calla. No es necesario. Pero ¿confiarás en mí, ahora?

—Por supuesto —le aseguró Henry. Temblaba por el esfuerzo que tenía que hacer para no tocarlo.

—Bien —dijo el señor Edward, y durante un momento, Henry vio el resplandor de un ocaso superpuesto en la pequeña y destartalada habitación. Se alejó, con un mareo extraño y determinado, y miró el diario que estaba abierto sobre el escritorio—. Esto es, ¿no? El diario de mi tía abuela.

—Sí. —Henry imitó con esfuerzo el tono de voz del otro hombre—. La señorita Fielding pensó que me parecería esclarecedor.

—¿Sí? Es una insolencia que haya estado rebuscando en los papeles familiares, debo decir. —Levantó el pequeño cuaderno para examinarlo—. ¿Y lo fue? Esclarecedor, quiero decir.

—No especialmente —contestó Henry—. La señorita Fielding pensó que podría darle a la gente ideas extrañas sobre la seda.

—¿Sí?

—Al parecer, los isleños la usaban con un propósito religioso. No creo que nosotros queramos hacer eso, ¿verdad? No me imagino al arzobispo de Canterbury a favor de la idea. —Le gustó que el señor Edward se riera—. En cualquier caso, la mayor parte es solo un diario de su vida. Hay algunos momentos en los que es bastante... inadecuado.

—Uhm. Bueno, me alegro de haber rescatado a la pobre tía abuela Sophy del olvido. O de las garras de la señorita Fielding, debería decir. —Se guardó el cuaderno en el bolsillo—. No te importará si lo tomo prestado, ¿verdad?

—Es suyo, señor Edward.

—Sí, por supuesto. —El hombre dudó—. Bueno, gracias, Henry. Por contármelo.

Henry asintió. Se sentía como si nunca hubiera oído su nombre pronunciado en voz alta. *Henry*. ¿Alguna vez se atrevería a decir *Edward*? La idea hizo que el calor subiera y bajara por su cuerpo: era más íntimo, de algún modo, que las silenciosas imaginaciones de la noche anterior, cuando cerró los ojos y pensó en piel contra piel, dientes sobre carne, manos... Se movió bruscamente, cambiando el peso de pie a pie, quitándoselo de la cabeza, pero cuando levantó la vista, amedrentado, descubrió que el señor Edward estaba mirándolo. Nunca se había sentido así, ni siquiera cuando estaba cortejando a Madeleine.

El señor Edward sonrió.

—Debo irme. Tengo que reunirme con Worsley después del desayuno.

—Sí.

—Solo una cosa —dijo, girándose en la entrada—. Esta habitación... No tenía ni idea de que se encontraba en tal mal estado. Le diré al servicio que te traslade a la que está junto a la mía. ¿Te parece bien?

Henry no podía identificar qué sentía exactamente: era un vértigo delicioso, una sensación de estar viajando a gran velocidad, de caer sin miedo.

—Por supuesto. Muchas gra...

Pero el señor Edward se había marchado de la habitación sin esperar una respuesta, como si no quisiera que Henry le viera la cara.

Ese mismo día, más tarde, Henry viajó en carruaje hasta Telverton para ver de nuevo la casa Sub Rosa. Después fue a la imprenta, y al sastre, y cenó en un asador cerca de la acequia del molino. Pero apenas sabía qué estaba haciendo, o diciendo, o saboreando. Había una burbuja de felicidad en su pecho; o, mejor dicho, creció en su pecho y se hinchó hasta que pudo flotar con ella, impulsado y arrastrado.

Cuando regresó a Cathermute ya era por la tarde. Atravesó el Gran Salón y se detuvo. La señorita Fielding estaba sola delante del tríptico; no como él habría estado, absorto en *Eco y Narciso*, sino en la siguiente pintura. Esta estaba llena de suntuosos rojos y ocres, de tierra y arena; bajo un sol poniente, una doncella de blanco le ofrecía algo a un hombre semidesnudo vestido de escarlata. A su espalda, una sólida losa de piedra conducía a una densa línea de oscuridad. La habilidad del artista había conseguido evocar, de algún modo, una sofocante y traicionera sensación en esa profunda negrura, como si unos dientes y unas garras invisibles acecharan fuera de la vista. Eran Teseo y Ariadna, por supuesto. La mirada de Henry se movió sobre la obra sistemáticamente, prestando atención a los pliegues en la capa de Teseo, a la brisa nocturna que parecía levantar la manga de Ariadna, al destello de una tobillera de bronce, hasta que se detuvieron en la madeja de hilo que le estaba ofreciendo a Teseo.

Resplandecía. Era redonda y suave, pintada con un brillo nacarado que no encajaba con el realismo de las otras texturas; de hecho destacaba, y por eso le sorprendió no haberlo visto de inmediato, lo primero de todo. Sabía que era una madeja de hilo, o que pretendía serlo, solo porque conocía el mito, pero no parecía una madeja, en absoluto, sino una perla lustrosa, enorme e improbable.

¿Por qué la había pintado el artista de un modo tan inusual… tan deliberadamente inusual? Entonces se dio cuenta de que, apenas visible, una araña diminuta colgaba del dedo de Ariadna, y lo comprendió. Indicaba que era seda de araña. Miró de soslayo el tercer lienzo, en el que una joven le mostraba un tapiz a una pálida diosa coronada: Aracne y Atenea. Ecos e hilos y arañas. El señor Edward debió encargar el tríptico como una astuta alusión a sus esperanzas de éxito. Había elegido bien al artista, pensó Henry, con una pizca de celos.

La señorita Fielding lo miró un instante antes de regresar a la pintura, como si fueran desconocidos en una galería de arte.

—Pobre Ariadna —dijo—. Traicionarlo todo, y después ser traicionada.

—Debería haber sido más lista —apuntó Henry.

—Ah —replicó ella, con una carcajada breve y rápida—, si los hombres no nos contarais historias…

Henry no contestó. No podía imaginarse contándole a alguien una historia, no en el sentido que ella implicaba.

—Supongo que estaba muy ocupado, después de todo, para leer el diario de Sophia Ashmore.

—Lo leí anoche.

—Oh.

—Fue muy interesante. Gracias.

—¿Comprende por qué se lo di? Las cosas que dice sobre la seda…

—No se preocupe —le aseguró—. No creo que haya ningún peligro. El señor Edward me ha asegurado que todo saldrá bien.

Ella se giró, mirándolo con una arruga entre las cejas.

—¿El señor Edward?

A Henry le dieron ganas de reírse; no de ella, sino de lo poco que sabía.

—Sí. No pasa nada, todo va bien. Y le ha dicho al servicio que me trasladase a la habitación que hay junto a la suya.

No esperó su respuesta; se moría de ganas de ver la nueva habitación, y estaba tan contento que no podía mantenerse quieto.

Se detuvo en el umbral de una habitación grande, verde y dorada. Aunque el sol se había ocultado detrás de la casa, la ventana era tan alta y ancha que todo el espacio parecía lleno de luz. Había una doncella encorvada sobre una cajonera descomunal; mientras otra chica le pasaba el montón de prendas, le preguntó:

—¿Esto es todo? ¿No te has olvidado de na...? Oh, lo siento, señor.

Henry miró a su alrededor. La cama era amplia, tan tallada como una celosía y cubierta de colchas bordadas; la chimenea era imponente, y su rejilla era el doble de grande que la de su dormitorio anterior; las paredes estaban pintadas, no empapeladas, y un complicado estampado de hojas doradas dibujaba espirales sobre el cuerpo de la chimenea y se acercaba a la ventana como si amenazara con reptar sobre sus paneles. Había una ornamentada silla de respaldo alto en la esquina, de madera dorada con pináculos góticos. El efecto era, en cierto modo, medieval, elegante y un poco opresivo, como la propia casa.

—Si necesita algo, la campana está aquí, señor —dijo la doncella, señalándola con la cabeza. ¿Estaba imaginándoselo, o su tono era más respetuoso que el día anterior?

Ambas criadas hicieron una reverencia y lo dejaron solo. Le daba vueltas la cabeza, y le faltaba el aliento. No habían encendido las lámparas, y la cambiante luz proporcionaba una tenue suavidad a todas las superficies, como si la habitación hubiera sido pintada sobre raso. No había esperado... Bueno, no sabía qué había esperado, pero no era aquello, nunca se hubiera atrevido a esperar aquello. Era una habitación para un invitado, para un miembro de la familia, para un hijo...

Llamaron a la puerta. Después, antes de que le diera tiempo a responder, la puerta se abrió. Era el señor Edward, vestido para la cena y envuelto en una fragante nube de colonia.

—No puedo entretenerme —le dijo—. Voy a cenar en la ciudad, pero quería preguntarte si vendrías conmigo a ver a los cuáqueros, la semana que viene. Están pensando en la seda Arain para su Casa de Juntas y me gustaría verter un poco de miel en sus oídos. Son bastante quisquillosos, pero pagan las facturas a tiempo.

Durante una fracción de segundo, Henry no pudo hablar. El señor Edward había aparecido demasiado de repente, demasiado oportuno, como si lo hubiera invocado él con la mente. Con esfuerzo, dijo:

—Por supuesto.

—E infórmame sobre las novedades del catálogo lo antes posible. Me gustaron los bosquejos de guantes y velos, pero hay demasiados. Y le he dicho a Worsley que te dé todo lo que quieras. No le gustó… Cualquiera pensaría que es él quien va a firmar los cheques.

Henry se rio.

—Como sea, te dejo para que te instales. ¿Te gusta la habitación?

—Es maravillosa, absolutamente maravillosa. Gracias.

—Me alegro de oírlo.

—Es usted más amable de lo que merezco.

—Deja que sea yo quien juzgue eso.

Se produjo un silencio. El señor Edward lo miró, ligeramente inquisitivo. No había nada desagradable en su expresión, pero Henry no podía quedarse allí, expuesto, temiendo traicionarse. Se giró y caminó hasta la ventana, golpeándose la espinilla con el travesaño de la silla dorada al pasar. Se agarró al alféizar e intentó no maldecir.

En los últimos minutos, la tarde se había convertido en noche. Fuera, las luces de Telverton empezaban a titilar en el valle bajo una bruma de humo azul.

Oyó un susurro de ropa y pasos acercándose a él y captó el aroma a limón y madera de la colonia. No se giró. Sentía un hormigueo en la mejilla que el señor Edward le había tocado, como si hubiera sucedido hacía un momento en lugar de un día antes. Se mantuvo rígido, incapaz de pensar, y ni siquiera lo miró cuando el señor Edward le agarró el hombro.

—Henry —dijo, tan bajo que fue casi un susurro—, ¿puedo confiar en ti?

—Por supuesto.

El señor Edward emitió un sonido que fue como una carcajada, pero no era risa, en realidad no.

—Mírame, por el amor de Dios, ¿no?

Henry obedeció. Cuando se giró, descubrió con asombro que sus rostros estaban a apenas unos centímetros de distancia, con un palmo entre sus ojos y sus labios.

—Cuento contigo. Tú eres mi hombre, ¿no?

—Sí.

—¿Me lo prometes?

Se sentía como si se estuviera disolviendo, como una perla sumergida en vino; pronto se vería reducido a una simple mancha iridiscente en el aire.

—Sí —le aseguró—. Se lo prometo, claro que se lo prometo.

Apenas sabía qué estaba diciendo, pero eso no importaba.

El señor Edward le apretó el hombro hasta que fue doloroso, y después lo soltó y asintió, y retrocedió un paso. Se miraron, separados solo por el crepúsculo.

—Debo irme.

—Sí.

No hubo otra despedida. No era necesario, pensó Henry mientras la puerta se cerraba, dejándolo solo. Todo se había dicho, todo se había entendido. *Lo sabe,* pensó, *lo sabe y le parece bien, es solo cuestión de tiempo.*

Se dejó caer en la silla dorada. Un momento después, sin saber por qué exactamente, buscó en su bolsillo el retal de seda que el señor Edward le había dado, hacía tanto tiempo, en la tienda de Argyll. Lo estiró entre sus manos, escuchando el agujero que creaba en el mundo, la ausencia que suplicaba ser llenada. Después lo giró y cerró los ojos. Los ecos de su respiración y de su pulso crecieron a su alrededor con un susurro, una seducción, una promesa.

ONCE

En las semanas siguientes, el señor Edward pasó muy poco tiempo en casa, pues tenía negocios en Londres que debían ser resueltos antes de la gala. Al principio, Henry se había esforzado por esconder su decepción, pero con el paso del tiempo encontró un curioso alivio en la ausencia de su anfitrión. Las raras ocasiones en las que lo veía, el corazón brincaba en su pecho y se le revolvía el estómago; sus conversaciones durante la cena lo dejaban sin aliento. Y, cuando por fin se retiraban para dormir, sus pasos en la habitación contigua evitaban que pudiera conciliar el sueño. Nunca antes había sabido lo desconcertante (lo incómoda, de hecho) que podía ser la esperanza. Durante el día casi podía olvidarlo, pero por la noche era como tener el esternón astillado, y no había postura en la que no notara sus bordes afilados clavándose en él. Nunca había sabido lo tiernas que eran sus entrañas, cuánto aire se veía obligado a meter en sus pulmones, lo fina que era su piel. Después de que el señor Edward se fuera a la cama, se quedaba despierto, escuchando el silencio, y tenía que acordarse de respirar.

Todo esto hacía que le fuera difícil trabajar, y tenía que trabajar o fracasaría. Ya habría tiempo después para los paseos a medianoche por los salones iluminados por la luna, para pasar el rato juntos con coñac y puros, para las bromas sin palabras expresadas con la mirada. Ya habría tiempo, más tarde, para todo lo que podía imaginar... Todo lo que se atrevía a imaginar. Así que casi se alegraba de su inevitable partida, de la llama que se extinguía, del hechizo que se rompía, pues volvía a ser él mismo y podía trabajar, y esperar. Todo lo que hacía era por la seda, por la fábrica, por el señor Edward. Era una promesa. Y era más feliz, seguramente, de lo que nunca había sido.

Pero se trataba de un tipo de felicidad vertiginoso, desequilibrante. No podía detenerse a saborearlo porque cada momento lo lanzaba al siguiente con una dichosa y urgente premura. Había demasiado que hacer, y muy poco tiempo. Por la mañana, cuando se levantaba, encontraba a menudo notas que se había escrito a sí mismo, medio inconsciente: *Lista de precios. ¿Arañas bordadas en un velo de novia? ¿Hojas de encina, enredaderas? ¡Flores!* A veces vacilaba, al borde del pánico. Pensar que todo aquello (la gala, el catálogo, las inversiones, la fortuna Ashmore-Percy, el futuro de la seda) descansaba sobre sus hombros, sobre los suyos, los de Henry Latimer, un simple otólogo, ni siquiera un poeta... ¿Qué lo había impulsado a intentarlo? ¿Qué ocurriría si fracasaba?

Pero no fracasaría. El mundo se había inclinado a su favor, de modo que hasta la gravedad estaba de su lado. Cada paso, cada salto y cada esfuerzo lo llevaban más lejos de lo que habrían dictado las leyes ordinarias de la física. Era suerte, pero no solo suerte. El artista y el impresor llegaron a una incómoda tregua justo a tiempo, y las primeras pruebas del catálogo apenas contenían algún error; cuando el grabador enfermó, su aprendiz, gracias a algún milagro, hizo un trabajo exquisito con la portada; el lutier de Cardiff se mostró totalmente dispuesto a visitar la región oeste, por una tarifa; el jardinero jefe de Cathermute anunció con desprecio que las rosas estarían, de hecho, profusamente en flor para San Juan. Las invitaciones se enviaron con semanas de antelación después de tres largos días creando y comprobando listas, supervisando a los contables de la fábrica (cuya caligrafía era mejor que la de Henry) y ahorrándole al señor Edward el aburrimiento de dirigirse él mismo a aquellos de especial importancia. Y la Sub Rosa...

Ah, ¡la Sub Rosa! En los inquietos sueños de Henry, le brotaban torres y áticos y escaleras, patios y salones de columnas abiertos al cielo, como la Acrópolis. Vagaba por ella como la protagonista de un cuento de hadas, asombrado por las puertas que encontraba a cada lado, grandes y pequeñas, de espina y marfil, de ébano y azabache, sorprendido por no haber reparado en ellas nunca; y en algún sitio, lo sabía, había una habitación cerrada a la que no debía acercarse, frente a la que debía darse la vuelta y regresar al vestíbulo, donde había trabajo que hacer... La realidad era más prosaica, acortinada y amueblada como la casa que era, pero no obstante había cierta magia en sus altas y silenciosas habitaciones. Estaba ya casi lista, esperando solo los últimos toques tras sus cavilaciones nocturnas: *¿Las pantallas de las lámparas? ¿O pantuflas bordadas? ¡O lirios de seda!* Estaba completamente transformada, tanto que Henry sentía un orgullo característico siempre que abría la puerta con su llavín y se permitía (solo por un segundo) la infantil fantasía de que aquella era de hecho *su* casa... A menudo se sentaba ante la mesa del despacho, aunque no podía entretenerse allí mucho tiempo; entraba en el silencioso y brillante cuarto de baño para inhalar el aroma del jabón de violetas y creer que la llave del agua caliente era de verdad en lugar de falsa; se detenía junto a la cama adoselada, escuchando su propia e íntima respiración. Cuando los catálogos llegaron por fin, los colocó él mismo en el comedor, asegurándose de que hubiera un oscuro tomo de cuero con la brillante filigrana del diseño del artista en cada mesa auxiliar.

Los únicos lugares de los que no disfrutaba eran la sala velatorio y el cuarto de los niños. No los evitaba, pero estaban, como el resto de la casa, casi terminados, y se había acostumbrado a examinarlos evaluando los detalles de lo que había que hacer con ojo puramente profesional. No deseaba, en aquellas habitaciones, fingir que era el padre de familia. Se alegraba de haber rechazado la efigie de cera; por la misma razón, había hablado con mayor brusquedad de la necesaria a la mujer que había cosido las cortinas para el moisés cuando le sugirió que pusiera dentro un muñeco de tamaño real.

Pero estaba demasiado ocupado para pensar demasiado en Madeleine, o en el pasado... O incluso en Argyll, cuyas cartas diligentes y secas no habían dejado de llegar y se encontraban ahora amontonadas en un extremo de la repisa de la chimenea de Henry. En el otro lado había una pila aún mayor de cartas de su primo del norte. Últimamente había perdido incluso el deseo de abrir estas; hacía unos días, después de haberse obligado a leer por encima la más reciente, escribió: «Aunque eres muy amable, no creo que vaya a disfrutar de la libertad para visitarte durante algún tiempo, y no puedo predecir si pasarán meses o años antes de que surja la oportunidad. Tengo trabajo importante que hacer aquí y no debo permitir que otras preocupaciones me distraigan...». Se detuvo y una gota de tinta cayó de la punta al papel. Añadió: «Espero enviar más dinero tan pronto como pueda». Su primo sin duda se ofendería, pero eso no importaba; Henry no tenía tiempo para ocuparse de todo eso. Había demasiado trabajo que hacer. Cuando la respuesta llegó, apenas le prestó atención; solo se detuvo un momento antes de guardarla, sin abrir, en su maleta. Luego amontonó las demás encima y cerró la tapa.

El tiempo pasaba cada vez más rápido y, como para hacerse eco de su estado de ánimo, el glorioso clima se mantuvo, un verano prematuro que intensificó los olores de las alcantarillas y horneó los surcos de la carretera hasta dejarlos tan duros como la piedra. Al principio, Henry no se atrevió a esperar que esto durara hasta la noche de San Juan, pero despacio, a medida que el día se acercaba, pensó... No, creyó... No, *supo* que lo haría. Todo estaba de su lado, incluso el sol.

Quince días, diez días, una semana. A la Sub Rosa le faltaba poco, muy poco para estar terminada, solo los últimos toques, y entregaría el catálogo al día siguiente. Y de repente, una mañana, cuando salió a la luz del sol de la calle Clovelly, se le ocurrió que durante una hora o así no tenía nada útil que hacer. Estaba tan poco acostumbrado a la sensación que se rio. Después, con la maravillosa impresión de hacer novillos, se dirigió al Ángel para tomar una copa.

Al cruzar el puente, se detuvo para mirar el agua y saborear el lujo del tiempo libre cuando algo en el rabillo del ojo lo hizo girarse. ¿Era ese el señor Edward, doblando la esquina? Lo llamó, pero una calesa lo había ocultado ya de la vista y, cuando Henry se apartó para seguirlo, el hombre había desaparecido. Dudó, sin hacer caso al grito del cochero, y bajó la calle Leat hacia la fábrica. Sí, allí estaba, atravesando las puertas de la fábrica. Sí, era él, con su paso familiar, las manos en los bolsillos, el sombrero un poco torcido.

Henry se apresuró tras él. Se inventaría alguna excusa, alguna broma, cualquier cosa. Lo único que quería eran algunos segundos, una sonrisa y una mirada; eso sería suficiente, eso convertiría el resto del día en algo maravilloso, como la entrada de un diario subrayada en dorado. Atravesó la puerta, captó un atisbo de movimiento junto al canal y dobló rápidamente la esquina. Allí se vio obligado a detenerse y esperar a que un obrero pasara tambaleándose con una pieza de maquinaria en los brazos; cuando por fin llegó al pequeño patio detrás de la casa de las arañas, no había nadie a la vista. El espacio que tenía delante estaba tranquilo y silencioso bajo la luz del sol. A su derecha había un cobertizo alargado y bajo paralelo al canal, con las ventanas acortinadas. No había ninguna señal de movimiento o ruido en el interior, pero pensó, mirándolo, que quizá había oído una puerta cerrándose justo antes de que el obrero se interpusiera en su camino.

Miró a su alrededor. No había modo de saber qué era aquel cobertizo y no recordaba que Worsley se lo hubiera señalado el día que visitó la fábrica. Quizá lo más sencillo sería llamar, pero entonces necesitaría una excusa, y una disculpa preparada.

—Disculpe, señor.

Miró a su alrededor y después abajo. Un niño pequeño y sucio lo estaba mirando, con una caja grande agarrada contra su pecho.

—Perdón —dijo Henry automáticamente, apartándose. El chico agarró mejor la caja y continuó con cuidado hacia el edificio principal. Por impulso, Henry lo llamó—: Espera.

El niño se giró, muy despacio, para mirarlo.

—¿Qué es este edificio? ¿Es un despacho de algún tipo?

—No voy a entrar ahí —le dijo el niño—. Voy a subir al ático con esto.

Levantó la caja con sobrenatural lentitud; Henry se dio cuenta de que era una caja llena de arañas, y de que tenía prohibido asustarlas.

—No te estoy pidiendo que entres —le dijo Henry con paciencia—, pero ¿qué es? ¿Qué se hace ahí?

El niño arañó la tierra con un pie hasta que una nube de polvo subió hasta su tobillo.

—El cuarto del señor Worsley, eso es —dijo al final—. Su labo… to…rorio. Ha estado ocupado últimamente.

—Sí, imagino que sí.

—Han pedido más ratas. Y perritos. Mi hermana dice que un día trajeron monos, pero es una mentirosa.

—¿Perritos? ¿Para el señor Worsley?

—Salen raros. Como con las turbulencias, pero peor… Diferentes, no sé. Si es que salen. Uno se cayó del saco y Maisie se lo llevó a casa, pero no comía ni bebía, solo se quedó tumbado y la miró hasta que se murió.

Henry frunció el ceño.

—No lo comprendo. ¿Quieres decir que el señor Worsley hace que le entreguen animales vivos? ¿Para qué diantres? No estarás sugiriendo que…

—No —dijo el niño, girándose—. No, no lo sé, no importa. Tengo que irme, señor.

—¿Has visto entrar al señor Edward? Hace apenas un momento —le preguntó a su espalda. Pero el niño no pareció oírlo, y un instante después se esfumó en el edificio principal.

Nada se movía tras las cortinas de las ventanas; el silencio se hizo de nuevo en el pequeño patio, y nada lo rompió. Debía haberse imaginado ese portazo. No había razón para creer que el señor Edward estaba dentro. Después de todo, allí, en el corazón de las turbulencias, era totalmente posible que sus oídos lo hubieran engañado. Se había acostumbrado al mal y ahora apenas lo notaba, pero estaba rodeado de seda, escondida tras cada pared, y los sonidos eran tan poco fiables como una quimera.

Y Worsley… A Henry empezaba a dolerle la cabeza, de estar al sol. Cuando la gala terminara y tuviera la oportunidad de hablar con el señor Edward, se aseguraría de que Worsley fuera despedido. Eso pondría fin, gracias a Dios, a lo que estuviera haciendo allí con... Aunque seguro que ese niño se lo estaba inventando. Burlándose de él, de Henry, porque estaba bien vestido y desubicado y porque le había dicho «perdón» a un pequeño diablillo que era la mitad que él. Sí. Exhaló un suspiro de alivio, sintiéndose tonto. Claro que no había nada siniestro tras aquellas ventanas acortinadas. Seguramente debía ser algún tipo de almacén. En cualquier caso, estaba seguro de que no encontraría a nadie que mereciera la pena encontrar. Se ajustó el sombrero y se giró para marcharse.

Se produjo un alboroto a su espalda: una voz de mujer y, a su alrededor, un espectral coro de susurros, voces que eran humanas e inhumanas y algo entre ambas cosas... Se giró. Dos mujeres salieron trastabillando de la casa de las arañas, una retorciéndose en los brazos de la otra. A su espalda vio los brillantes terrarios y oyó sus voces arremolinándose y reverberando desde cada lado. «Madeleine...». No, no, por supuesto que...

—¡Lo he oído! He oído su voz... Como era antes, llamándome... Debo ir con él...

—Mercy —le dijo la mujer más bajita—, cálmate. Escúchame. *Escucha.*

—Si me está llamando debo ir, debo ir...

Forcejearon. Henry no sabía qué había pasado exactamente, pero Mercy se desplomó y, arrodillada, comenzó a llorar.

La otra mujer la miró.

—Vamos, chica, tú sabes muy bien que son las telarañas. Si él te hubiera llamando, no lo habrías oído, ¿verdad? —Suspiró—. Bueno. Vete a casa. Yo te cubriré. No discutas. Duerme un poco. No en casa de tu madre... No vayas a verlo, porque eso te perturbará más y él ni siquiera se da cuenta de que estás allí. ¿De acuerdo? Si te hubiera estado llamando, tu madre te lo habría dicho... Habría venido corriendo, ¿no? Porque él nunca va a volver a decir nada. Así que vete a casa, y olvida esto. Y mañana vuelve aquí y llénate las orejas de cera si tienes que hacerlo. ¿Me estás escuchando, Mercy?

Mercy seguía llorando, pero lentamente se tranquilizó. Al final, aceptó la mano de la otra mujer y se puso en pie.

—Buena chica. Ahora voy a volver a entrar. Tú márchate. No dejes que nadie te vea. —La mujer le dio una palmada en el hombro y regresó a la casa de las arañas. Se oyó otro murmullo, un dulce quejido de anhelo, antes de que ambas puertas se cerraran.

Mercy miró a su alrededor. Henry retrocedió hasta el sombrío umbral… pero demasiado tarde.

—Usted —dijo, con la voz un poco ronca—. ¿Qué está haciendo aquí?

—Estaba buscando al señor Edward.

Ella asintió. Tenía la cara moteada de rojo. Se limpió la nariz en el interior de la muñeca.

—Es amigo suyo, ¿no?

—Supongo. —Se produjo una pausa en la que se aclaró la garganta—. Siento mucho que…

—Usted quiso ayudarme —dijo ella, de repente—. Usted se ofreció a ayudarme. ¿Lo recuerda?

—Naturalmente —contestó Henry—. Ojalá pudiera.

—Pero puede —le aseguró—. Puede. Por favor, espere… —De repente buscó en su corpiño y sacó un grisáceo montón de papeles—. Esto, señor, ¿lo ve? Tengo una carta del médico, y del vicario, y de un hombre de Londres que visitó a Joe y me dijo… Todos lo han dicho, señor, que se trata de los telares, y que nunca volverá a estar bien. Yo les pagué para que vinieran, señor, no fue por caridad; son hombres educados y yo empeñé mi vestido de los domingos para que me escribieran un informe. Joe es mi hijo, señor. Estaba en el hospicio y yo insistí e insistí y le conseguí este trabajo en la casa de las arañas para poder recuperarlo, pero ellos lo pusieron a trabajar en los telares.

—Sí. Sí, eso lo sabía… La señorita Fielding me contó un poco de su historia. Es muy triste.

—Pero no contesta a mis cartas, señor. El señor Edward, quiero decir.

—Es un hombre muy ocupado. Espero que pueda dedicarle tiempo pronto; las cosas han sido bastante frenéticas últimamente, estamos organizando…

—Debe entregarle estas cartas en mano usted mismo, y decirle… decirle que sabe que digo la verdad, y asegurarse de que las lea. Quizá si ve que otro hombre, otro hombre educado, cree que no estoy loca… Por favor, señor. Estoy desesperada, y debe ayudarme.

Se produjo una pausa. Mercy lo miraba con los ojos muy abiertos y enrojecidos.

—Creo… —comenzó Henry—, creo que él lo sabe, y que le importa, que le importa mucho. Creo que no soporta la idea de que alguien haya sufrido…

—¿Que no lo soporta? Él no ha perdido a su hijo, él solo… —Hizo un movimiento rápido y reprimido con los papeles—. ¡No va a contestar a mis cartas! Tengo aquí la prueba de lo que le hicieron. Y mi hijo nunca volverá a estar bien. Si usted tuviera un hijo, señor, como mi Joe…

—Muy bien —dijo Henry, con demasiada brusquedad. Ella no podía saber, después de todo, que había tenido una hija. Le quitó los papeles doblados de la mano—. Pero es injusta con el señor Edward, señora Harman. Es un buen hombre.

—Quiere decir…

—Estoy seguro de que deseará ayudarla. Pero, a cambio, debe dejar de decirle a todo el mundo que esto es culpa suya. No lo es, ¿sabe? En todas las fábricas hay accidentes.

Ella asintió, despacio.

—Diré cualquier cosa, si él me ayuda. Si ayuda a Joe.

—Bien —dijo Henry, aunque no se sentía exactamente victorioso.

—Gracias, señor. —Ella bajó la cabeza y se alejó apresuradamente.

Henry se guardó el montón de papeles en el bolsillo, todavía caliente y grasiento tras estar en contacto con la piel de la mujer. Se había cargado con una tarea desagradable sin ganar nada a cambio; de algún modo, la tarde había perdido su brillo, y no podría volver a atraparlo. La fábrica era un lugar sucio, desagradable, ruidoso. Worsley podía quedársela entera. Decidió que no volvería allí en el futuro, a menos que fuera estrictamente necesario; no, su sitio estaba en la Sub Rosa, y cuando la casa estuviera terminada, estaría en Cathermute con el señor Edward.

Se giró y caminó de nuevo hacia las puertas de la fábrica, golpeado por el hostil sol y con la cabeza más dolorida que nunca.

Henry no vio al señor Edward, después de todo, ni esa noche ni al día siguiente, ya que cenó tarde y se marchó temprano por la mañana. Ni siquiera se lo cruzó en el pasillo. Se pasó la noche con los ojos abiertos, intentando oír su respiración o algún sonido de la habitación contigua, y el menor susurro de sábanas o pasos lo hacía sentirse tan inusualmente avergonzado y agitado como si estuviera agachado para mirar a través de la cerradura. Ojalá el señor Edward llamara. Ojalá... Pero no lo hizo, y al final Henry se sumió en un sueño inquieto.

Pero el sábado por la mañana entró a través de la ventana abierta la voz del inconfundible barítono de *The Seeds of Love*, la canción popular. Henry no se dio cuenta de que se había quedado paralizado hasta que sintió el agua empapándole la manga; después terminó rápidamente, tiró su navaja a un lado y corrió a vestirse para la iglesia. Era ridículo sentir tanta alegría. Y cuando entró en la iglesia, parpadeando, cegado por los colores de la vidriera, qué dichoso (y maravilloso) fue ver la nuca del señor Edward, tan conocida y desconocida, tan similar y distinta a las visiones que Henry había conjurado en la oscuridad.

La misa pasó en un sueño, incluso el sermón. Cuando terminó, Henry siguió al resto de los parroquianos al patio y esperó, con la espalda contra un tejo. El señor Edward salió por fin, concentrado en una conversación con uno o dos hombres a los que Henry reconoció de las cenas en la mansión Cathermute, pero al mirar a su alrededor, vio a Henry y se despidió.

—Latimer —lo llamó, caminando hacia él—, ¿cómo estás? ¿Quieres que demos una vuelta por el patio?

Uno de los hombres lo había seguido.

—Sí, señor —le dijo—, sus promesas están todas muy bien, pero con la escasez de obreros y el trabajo extra...

—Sí, bueno, descubrirá más en el momento adecuado —dijo el señor Edward, despidiéndose de él—. No es nada —le dijo a Henry—, solo asuntos de trabajo que se niegan a respetar el día del Señor. ¿Quién diablos eres tú? He estado tan alejado de casa recientemente que eres prácticamente un desconocido.

—Muy bien —dijo Henry, y se rio sin saber por qué.

—Vamos, antes de que ese viejo mosquito intente picarme de nuevo. Pica, pica, pica, no puede evitarlo. Gracias a Dios que te tengo a ti.

Condujo a Henry por una pequeña pendiente hasta el final del cementerio, donde un ángel solitario lloraba a la sombra de un viejo roble y un grupo de arbustos arrojaba una espuma de flores sobre el muro de piedra. Un mirlo estaba lanzando un extraordinario torrente de melodía.

—Esto está mejor. Ah, mira, se marchan. Qué tranquilidad, escucha...

Durante un momento, ninguno de ellos se movió. Se oyeron voces tenues, despidiéndose, y las ruedas de los carruajes traquetearon por la carretera al otro lado del pórtico; después, por fin, no se escuchó nada más que el mirlo, repitiendo sin cesar el fragmento de su canción.

—A veces pienso que nada es tan adorable como un cementerio de la campiña inglesa, sobre todo en los días como este. Por Dios, qué clima... ¡Mira el color del cielo! Recemos por que siga así para la fiesta.

El señor Edward se alejó y se detuvo a la sombra del campanario, desde donde se veía el valle a través de un hueco entre los árboles. Aquel día, como era domingo, no había un penacho de humo sobre la chimenea de la fábrica, solo una tenue bruma que perduraba.

Henry se unió a él, hombro con hombro. Solo había un dedo de aire iluminado por el sol entre ellos.

Al final, el señor Edward negó con la cabeza, como si una mosca estuviera zumbando en sus oídos.

—Está todo preparado, ¿no? —le preguntó, sin mirar alrededor.

No era necesario preguntar a qué se refería.

—Lo estará.

—¿Puedo quedarme totalmente tranquilo?

—Sí.

—Uhm. —Sonrió, pero tenía la cara más delgada de lo que la recordaba, y había un rastro rojo de capilares en los rabillos de sus ojos—. Dentro de un año, nos detendremos aquí y lo recordaremos, supongo. Hablaremos de cómo hice fortuna. De cómo las facturas se amontonaron, pero mantuvimos la tranquilidad... ¿No?

—Sí.

—Sí. Bueno, es sin duda la comidilla de la ciudad. Hasta ahora no han declinado ni una sola invitación. Ya tenemos pedidos de seda, y eso es algo. —Volvió a mirar la fábrica.

Henry asintió. Deseó que no estuviera ahí. No quería que se la recordaran, no en aquel día azul y dorado, con un cielo tan brillante que parecía esmaltado y una brisa que le acariciaba el cabello con los dedos; no ahora, cuando estaba junto a aquel hombre por primera vez en días. Solo quería pensar en la Sub Rosa y en la inauguración y, sobre todo, en lo que ocurriría después, cuando hubieran triunfado... Pero no conseguía alejar el recuerdo de los ojos hinchados por las lágrimas de Mercy, e involuntariamente se llevó la mano al bolsillo para tocar el grasiento montón de papel a través de la tela. Le había prometido... Miró de soslayo. Quizá no volverían a estar solos en mucho tiempo, y seguramente no habría un momento mejor que aquel, en la cristiana paz del camposanto. Tomó aire profundamente.

—El viernes estuve en la fábrica. Me pareció verlo, pero debí equivocarme.

—¿Estuviste allí? No me encontraste por poco. Me pasé a ver a Worsley.

—Yo... —comenzó, y se aclaró la garganta—. Vi a una mujer muy perturbada. Una de las jóvenes de la casa de las arañas. Me contó que... que su hijo ha enfermado tras trabajar en los telares.

—¿Sí?

—Me pidió…

—¡Por el amor de Dios! —El señor Edward se giró, levantando la mano como para defenderse—. ¿No tengo ya bastante en lo que pensar? Una mujer lloriquea y… por Dios, seguramente ni siquiera es cierto. ¿Y qué se supone que voy a hacer al respecto, por un crío del hospicio, por un endogámico bastardo? ¿Qué demonios voy a…? —Se detuvo y se pasó la mano por la frente—. Lo siento —dijo, en un tono distinto—. He estado trabajando tanto… No pretendía gritarte. Sabes lo que pienso sobre los accidentes. Me atormentan. Pero creí que tú… Que *tú* lo comprendías, al menos.

—Claro que lo hago —le contestó Henry—. Sé cuánto lo apenan. Por eso…

—Sí. Creí que habíamos dejado claro todo eso. A menos que creas que no fui sincero, o que solo intentaba quitarme el tema de encima. No; puedes decirlo, si quieres. Si crees que solo soy otro empresario sin escrúpulos, dímelo a la cara.

—No —le aseguró Henry—. Yo solo…

—Dijiste que eras mi hombre. Me lo prometiste. Pensé… —El señor Edward se detuvo. Tenía el rostro tenso por la fatiga y el dolor, como si Henry lo hubiera golpeado, como si un igual, un amigo, lo hubiera golpeado.

Henry lo miró fijamente un segundo, un segundo que pareció prolongarse diez respiraciones completas, o veinte. No había sabido que tenía esa capacidad de hacer daño, y mezclado con su sentimiento de culpa y de lástima había un extraño triunfo, una perversa alegría por cuánto le importaba a aquel hombre lo que él decía o pensaba. Con un impulso que lo atravesó como una descarga eléctrica, agarró al señor Edward por los hombros.

—Lo siento —le dijo—. Perdóneme. Usted sabe cuánto lo admiro. No pretendía sugerir que ha hecho algo vergonzoso.

Se miraron, en silencio.

—No. No, sé que no. Esto es culpa mía —dijo el señor Edward al final—. No… No tiene excusa que te haya hablado así. Sé que estás de mi lado. Lo estás, ¿verdad? Es solo que a veces me siento rodeado de aquellos que piensan lo peor de mí, que quieren que fracase.

—Estoy de su lado, señor. Estaré a su lado tanto tiempo como quiera que lo esté.

Lo dijo en una única exhalación, sin detenerse, pero después de hacerlo no deseó retirarlo. El señor Edward bajó la mirada, como si acabara de darse cuenta de que Henry lo estaba tocando; después lo miró de nuevo a la cara, y su sonrisa llegó hasta sus ojos despacio.

De repente, un largo y aflautado acorde viajó hasta ellos transportado por la brisa: en el interior de la iglesia, alguien estaba tocando el órgano. Ambos miraron a su alrededor, alejándose. Las notas se separaban, repetían y ampliaban en una armonía de muchas voces. No era el mismo intérprete que había acompañado los himnos, y la diferencia hizo que a Henry se le erizara la piel.

—¿Quién está tocando? —preguntó.

—Un chico de la zona, creo. El vicario lo deja practicar.

—Es maravilloso.

—No es malo, ¿verdad? —dijo el señor Edward—. Puede que acabe desplazando al organista.

El sonido corrió hacia ellos como el agua. El sol danzó, atrapado en las oscuras y antiguas ramas del tejo.

Henry dio un paso hacia el porche. Apenas podía ver, a través de la oscura arcada, la llamativa túnica de un santo de vitral. Y la música se elevó, aún más alta, subiendo y bajando las octavas. Había en el chico una pasión imprudente e infantil, como en Philomel cuando jugaba. Henry se detuvo en el umbral y se apoyó en el soporte de piedra. Notaba al señor Edward a su espalda. No necesitaba girarse y mirar; era como si todos sus sentidos se hubieran expandido, a su espalda y a cada lado, hacia el brillante y sonoro aire.

La música se detuvo a mitad de compás. Un momento después comenzó de nuevo, reducida a una única frase que se repetía y repetía. Bajó por la columna de Henry como una caricia, golpeando los mismos nervios una y otra vez. Se le hizo un nudo en la garganta, como si estuviera intentando no vomitar, pero a lo que se estaba resistiendo era a otra cosa, a algo más puro. Inclinó la cabeza y tomó aire profundamente, mirando el suelo.

—¿Qué ocurre? ¿Demasiado calor? Venga… —El señor Edward le sujetó el brazo libre.

Henry se giró. La música le atravesaba la cabeza, lo balanceaba, lo elevaba.

—No. Nunca le he dicho cuánto ha significado para mí, señor, que me haya dado esta oportunidad… —Se le escaparon las palabras, totalmente sinceras, y equivocadas—. Estoy en deuda con usted…

—Mi querido amigo, no hay necesidad…

—No… Por favor. Debo hablar, debo decírselo…

No sabía qué iba a decir exactamente. Ojalá pudiera dejar que la luz del sol y la música hablaran por él; ojalá pudieran traducir aquel momento dándole un significado perfecto, una elocuencia que fuera más allá del simple movimiento de los pulmones y de la lengua y de los labios…

El señor Edward esperó. Henry se acercó un poco a él, sin decir nada.

Se oyeron pasos, el susurro de una falda, la risa chillona de una niña, el repiqueteo de unas pequeñas botas saltando sobre la piedra y una voz clara.

—Señor Edward… Buenos días. Y señor Latimer…

Henry se apartó. Durante un momento, lo único que vio fue el resplandor esmeralda del sol sobre la hierba, como si sus ojos hubieran olvidado cómo enfocar. Oyó que el otro hombre decía:

—Ah, señorita Fielding, Philomel. No tenía ni idea de que estabais dentro.

—Hemos entrado para rezar, y cuando comenzó la música nos quedamos a escuchar. A Philomel le ha gustado.

—¿Sí? Pero…

—Le encanta sentarse muy cerca y sentir la vibración en el aire. Ella dice que su cuerpo canta, aunque su voz no pueda hacerlo.

—Qué pintoresco. Bueno, mientras no llame la atención…

—Nadie nos ha visto, señor.

—Bien, bien.

Henry se pasó la mano por la frente, intentando recomponerse.

—Buenos días, señorita Fielding. Buenos días, Philomel.

Por la cautela que había en los ojos grandes de la niña, supuso que le habían advertido que mantuviera las manos entrelazadas a su espalda, para que no se olvidara y usara los signos delante de su padre.

—Bueno, debo volver —dijo Edward, presuroso de repente—. Me dirijo al sur, así que no puedo ofrecerme a llevaros. Te veré mañana, Latimer, antes de regresar a Londres. Ah, no, quizá no. En cualquier caso, asegúrate de dejar pronto el discurso para la inauguración sobre mi escritorio, ¿quieres? Se me da fatal aprenderme las cosas de memoria.

—Sí, por supuesto. Yo… —comenzó Henry.

Pero el otro hombre ya se había girado y, de espaldas, levantó la mano en una desenfadada despedida mientras se dirigía hacia el pórtico. Henry alzó la mano, estúpidamente, en respuesta; sintió un tirón en el dedo medio, como si un hilo lo conectara a su corazón.

La señorita Fielding estaba observándolo. Apartó la mirada para hablar con signos con Philomel, y añadió, para Henry:

—Si nos disculpa… Philomel almuerza temprano los domingos.

Henry no estaba seguro de si su tono era frío, o solo neutral.

—Me alegro de veros a ambas. Philomel parece estar bien.

—Lo está.

—¿Y usted?

—Yo también estoy bien.

—Hace semanas que no he tenido oportunidad de hablar con usted. Me gustaría… Espero que, cuando la gala haya terminado, pueda visitarla en el aula.

—No puedo evitar que haga lo que decida. —Lo dijo con serenidad, como si lo desafiara a discutir—. Buenos días, señor Latimer.

Comenzó a caminar y se giró para llamar a Philomel cuando la niña se entretuvo para mirar con curiosidad las bayas del tejo.

—Supongo que me odia por haberme quedado —dijo Henry, elevando la voz—. Después de todo lo que me dijo.

—¿Qué? Oh, eso. Fue hace semanas. Apenas me acuerdo de lo que dije. —Habló de nuevo con Philomel, con ademanes más bruscos—. De verdad, señor Latimer, lo que haga es asunto suyo.

Henry se mordió el labio. Estaba claro que ella le tenía rencor. Y de repente perdió la paciencia; no entendía por qué debía disculparse, si no había hecho nada malo. ¿Qué más le daba a él, en realidad, que a ella no le cayera bien? Él era el hombre del señor Edward, y nadie más importaba. Le mostró a Philomel una breve y cariñosa sonrisa, porque la niña no tenía culpa, y pasó junto a ambas, atravesó el pórtico y se dirigió a la carretera. Después, cuando salió a la luz del sol, un impulso lo hizo girarse.

—Tome —dijo, buscando en su bolsillo—. Devuélvale esto a su prima. Yo no puedo hacer nada con ellas.

—¿Qué?

—Dígale que lo he intentado, pero esto no tiene nada que ver con el señor Edward. Y ya tiene suficiente en lo que pensar, con la inauguración y los inversores. Debe dejarlo en paz, ¿me oye? Debería estarle agradecida por tener trabajo. Dígale que, si vuelvo a saber de ella, podría no tener siquiera eso.

La señorita Fielding giró el paquete en sus dedos, frunciendo el ceño.

—¿Se refiere a Mercy? —le preguntó al final.

—Si necesita ayuda, dígale que se la pida a los cuáqueros. Creo que devoran cualquier oportunidad de meterse en los asuntos de otra gente.

Ella le mantuvo la mirada. Después, sin responder, se guardó los papeles en su bolsito y le ofreció la mano a Philomel. Esta vez, la niña se acercó a ella de inmediato y se marcharon juntas, con sus sombras adelantándolas por la carretera.

Henry se tambaleó hacia adelante, sintiendo un repentino impulso de correr tras ellas. Pero ¿qué podía decirles? Había sido duro, quizá, pero solo estaba pensando en su deber. Bajó la cabeza y miró el suelo mucho tiempo, sin ver. Imágenes de la fábrica y de la seda, de la inauguración y de los altos techos de la Sub Rosa, con sus lustrosas cortinas, su silencio y sus ecos, giraron en su mente. Y también del señor Edward. Si la señorita Fielding no los hubiera interrumpido otra vez...

Cuando por fin levantó la cabeza, no había nadie a la vista. Habían dejado de tocar el órgano y el único sonido era el de la brisa agitando los árboles y danzando a través de la hierba. Levantó la cara hacia el despejado cielo azul, inhaló el aroma de la tierra seca y del polen y comenzó a caminar. No se dio cuenta de que tenía el dorso de la mano presionado contra la boca hasta que dejó atrás la portería y empezó a subir el camino hacia Cathermute, como si tuviera una espina clavada en la piel que no se conseguía arrancar.

DOCE

El clima no cambió. Aguantó, y, cuando la víspera de San Juan amaneció más fría que los días anteriores, con una niebla que no se disipó de todo, Henry se alegró. Le había preocupado que el calor de principios de verano hiciera que las hileras de velas, una vez encendidas, convirtieran incluso las frías y altas habitaciones de la Sub Rosa en un baño turco. Las flores también se beneficiarían de una temperatura más acorde a la estación: los jarrones y cuencos de rosas, bellamente intercaladas con ramitas y hojas, casi seguramente se mantendrían hasta la noche. Ya, mientras el último día se agotaba y él caminaba de estancia a estancia, su aroma llenaba el aire. Pronto el perfume se vería ahogado por la colonia y el aceite para el cabello, por el talco y la transpiración, pero por ahora era como esperar en un jardín... Esperar y esperar hasta que le explotara el corazón.

Una vez, en el colegio, había ayudado a montar la escenografía de... no conseguía recordar si había sido *Troilo y Crésida* o *Ifigenia en Áulide*; en cualquier caso, se había tratado de un pabellón simulado, mal construido por escolares, con paredes que se ondulaban y temblaban cada vez que un actor cruzaba el escenario. Pero, por casualidad, el día de la representación se encontró solo en el auditorio, y en el expectante silencio, con el olor del polvo y de la vieja emoción, había visto el inconfundible encanto que se cernía sobre la tambaleante estructura de lona y madera. Tenía ahora la misma sensación, aunque intensificada: era más encantadora, y más aterradora. En unas horas, aquel sería el escenario de un gran espectáculo, de la creación de la fortuna del señor Edward, y de la suya: la noche más importante de su vida.

Aunque no estaba solo. No tuvo tanta suerte, pensó, mientras las criadas de Cathermute se apartaban de su camino, con los brazos llenos de plumeros y fregonas, chillando de risa a su espalda; había tanto bullicio como el día de la prueba de vestuario, con voces gritando de planta a planta. La cocina estaba llena de mujeres y la puerta se abría y cerraba sin cesar, dejando que el ruido escapara y llenara los pasillos. Se oía el repiqueteo de la porcelana, los golpes de los muebles reorganizados y el frenético chirrido de los cepillos de cerdas duras sobre el mármol para borrar las huellas de los últimos repartidores, y todo ello salpicado de gritos y risas, de llamadas y órdenes, hasta que Henry pensó que, si la casa no estuviera llena de seda de araña, le habrían reventado los tímpanos. Y no estaba haciendo nada útil, de pie en la sala mientras veía a otra gente correr de un lado a otro, tan determinados que apenas lo miraban dos veces. Una doncella que salió rápidamente del guardarropa con una mancha en la nariz estuvo a punto de chocar con él. Al final, Henry no pudo aguantarlo más y se retiró a la planta de arriba.

Se detuvo en la galería, donde podía caminar de un lado a otro sin que nadie lo viera. Habían pulido el suelo aquella mañana y el velado sol de la tarde brillaba suavemente sobre la madera. Tenía la digna quietud de un espacio mucho mayor (la sala de un museo, o la nave de una catedral), pero mientras la atravesaba no pudo evitar vacilar, como si hubiera alguien a su lado, escondiéndose cada vez que él miraba. Era su propia respiración, reverberando y llegando de nuevo hasta él desde las exhibiciones: los espectrales susurros cuando pasaba junto al arpa, el persistente murmullo del confesionario acortinado, el silencio mortal de la máscara de castigo de ojos vacíos. El vestido de novia estaba en el hueco de la ventana, un resplandeciente diseño de encaje y gasa con una cascada de rosas en avalancha. Se había preguntado, incómodo, si algo más sencillo habría sido más efectivo, pero ahora que estaba allí colocado, sin cubrir, veía que su extravagancia se sumaba al efecto, como si hubieran detenido mediante magia el fenómeno natural de la floración, o de la espuma del mar. En la siguiente ventana, de espaldas, había una silueta oscura: una capa con capucha de lana negra, con forro doble de seda Arain que prometía absoluto silencio y discreción. Había pensado en crear un divertido contraste entre los dos atuendos. Ahora, al mirar las dos siluetas sin rostro, sintió un escalofrío; pero no sin un estremecimiento en cierta medida agradable, y la conciencia de que su efecto era impresionante.

Consultó su reloj y se le revolvió el estómago. No recordaba la última vez que había comido, aunque debía hacer menos que de la última vez que había dormido. No quedaba mucho ya. En una hora habría carruajes fuera y gente subiendo las escaleras, animada, charlando, señalando… Las velas deberían estar encendidas para entonces. La comida estaría servida, las ensaladas y el manjar blanco y las dos enormes lenguas, fileteadas y atadas con lazos. El cuarteto de cuerdas habría llegado, sacado sus instrumentos y afinado. El señor Edward estaría repasando las notas de su discurso, o escribiéndose entradillas en el puño para refrescarse la memoria, caminando de un lado a otro con nerviosa impaciencia. Y él, Henry… Se le hizo un nuevo nudo en la garganta, más duro. Su trabajo habría terminado; no podría cambiar nada. Y en una oleada, la enormidad de su terror lo apresó. Aquello había costado más dinero del que podía calcular, más dinero del que nunca poseería en su vida. Si no era un éxito…

Levantó la cortina de la ventana más cercana, se la acercó a la cara e inhaló su aroma. Después, por impulso, se envolvió en ella y cerró los ojos, de modo que no oía nada y no veía nada, y durante lo que podrían haber sido segundos o minutos se convenció de que no existía.

Cuando abrió los ojos, ya no tenía miedo. La casa era magnífica: hablaba por sí misma. Dejó caer la cortina frente a la ventana y tomó aire profundamente, sonriendo.

Media hora después salió del diminuto trastero de la planta de arriba donde se había cambiado de ropa y bajó las escaleras. Abajo, el sonido de la fiesta se alzaba en un borboteo líquido de voces y música. Pero la seda que cubría casi todas las superficies suavizaba cada sonido por separado y el efecto era mágico, llamativo e inconsistente, como si el grabado coloreado de un libro hubiera cobrado vida.

Todavía no había oscurecido y al otro lado de las ventanas el cielo era de un azul frágil y profundo, brillante; abajo, allí donde la luz de las velas caía sobre la seda, el resplandor de las llamas lo cubría todo de oro. Las rosas que abundaban en copiosas guirnaldas en los rincones y barandillas eran del mismo color cambiante que la tela; el suelo de mármol reflejaba cada destello, como si luces profundas se movieran en el interior de la veta. Y a través de cada entrada podía atisbar la rica y lustrosa extensión de la seda, drapeada o tensa, bordada o tan pulida como el agua. *Un palacio de telarañas,* pensó, *hiladas de la nada, como un hechizo.* Pero ¿dónde estaba el señor Edward?

Había una marea de gente presionando y girando en el salón, agrupada en el exterior del guardarropa, llamando a sus conocidos sobre las cabezas de los demás, divididos aquí y allí por corrientes de jóvenes bulliciosos o de viudas con codos afilados. Pero, a pesar de los obstáculos, todos los rostros sonreían, o al menos parecían de buen humor, y Henry ya podía oír fragmentos de conversaciones que salían del comedor. «¿Ha visto…?», dijo una mujer, y otra la interrumpió con: «Esta cosa en las mesas… Por Dios, lo han puesto en absolutamente todas partes». Henry se apartó para dejar pasar a un grupo de jóvenes vestidas de plata, apresurándose para escapar de sus carabinas. Era extraordinario, el aire de exótico misterio que les proporcionaban sus vestidos de seda, como si fueran ninfas. Sabía que solo era porque su atuendo atenuaba las vibraciones naturales de la carne que había debajo, pero se descubrió mirándolas fijamente, hechizado. Era como si caminaran sobre el agua, vestidas con nubes…

La puerta delantera dejó entrar el sonido de más carruajes, más pasos y voces. ¡Mucha gente! Era fácil creer que nadie había rechazado la invitación; debía haber incluso más gente allí de la que había sido invitada. Seguramente estaría allí la ciudad entera, o todos los que importaban, y también hombres de lugares alejados, elegantes banqueros de Londres con relojes dorados y austeros caballeros con el acento plano del norte. Incluso vio a Hinshaw, con su ropa anticuada, mirándolo con impasible curiosidad. Había un trío de mujeres a su lado, con vestidos de seda de corte imperio. Su sastre era un hombre listo, pensó Henry, pues había conseguido mostrar la seda de la mejor manera. ¿Volvería a ponerse de moda el estilo regencia gracias a la novedad de la seda Arain?

Una doncella pasó junto a él con una bandeja con copas de champán y Henry tomó una y bebió un gran trago. Pero no tenía tiempo que perder; quería encontrar al señor Edward antes de que llegara el momento de su discurso. Subió rápidamente las escaleras hasta la galería. Era una escena muy gratificante. Frente a él, una solemne matrona deslizaba la mano sobre las cuerdas del arpa rodeada por las risas de sus trémulas hijas, con las cabezas llenas de tirabuzones; dos matrimonios que paseaban por aquellas estancias se sorprendieron al oír los tambores y uno de ellos gritó: «¡Oh! ¡Puedo sentirlo en los dientes!»; un hombre con barba estaba mirando, pensativo, la tienda de campaña militar instalada en el centro de la habitación. A la izquierda de Henry, cerca de la puerta, el alcalde estaba enfrascado en una conversación con tres jóvenes damas, que lo miraban con rostros paródicamente atentos.

—Significa «bajo la rosa» —les explicó el alcalde, que a continuación tosió vanidosamente—, una expresión que en latín quiere decir «en secreto». Creo que la construyó uno de nuestros primeros ministros menos respetables para su... —Se detuvo cuando su esposa dejó de mirar a un par de bailarinas de ballet con una ceja levantada—. Bueno... Discúlpenme, queridas, he olvidado por completo con quién estaba... La construyó para una mujer... para una amiga de la familia...

Un poco más allá, el hombre barbudo le dio un tirón al poste de la tienda, suspiró y continuó para mirar la camisa de fuerza con gorro y mordaza.

—Ja —dijo, bastante alto, y otro hombre más delgado y joven dejó de mirar un panel de encaje para echar una ojeada a su alrededor—. ¿Has visto esto?

—Sí —replicó el más joven—. Es bastante desagradable, creo.

—Oh, no lo sé. Resulta más humano que algunas de las cosas que he visto. Y espero que los otros pacientes se alegren de ello. Son lugares horriblemente ruidosos, los manicomios.

—No sabría decirte.

—No, claro. —Intercambiaron una mirada—. Me pregunto si Ashmore-Percy se las venderá a Ronford House. O si las donará, o les hará descuento.

—Bueno, los anuncios decían que la seda haría furor entre la aristocracia. —El joven se rio, vio a Henry y le dedicó una mirada larga y hostil—. Buenas noches.

—Disculpe —le dijo Henry—, no pretendía escuchar.

—Bueno —replicó el hombre mayor—. Vamos, Fred, quiero conseguir una copa más de ese champán mediocre antes de que se quede sin burbujas. Por Dios, qué calor hace aquí.

—Son las malditas velas —dijo Fred, siguiéndolo obedientemente—. Tendremos suerte si la casa no termina ardiendo. Recuérdame que no me aleje más de un par de metros de la puerta.

Mientras salían de la galería, se estaban riendo de nuevo. Henry no comprendía qué había oído, pero el tono de sus burlas había sido inconfundible y deseó haber sido más rotundo en la defensa de su jefe. Esperó en el hueco de la ventana, junto a la novia sin rostro, hasta que estuvo seguro de que se habían ido.

Cuando subía las escaleras, oyó el repique de un reloj: en un cuarto de hora, los sirvientes llamarían a los asistentes a la sala de baile. Se detuvo delante del dormitorio principal. Había dejado la puerta abierta, solo con un cordón de seda a la altura de la cintura cortando el acceso, pero ahora estaba cerrada.

Levantó la mano para llamar, pero antes de que sus nudillos rozaran la madera, la puerta se abrió y se descubrió cara a cara con Worsley.

—¡Latimer! ¿Qué hace ahí parado? Fuera de mi camino, ¿quiere?

Pasó junto a él sin volver a colocar el cordón. En el interior, el señor Edward caminaba de un lado a otro con las notas de su discurso en una mano; en ese momento se detuvo a mitad de un paso y sonrió.

—Entra si quieres. Acabo de enviar a Worsley a por un vaso de coñac. Estoy tan nervioso como un gatito.

Henry entró en la habitación y cerró la puerta. Con esta cerrada, el silencio era sobrenatural y casi opresivo; las llamas de las velas eran lo único que se movía, de modo que todo lo demás (las cortinas, la alfombra de seda plateada sin teñir, el vestido de tarde colocado sobre una silla, como si siguiera caliente tras estar en contacto con el cuerpo de una mujer, la cama adoselada) podría haber estado hecho de alabastro o de madreperla.

El señor Edward se guardó el pedazo de papel en el bolsillo y comenzó a saltar sobre las puntas de sus pies.

—Bueno. Aquí estamos, por fin. ¿Estás satisfecho?

—Si lo está usted.

—Lo estaré, cuando me haya quitado de encima este maldito discurso. —Sonrió, quizá demasiado—. Merecerá la pena.

—¿Le gustaría ensayarlo? Yo podría…

—No, no es necesario, ya lo he hecho con Worsley.

No importaba. Había sido Henry quien había escrito el discurso, y cuando la gala hubiera terminado, habría tiempo para abordar el tema de Worsley. No conseguía que le importara nada que no fuera aquel momento, aquella habitación forrada en seda y el señor Edward sonriendo. Pensó que podía oír, bajo el golpear de su propio pulso, un murmullo en respuesta.

—¿Qué pasa? ¿Temes que te decepcione?

—Por supuesto que no. —Era como estar borracho. Quizás estuviera un poco borracho, ya, después de la copa de champán que se había bebido rápido y del calor—. Estará magnífico.

—Gracias. Lo haré lo mejor que pueda.

El señor Edward ladeó la cabeza, con una sonrisa medio burlona y medio… ¿Qué? Henry lo miró, deslumbrado, intentando descifrar la expresión de sus ojos, y aunque ni siquiera era consciente de haberlo pensado, otra voz en su mente dijo: *Ahora*.

De repente, en la habitación hacía un calor incómodo. Henry se descubrió tambaleándose hasta la ventana y apartando la cortina casi en pánico, temiendo algo que no podía nombrar. O quizá no fuera miedo sino otra cosa, algo igual de urgente y visceral, algo que amenazaba con ser más fuerte que él. Tenía que resistirse a ello; si se delataba... Una brisa de aire fresco le acarició la cara, enfriando el sudor de su frente, alborotándole el cabello. Cuando la ráfaga atravesó la habitación, las velas titilaron y tuvo la sensación de que la misma realidad había parpadeado un instante, como si solo estuviera compuesta de ideas y de luz.

—Oh, Dios, ¿qué ocurre? Soy yo quien tiene que dar un discurso. Tú no tienes nada de lo que preocuparte.

—Supongo —dijo Henry con cierta dificultad—. Estoy cansado, eso es todo.

—Sí. Sí, por supuesto. Muy bien. Has estado trabajando mucho, espero.

—Más de lo que he trabajado nunca en mi vida.

—Y este sitio es magnífico...

Henry se giró.

—Por usted —le dijo—. Lo he hecho todo por usted.

El señor Edward parpadeó.

—Bueno... Bien —le contestó—. Sí, estoy muy satisfecho, como he dicho...

—No he pensado en nada más. —No sabía si se refería a la Sub Rosa o al señor Edward—. Apenas he dormido. Cuando lo hacía, soñaba con... con esto, con la seda, con usted.

Una ola abrasadora lo arrastró. Se inclinó hacia la ventana, sediento de otra ráfaga de aire frío, de cualquier sensación física que lo hiciera sentirse sólido de nuevo.

—¿Has estado bebiendo, Latimer?

—No —le dijo—. O un poco, más bien... Una copa.

—Tranquilo, tranquilo... Será mejor que te sientes.

—Es solo una reacción, eso es todo. Discúlpeme...

—Por el amor de Dios, *siéntate*. —El señor Edward lo sujetó, sin ternura—. Vamos. Mueve los pies, ¿quieres? ¡Muy bien! Ahora siéntate, respira profundamente. Estás bastante pálido. No estarás enfermo, ¿verdad? Me atrevería a decir que tengo algunas sales de olor por algún sitio.

Estaba medio tumbado en la cama, rodeado de cortinas que caían en velos brillantes, y la voz del señor Edward iba y venía con la brisa que agitaba la tela. En la cama… No se atrevía a seguir esa línea de pensamiento; cerró los ojos brevemente, intentando controlarse.

—No estoy enfermo. No he comido mucho hoy… Ni ayer, ni… Eso no importa. Deme un segundo y estaré perfectamente bien.

—Quédate aquí. —El señor Edward lo soltó y, con cautela (como si estuviera listo para obligar a Henry a tumbarse sobre las almohadas si se resistía), se apartó un poco—. ¿Quieres que te pida un vaso de agua?

—No. Gracias.

—Bueno, estás recuperando el color. No te levantes todavía.

—Nunca pensé, cuando encargué esta cama, que sería yo quien se tumbaría en ella.

No debería haber dicho eso.

El señor Edward sonrió, pero algo más atravesó sus ojos.

—Eso me recuerda que tengo una sorpresa para ti. Una buena, espero.

Henry sintió que se le revolvía un poco el estómago, como el momento, pensó, en el que un barco se alejaba mar adentro.

—¿Qué es?

—He encargado un retrato tuyo. —Se produjo un silencio. El señor Edward se rio—. Pareces horrorizado. ¿No quieres ser inmortalizado en óleo?

—¿Mío? ¿Por qué?

—¿Por qué crees? —En sus ojos volvía a estar ese destello.

Henry tragó saliva.

—No lo…

—Te pintará como Harpócrates… El dios del silencio, ¿sabes? Reclinado entre velos de seda y guirnaldas de rosas, medio dormido, con el cabello alborotado. Podríamos colgarte sobre la chimenea de la sala de dibujo, en lugar de ese espejo. O junto a *Eco y Narciso*, todavía no lo he decidido.

Se produjo un silencio, demasiado largo, demasiado denso.

—Creía que Harpócrates era un niño —dijo Henry, con la voz un poco ronca—. En la enciclopedia que hay en la biblioteca es un niño.

—¿Y por qué no un joven? Es una licencia poética. Toma… —Sacó una rosa del jarrón más cercano y la lanzó al regazo de Henry—. Tu emblema.

—¿Tengo opción?

—¿Quieres tenerla?

Henry tomó la flor e introdujo el dedo en su centro, notando los pétalos carnosos alrededor de su uña. Era consciente de que el otro hombre seguía sonriéndole con ese brillo no del todo malicioso, y le temblaba todo el cuerpo, demasiado caliente, demasiado lleno, amenazando con traicionarlo.

—No creo que pueda ser un buen modelo. Admiro mucho al artista que pintó los cuadros de Cathermute, pero mis rasgos no estarían a la altura de los de Narciso o Teseo…

—No será él —dijo Edward, cortante—. Creo que está muerto, de todos modos.

—Me alegro. —Henry ni siquiera sabía qué estaba diciendo; sentía vértigo, como si estuviera colgado de unos hilos que estaban rompiéndose uno a uno.

—Estás destrozando la flor, sinvergüenza desagradecido.

Henry bajó la mirada. Era cierto: había pétalos rotos como curvados restos de marfil sobre su traje oscuro. Se los quitó con una mano vacilante.

—Si alguien debiera ser pintado como un dios, es usted. —Debería haber sido una broma, pero no lo era.

—¿Sí? —El señor Edward levantó las cejas—. ¿Con barba y un relámpago en la mano? ¿O emergiendo de las olas, con un tridente y una corona de algas?

Si hubiera respondido de inmediato, podría haberse salvado. Pero durante un momento no pudo hablar, y en la pausa, la última hebra se rompió. Había un abismo infinito debajo: un espacio eterno, tan inmensurable como la velocidad a la que caía, y no había modo de dar marcha atrás. Muy despacio, muy deliberadamente, dijo:

—Tal como eres.

El señor Edward no se movió, pero su expresión cambió, como si, hasta aquel momento, solo hubiera visto un absurdo patrón de sombras donde ahora veía el rostro de Henry.

Se produjo un silencio. Henry había creído aficionarse al silencio en todos sus timbres y aspectos, pero aquel tenía una rotundidad desconocida, una dolorosa cualidad tan expectante como definitiva. No podía respirar, pero no necesitaba respirar. Había visto cómo lo comprendía el señor Edward. En aquel instante eterno, eso era suficiente.

—Ah —dijo el señor Edward, en voz tan baja que fue como una nota musical.

—Te quiero.

—Ya.

No se le ocurrieron más palabras, ni tuvo la sensación de que fueran necesarias. No tenía esperanza, ni miedo, no podía asimilar que el tiempo pudiera continuar después de aquello, después del hombre que estaba observándolo, totalmente serio, totalmente atento.

Después, tan repentinamente que se quedó sin aire, todos los engranajes y ejes de su cuerpo volvieron a ponerse en movimiento con un chirrido. Una horrorizada y horrorizante cacofonía le llenó la cabeza. Por Dios santo, ¿qué había dicho? ¿Qué lo había poseído?

—Perdóname —tartamudeó, aunque apenas podía oírse sobre el estrépito de su propio desconcierto. Todo este tiempo había soñado, imaginado, un momento así, y ahora lo había hecho, había caído en su propia e idiota trampa. Debería haber esperado… Nunca, nunca debería haber… Oh, ¡por qué no podía pensar!—. Siento… tanto descaro. No pretendía…

—Oh, sí, lo pretendías. —El señor Edward negó con la cabeza, con los ojos iluminados—. Es demasiado tarde para intentar retirarlo ahora.

—Lo siento… de verdad…

Pero no tuvo tiempo para terminar, aunque sabía qué pretendía decir, porque el señor Edward se inclinó, le sujetó la cara con las manos y lo besó.

Fue un segundo, quizá, o menos. No se prolongó, no fue romántico; no hubo en él nada del nerviosismo o la vacilación de los primeros besos que había compartido con Madeleine. No fue la elusiva caricia de unos labios de mariposa sino la firme colisión de una boca masculina contra la otra, con una cómoda presunción de dominio y posesión. Aquel beso le dijo que no se había estado engañando, pero también le dijo que no había engañado al señor Edward, que su deseo había estado tan claro como una línea impresa en una página en blanco. De hecho, habría sido humillante, si Henry no hubiera deseado que durara para siempre, si no hubiera hecho vibrar cada nervio de su cuerpo con una nota demasiado aguda para soportarla. Si continuaba… Había tiempo de sobra para sentir la presión exacta de la carne desconocida contra la suya, un rastro de aliento caliente y húmedo, la dura presión de unos dedos en su mandíbula; y al mismo momento se preguntó qué iba a pasar, sintió que su cuerpo entero se preparaba y emocionaba ante la incertidumbre, el conocimiento de que estaba al borde de algo que nunca había experimentado, cargado de especulación y anhelo y fantasía.

Entonces se oyó una campana, tenue como el repique de otro mundo, y el señor Edward se levantó.

La puerta se abrió. El estruendo se intensificó. Después Worsley atravesó el umbral, y cuando cerró la puerta a su espalda las campanas se silenciaron de nuevo, suaves pero claramente audibles a través de la gruesa madera sin cortinas. Su mirada se deslizó sobre Henry como si no estuviera allí.

—Su coñac, señor —dijo, ofreciéndole un vaso—. Y esa es la señal para que todos se dirijan a la sala de baile. ¿Está preparado?

—Lo estaré. Dame eso. —El señor Edward se bebió medio vaso y tomó aire para tranquilizarse—. Esto está mejor. Casi había olvidado mis nervios; Latimer ha estado distrayéndome de un modo admirable.

—Cuando esté listo, señor.

—Toma —dijo el señor Edward, ofreciéndole el vaso de coñac a Henry—. Puedes terminártelo. Espero que lo necesites tanto como yo.

—Gracias —respondió Henry. Le sorprendió oír la claridad con la que había conseguido hablar, la pulcritud con la que las vocales y consonantes se unían, como si estuviera perfectamente controlado.

—Bueno, entonces deséame suerte. —Pero no esperó a que Henry contestara, y un momento después había desaparecido en el pasillo con Worsley siguiéndolo de cerca.

Henry cerró los ojos. Con la mano libre, se agarró con firmeza al poste de la cama, apretando y apretando hasta que notó la madera húmeda contra su palma. Después se llevó el borde del vaso a los labios, justo donde había estado la boca del señor Edward, y bebió.

Unos minutos después siguió a los últimos invitados hasta la sala de baile. En el estrado que había en un extremo, rodeado de candelabros y delante de un tapiz de seda, el cuarteto de cuerdas tocaba la obertura de una opereta. Cuando entró, un sirviente que había en la puerta le asintió a otro, que le hizo una señal al cuarteto. Se lanzaron rápidamente a un floreciente *crescendo* y bajaron los arcos. Las cortinas que tapaban las ventanas se tragaron los ordinarios susurros de la concurrencia; por el silencio en el que se sumieron, podrían haber estado en un teatro, en el momento culminante de un drama.

El señor Edward subió al estrado e hizo una reverencia.

—Damas y caballeros, gracias por asistir a mi fiesta. —Se produjo una oleada de diversión jovial; un par de jóvenes al fondo aplaudieron—. Sois todos bienvenidos. Espero que hayáis tenido la oportunidad de pasear por estas habitaciones. Para los que ya habíais visto la seda, no será una sorpresa que es extraordinaria, y espero que los que no la conocíais os quedéis tanto como deseéis, para admirar y apreciar...

Estaba pronunciando las frases con tanta convicción como un actor. Henry lo miró, con la mente desbocada: ¿cómo tenía la tranquilidad necesaria para gesticular y sonreír en los momentos adecuados, después de lo que había pasado? Seguramente se sentiría como Henry: luminoso, ardiente, incrédulo porque nadie pudiera *ver* cómo se había transformado cada partícula de él. Se mordió el labio, temiendo lanzar un grito de alegría. Qué maravilloso era. Eran los únicos que estaban en la habitación, en todo Telverton, en el mundo entero, que sabían qué había pasado entre ellos. Qué broma... ¡Qué broma tan enorme y sagrada! Era imposible, maravilloso, embriagador... No tenía palabras.

—El destino de la fábrica —estaba diciendo en ese momento el objeto de sus fantasías— es el destino de Telverton; *vuestro* destino, damas y caballeros...

Quería seguir mirándolo siempre, pero justo entonces la mirada impersonal y amable del señor Edward se movió en su dirección, y no se atrevió a observarlo. Si se delataba... En lugar de eso miró de soslayo, moviendo apenas la cabeza, tan cohibido que pensó que incluso ese diminuto gesto podría de algún modo revelar sus sentimientos. Pero nadie se apartó de él, ni contuvo el aliento; de hecho, nadie lo miró por segunda vez.

Vio a la señorita Fielding en la esquina, contra la pared, detrás de dos hombres altos y elegantes con chalecos bordados. Tenía la cara girada hacia el pequeño escenario, de modo que solo podía distinguir su perfil y su cabello. No sabía que la habían invitado, pero la reconocía por su altura y por la forma de su mejilla. ¿Qué diría ella, si supiera que *eso* había pasado? Durante un momento, deseó contárselo: despojarse de toda cautela, decirlo en voz alta, alardear de ello... Ella debió notar su mirada, como una nube pasando ante el sol, pero en lugar de girarse para descubrir quién la estaba observando, se movió de lado, con la vista fija en el estrado, jugueteando con el bolsito que colgaba de su muñeca.

— … magia —estaba diciendo el señor Edward—. Aunque eso no es todo. El silencio es el origen del sueño, del descanso y de la salud. Pero eso es solo el principio. Las oportunidades que permite son incluso mayores que los logros que hemos alcanzado hasta ahora. Lo que veis aquí no es nada, comparado con nuestras ambiciones para el futuro.

A lo lejos, tras el resplandeciente velo de su euforia, Henry sintió una sombra de confusión. Miró de nuevo al estrado. Worsley, detrás de su jefe, examinaba a la multitud con el pecho henchido.

—En este momento, en mi laboratorio —continuó el señor Edward—, estamos incubando milagros. ¡Milagros!

Aquellas no eran palabras de Henry. A juzgar por la arrogancia con la que sonreía Worsley, era obvio quién las había añadido.

—Lo que esperamos crear, damas y caballeros, es un instrumento que no produzca notas sino emociones. Sabéis cómo afecta la seda a nuestros oídos, pero no es el único órgano al que conmueve. Toca la fibra sensible, y penetra en el alma misma.

La audiencia lo escuchaba con expresiones de agradable interés; no parecían preguntarse qué significaban esas frases elegantes. ¿Por qué deberían? Habían visto los anuncios publicitarios que afirmaban maravillas y aquello no era distinto, ni más ni menos significativo. Fue solo Henry quien se quedó inmóvil, clavándose las uñas en las palmas, intentando descifrar la expresión en el rostro del señor Edward. *En el alma misma…*

—Caballeros… —dijo el señor Edward—. Deben perdonarme las damas, porque ahora voy a dirigirme a los potenciales inversores. Muy pronto os ofreceré una solución para todos los males humanos, para todos los desequilibrios y desasosiegos de la psique y para todas las desgracias sociales que derivan de ellos. Para la histeria y la insatisfacción y la desobediencia. Para la pobreza, ya que si todos conocieran su lugar no habría necesidad de privaciones, ni para la mente ni para el cuerpo. Para…

Henry no lo comprendía. Aquello era completamente nuevo.

—Será el fin de las huelgas industriales, del divorcio, de todos los delitos de insubordinación y arrogancia... ¡Sí! Damas y caballeros, os estoy prometiendo un mundo nuevo donde la mente humana estará por fin en sintonía con todo lo que la rodea, eliminando toda discordia, toda disonancia... —El señor Edward extendió los brazos, como para invitar al aplauso, y la audiencia obedeció con una alegre falta de pasión. Los hombres murmuraban unos con otros, o se acariciaban el bigote pensativamente—. Gracias. Me alegro de ver que compartís mi entusiasmo... Y esto cambiará nuestras vidas, os lo prometo. Esto...

Entonces se detuvo, mirando de soslayo con el ceño fruncido una perturbación en el grupo que tenía más cerca; una mujer se habría desmayado, pensó Henry, hasta que dos hombres se apartaron de un salto y una viuda corpulenta se tambaleó y gritó. Una figura alta pasó junto a ella y se detuvo en el espacio abierto delante del señor Edward. Era la señorita Fielding.

No. Era Mercy Harman. ¿Cómo podía haberla confundido? Ahora podía ver que su parecido con su prima era superficial; se había dejado engañar por su silueta y por la forma de su cara. Iba bien arreglada, pero el vestido no era de su talla y no llevaba joyas, ni guantes en sus manos enrojecidas. ¿Qué estaba haciendo allí? ¿Había falsificado una invitación, o había sobornado a otro invitado? ¿Y por qué? *¿Por qué* había ido allí?

—Locura —dijo, con su voz ronca, grave y confusa, y el señor Edward parpadeó.

—Disculpe, señora. Como ve, en este momento estoy...

—*Locura* —repitió ella, en voz más alta, y una de las jóvenes damas soltó una risilla incrédula—. *Eso* es lo que está ofreciendo: ¡locura y miseria, y muerte! Peor que la muerte. Usted no es un buen hombre; ¡no es un buen hombre! —gritó, girándose hacia los asistentes—. Finge que lo es, pero la fábrica es una abominación, ¡una maldición para nuestra ciudad! Es un desalmado. Lo que vende es malicia, asesinato... pecado.

Mientras hablaba, toda la habitación se había detenido; ahora, con retraso, uno de los sirvientes se acercó a ella, con los brazos extendidos.

—Desesperación —murmuró, con una repentina y enfermiza intimidad, como si susurrara al oído de su amante—. Horror. Tiene sangre en las manos... La sangre de un inocente... Sangre, *sangre*...

—¿Quién diantres es...? —dijo el señor Edward.

La mujer se abalanzó sobre él. Podría haber sido un abrazo (con un brazo alrededor de su cuello, la mejilla aplastada contra la suya) de no haber sido por el sonido gutural que salió de su garganta y por el gruñido de dolor del señor Edward cuando retrocedió, tambaleándose bajo su peso. Mercy tenía la otra mano escondida en la arremolinada seda de su falda; entonces retrocedió como para mirar a los ojos al señor Edward e introdujo el puño en el estrecho espacio entre ellos. Algo reflejó la luz, una mancha de oro, y después el señor Edward se retorció y gimió y cayó a sus pies. Las cortinas de seda casi se tragaron el golpe de sus rodillas sobre el suelo; en el silencio absoluto, el endeble sonido parecía fuera de lugar, como un efecto escénico mal juzgado.

Después... Pero no, no podía haber sucedido en ese orden, Henry no podía haber oído el ruido antes de verlo. Después, o antes, eso no importaba, vio las manchas rojas en la camisa del señor Edward y el aire se convirtió en piedra en sus pulmones.

Mercy se giró. Podría haber sido la heroína de una tragedia griega: sus manos y sus brazos y el lustre perlado de su vestido estaban empapados de escarlata, y algunas marcas de dedos del mismo color resaltaban en su sien como una escueta guirnalda. Contra la palidez apergaminada de su piel, sus ojos destellaban, rodeados de oscuridad, extraordinariamente hermosos en su rostro ajado.

La voz femenina que se había reído unos segundos antes gritó. El sirviente volvió a moverse hacia adelante, como si se hubiera acordado de su deber; otra mujer gimió, se desplomó contra la pared y se deslizó hasta el suelo en una nube de faldas; se oyeron algunos gritos, Worsley corrió hacia el señor Edward pidiendo ayuda; y

Mercy voló, directa como una flecha, hacia la puerta. La gente se apartaba ante ella, dejándole el camino despejado.

Henry no se dio cuenta de que estaba en su trayectoria hasta que estuvo a un brazo de distancia. No había pretendido bloquearle la salida, pero no podía moverse. Detrás de la mujer, el sirviente luchaba con poco éxito contra la corriente de gente, mientras un hombre gritaba: «¡Ayudad a mi hija!» y un grupo de mujeres empujaba hacia adelante para mirar a la chica desmayada. «¡Dejadme pasar, soy médico!», gritó otro hombre. Pasó junto a una sollozante señora, que dejó caer un frasquito de sales de olor y comenzó a chillar.

Sobre el hombro de Mercy, Henry vio que el médico llegaba por fin al estrado y se inclinaba sobre el señor Edward. Worsley estaba tan blanco como un muerto, y maldecía. ¿Qué era ese movimiento a su espalda? ¿Una mano manchada de sangre se había movido? Por favor, Dios, que el señor Edward estuviera vivo…

Entonces Mercy colisionó contra sus brazos y fue como si el ruido de la habitación remitiera. No había intentado agarrarla; fue ella quien lo sujetó a él, jadeando, temblando como si estuviera en el centro de un torbellino. La mujer estaba al borde del colapso. Se miraron el uno al otro. Podía oler el denso hedor metálico de las brillantes manchas de sangre que le cruzaban la frente, pero lo que leyó en sus ojos no fue remordimiento sino acusación. Lo quemó como si fuera ácido. Se quedó totalmente inmóvil, sin respirar, esperando que le clavara un cuchillo en el pecho, deseando que terminara de una vez.

Entonces ella lo apartó de un empujón. Él retrocedió, sin resistirse, y dejó caer los brazos pesadamente a sus costados. Mercy pasó junto a él, con los pies ligeros de repente, como si por una alquimia imposible hubiera absorbido su fuerza para usarla ella. Henry oyó su respiración mientras bajaba corriendo las escaleras, y los gruñidos tardíos y apabullados de los sirvientes que pasaron junto a ellos y salieron a la calle.

—Latimer… ¡Detenla! Por Dios santo, hombre, ¿qué estás *haciendo*? Maldito idiota, ¡has dejado que se marchase!

Miró a su alrededor. El señor Edward caminaba a zancadas hacia él. El puño empapado de su camisa lanzó un rocío de sangre cuando levantó el brazo y una mujer retrocedió, jadeando y limpiándose frenéticamente la cara.

—La *tenías* justo aquí. ¿Qué has hecho, por qué la has dejado pasar?

—Estás vivo —dijo Henry—. Oh, gracias a Dios…

—¡Claro que estoy vivo, maldita sea! Es sangre de cerdo, solo eso, me ha lanzado una vejiga llena al pecho, la puta loca. Cuando le ponga las manos encima…

—Pensé que estabas…

—Me dejó sin aire, eso es todo. Ve *tras* ella… Sí, tú, no te quedes ahí con la boca abierta, imbécil… ¿A qué estás esperando?

Chasqueó furiosamente los dedos a un sirviente y algunas monedas rojas salpicaron el suelo. El sirviente balbuceó una disculpa y obedeció.

Después volvió a mirar a Henry.

—Puto idiota —dijo, grave y venenoso. Le golpeó el pecho con la mano, apartándolo de su camino. Henry retrocedió, trastabillando. Nadie le ofreció el brazo para que se sujetara. Bajó la mirada y observó la huella escarlata que el señor Edward había dejado sobre su corazón.

TRECE

Una vez, cuando Henry era un niño, se produjo una tormenta de primavera tan violenta que el roble que había junto a la casa de su tío se cayó. Él era muy pequeño (debió ocurrir solo un par de años después de la muerte de sus padres) y el ruido no lo despertó, pero cuando se levantó, a primera hora de la mañana, oyó el silencio absoluto del exterior y supo que algo iba mal. El viento había cesado, pero no cantaban los pájaros, el ganado no se movía, no había ruedas traqueteando en la lejana carretera. Se acercó a la ventana y apartó la cortina con un dedo vacilante. Y aunque contuvo el aliento al ver el gigantesco árbol cruzando el patio, con sus desesperadas raíces intentando aferrarse al vacío, se sintió aliviado, porque había temido otra cosa, algo peor.

Ahora, cuando abrió los ojos, había la misma quietud. No sabía dónde estaba. Las siluetas que había ante sus ojos estaban borrosas y grises, tan insustanciales como el humo, iluminadas solo por dos rectángulos de débil luz; había pálidas cimas y curvas cerniéndose a cada lado, gigantescas e imposiblemente lejanas, como un paisaje atisbado a través de la niebla. La perspectiva solo se corrigió cuando levantó la mano. Entonces pudo ver que estaba en una habitación, una habitación espectral, llena de muebles que no eran del todo sólidos, que oscilaban un poco, como si fuera un borrador: un cuarto infantil con una butaca baja para amamantar, un moisés con un extenso dosel y una hilera de diminutas camisolas que parecían colgar del aire delante de la chimenea apagada. Se quedó muy quieto. Nunca había imaginado cómo sería ser un fantasma, pero ahora sabía que sería así: una existencia en un mundo de traicionera niebla, creyéndose la única realidad. En cualquier momento vería a una silenciosa niñera pasando ante sus ojos para sacar a un bebé de la cuna.

El miedo lo hizo incorporarse y golpeó abruptamente con la cabeza la puerta que tenía detrás. Eso, al menos, era sólido. Y el ruido que hizo (un poco digno gruñido de dolor) sonó atenuado pero reconfortante y vibró en su cráneo y en sus oídos como debería haberlo hecho, más o menos. Pero ¿dónde estaba? Se frotó los ojos y parpadeó. Sí, eso estaba mejor, los bordes de todo eran más claros. Estaba sentado en el suelo, como un niño; por eso era todo tan extraño, y estaba tan alto.

Y tenía frío. Bajó la mirada y vio piel desnuda: no llevaba camisa y estaba envuelto en algo vaporoso que se le había escurrido hacia un lado. Lo agarró, desconcertado. ¿Qué...?

En el suelo, a algunos centímetros de distancia, había un bulto de tela manchada. Al secarse había adquirido un color carmín amarronado, en rígidos pliegues como una obscena flor. Un zumbido agudo se inició en sus oídos. Sangre, era sangre. La sangre de Madeleine, o del bebé... Había salido de ella, más y más, imparable, y él había observado, paralizado, hasta que su determinación de mantenerse impasible se convirtió en una angustiosa esperanza, en oraciones, y después en las reptantes e inexorables miseria y culpa. Debería haber llamado a un médico cuando ella se lo suplicó; debería haberle hecho caso... Oh, Dios, nunca debió casarse con ella, nunca debió tocarla, era culpa suya que estuviera muerta... Y la niña, la pequeña niña, que había nacido inmóvil y azul...

Se arrastró hasta ponerse en cuclillas y de ahí en pie, tambaleante. No estaba pensando, o solo pensaba que quería salir de aquel sitio, encontrar otro lugar donde descansar, lejos de la sangre, del lugar donde ella había muerto...

La tela de seda cayó de su cuerpo y se enredó alrededor de sus tobillos. Se liberó y la apartó de una patada, y después, mientras se apoyaba en la pared para tomar aire profundamente, recordó por fin dónde estaba, y cuándo, y quién era. Madeleine había muerto, sí, pero hacía mucho tiempo, muy lejos. Aquella era su camisa, manchada de sangre de cerdo, que se había quitado la noche anterior, asqueado, antes de envolverse en una cortina para calentarse. Y la habitación en la que estaba no era la estéril y polvorienta habitación infantil de Londres, sino su equivalente en la Sub Rosa, que nunca había sido diseñada para alojar a un niño de verdad.

Despacio, el recuerdo de la noche anterior regresó a él. Un par de imágenes resaltaban claramente, como cuadros: Mercy con el rostro de una destrozada divinidad, los asistentes boquiabiertos, el señor Edward empapado en sangre… y apestando, recordó Henry ahora, había hedido como un cerdo destripado. También recordó la brillante cortina que colgaba de la cama, el carnoso marfil de los pétalos de rosa dispersos, la desconcertante euforia de la boca del otro hombre contra la suya, pero todo eso había quedado mancillado por lo que había ocurrido después. Había sentido una felicidad perfecta. Había sentido una nueva vida extendiéndose ante él, un nuevo y brillante reino de deseo, intimidad y triunfo. Y después Mercy lo había destruido, tan total y limpiamente como una diosa vengadora. Intentó convencerse de que al menos la seda sería la comidilla de la ciudad; habría más publicidad de la que él podría haber soñado. Pero ahora, cuando la gente hablara de ella, sería como excusa para el chismorreo y la lasciva especulación. Ahora *Arain* estaría siempre en la misma frase que *locura* y *pecado* y *desesperación*. Y el señor Edward… Pero no quería pensar en el señor Edward.

¡Cómo habían disfrutado los invitados! Se marcharon rápidamente, las mujeres agarradas a los brazos de sus maridos. Más de una joven dama se detuvo a los pies de la escalera para aferrarse al balaustre y tambalearse, medio desmayada. No se desvanecían de verdad, por supuesto, ya que eso pondría en peligro sus vidas y peinados; solo se desmayaban lo suficiente para caer en los protectores brazos de un joven. El médico, al que habían arrebatado mediante engaño el prestigio de revivir al anfitrión de una herida de verdad, había asumido la tarea de sacar a la multitud de la sala de baile, como si no hubiera sangre en el suelo sino un vitriolo que se comería las plantas de sus pies. Los lugareños se habían quedado, solo para reírse tras sus bigotes y tomar una última copa de champán, y los empresarios de Exeter, Londres y Manchester fueron los primeros en marcharse, desapareciendo tan rápidamente como si nunca hubieran estado allí. Solo Hinshaw, que fue uno de los últimos en marcharse, se detuvo lo suficiente para mirar a Henry a los ojos y decirle: «Si necesitáis ayuda…».

Su amabilidad había sido más humillante que la indiferencia de los demás. Henry la rechazó sin decir palabra, tomó una botella medio vacía de champán y subió las escaleras para alejarse de las voces y el bullicio. ¿Había tomado solo esa modesta cantidad de champán? Estaba borroso, mezclado con sus noches sin dormir y con su estómago vacío; podría haber sido una botella, o varias. Lo único que recordaba era que había bebido, tomado aliento y bebido de nuevo, hasta que el líquido bajó por su cuello hasta su pecho.

No había sabido, o no le importaba, a dónde iba. Apenas recordaba la configuración de las habitaciones y por un momento creyó que estaba en la Sub Rosa de sus sueños, donde infinitas puertas se abrían en cada pasillo y escalera, como un laberinto. Subió más escalones de los que parecía posible. Nadie se había acordado de reponer las velas en la planta de arriba y las últimas estaban agonizando cuando dobló la esquina de la escalera, entró en la habitación más cercana y cerró la puerta.

La cabeza le daba vueltas. Una y otra vez volvía a sentir la mano del señor Edward en el centro de su pecho, empujándolo. La sensación era tan fuerte que se miró la camisa. Estaba asquerosa de sangre; allí estaba la marca de los dedos extendidos del señor Edward, pero a su alrededor había manchas coaguladas y salpicaduras que debió recibir al forcejear con Mercy, y más abajo había una zona encostrada, donde ella se había apoyado contra él, tan cerca como una amante. Apestaba. Él apestaba. Y, no obstante, lo que salía de un cerdo, pensó, era muy parecido a lo que salía de un ser humano: el suelo de un matadero, al final, es muy parecido al desastre de cualquier otra muerte…

Se arrancó la prenda del torso y la lanzó al suelo. Después, porque sentía un hormigueo en la piel desnuda expuesta, tiró de la seda que había sobre la silla más cercana y se envolvió los hombros con ella. La luz nocturna aleteó con la brisa.

Se sentó en el suelo, ciñéndose la seda. Al cubrir su pecho cambió la reverberación de sus latidos, pero estaba temblando tanto que no le importó. Se sentía demasiado enfermo para cerrar los ojos y, de todos modos, no quería quedarse dormido, temía sus sueños. Clavó los ojos en la luz y se preparó para las horas que vendrían como si fueran una tormenta.

A la mañana siguiente (nublada, fría, encapotada, una media mañana en tonos de gris y plata) caminó de vuelta a la mansión Cathermute, dolorido y sin afeitar. Cuando cruzó el Gran Salón, casi tropezó con una doncella que estaba fregando el suelo a mano. La mujer se apartó de su camino, con la cabeza baja, como si no se atreviera a levantar la mirada, pero cuando Henry llegó al extremo opuesto de la habitación, se le erizó la nuca. Miró atrás. La doncella estaba mirándolo, boquiabierta.

La puerta de su dormitorio, al igual que la puerta delantera, estaba abierta. Una doncella mayor, de rostro más amable, se movía de un lado a otro delante de la ventana, con lo que parecía un montón de sábanas dobladas.

—Deje eso, ¿quiere? Póngalo en cualquier parte. —Después, cuando ella se detuvo y lo miró, con los brazos llenos, añadió—: Tráigame el desayuno. Y en media hora me gustaría darme un baño.

—Por supuesto, señor —dijo ella, sin soltar las sábanas—. Pero…

—Un almuerzo temprano, entonces, si no ha quedado nada del desayuno. —Su maleta estaba abierta sobre la colcha, medio llena con sus cosas—. ¿Qué está haciendo?

Ella no respondió.

—Está guardando mis cosas. ¿Por qué? ¿Quién le ha pedido que lo hiciera?

—Lo siento, señor, casi he terminado.

—No, no pasa nada, pero...

Se frotó la frente. Quizá fueran a enviarlo a Exeter, o a Londres, o a Manchester. Quizá hubiera un inversor que no había podido asistir a la gala y que quería hablar con él en persona. Quizá...

La mujer dudó, soltó el montón de camisas en la maleta y titubeó, mirando el cajón abierto al otro lado de la habitación.

—¿Quiere que vuelva más tarde?

—Sí. —Debía tratarse de algún tipo de error.

La doncella lo miró a través de las pestañas y algo en su expresión hizo que se le revolviera y zambullera el estómago.

—Llámeme cuando quiera que termine, señor —dijo, y después hizo una reverencia y se dirigió a la puerta. Pero allí se detuvo para mirarlo y se mordió el labio—. Señor...

—¿Sí?

Ella dudó.

—Hay una nota para usted. Podría explicar...

Puede que señalara, pero Henry ya lo había visto: un papel cuadrado sobre la repisa de la chimenea. Mientras cruzaba la habitación para recuperarlo, la puerta se cerró con un suave chasquido. «Señor Latimer», decía el sobre, y en el interior:

Ya no requiero sus servicios. Por tanto, su presencia ya no es necesaria en la mansión Cathermute. Sienpre suyo, Edward Ashmore-Percy.

Se sentó junto a la ventana. Tenía las manos firmes, la respiración lenta. Miró la cama, y su maleta abierta.

El señor Edward debió escribirlo aquella mañana temprano. O la noche anterior, tarde. Puede que fuera lo primero que hizo cuando llegó, o lo segundo; primero debió asearse, ya que no había manchas de sangre en el blanco y pulcro sobre.

Lo leyó de nuevo. Esta vez notó la falta de ortografía. *Sienpre suyo*, pensó. Se aferró a las palabras un momento antes de que estas cedieran, débiles como una puntada. Era una expresión hecha, nada más. El señor Edward no era suyo, y menos para siempre. Si al menos el agradecimiento fuera sincero... Si al menos hubiera una pizca de amistad o de pesar, aunque insignificante, aunque lastimera, Henry se aferraría a ella. Perdonaría cualquier cosa, si hubiera en aquella nota un atisbo de afecto. Le habría estado agradecido. Pero la nota era tan fría como si fueran simples conocidos, incluso enemigos. Como si el señor Edward lo despreciara, o como si, pensó Henry con una oleada de horror puro, no solo lo culpara de la huida de Mercy sino de su ataque. ¿Se habría enterado de que Henry había rechazado a Mercy? Oh, ¡esas cartas! Ojalá se las hubiera entregado, ojalá hubiera sido más valiente… Pero el señor Edward seguramente lo entendería, sabría que, si Henry se hubiera percatado del peligro… No, pensó desesperadamente, no. El señor Edward debía saber que había hecho lo que había creído mejor. Se lo había *dicho*, por el amor de Dios, le había dicho *Te quiero*…

No soportaba terminar ese pensamiento. Pero, cuando apartó los ojos de la carta, estos se detuvieron de nuevo sobre su maleta a medio hacer. Vio que también habían preparado contra la pared sus polvorientas cajas de audífonos, como si estuvieran preparadas para que se las llevaran. Se imaginó a los sirvientes echándolo. Si se entretenía, estarían listos para acompañarlo por el pasillo y las escaleras. Las doncellas lo mirarían con curiosidad, susurrando tras sus manos. Se quedaría junto a su equipaje en la portería, solo, desvalido, humillado.

Debía ver al señor Edward lo antes posible.

Salió apresuradamente al pasillo. Pero, mientras bajaba las escaleras, deslizándose entre los parches de bordes suaves de los colores de los vitrales del rellano, fue cada vez más consciente del silencio de la casa. El restregar en el suelo del salón había cesado. Una sirvienta mayor estaba quitándole el polvo a los muebles del pasillo, pero sus pequeños movimientos solo conseguían llamar la atención sobre la ausencia de cualquier otro sonido. El señor Edward era un hombre ruidoso; incluso cuando solo estaba leyendo o escribiendo cartas, tarareaba y gruñía y golpeaba la silla con los pies, siempre inquieto. Henry supo, antes de llamar a la puerta del despacho, que era inútil.

Había evitado los ojos de la doncella al pasar, decididamente, pero ahora sabía que había cesado de trabajar y que estaba observándolo.

Nadie respondió en el interior del despacho. Llamó de nuevo, y otra vez, lo que era absurdo, porque si el señor Edward hubiera estado dentro, se habría impacientado ante la continuada interrupción.

—Ha salido —dijo la sirvienta al final.

—Supongo. —Se giró y ella le mostró una pequeña e insolente sonrisa—. ¿Cuándo volverá?

—No tengo ni idea, señor.

—¿Dónde está? ¿En la fábrica?

—Eso tampoco lo sé.

—No, supongo que no.

Ella regresó a su trabajo. Al final terminó con la última floritura del armario y se alejó.

¿Qué podía hacer? No podía esperar allí para siempre. Se frotó la frente, intentando pensar. Una carta; no explicándose, porque no se le ocurría cómo podría hacer eso de manera escrita, sino suplicando... solicitando una entrevista. Entró en la biblioteca y buscó una pluma y papel. «Querido señor Edward...». Quería decir: «Todo lo que dije era cierto; no me alejes, te lo suplico». En lugar de eso, después de pensárselo mejor, escribió: «Gracias por la nota. Agradecería la oportunidad de contar con unos minutos de su tiempo, antes de marcharme a Londres». Se resistió al impulso de añadir algo más; una calculadora parte de él sugería que era mejor ser breve. «Afectuosamente...».

No se decidía a usar una fórmula de cortesía, «Afectuosamente», o «Su seguro servidor», aunque ambas eran ciertas. Dudó; después, sin saber qué otra cosa hacer, añadió un punto y aparte y su nombre completo. Dobló el papel, salió al pasillo y lo deslizó bajo la puerta del despacho.

Seguía teniendo la pluma en la mano. Regresó rápidamente a la biblioteca para devolverla... Como si, pensó, fueran a acusarlo de robar. Era absurdo. La dejó sobre la mesa y tomó aire profundamente. Frente a él, James Ashmore y su esposa lo observaban desde el rincón. Les dio la espalda, como si fueran espectadores reales, como si pudieran ver su desesperación.

Bueno. Ahora, ¿qué? No podía esperar, sin más. No podía...

Y si, al final de la espera, el señor Edward no cambiaba de idea...

Se llevó las manos a la cara. Recordó la mañana en la que murió Madeleine, cuando abandonó la habitación, por fin, porque la doncella le dijo que Argyll estaba abajo. Se levantó de la silla y se alejó de aquel espantoso silencio. Se había detenido a escuchar, prestando atención, por si oía a un bebé llorando. No oyó nada. Y después, como si él mismo fuera un niño, se puso de rodillas. Había pensado entonces que nunca tendría la fuerza para volver a ponerse en pie.

En aquel momento se dijo que no era lo mismo. No había muerto nadie. No le habían arrebatado su carne y su sangre. Y si había cometido un error idiota, al menos había sido por amor, y no por un fracaso en el amor. Al menos *esta* vez...

Le pusieron una mano en el hombro. El corazón le dio un brinco, pero ya sabía, por la forma de los dedos y el tenue e indefinible aroma, quién era. Un día antes no le habría importado que lo tocara, habría sonreído y le habría tenido lástima. Ahora lo odiaba, porque ella no era el señor Edward. Levantó la mirada.

—Señorita Fielding —dijo, y no se le ocurrió ninguna palabra más.

A su espalda, Philomel estaba retorciendo una pierna sobre la otra, mirándolo con sincero interés. La señorita Fielding la vio y le dijo algo con un rápido y tranquilizador movimiento de la mano. Henry envidió su entendimiento sin palabras; envidiaba todo lo demás también.

—¿Qué le pasa? —le preguntó.

—Estoy perfectamente.

—Lo dudo bastante —replicó—. ¿Está enfermo?

—No.

—Los cuidados no se me dan muy bien, pero puedo llamar para que...

—¡No!

Ella retrocedió, levantando las manos, y él tomó aire profundamente.

—No —dijo de nuevo, más tranquilo esta vez—. Gracias pero, de verdad, no es necesario. Además, no estoy seguro de que las doncellas… Quiero decir, se supone que debo… —Se detuvo.

—¿Qué?

—Ya no soy un invitado del señor Edward —confesó. Le dio la espalda para esconder la cara y descubrió que estaba contemplando el retrato de Sophia Ashmore. La mujer lo miraba con sus ojos oscuros, juzgándolo, como si él hubiera debido saber siempre que no debía albergar esperanza.

PARTE V

Hoy he nadado sola. No me importaba ahogarme, pero sabía que no lo haría. Era parte del mar, podría haber flotado para siempre y la corriente me habría transportado a casa. Cuando por fin salí goteando de las olas, Hira estaba sentada en la arena, observándome con una expresión que no podía identificar. Le salpiqué agua y sonrió, pero esa expresión curiosa y observadora no abandonó del todo su rostro.

Cuando me hube vestido, me dijo:

—Toma —y me ofreció un frasco—. Es para ti. Cómete una pizca las doce primeras mañanas después del sangrado.

Le quité la tapa. Era una pasta verde de olor fuerte; algún tipo de hierba, machacada y mezclada con aceite.

—¿Qué hace?

—Ayudará a la que la semilla de un niño arraigue en tu vientre.

—Gracias.

Hira asintió. Nunca le he dicho lo mucho que ansío otro niño; nunca hemos hablado del que se perdió. Supongo que no era necesario.

Hundí un dedo en la pasta y la probé con la lengua, pero era tan amarga que casi me hizo vomitar e Hira me agarró la mano.

—¡No! —exclamó—. Solo los doce primeros días después del inicio de tu sangrado. Y solo la punta de un dedo, no más. No creas que tomar más funcionará mejor. ¿Lo comprendes? Es importante. No más de lo que he dicho. A menos… —Dudó y me soltó la mano, y se encogió de hombros.

—¿A menos qué?

—A menos que decidas que, después de todo… —Se detuvo, clavando los ojos en los míos, como si esperara que comprendiera bien lo que quería decir. Después, como una profesora con una alumna decepcionante, suspiró—. A menos que cambies de idea. Sobre el bebé.

—¿Te refieres a...? —Pero no me contestó. La miré fijamente. Había oído hablar de mujeres que confeccionaban abortivos, pero nunca había imaginado que alguna de ellas tuviera la cara de Hira—. Estás hablando de una atrocidad —le dije con voz ronca—. Después de lo que le pasó a mi niña, ¿crees que yo *decidiría*...?

—Solo te estoy diciendo que podrías decidirlo, si quisieras.

Apartó los ojos de los míos, miró arriba y hacia el este, y aunque no puede verse la aldea desde la playa, supe de repente que estaba mirando hacia la casa donde James y yo vivíamos. Durante un momento, sentí que me quedaba sin respiración. ¿Cómo se atrevía a condenarlo?, pensé. Ella no tenía derecho a inmiscuirse en nuestros asuntos privados. ¿Qué le importaba a ella que fuera menos marido que...? Pero antes de que pudiera terminar esa idea, algún otro instinto me dijo que no estaba pensando en James, sino en el viejo Montague Gritney.

No sé cómo lo supe. Supongo que debió ser su expresión, o su postura. La vi entonces como nunca la había visto. Había reunido migajas de la historia, aquí y allí, y sabía que era huérfana, que había sido la pequeña fregona de todas las mujeres mayores de la aldea, y que Gritney la llevó a su casa y debía tener trece o catorce años cuando él murió. Pero nunca había pensado... Nunca había conjeturado... Creí entender entonces por qué las mujeres la trataban como lo hacían: la temen, creo, le están agradecidas por su ayuda y conocimiento, pero hay algo que las hace evitar sus ojos.

Oh, ¡apenas soporto recordarlo! Hira, que nunca mostraba debilidad, que siempre parecía compadecerme *a mí*... No sabía lo que esa pobre niña se había visto obligada a hacer, pero se merecía lástima, no reprobación. Quería darle la mano a esa pequeña niña y conducirla a casa, pero sabía que era demasiado tarde.

La rodeé con los brazos. Durante un instante se quedó rígida y maldije mi propia ineptitud; después me apoyó la cabeza en el hombro. Al principio pensé que estaba siguiéndome la corriente, que por dentro se estaba riendo de mi innecesario intento de consuelo. Pero, cuando al final empecé a apartarme, ella dudó antes de soltarme.

Kratos, última semana de mayo, creo, 182—

Me vino el periodo mientras estaba en la aldea, ayudando a Hira con un niño que se había quemado. Me agaché a su lado para sostenerle el tarro de ungüento y el paño suave y, cuando me levanté, noté que la sangre bajaba por mi pierna y empapaba mi falda. Ella no dijo nada entonces, y yo me aparté lo antes posible para contener el flujo con un trapo. Pero más tarde, mientras caminábamos hacia la cabaña que había en el extremo opuesto, donde vive Misia, me dijo:

—No te funcionan las hojas.

—No lo sé —le contesté.

—Son poderosas —me aseguró—. Si no funcionan, deberíamos probar otra cosa.

—No sé si funcionan —le conté—. Seguiré con ellas. A menos que tengas algo que me ayude a concebir sin la intervención de James.

Creí que iba a contestar, pero solo me miró, mordiéndose el labio, y seguimos caminando en silencio.

Kratos, junio de 182—

Esta noche, mientras me desnudaba, James vino y se sentó en la cama con su cuaderno de notas en la mano. Sentí que mi corazón comenzaba a latir más rápido en su cercanía; había pasado muy poco tiempo después de mi periodo pero no sería imposible, si la naturaleza era lo bastante generosa para hacer una excepción...

—He terminado con mi estudio de la seda tejida —dijo, agitando el libro bajo mi nariz como si yo deseara examinar sus diagramas—.

Es un tejido de punto, ¿sabes? No está hilado, y debe ser la forma de los nudos y la asimetría del diseño lo que crea el efecto. Pero ahora debo conseguir otra araña. Si quiero escribir algo realmente profundo, debo conectar ambos fenómenos. Debo mostrarle al mundo que soy un filósofo natural, no un simple... empirista.

Yo no conocía esa palabra, pero eso no importaba, porque él no esperaba una respuesta.

—Debes conseguirme otro espécimen —me dijo, mirándome—. Tantos como sea posible, de hecho. Planeo... Bueno, eso no importa, hablaremos de eso en otro momento. Debo conseguir algunas arañas.

—No sé dónde podría encontrarlas, James —le dije—. La última vez fue por pura casualidad, porque había reptado hasta el hombro de Hira...

—Bueno, entonces tendrás que preguntarle dónde había estado. Y no dejes que te mienta. Sé cómo son, astutos como serpientes, estos campesinos ignorantes. Y estúpidos, obstinadamente estúpidos. ¿Qué saben ellos de investigación, de erudición? Consigue que te lo diga. Sobórnala, si debes hacerlo.

—No poseo nada que ella quiera.

—Tonterías. Ofrécele tu anillo de boda, es de oro.

Mantuve la voz baja y firme.

—Ella nos prohibió que nos acercáramos a las arañas, ¿no lo recuerdas? Dijo...

—Maldita sea, Sophy, ¿vas a ayudarme o no? —Se puso en pie con brusquedad; tenía los puños apretados—. ¿Cómo te atreves a quedarte ahí sentada, dulce como la leche, y rechazarme? Eres tan mala como ella; peor, porque tú deberías saber lo que es correcto. No creas que no he notado cuánto tiempo pasas con ella... Es una infiel, una Jezabel...

—¡Ella no es tal cosa!

Había levantado la voz. James me miró, blanco de furia.

Al final, se encorvó para recuperar su cuaderno de notas.

—Te voy a decir una cosa, para que no te quede ninguna duda —me dijo—. No puedo amar ni desear a una esposa que está tan desprovista de sentido del decoro. No he dicho nada de tu poco femenina disposición… Sí, sonrójate si quieres, pero ahora hablaré con claridad. No creas que vas a tentarme a compartir tu cama hasta que hayas recordado tu deber. ¿Por qué debería darte un hijo, si tú no me das nada a cambio? Por el amor de Dios, veo la mueca que la sola idea de la castidad pone en tu cara. ¿En qué te has convertido? Haz examen, Sophia, para que veas lo podrida que estás.

—Muchos hombres querrían un heredero —dije, con voz estrangulada.

—Muchos hombres querrían una ramera. Yo no soy uno de ellos.

Se produjo un silencio. Sabía que se enfadaría si lloraba, pero no pude contener las lágrimas que bajaron por mis mejillas. Él las vio caer, y no dijo nada.

—Muy bien —dije, tanteando mi alianza. Se me quedó atascada en el nudillo, y tuve que clavarme las uñas en el dedo para sacármela. Pareció pasar una eternidad antes de que pudiera hacerlo—. Toma. Puedes usarla para sobornar a Hira, si lo deseas.

Me la arrancó de la palma. Después se giró hacia la ventana y la lanzó. Se produjo un breve reflejo de la luz de la luna o de las estrellas mientras caía, y después se extinguió, en algún lugar en la tierra bajo los árboles. A continuación tomó la lámpara, salió de la habitación y me dejó en la oscuridad.

Lloré toda la noche, inmóvil y muda, como si hubiera una tubería rota en mi interior que no dejaba de filtrar. Pero hoy me adentré sola en el bosque, más lejos y rápido que nunca antes, y sentía la mano izquierda tan ligera que la deslicé sobre cada rama junto a la que pasé.

Kratos, julio o agosto, creo

Estoy tan cansada que apenas veo, pero debo escribir esto, porque es como un sueño que empieza ya a disiparse. Lo escribiré y después me dormiré. Vamos, Sophy. Es una tarea pequeña, ¿no? Muy pequeña y muy fácil, comparada con las penurias de la creación… Pero no confío en encontrar las palabras; lo que he visto es demasiado maravilloso, y demasiado real.

No importa. Lo intentaré.

Me desperté bien, sin sueño, como si fuera por la mañana y no por la noche; como si, de hecho, me hubiera despertado un mandato interno y no un sonido externo. Cuando abrí los ojos había una silueta junto a nuestra cama y aun así no me asusté; me apoyé en las manos y miré la oscuridad para distinguir quién era. Se trataba de una mujer… una chica, pero no la reconocí. Una voz suave y desconocida dijo: «Hira dice que vengas», con el énfasis infantil de una lección aprendida de memoria.

No la cuestioné; había estado expectante desde que Hira y Misia se marcharon unos días antes. Seguí a la desconocida y, aunque no habló, yo sabía a dónde íbamos, y por qué. Subimos por un escarpado y pedregoso sendero y, aunque era largo, no me importó. Podría haber caminado por la oscuridad para siempre, sabiendo que Hira me había mandado llamar.

Cuando llegamos al espinazo de la montaña y nos topamos con un claro, la luna, que había estado apareciendo y desapareciendo detrás de los árboles, pareció brincar al cielo y allí se quedó colgada, como un espejo deslustrado, tan grande que podía ver cada marca y cada imperfección. Ante nosotras había un arco de piedra, negro contra el brillante cielo. A través de él vi la luz de las llamas y un bosquecillo de altos robles y las siluetas encorvadas de las mujeres sentadas en el suelo, pero al principio no pude identificar el lustre plateado que había tras ellas. Sentí un hormigueo en la nuca y se me erizó el vello de los brazos, y me detuve a mitad de un paso. La niña me dio la mano y tiró de mí, y me vi obligada a apartar la mirada para no tropezar. Después me empujó hacia el suelo con firmeza. Contuve el aliento y miré a mi alrededor.

Estábamos sentadas (todas las mujeres de la aldea, creo) en un claro, lo bastante grande para acomodar media docena de robles. Frente a nosotras, más allá de las desatendidas lámparas dispersas, había brillantes velas de un rosa traslúcido y cúpulas que no eran de hielo ni de alabastro, y tampoco de mercurio ni de ninguna otra sustancia a la que yo pudiera dar nombre. Allí, a apenas diez o veinte metros de donde estábamos sentadas, había un pabellón un poco más alto que un hombre: su tejado era una espiral, sus muros curvados, y la silueta giraba hacia adentro, hacia un único punto, como si hubieran pulido la caracola de un nautilo descomunal hasta conseguir que fuera casi transparente. Detrás, otra masa del mismo material se elevaba, más alta; sus muros brillantes se encontraban en un punto, como el casco de un barco volcado, y sobre esa larga quilla yacía la enorme y brillante extensión de la galaxia. Yo no sabía qué era, ni para qué servía. Pero después de un rato vi que las paredes se curvaban y hundían con la brisa, y comprendí que estaban hechas de tela... Y entonces (¡cómo se habría burlado James de mí por mi lentitud!) me di cuenta de que estaban construidas con la seda de las *sireine*, tan fuerte como el acero y tan suave como el aceite. Grandes tiendas, entonces... Pero por cómo habían crecido los arbustos a su alrededor y a juzgar por las altas columnas de piedra que había en sus esquinas, sabía que no se movían, ni habían sido diseñadas para ser movidas; estaban allí en todas las estaciones, cuidadosamente colocadas para estar en armonía con el cielo y los cuerpos celestes.

La idea me hizo fruncir el ceño: estancias construidas con el mismo material que los sudarios... Pero no había horribles susurros ni advertencias apenas oídas siseando en mis oídos; solo el profundo y sagrado silencio de un santuario, lo bastante fuerte para contener los murmullos de los que estaban reunidos sin romperse. Me parecía que podía respirar allí más profundamente de lo que nunca lo había hecho antes, como si hubiera subido a un barco que me llevaría a través de cualquier tormenta sin hundirse.

Al otro lado del claro una mujer se rio, una nota que terminó con un jadeo repentino. Se puso en pie y, por la enorme hinchazón de su vientre, supe que era Misia. A su lado estaba Hira, y el corazón me dio un brinco absurdo. Juntas, caminaron en un círculo durante una docena de respiraciones y después volvieron al grupo de lámparas y se sentaron de nuevo. Una ráfaga de aire me trajo los aromas del té de hojas de frambuesa y de la leche de cabra. Esperamos y las estrellas giraron despacio sobre nosotras, y el alba llegó; y Misia caminó y descansó y gimió, con la voz cada vez más ronca. Al final gritó y las mujeres que habían estado sentadas en el suelo se apartaron de su camino como un mar para que Hira pudiera conducirla a través del claro hasta la entrada del santuario más cercano. A través de la seda opalescente, vi a Misia apoyarse en los brazos de Hira; no la abrazó pero se preparó, como si esperara un viento fuerte.

—Pronto —dijo una mujer a mi lado—. Pronto. Observa.

No había mucho que ver: Misia se preparó contra Hira, respirando más agitadamente ahora, con los ojos abiertos pero sin ver. Suavemente, Hira se quitó las manos de Misia de los hombros y las colocó en la viga central de la tienda, para poder agacharse y mirar entre sus piernas. Con una oleada de… ¿Qué? Terror, creo, y esperanza, y una total incredulidad a pesar de las largas horas de espera, vi que formaba una copa con las manos, preparada para recibir al niño, y después, por fin, mientras la mujer que tenía al lado me agarraba la mano y me escocían los ojos tras mirar tan fijamente… Por fin, por fin…

De la nada había tres personas en la tienda, cuando antes eran dos, una aritmética imposible que me hizo contener el aliento y sonreír, y a las demás conmigo, mientras el llanto del bebé crecía, confuso y furioso. Por un momento nos quedamos paralizadas; después, un enorme suspiro recorrió el prado, y una mujer mayor pasó corriendo con agua y paños. Ahora todo era ajetreo; retiraron el panel de entrada de la tienda y las demás ingresaron, limpiando y frotando y envolviendo y sacando y haciendo todas las pequeñas tareas que eran necesarias, pero todo en un resplandeciente silencio, mientras el bebé de Misia protestaba ante aquel brillante, seco y enorme nuevo mundo. Un poco después capté un atisbo de una grisácea y carnosa bolsa arrastrándose como un cubo al final de una cuerda. Hira se arrodilló sobre ella, la toqueteó fuera de la vista, y después asintió, como si estuviera satisfecha. A continuación, la anciana tomó a Misia del brazo y habló con ella amablemente.

Le habían dejado tener al bebé en brazos y ya buscaba su pezón; cuando todo estuvo limpio, Hira le anudó un trozo de tela alrededor del pecho y del bebé, de modo que este quedó acurrucado entre sus senos, carne con carne. Después la ayudaron a salir de la tienda. Parpadeó ante el sol de la mañana y subió la mano para cubrirle la cabeza al bebé, como para protegerlo, o para asegurarse de que no estuviera soñando.

Una especie de rápida ligereza brincó por el espacio como las llamas prendiendo: hubo risas, una estridente voz se alzó y alguien gritó una procaz felicitación que hizo que Misia se riera sin poder evitarlo hasta que hizo una mueca. Hira sonrió y contestó algo que provocó aún más risas.

Hasta aquel momento, me había sentido parte improbable de su hermandad, pero cuando creció la hilaridad y yo era la única que ni siquiera podía sonreír, porque no comprendía el chiste, recordé que yo no era solo una mujer sino una inglesa… y que no era, después de todo, una de ellas. Quizá lo habrían celebrado con la misma franqueza si fuera yo la que estuviera de parto, pero nunca lo sabría. No habría embarazo para mí, ni bebé.

Nadie estaba mirándome. Me acerqué al tabernáculo, que estaba vacío; habían barrido el suelo de piedra, pero todavía tenía rastros de manchas y de huellas. ¿Era también aquel el lugar al que acudían para morir? Me detuve en el umbral y se me erizó el vello de los brazos; me recorrió un extraño escalofrío, una mezcla de anhelo y miedo.

—No más —me dijo Hira, agarrándome la parte superior del brazo—. Tú no, ahora no.

Me giré hacia ella. Se había lavado las manos, pero había una mancha roja oscura en su esternón; debería haberme hecho retroceder, pero deseé acercar mi boca y lamerla. Noté que el calor subía desde mis pies y que el sudor emergía en mi cuero cabelludo.

—Es sagrado, ¿verdad? —le pregunté, y durante un momento no supe si estaba hablando del tabernáculo o de otra cosa, de la mancha en su piel o de la mano con la que me tocaba el brazo.

—Sí —dijo—, es sagrado. —Pero mientras yo temblaba, como si estuviera a punto de recibir otra revelación, dejó de mirarme para observar los velos de seda colgados—. Es más antiguo que esas historias que tanto le interesan a tu marido, y más cierto. No se lleva el dolor, ¿entiendes? Pero nos ponemos en las manos de otras, y no tenemos miedo. No tenemos una mente propia. Solo queda nuestro cuerpo, que sabe qué tiene que hacer, y el de las otras, que lo mantienen a salvo. —Suspiró y se pasó la mano por la cara; fui consciente entonces de lo demacrada que estaba, y de lo oscuras que eran sus ojeras—. Es difícil estar dentro del... —Aquí usó una palabra que no era inglés, algo parecido a *histra* o *mistra*— y no olvidar todo lo que nos hace humanas. Hay que mantener la mente firme, para que la otra pueda dejar la suya de lado. —Me dedicó una sonrisa amarga—. Es difícil de explicar, incluso en nuestro propio idioma.

—¿Te refieres a una especie de... hipnosis? —Por supuesto, la mujer no conocía esa palabra, y busqué cómo expresarlo mejor—. He oído habla del magnetismo animal, a James le entusiasma. Él dice que hay hombres que pueden conseguir que un sujeto experimental obedezca sin dudar.

Hira entornó los ojos.

—La obediencia es hacia la naturaleza. Nosotras expresamos las órdenes del cuerpo, eso es todo. Lo que debe hacerse para que un niño nazca. El momento de esperar, el momento de empujar, el momento de respirar. Más sería... una abominación.

—Creo que lo comprendo —dije, temiendo haberla insultado, pero ella asintió sin rencor. Creo que nunca he conocido a nadie tan inmune a la vanidad como ella—. ¿Y es... seguro?

—No —dijo, con expresión inquisitiva—. El parto no es seguro. Es doloroso y peligroso, y muchas mujeres mueren. Así son las cosas. Pero es mejor no tener miedo. Eso es lo sagrado: no el nacimiento, porque eso es sagrado en todas partes.

—La seda. ¿Es la seda la que obra tal milagro?

Pero yo ya sabía que debía serlo. Algún efecto de las vibraciones en el éter; la atracción o la repulsión... Allí no estaba tejida del mismo modo que en el sudario: era más fina, más parecida al encaje, y dejaba pasar las voces. Y su propósito... ¡Cuánto se habría sorprendido James! ¡Cómo se habría pasado las manos por el cabello, cómo se llenarían sus ojos de sorpresa y su boca de agua ante el descubrimiento! ¡Cómo sonreiría, cómo atormentaría a sus conocidos en la Royal Society, pidiéndoles dinero para comprar arañas y mujeres embarazadas para probar sus hipótesis! Dejé de pensar en él para mirar una vez más el tabernáculo de seda.

—No es como la tela del sudario —le dije—. Es casi transparente, y el tejido brilla como el muaré. Debe ser algún efecto del espacio entre los hilos, quizá la irregularidad... ¿O es la forma de la tienda, esa espiral?

Se me ocurrió que había oído hablar a James de la línea eterna y de la *spira mirabilis*, y me devané los sesos, pensando en cómo expresarle aquellas ideas a Hira; después, conteniendo ese impulso, me di cuenta de repente de que yo era igual que los hombres a los que despreciaba, los eruditos que arrancarían cada iridiscente *cómo* y *por qué* de un escarabajo y lo descartarían, incapaz de volar. ¿Por qué debería importarme? Era como era, eso era todo. Eso era suficiente.

Sagrado. Sé que James se enfadaría conmigo por esa palabra, pero era cierto. Estaba en presencia de Dios... de los dioses de Hira. Podía sentirlos en el silencio del interior de la tienda. No eran, a pesar de lo que James decía, los dioses de Homero y Ovidio. Los dioses de los antiguos mitos eran infantiles, violentos, demasiado humanos. Allí, en aquella isla, se habían aferrado a algo más profundo, a algo misterioso, desconocido y amable. Más amable incluso que... Estaba a punto de escribir *mi* Dios. Pero ese ya no es mi Dios; James puede quedárselo para él, si le place. Si tengo un Dios, no es Él sino Ella, una que puede mantenerse tan firme como un árbol, cargando con el dolor de otra para que un niño pueda nacer.

Me llevé las manos al vientre plano y me dije que me alegraba de temer los dolores del parto, pero no pude seguir conteniendo las lágrimas y me llevé las manos a la cara y caminé a ciegas hasta el límite del bosque, hasta que encontré un lugar privado donde caer de rodillas y llorar.

Después de mucho tiempo, Hira vino a verme. No intentó consolarme. Se sentó a mi lado, con las manos relajadas y cruzadas sobre su regazo y los ojos fijos en los fragmentos de cielo que brillaban a través de los árboles, y esperó. Cuando era niña y me marchaba corriendo para llorar, siempre esperaba que alguien viniera a buscarme. Qué extraño es que la primera vez que mi deseo se hace realidad sea en el intenso calor de una isla mediterránea, y que quien me busque sea una campesina impasible que todavía lleva encima manchas de la sangre de otra mujer.

—Ven. Ya es suficiente. Ahora… —Hizo un ademán, como si me quitara algo y lo enterrara en la tierra.

—No puedo…

—Sí, puedes.

—Nunca tendré otro hijo.

Ella negó con la cabeza, observándome, casi sonriendo. Después se acercó y me quitó una lágrima de la mejilla con la yema del dedo. Aunque tenía las manos limpias, me pareció captar el aroma de algo terrenal, como flores pisadas en la tierra.

—Demasiado amor no puede ahogarte —me dijo—. Es como el agua: encontrará otro lugar al que ir.

Bajé la cabeza, asombrada por el ansia que me atravesó, temiendo traicionarme de algún modo. Pero ella no se movió y, después de un minuto, le pregunté:

—¿Por qué me has pedido que vinieras? No soy una de vosotras. La otra vez, cuando te pregunté si podía ver el lugar sagrado, te reíste.

Ella se movió un poco, y las hojas secas que había bajo su cuerpo susurraron. Me tomó la mano. La movió de un lado a otro, y vi que el fantasma del anillo seguía en mi dedo.

—Tú ya no eres un gusano —me dijo.

No comprendía a qué se refería. Al principio pensé que se estaba burlando. Pero, cuando la miré a los ojos, su expresión era... ¡Oh! No sé cómo describirla. Era como si estuviera mirando a una de las mujeres de las antiguas leyendas, como si me hubiera transformado en un árbol, en un pájaro, en una constelación de refulgentes estrellas. Si la hubiera visto en otro sitio, habría pensado que era admiración, y lástima, y una especie de orgullo. Pero no creía, después de lo que había visto aquella mañana, que tuviera alguna razón para mirarme así; no cuando era ella quien había recibido una nueva vida en sus propias palmas. Había atrapado el futuro, llegado en una oleada de sangre. Era *ella* el prodigio, y no yo. Y no obstante...

Sonrió, mirándome a los ojos. Durante un momento pensé que era como si estuviera tocando no a la mujer que era, sino a la niña abandonada que había sido; y pensé que, después de todo, podría quererla y conducirla a casa, podría curarle las heridas que había sufrido. Una dicha que creí que jamás volvería a sentir tocó mi corazón. Pero el momento fue breve, tanto como un latido o un gemido, y después vi con claridad que ella era ella misma, perfecta, allí y entonces, igual que yo era yo y no la niña que había llorado y anhelado ser consolada. Y éramos mujeres, no ríos ni flores ni columnas de piedra. No; éramos carne y piel, cuerpos, cuerpos humanos, cuerpos femeninos, y apenas pude aguantarlo. Pensé que, si me movía, me derramaría y nunca volvería a recomponerme.

Se levantó, todavía agarrándome la mano.

—Ven.

—¿A dónde? Ha terminado, ¿no? El bebé de Misia...

—No, no ha terminado. Ven conmigo.

Me condujo de nuevo al claro. Yo no sabía qué había visto en mis ojos; no sabía qué había que ver.

Misia estaba dormida, con el bebé junto a ella. La criatura tenía los puños bajo la barbilla y una anciana se había sentado a su lado, tejiendo con unas agujas tan finas que apenas eran visibles. Era más tarde de lo que había pensado. El sol había pasado sobre nuestras cabezas y las demás mujeres estaban de pie, recogiendo vasos y cuencos.

Hira me llevó hasta el balde más cercano y me limpió la cara con una esquina húmeda de su himatión. Me puso las manos en las mejillas y me giró el rostro hacia la luz, hasta que estuvo segura de que la tenía limpia. Después me dijo: «Ve», y señaló.

Estaba indicándome la tienda que estaba detrás del tabernáculo que parecía la espiral de una caracola, la que tenía el tejado más grande, como el casco de un barco volcado. Resplandecía en tonos azules, reflejando el cielo como las aguas más tranquilas. Tenía los velos más gruesos, o quizá reflejaba la luz en un ángulo distinto, porque era tan transparente como el ópalo o un cristal lechoso, y las figuras del interior parecían sombras sin rostro. Me provocó un escalofrío, de miedo o anticipación.

—Ve —repitió, y me empujó—. Has estado aquí, con nosotras. Tienes derecho.

—¿Y qué voy a hacer allí?

—Lo que quieras.

—No sin ti —le dije.

Me agarró la otra mano. Me sentía tan desnuda como estuve en mi noche de bodas; más desnuda, porque tenía esa banda de piel al descubierto en el dedo, una piel que nadie había tocado desde antes de que me casara. Pensé que había un nervio allí que conducía directamente a mi corazón.

—No seas tonta —me dijo—. Ve.

—Hira —susurré con voz temblorosa—. No sin ti.

Me miró con la adorable quietud de máscara de bronce que había notado la primera vez que la vi, bajo la luz del sol del ocaso. Después se acercó a mí y me presionó la boca con la suya.

Me tambaleé. Me sentía como si jamás fuera a volver a respirar, y no me importó.

Ella sonrió, y fue la sonrisa de un amor al que no le importaban los límites, un amor tan fuerte y seguro como una soga.

—Debo lavarme —me dijo—. Te acompañaré después. Confía en mí. Ve.

El pabellón no era, como yo había pensado, una única cámara; en lugar de eso era un laberinto, una maraña de seda y piedra, tan reverberante y brillante que me desorienté antes siquiera de dar un paso. Había espacios más amplios, curvas y celdas que conducían unas a otras. Por todas partes había mujeres sentadas en el suelo que me sonreían u ofrecían agua al pasar. Supongo que ellas conocían sus intricados caminos, los pasadizos entrecruzados, como la sangre conoce los espacios secretos del cuerpo. Había voces, cantando. Las melodías se elevaban como madera a la deriva antes de disiparse de nuevo en el silencio. Extrañas armonías menguaban y fluían como las olas del mar en las cuevas profundas, o las llamadas a la oración desde las torres de la Atlántida, transportadas hasta las orillas… Una nana para el niño de Misia, pensé, o un himno de agradecimiento para los dioses que la habían protegido. Cerré los ojos y vagué a ciegas, escuchando, deslizando la mano sobre las paredes de seda. No temía perderme, porque sabía que Hira me encontraría.

En mi memoria no está claro; mis recuerdos están emborronados por los resplandecientes espejismos, las sombras y los reflejos que titilaban allá adonde miraba. Sí, me encontró, Hira me encontró, y no tuve necesidad de pensar, ni de hablar. Era un ritual que mi cuerpo conocía, aunque no lo hiciera yo. Recuerdo su boca, sus manos, sus ojos, y recuerdo cómo susurró mi nombre y cómo se quedó el suyo atrapado en mi garganta. También recuerdo la última idea que se me ocurrió antes de que las olas plateadas estuvieran sobre mi cabeza. Había imaginado que sería yo quien conduciría a Hira a casa, pero, mientras nos estremecíamos juntas, intercambiando el aliento, supe que habíamos hallado nuestro hogar hacía días, hacía semanas, la noche en la que subí por el camino y la vi allí, en el ocaso.

Entonces, mientras la marea de voces crecía, comenzaron a sonar los tambores. No creo que estuviera dormida (puede que estuviera más despierta que nunca en mi vida), pero no recuerdo cómo comenzaron, solo que nos rodearon como el trueno y que su ritmo transformó el mundo. El espacio que me rodeaba tembló, líquido y pesado. La boca de Hira sabía a mar. Yo me sentía tan vacía y ligera como las espinas de un pescado. Mientras los tambores continuaban, el espacio en mi interior creció; creí que iba a desenredarme, como una madeja de tinta en el agua. Las arremolinadas corrientes plateadas inundaron los lugares más íntimos de mi cuerpo. Me conectaron con el cielo, con el bosque, con la seda y las arañas que la tejían... Con Hira, con Misia y su bebé, y más aún, más allá de nuestra casa, y de James, y del mar, hasta Inglaterra, con mi hermana y mi madre, superando incluso la muerte, hasta que todo, todos los límites se emborronaron, la distancia se redujo a la nada y mi corazón se convirtió en un continente para este mundo, y el siguiente. Mi capacidad era infinita; rebosaba. En mi interior había espacio para otro niño, para muchos niños más, para mis nietos y sus hijos, como si pudiera sentir las semillas de diez generaciones agrupadas en mi pelvis como perlas.

Bailamos, creo. Bailamos y cantamos y cabalgamos a través de la eternidad a lomos de una sola noche. Después de las de Hira, creo recordar las manos de otras, una fuerza tremenda, el sabor de la sal y de la sangre, y también amabilidad, y una cegadora y ensordecedora exaltación.

Sé qué, si intentara describírselo, James me miraría, desconcertado, y lo llamaría «bacanal». Quizá tendría razón. Fue algo divino, al menos, algo que nos poseyó y nos hizo sentirnos vencedoras y derrotadas; algo que yo llamaría «éxtasis».

Tres días después

¿Fue una droga? Casi puedo creerlo, aunque no comí ni bebí nada de lo que se me ofreció. Si existiera un filtro de amor (y, si existe, si no fuera una bebida sino algo tejido, un instrumento hecho de hilos y costuras, una telaraña, de hecho), juraría que lo que ahora siento debe ser su efecto. La obsesión, el deseo, el calor en mis venas, el anzuelo en mi corazón... Porque nunca, ni siquiera con James, había soñado que sería así, que mi ser entero desearía y anhelaría a otro hasta que ya no pudiera recordar mi propio nombre. Si fuera una erudita, me burlaría de los irrisorios efectos de la seda de araña en el oído humano y en lugar de eso diseccionaría mis propios temblores, mis propias lágrimas, mi propio deseo de acercar la mano a la llama de la lámpara solo para distraerme. Ni siquiera puedo escribir esto sin detenerme para caminar de un lado a otro, y ahora que me siento de nuevo no se me ocurren más palabras que: «¡Oh! ¡Oh! ¡Oh!».

No la he visto. No he tenido tiempo de verla, porque James monopoliza todos los minutos que paso despierta. Es insoportable, pero por una vez no es deliberadamente cruel; de hecho, intenta complacerme. Mientras regresaba a través del bosque, creí oír pasos y temí que me hubiera seguido, pero él no es el tipo de hombre que recibiría la traición con amabilidad, o que intentaría recuperarme si creyera que he obrado mal. Y ha sido amable, sí, muy amable... Cuando llegué a casa, me lavé tan rápido como pude y me arreglé con manos temblorosas, preparada para fingir que solo había estado paseando por el bosque, aunque ni siquiera sabía cuánto tiempo había pasado fuera. Pero no me reprendió, para nada. Me tomó las manos y, antes de que pudiera comprenderlo, noté que un anillo se deslizaba en mi dedo, y me dijo:

—Lo he buscado para ti, mi amor. —Y cuando bajé la mirada ahí estaba mi vieja alianza de oro, un poco manchada de tierra, y ese otro anillo espectral quedó atrapado para siempre debajo—. He sido un mal marido. Debes perdonarme, cielo. Empezaremos de nuevo.

Y entonces comenzó a decirme cómo debíamos guardar nuestras escasas pertenencias para protegerlas de la humedad del invierno, y no he conseguido que abandonase ese plan, aunque nuestras pertenencias sobrevivieron al invierno pasado bastante bien, y difícilmente fue peor que un febrero en Sussex. Pero insiste en que trabajemos mano a mano, como Adán y Eva. Una vez, Hira se acercó al límite de nuestro jardín, pero James me llamó en ese mismo momento y me agarró de la muñeca cuando dudé. Incluso se ocupa de recoger la comida y la bebida de la aldea, porque dice que he sido su criada demasiado tiempo; y yo sonrío y le doy las gracias y deseo gritar. Oh, tocar la mano de Hira... Sentir, de nuevo, que he llegado a casa...

Paciencia, ¡oh, paciencia! Cuando el fervor actual de James se agote, habrá tiempo. Volveremos a ser como éramos. Yo podré caminar con ella por la aldea, ayudarla con sus curas, escaparme al alba para nadar con ella sin que James me rodee con un brazo posesivo para mantenerme cerca. Ella es constante; si hubiera dejado de quererme yo lo sabría, en mi piel. Me está esperando.

Y esto debe terminar pronto. James ha contratado la ayuda de algunos enfadados campesinos (para el trabajo que soy demasiado delicada para hacer, dice) y se queda levantado hasta tarde planeando el traslado sistemático de nuestras cajas más valiosas a Theotokos, donde los muros son más gruesos y los tejados más resistentes. Yo trabajo a su lado, y llego a la cama tan agotada que ni siquiera deseo que recupere el interés por mi cuerpo.

¡Ja! Como si lo hubiera llamado, ha aparecido en mi codo con una pregunta sobre qué caja prefiero para guardar mis libros. Pero cuando intenté levantarme, me dio una palmada en el hombro y me dijo que debía terminar de escribir en mi diario, que él no sería uno de esos maridos que se interponían entre sus esposas y sus distracciones. Para demostrarme su buena voluntad, me ha traído una taza de un té bastante amargo y se ha quedado hasta que he tomado un par de tragos.

Oh, ¡la echo de menos! Quiero escribir su nombre una y otra vez. Algunas noches he oído la llamada de las arañas en mis sueños, y el llanto del bebé de Misia en esa desgarradora primera afrenta de luz y de aire.

Volveré pronto, y cuando lo haga, hablaré con los dioses que hay allí. Les preguntaré qué debo hacer, y ellos me lo dirán.

CATORCE

Henry se quedó inmóvil, mirando el retrato de Sophia Ashmore y de su marido. A su espalda notó que la señorita Fielding gesticulaba con Philomel, que resopló y se marchó. No se produjo otro sonido hasta que sus pasos llegaron a la parte superior de la escalera y se alejaron, reacios, hacia el ala este. Entonces, la señorita Fielding cerró la puerta de la biblioteca. Henry pensó que iba a sentarse, pero en lugar de eso caminó hasta la estantería y pasó la mano sobre los lomos labrados en oro.

—Su trabajo ha terminado, supongo —le dijo la mujer.

Henry no contestó. Ella miró sobre su hombro y parecía a punto de hablar, pero en lugar de eso se giró para encararlo y ladeó la cabeza como si quisiera dibujarlo. Si era una táctica para hacerlo romper el silencio, tuvo éxito.

—No. No ha terminado —le dijo.

—Pero se ha hartado de usted.

Él unió las manos, intentando mantener la calma. Sin embargo, la semilla de la furia creció y creció (por Dios Santo, ¡con qué cara lo estaba mirando, como si fuera un espécimen a estudiar!) hasta que apenas pudo respirar.

—No —dijo con la voz un poco temblorosa—. No, no es eso.

—Entonces…

—Lo atacaron en la inauguración. Su prima, su maldita prima, la loca…

—Desconocía su intención.

—Pero ¿sabe lo que ocurrió? —No esperó su respuesta; claro que lo sabía—. Montó un numerito: le dijo al señor Edward que es un asesino, un vendedor de desesperación y locura, delante de todo el mundo. ¡Le lanzó sangre de cerdo, como una lunática! Ahora solo hablarán de eso. No de la seda. No de la posibilidad de inversión, o de lo adorable que es, lo elegante. ¡No! El único tema que habrá en sus labios será Mercy y sus acusaciones. Esa mujer lo ha estropeado todo.

—Siento que todo su trabajo fuera en vano.

—Oh, lo siente, ¿verdad? —Ella retrocedió, y él se alegró de ello—. Perdone que me resulte difícil de creer. Al contrario… Puede alegrarse, ahora que ya conseguido lo que quiere.

—No entiendo qué he hecho mal. Le devolví las cartas, como usted me pidió. No es culpa mía que se dejara llevar por la desesperación, cuando perdió su última opción. En cuanto a la gala, no sé cómo consiguió una invitación. Ni siquiera yo tenía una.

Henry clavó el talón en la alfombra como si, con el esfuerzo suficiente, pudiera aplastar las rosas tejidas en su estampado.

Ella continuó, en voz baja y firme:

—Es usted injusto. Yo solo me preocupo por Philomel. Ella lo es todo, lo es todo para mí. En cuanto al señor Edward… No entiendo por qué lo culpa a usted. Le prometo que, si ha hecho algo que lo ofenda, no es eso. Se habrá cansado, o se estará vengando, o se ha aburrido… O, por lo que sea, ya no le resulta útil.

Henry se estremeció y, a pesar de sí mismo, se tiró de la pechera de la camisa como si todavía sintiera allí la huella ensangrentada. Si no era culpa de la señorita Fielding, sería la suya, por su inútil y estúpida pasividad cuando cualquier hombre normal habría detenido a Mercy y llamado a la policía… *Puto idiota.*

—Me ha ordenado que me marche y eso es lo que usted siempre ha querido, ¿no? Volveré a Londres y usted podrá quedarse con el señor Edward y Philomel para usted solita. No habrá ningún tonto desconocido que la compadezca. Debe estar encantada.

—¿Que me compadezca? —Durante un instante, Henry vio que algo saltaba a sus ojos, un destello de emoción demasiado rápido para ser identificado; incluso, pensó, aunque le hubiera importado. Después ella le echó una larga mirada—. Tiene razón. Estaré encantada de no ser la receptora de la compasión de un desconocido.

—Nunca debí permitirme creer que éramos amigos —dijo Henry—. Jamás debí confiar en usted. Desde el día en el que llegué, ha estado haciendo todo lo posible para librarse de mí.

—Parece imaginar que tengo mucho más poder del que poseo.

—No lo niegue —le dijo, repentinamente enfurecido por su firme mirada—. Siempre me ha odiado... Temía que consiguiera que Philomel oyera, y que usted ya no fuera necesaria.

—Eso es totalmente...

—Intentó convencerme para que me marchara casi el mismo día que me conoció. Después, cuando eso no funcionó, intentó humillarme, trató de interponerse entre el señor Edward y yo. Me entregó ese abominable diario, que usted no tenía derecho a tocar. ¡Como si los garabatos de una muerta tuvieran algo que ver conmigo, o con la fábrica!

No podía seguir mirando a la señorita Fielding. Pero, al girarse, vio la pintura del rincón y se estremeció: era como si Sophia Ashmore estuviera en la habitación, escuchando. Tenía los ojos llenos de reproche. Sin duda había sido impulsiva, desmedida, imprudente... Pero ¿qué había hecho, en realidad, para merecer tanto dolor? Ser expulsada del único lugar donde había encontrado amor... Él sabía, ahora, cómo era. Por primera vez se fijó en cómo tenía la mano, sobre su abdomen, con los dedos extendidos en un gesto que era tan protector como asustado; como si, pensó Henry, aquello fuera lo último valioso que le quedaba. No quería sentir pena por ella (el sentimiento no era bienvenido), y aun así, con repentina claridad, recordó que había puesto su mano en la barriga de Madeleine y el extraordinario golpear y deslizar de las pequeñas y extrañas extremidades contra su palma. Se había apartado rápidamente, como si le hubiera picado. Si hubiera sabido que ni siquiera llegaría a tener en brazos a su hija, habría dejado allí la mano; se habría aferrado a la carne de Madeleine y a su ansiada carga igual que Sophia Ashmore se había aferrado a la suya.

Pero ella no tenía derecho a mirarlo así, con tanta desesperación, no cuando ella había tenido a su marido, y al bebé... Levantó la mano, absurdamente, para esquivar su mirada pintada.

—No es lo mismo —dijo en voz alta—. Ella no estaba sola.

—¿Qué? —dijo la señorita Fielding.

Henry hizo una mueca.

—Nada. —No recordaba qué había estado diciendo antes.

—¿Philomel? Está perfectamente...

—¡No! Sophia Ashmore. Ella debería haber sabido que no debía traicionar a su marido, que no debía dejarse seducir por los campesinos y su seda... Y debería haberse alegrado de volver a casa; al menos, tenía a su hija. —Se detuvo. De soslayo había visto que la señorita Fielding hacía un movimiento brusco y medio contenido—. ¿Qué?

—No tuvo ninguna hija.

Se giró para mirarla.

—No diga eso —le pidió—. ¿Cómo se atreve a decir eso? Aunque muriera, porque supongo que lo que implica es que ambas murieron, una niña muerta sigue siendo una niña.

—No. Ella murió, sin duda, pero lo hizo de cáncer. No tuvo ninguna hija.

—Pero en su diario... —balbuceó Henry—. Y mírela, por el amor de Dios...

—Estaba confundida. Si no me cree, pregunte a cualquiera de la ciudad. Lo que ella pensaba que era un bebé, creció y creció, más allá del tiempo de un embarazo normal, hasta que la mató.

Henry tragó saliva. No había ninguna razón para no creerlo. Y no era peor que la muerte de Madeleine: morir tras un parto o morir tras una enfermedad, ¿qué diferencia había? Qué absurdo sentirse afectado por la ausencia de un niño, del hijo de otra persona, de una criatura que nunca había existido. «Me pongo una mano en el vientre y deseo que la niña se apresure, pero es obstinada, espera algo, una voz que todavía no ha oído». Esa niña nunca llegó.

—Supongo que fue lo mejor —dijo Henry, con voz ronca—, o se habrían disputado las arañas. Si hubiera otro heredero, aparte del señor Edward...

La señorita Fielding contuvo el aliento, como si quisiera decir algo, pero el momento pasó. Y el silencio que siguió hizo que Henry volviera en sí mismo, como si pronunciar el nombre del señor Edward hubiera roto un hechizo: ¿qué le importaba a él, en realidad, una mujer a la que nunca había conocido y su esterilidad? Lo único que le importaba era el señor Edward, que le había ofrecido una nueva vida, de quien se había enamorado...

—Debo hablar con él antes de irme. Él...

—No lo haga. —Lo dijo sin vacilación, con completa autoridad. Podría haber tenido un puntero de institutriz en la mano—. Márchese ya, señor Latimer. Confíe en mí. Váyase y agradezca...

—¿Agradezca que me ha echado? No. Usted no lo comprende; todavía hay trabajo que hacer, más trabajo que nunca. —No podía soportar la expresión en el rostro de la mujer; no quería su compasión—. Al menos debo explicárselo a él. Debo saber que él me perdona.

—¿Que lo perdona? Creí que había dicho que no había hecho nada.

—No podría soportar que me culpara. —Se arriesgaba a delatarse, pero no pudo contenerse—. Se lo debo todo. Nunca había conocido a nadie como él. Es... —Quería decir *maravilloso, extraordinario, impresionante*—. Es un buen hombre, un hombre decente que nunca haría nada mezquino o cobarde. Debe ser un malentendido... Debe tener una buena razón para despedirme.

Esperaba que ella lo interrumpiera, pero la mujer aguardó (ostentosamente, pensó Henry) a que él terminara antes de suspirar y apoyarse en los estantes.

—Usted no lo conoce muy bien, ¿verdad? —le preguntó, al final.

—¡Ja! Mejor que usted —le dijo, y se mordió la lengua. Una indiscreción podría arruinarlo todo, estropearlo todo, sin reparación posible, pero si ella lo supiera, si él pudiera contarle que el señor Edward lo había besado...—. Me habla como a un igual; usted es solo una institutriz.

—Llevo años viviendo en esta casa. *Usted* es solo un visitante, señor Latimer.

—Usted es una mujer —continuó—. Una *sirvienta*...

—¡Como usted! ¿No se creerá algo más?

Henry la miró, y para su enfado descubrió que no podía responder.

—No es un hombre decente —le dijo ella, y aunque habló en voz baja, sonó dura—. Usa a la gente, o juega con ella, tanto tiempo como le es útil o entretenida. Usted no es el primero, ¿sabe? El pintor que... Pero eso no importa. Está trabajando bajo un malentendido, si cree que se merece lealtad. A él no le interesa su amistad, ni sus sentimientos, ni nada excepto él mismo.

Henry trastabilló hasta la puerta.

—No voy a escuchar esto. No deseo saber por qué tiene tanto interés en verter su veneno...

—Me quedo por Philomel —dijo ella, y a pesar de sí mismo, Henry se detuvo. Estaba muy erguida, con las mejillas muy rojas. Era difícil no creer en su sinceridad—. Si no fuera por ella... Ojalá nunca me hubieran elegido como institutriz. Mercy no debería haberlo atacado, pero comprendo por qué lo hizo. Es despreciable. *Tiene* las manos manchadas de sangre. Y de cosas peores.

—Oh, ¡venga ya! En todas las fábricas hay accidentes...

—No así. Los niños... Por Dios, los *niños*, señor Latimer... —Giró el rostro bruscamente para ocultárselo.

—Ya hemos hablado de esto —le dijo. Ella se equivocaba. Era una mujer sentimental, y no comprendía... Añadió, en una voz que no reconocía como suya—: Y no es necesario blasfemar.

—Las máquinas dejan sordos a los niños. Peor aún, el ruido constante les desgasta la mente. ¡Esa es la blasfemia! Pero, por supuesto, esto no tiene nada que ver con él. Tiene las manos tan limpias como la nieve reciente. ¿De quién es culpa, entonces?

—Es una lamentable realidad de la industria.

Y te juro por Dios, murmuró el señor Edward en su memoria, *que desearía que no fuera así.* Pero ahora las palabras parecían vacías.

—*Niños* —repitió ella—, ¡son niños! ¿Es que no tiene corazón? ¿Absuelve a todos los criminales, a todos los asesinos, con la misma facilidad? ¿O solo es que está cautivado...?

—¿Cómo se atreve? —gritó. El último fragmento de su tolerancia se había quebrado—. ¿Cómo se atreve a llamarlo «criminal» cuando no ha hecho más que el bien por Telverton, por usted, por Philomel? Vive bajo su techo. ¿Es que no tiene ningún decoro?

Había dado un paso o dos hacia ella; no pretendía levantar la mano (y desde luego no tenía intención de golpearla), pero ella se encogió involuntariamente, como si se preparara para recibir un golpe. Esto lo sorprendió a él tanto como a ella. Se detuvieron, mirándose el uno al otro.

—¿Sabe por qué está sorda Philomel? —le preguntó la señorita Fielding después de un momento, con voz temblorosa.

—¿Qué? —Henry tomó aliento profundamente, forzándose a dejar los brazos en sus costados. Su confusión le quitó el filo a su enfado—. No. Supuse que alguna enfermedad en la infancia.

—Nació así, aunque, por supuesto, no pudieron estar seguros hasta que fue un poco mayor. —Se detuvo, como si lo invitara a preguntar. Henry no habló—. Ocurrió mientras estaba en el vientre de su madre. Pero no fue una enfermedad, señor Latimer.

—Entonces…

—Supongo que sabe lo que le pasó a la señora Ashmore-Percy. Una versión de ello, al menos.

—Sí, efectivamente. Me lo contó el propio señor Edward. Fue una tragedia. ¿Va a rebajarse a usar la muerte de su esposa contra él?

La mujer le sostuvo la mirada, y aunque él hizo todo lo posible, fue el primero en apartarla.

—Habría sido mejor que le preguntara a otra persona —le dijo al final—. Así sabría al menos que está viva.

Viva.

Oyó de nuevo la voz del señor Edward: «Sé lo que es perder a una esposa».

—Vive en Ronford House, cerca de Exeter —continuó la señorita Fielding—. Un manicomio. Uno agradable, soleado; luminoso, supongo, recién construido… Hay una mesa de billar para los pacientes, aunque a ella no le servirá de nada. Lleva allí años.

—¿Sabe Philomel…? —No era lo que había pretendido decir.

—Philomel es demasiado pequeña para comprenderlo.

Se produjo una pausa. Henry sabía que ella estaba esperando su pregunta. Con sensación de derrota, dijo:

—Muy bien, entonces. ¿Qué tiene eso que ver con la sordera de Philomel?

La señorita Fielding caminó hasta la ventana y miró el jardín.

—Cuando esta casa fue construida, el arquitecto discutió con el señor Edward —le contó—. Por dinero, al principio. Él tenía grandes ideas, y no dejaban de ocurrírsele nuevas. Exigía más y más y el señor Edward se enfadó, lo que no era ilógico, supongo. Su relación empezó a ser difícil. Y, al mismo tiempo… Cecilia Ashmore-Percy era una mujer muy guapa. —Le echó una rápida mirada de soslayo, sin expresión—. Solo la vi una vez, cuando entregó unas becas en el colegio de Telverton. Nos cantó, porque era una música consumada… y todavía recuerdo lo adorable que era, y su voz… Tenía alma, y cerebro, y talento. Quizá fuera inevitable que los hombres desconfiaran de ella.

—¿Quiere decir…?

—Cuando terminaron la casa, ella estaba embarazada. Se rumoreaba que el señor Edward no creía que fuera suyo. Y después… —Se mordió el labio—. Se quedó encerrada en los telares, por la noche. Hubo… Dijeron que fue un accidente. Pero las máquinas estaban encendidas. El ruido…

—Lo he oído.

—Entonces puede imaginarlo. Pero… —Negó con la cabeza—. Estar encerrada en la oscuridad, durante horas, sola, con ese…

Henry tensó los hombros, intentando no estremecerse. Él se había sentido abrumado después de apenas unos minutos. La mujer habría entrado en pánico; habría golpeado la puerta, suplicando que la dejaran salir, incapaz de oír su propia voz. *Durante horas.*

—Cuando la encontraron, a la mañana siguiente, estaba catatónica. La llevaron a casa y esperaron a que reaccionara. Cuando lo hizo, había perdido el oído.

—Sí. Y eso la volvió loca. El señor Edward me lo contó. ¿Qué importa cómo haya ocurrido? Lo que me ha contado no es...

—Se volvió loca porque la mantuvieron encerrada, y después de que Phil nació no le permitieron verla, y estaba totalmente sola. Porque la drogaron y golpearon cuando no obedecía. *No porque se hubiera quedado sorda, aunque eso debió ser terrible, sino porque no tenía voz*, porque la maltrataban y estaba sola, y le habían quitado a su bebé. Y... —Dudó—. Y porque la seda devoró su mente, creo. Vivir así, rodeada por todas partes... Al final no sabía qué era real y qué no lo era.

Henry intentó no pensar en las correas de la cama, ni en las botellas de láudano rotas, ni en una mujer llamando a gritos a su hija.

—Los telares... Debió ser un accidente. ¿Qué otra cosa podría haber sido?

—Fue una suerte para Philomel que se parezca tanto al señor Edward. Al principio, él ni siquiera la miraba. Pero en su rostro no hay nada de su madre, y cuando él vio cuánto se le parecía, cuando supo que era su hija, todo le pareció insuficiente para ella. Quizá se sienta culpable.

—¿Está sugiriendo que...?

—No estoy sugiriendo nada —dijo. Pero añadió, después de un momento—: Solo que alguien debió poner el motor en marcha, para alimentar los telares.

—Pero eso... Si eso es cierto, ¿por qué no me lo contó antes?

—Pero lo supo de inmediato. Solo ahora podía decir la verdad, ahora que el señor Edward lo había echado y que ya no importaba. Sin apenas saber qué decir, le espetó—: Está mancillando la reputación de mi amigo, un empresario admirable y padre devoto. Asumo que no tiene ninguna prueba de sus insinuaciones. —Ella no dijo nada y él continuó, esperando que le diera la razón (¡al menos en algo!)—. Si solo vio a la señora Ashmore una vez, ¿cómo sabe que Philomel no se parece a ella?

—Posó para una de las pinturas del Gran Salón. El arquitecto también era pintor, y los retrató antes de... Usted debe haberla visto.

—Se refiere a Eco —dijo Henry—. Sí que era guapa.

—No. Aracne.

Nunca había mirado con atención *Aracne y Atenea*, la última obra, a la sombra de la escalera; siempre se había detenido delante de los otros dos. Ahora no la recordaba.

—Es extraño —dijo la señorita Fielding—, pero cuando pienso en ella, no es Aracne quien acude de inmediato a mi mente. Es Marsias. El músico que fue desollado vivo por el capricho de un dios.

Se produjo un silencio. Henry se giró y abandonó la habitación sin decir otra palabra.

La puerta del despacho, atisbada desde el otro lado del largo pasillo, seguía cerrada. Henry se sentía mareado. Pero no había nada más que rumores que sugerían... No, no les dedicaría un momento de consideración. Era cierto que el señor Edward había mentido sobre su esposa, ¿o no lo era? Puede que solo llegara a la conclusión equivocada. Pero, como fuera, sabía mejor que nadie que el dolor podía desviarte de la verdad. Si acaso, pensó Henry, era la prueba de que lo apenaba tan sinceramente la locura de su esposa como lo habría hecho su muerte, y eso seguramente hablaba bien de él. En cuanto al accidente... Por supuesto que habría sido un accidente; solo los chismes maliciosos sugerirían lo contrario.

Despacio, cruzó el Gran Salón hacia las pinturas. El señor Edward había querido inmortalizarlo allí, con los demás. «Entre velos de seda y guirnaldas de rosas, medio dormido, con el cabello alborotado...». Quizá todavía, algún día... El dios del silencio, el joven hijo de Afrodita, con su rostro y su cuerpo, retratado para que el señor Edward pudiera mirarlo siempre.

Pero otro impulso lo hizo avanzar, más allá del azul y verde plateado de *Eco y Narciso*, y después del ocre y escarlata de *Teseo y Ariadna*. A continuación, en las sombras, estaba el último panel del tríptico. Mientras que Eco estaba bañada por la luz de la luna y Ariadna se sonrojaba bajo la moribunda luz del ocaso, las siluetas de Atenea y Aracne estaban aplanadas por el intenso sol del mediodía. Bajo un sol implacable, se miraban la una a la otra, y sí, Aracne era preciosa. Se había imaginado a Cecilia con un rostro amable y femenino, pero era alta, con los ojos rasgados y pómulos pronunciados, un rostro que expresaba desafío y conciencia de la propia valía. Atenea, elegante y rubia, casi quedaba eclipsada... o habría sido así, de no haber sido por su expresión. Había una mezcla de orgullo herido y de dominio complaciente en los ojos grises de la diosa, y su mano, a su lado, estaba preparada para infligir la transformación. Al segundo siguiente atraparía a la mujer mortal en un marchito cuerpo de ocho patas y una telaraña propia. Retrocedió. No era una pintura agradable. Y, no obstante, cuando volvió a mirar *Eco y Narciso*, le pareció débil en comparación. La luz de la luna había perdido su encanto; los rostros eran demasiado convencionales. Narciso era olvidable, Eco solo era guapa. Y Teseo tenía demasiados músculos y parecía un matón, mientras que Ariadna era una ingenua, alguien que había sido engañada. Solo era una reacción a una mañana de desconcierto y perturbación, y aun así no consiguió despojarse de la sensación de que las otras eran ficciones aspiracionales, mientras que aquella decía la verdad.

No deseaba mirar más. Pero las tonalidades (azul, verde, plata; escarlata, dorado, tierra; púrpura, blanco) le recordaron algo. Frunció el ceño, buscando el recuerdo. Cuando lo encontró, este lo hizo retroceder, como si lo hubieran pinchado con una aguja. Las posiciones, el tamaño, las siluetas precisas y la disposición del pigmento... Eran como los paneles de salpicaduras de pintura que había visto en las habitaciones abandonadas del ala oeste, las habitaciones que la señorita Fielding le había mostrado, en las que había estado encerrada Cecilia Ashmore-Percy, donde dio a luz y escupió sangre y finalmente se volvió loca... Y donde, por la amabilidad de sus captores, al parecer se le había permitido hacer sus propias versiones de aquellos mitos, sin rostros ni figuras ni nombres.

Cuando abandonó la mansión Cathermute, el cielo estaba más oscuro, la bruma de la mañana se había solidificado y convertido en unas nubes bajas de tormenta. Quizá debería haber pedido que el carruaje lo llevara a Telverton, pero no podría soportar la espera. Se apresuró por la carretera, sudando a pesar del creciente frío en el aire. El señor Edward estaría en la fábrica, o al menos alguien allí sabría dónde estaba. Mientras bajaba a la ciudad, la presión se acumuló en sus oídos; su corazón tartamudeaba: *una prueba, una prueba, una prueba.*

Cuando llegó a la fábrica, algunos hombres murmuraron y se giraron para mirarlo, con expresión ilegible, pero nadie lo abordó. El despacho de Riley estaba oscuro y cerrado. Muy bien, entonces probaría suerte en el laboratorio. Antes o después seguramente se toparía con alguien que supiera dónde encontrar al señor Edward. Al menos, les pediría que le entregaran un mensaje. Se adentró en el pequeño callejón entre la casa de las arañas y el canal.

La puerta del laboratorio se abrió. Un hombre canoso salió, quitándose los anteojos mientras emergía al patio y pasándose la otra mano por los ojos. Durante un segundo, Henry pensó que estaba vomitando, pero no se oía nada, y cuando por fin se giró no brillaba nada húmedo alrededor de su boca.

La puerta del laboratorio se abrió de nuevo; esta vez fue Worsley quien salió, agitando las manos para quitarse el agua jabonosa.

—Tranquilízate, Gower, no seas ridículo… —Se detuvo para mirar a Henry—. ¿Qué está haciendo aquí?

—¿Está el señor Edward ahí dentro?

—No, por supuesto que no. ¿Qué quiere?

—¿Dónde está?

—¿Por qué debería saberlo? No soy su secretario.

—Tengo que verlo.

—¿Sí? —Worsley levantó las cejas—. ¿Y cree que él querrá verlo a usted?

—Bueno, entonces, ¿podría entregarle un mensaje? Pregúntele… Dígale que voy a hospedarme en el Ángel —balbuceó Henry, maldiciéndose. Debería haber girado en sus talones para marcharse tan pronto como vio a Worsley. Miró al otro hombre, Gower, y le dijo—: Por favor, si sabe dónde está… Se ha producido un malentendido.

—Ningún malentendido —dijo Worsley, dando un paso adelante—. Ya se ha hartado de usted, eso es todo.

—Yo no tuve nada que ver con Mercy… con la mujer que lo atacó en la inauguración. Nada en absoluto. Si él cree…

—Oh, por Dios, ¿eso? Para nada. Fue vergonzoso, sin duda, que la dejara escapar de ese modo. No puedo decir que le gustara. Pero eso no es nada, en realidad. La encontraremos. —Añadió, para el otro hombre—: Si has terminado de vomitar…

—Espere —dijo Henry—. Entonces… Dígame, ¿qué he hecho? He trabajado muy duro, se lo he dado todo.

Worsley ladró una carcajada.

—¿Su *trabajo*? Adulador y extravagante. ¿Engatusar a los inversores y gastarse la pasta del señor Edward? Para eso, podría haber contratado a una ramera.

La sangre inundó el rostro de Henry, punzante, como si le hubieran dado una bofetada.

—Está celoso —le dijo—. Sabe que fui yo, y no usted, quien llevó al conocimiento del público la seda Arain, y que el éxito del señor Edward será gracias a mí y a mis esfuerzos.

—¡Tonterías! Si no fuera por nuestros experimentos se estaría enfrentando a la bancarrota, esto sí —añadió, con énfasis burlón— gracias a *usted y a sus esfuerzos*. Sus persuasivos, absurdos y vanidosos esfuerzos, que han vaciado por completo su cartera. No es necesario enorgullecerse de eso, amigo mío. Siempre le he dicho que usted le sacaría la sangre, si le viniera bien, y anoche admitió que yo tenía razón. ¿Y sabe quién salvará su fortuna? Yo. Mis descubrimientos. Así que ahora lárguese, y dé las gracias porque no va a cobrarle todo el dinero que tiró por el desagüe.

No podía pensar; las acusaciones de Worsley eran injustas (¡lo eran, debían serlo!), y aun así no consiguió ofrecer una réplica, ni siquiera una pregunta.

El otro hombre, Gower, estaba frotándose la frente con una mano temblorosa. Henry vio que sus ojos se deslizaban hasta el laboratorio, como un niño castigado miraría un látigo, y algo saltó en las profundidades de su mente, haciendo una conexión que no conseguía nombrar.

—¿Sus descubrimientos? —le preguntó, despacio.

—Sí. ¿Es que anoche no estaba escuchando? —Worsley sonrió de oreja a oreja.

El señor Edward había dicho: «En mi laboratorio estamos incubando milagros». Pero ¿qué más? Algo sobre un instrumento, pensó Henry, una panacea, una solución para todas las miserias humanas. Nada que pudiera hacer que Gower tuviera ese aspecto...

«Los cachorros... Salen raros. Si es que salen».

—Ah —dijo Worsley, balanceándose en sus talones con alegre malicia—. Pero he sido injusto con usted, ¿verdad? Usted ha *ayudado* al señor Edward. Parte de su éxito se *deberá* a usted y a sus esfuerzos. No directamente, me temo, pero sin usted, yo nunca habría llegado tan lejos. Bueno, no me guarde rencor... ¿Por qué no entra y ve en qué hemos estado trabajando?

—No sé a qué se refiere.

—Ese diario que encontró. Era valiosísimo. Al final, hizo algo para ganarse el sustento.

Henry negó con la cabeza, pero cuando Worsley lo agarró y lo condujo al laboratorio, no se resistió. El ruido de la fábrica hacía traquetear sus huesos. «Sin usted...». Pasó ante Gower, y atravesó la puerta abierta.

El laboratorio era una habitación ordenada y limpia, llena de la luz grisácea que entraba a través de las ventanas veladas; había una mesa de trabajo vacía y arañada, sillas, prensas contra las paredes, una pizarra. La puerta del extremo opuesto estaba cerrada. Worsley se apoyó en la pared, con las manos en los bolsillos, observándolo; Gower se quedó en la puerta, y después de un momento murmuró:

—Señor Worsley...

—No veo ningún gran avance —dijo Henry.

Worsley sonrió.

—¿Le gustaría ver el santuario interior?

No esperó a que Henry contestara antes de abrir la otra puerta y llamarlo. Una especie de amargor inundó el aire, como el olor agrio del humo. Henry sintió una oleada de curiosidad y repulsión. Siguió a Worsley hasta la entrada y miró el interior.

Las ventanas estaban también allí cubiertas con seda, y la luz que se filtraba a través era suave y desvaída. Sobre él, colgando a la altura de su cabeza, había una insustancial y resplandeciente espiral de seda. Le recordó a una monstruosa caracola marina, transparente por la erosión de las olas. La miró.

—Ajá —dijo Worsley—. Mi adorable pequeña invención. *La hija de Worsley*, la llamo, aunque Gower la llama *jaula fantasma*. ¡Qué milagro es! Lo que crea no es el silencio para el oído, sino algo más profundo. Es el silencio del alma. Y si usted no se hubiera topado con ese diario, quizá no lo habríamos descubierto nunca.

Él no se había topado con el diario. Se lo habían entregado, para que descubriera el daño que la seda podía hacer. Y después se lo entregó directamente al señor Edward, para que lo consolara y absolviera.

—¿Recuerda la tienda del parto? Esto es parecido. Esa mujer era bastante lista, en cierto sentido; se percató de la forma y de la proporción áurea, aunque tuvimos que descubrir el tipo de tejido necesario nosotros solos, mediante prueba y error. ¿Le gustaría experimentarlo? Avance hasta la marca.

Worsley tiró de una cuerda y la campana cayó. Automáticamente, Henry dio un paso adelante para evitar que el borde lo golpeara y se descubrió sobre una arañada cruz de tiza. A su alrededor había rasguños en las baldosas, y un montón de manchas oscuras. Una de ellas era la huella de una mano, de la mitad del tamaño de la suya. Por un instante se preguntó qué significaría. Después, el borde se encontró con el suelo y se descubrió en el interior de una especie de cono curvado, hecho de anillos de… algún tipo de cable, creía. Estaban cubiertos de un tejido perlado, creando extrañas cámaras; habría acercado los dedos, pero no podía mover los brazos. No podía mover nada excepto los ojos. Sentía la lengua como una mordaza.

No estaba… No podía… Era consciente, de algún modo, del embotamiento de su cerebro, de una sensación de pesadez, como si estuviera hecho de arcilla. Y sus pensamientos, que deberían haber saltado y corrido, apenas se tambaleaban, opacos. Pero ni siquiera podría haberlo descrito, pues no había ningún lugar donde las palabras pudieran formarse. Incluso el menor impulso de nombrar lo que sentía se vio acallado, tragado, arrastrado. No en arcilla, sino por arenas movedizas. Le dolía. Lo sabía. Y aun así no era parte de él, solo algo que formaba parte del mundo. ¿Había sido siempre así? No podía luchar, solo soportarlo. Oyó que Worsley decía: «Póngase a la pata coja», y la orden fue como una mano amiga que se llevaba una fracción de la carga; el peso de ser él mismo se vio ligeramente aliviado cuando levantó una planta de las baldosas e intentó, obediente, mantener el equilibrio. Después de un rato se dio cuenta de que le dolía el tobillo, y también los apretados dedos de los pies, pero lo aceptó como necesario.

—Quítese la chaqueta.

Fue difícil, ya que seguía equilibrado sobre una pierna, pero era importante hacerlo lo mejor posible. No era que quisiera contentar a Worsley, solo que las órdenes del hombre parecían justo eso, el único orden en un caos de lodo. No eran amistosas, no hablaban de conexión humana, pero eran una cuerda que evitaba que fuera succionado. Cuando se quitó la chaqueta (que cayó de sus dedos como si fueran incapaces de agarrar, ahora que habían terminado aquella tarea concreta), esperó más. No quería, ni deseaba, más instrucciones, pero eran lo único que tenía sentido en aquel nuevo paisaje.

—Y la corbata, por favor —dijo Worsley.

—Señor Worsley, no creo…

—Cállate, Gower. Latimer, haz un nudo corredizo. Muy bien.

Bajó la mirada. No creía que supiera hacerlo. No lo recordaba. Pero sus manos sabían. Se movieron, retorciendo la tela sobre sí misma, formando el nudo. No se preguntó para qué era.

—Bien. Átelo al aro de arriba. Fuerte. No se preocupe, es más robusto de lo que parece. Sí, así, vale. Ahora póngaselo alrededor del cuello. Debajo de la barbilla.

Obedeció. El roce de la corbata contra su piel le recordó algo, o más bien hizo que algo titilara, una burbuja atrapada que tembló bajo la capa de ensordecedor cieno. Dejó caer los brazos en sus costados. Sentía las manos como guantes llenos de barro.

—Ahora —dijo Worsley—, le propongo tirar de esta asa, que elevará el aro sobre su cabeza. Supongo que no tiene objeciones. Puede responder.

—No se me ocurre ninguna.

—No. Aunque podría ser incómodo. Morir.

Henry lo comprendía, por supuesto. Comprendía que, si Worsley elevaba el anillo, lo estrangularía su propia corbata. Y creía a Worsley cuando decía que lo haría. Pero el miedo que podría haber sentido estaba enterrado demasiado profundamente; estaba, de algún modo, demasiado espeso. Si alguna emoción agitó un perceptible tentáculo, justo debajo de la superficie, fue el alivio.

—Supongo que podría serlo —dijo.

—Entonces… —Worsley tomó aire y tiró de la cuerda.

Alguien gritó: «¡Señor Worsley!». Se produjo una compresión, una nube negra bullendo, una presión alrededor de su mandíbula y de su tráquea, un vertiginoso balanceo. Estaba de puntillas, suspendido por la garganta… Y después remitió y acabó en el suelo. Alguien metió la mano debajo del aro más bajo y cortó la corbata con un par de tijeras. Después la jaula se elevó, brillante, y la realidad lo inundó. Henry se quedó inmóvil, con el rostro contra el suelo de piedra, como si hubiera sido arrastrado hasta una extraña orilla.

QUINCE

S e sentó en el banco con un vaso de agua en las manos, inclinándolo, observando cómo el líquido obedecía sus leyes hiciera lo que hiciera. Gower no dejaba de aclararse la garganta, como si tuviera una carraspera que no consiguiera quitarse tosiendo; Worsley estaba casi de espaldas, con las manos en los bolsillos, mirando el canal. Henry tomó un sorbo de agua. Sabía a metal. Le dolía la laringe al tragar.

—Bastante impresionante, ¿no cree?

—Por supuesto, fue solo… Formaba parte de la demostración, estaba totalmente a salvo —dijo Gower.

—Reconozco que ha sido un poco teatral, señor Latimer, pero quería que apreciara todas las posibilidades. Ser el objeto de un experimento le proporciona una comprensión real, mucho más que si otra persona le expone sus descubrimientos. ¿No cree? Su casa, elaboradamente amueblada, es en realidad lo mismo, ¿no?

—¿Está bien, señor Latimer? Puede tardar un poco en recuperarse. Beba agua, eso ayudará.

—Está muy concentrado el efecto, en ese aparato —continuó Worsley—. Es muy bueno para las demostraciones, aunque no tanto para aplicaciones más extensas. No se puede mantener a alguien debajo de esa cosa durante demasiado tiempo, pero estamos trabajando en ello. Y sirve a su propósito. Incluso ha resultado útil, una o dos veces…

—En teoría —dijo Gower—. Podemos ver su utilidad *teórica*.

—Pero el principio en el que se basa… Oh, sí. Y tenemos que darle las gracias a usted por ese principio, señor Latimer. O más bien a Sophia Ashmore y a sus amigas paganas. —Asintió, como si reconociera la alabanza, aunque Henry no había hablado—. Sí. Por Dios santo, hombre, ha estado usted ladrándole al árbol equivocado, silenciando esto y silenciando aquello. ¡Capazos para bebés, por el amor de Dios, cuando hemos inventado *esto*! ¿Sabe qué es lo más valioso de este mundo, Latimer? La *sumisión*. Encuentre un modo de vender sumisión, de convertir en esclavos dispuestos a otros hombres, y será rico. Bueno, yo seré un hombre rico. Y también el señor Edward.

Pero *sumisión* no era la palabra, pensó Henry. Lo que había sentido era más parecido a una eliminación del ego, un silencio que no lo había dejado sin voz, sino sin nada que decir.

—Ahora seguramente pensará, y tendrá razón, que la obediencia incondicional e indiscriminada es de uso limitado. Imagine lo que habría ocurrido, cuando estaba allí, si Gower hubiera empezado a darle también órdenes. —Se rio—. Pero en lugar de eso, imagine esto: un ejército de obreros que nunca discute. Que nunca hace huelga, que nunca pide más, que está satisfecho. —Puede que Henry se moviera, porque Worsley levantó una mano—. No, de verdad… Estarían satisfechos. O tanto como puede estarlo esa gente. Trabajarán en la fábrica como siempre han hecho, pero cuando regresen a casa, cualquier pequeña queja, cualquier deseo inapropiado, será eliminado. Adiós inclinaciones políticas, adiós discusiones problemáticas, adiós *sedición*. Adiós a las malditas bibliotecas, y a las clases nocturnas, porque cuando estén en casa, será la campana de la fábrica la que los haga salir de nuevo. —Se suavizó el cabello de la nuca, acicalándose como un pájaro—. Parece un sueño, ¿verdad? Pero muy pronto será realidad. Nuestra vivienda modelo le mostrará al mundo lo que puede hacerse. ¡Y muy barato, bien pensado! Sí, la seda Arain es cara, al peso, pero para esto solo se necesitan algunas hebras astutamente unidas. Algunos hilos en las paredes, separados justo el espacio adecuado. Lo que se necesita es precisión, atención al detalle, y después… Oh, he estado dentro de una habitación que ya ha sido terminada y es asombroso. Tan sutil que apenas se nota, y no obstante inconfundible cuando sabes dónde buscar. —Se detuvo. Henry creyó que iba a decir más, pero solo miró la distancia un momento antes de continuar—: El señor Edward se preguntaba (sabiendo, por supuesto, lo obstinados que son los trabajadores de esta maldita ciudad) si se opondrían, si los rumores comenzarían a circular. Pero, viendo como viven ahora… ¿Cómo podrían? Los hombres podrían intentarlo, pero sus esposas los convencerán. Viviendas espaciosas, luminosas, bien construidas… Con gas y agua, con tejados en los que se puede confiar, paredes sin humedad. Aunque lo supieran… —Se encogió de hombros—. Y, en el peor de los casos, siempre tendremos a los irlandeses.

Había una vibración en los huesos de Henry, un largo y grave trueno que no pudo identificar de inmediato. Giró la cabeza, rígido, y vio las deslizantes sombras de la lluvia en las ventanas tapadas por la seda. Estaba más oscuro, de repente. El cobertizo temblaba y vibraba mientras el agua golpeaba las paredes y el tejado.

Gower caminó con los dedos sobre la mesa, de un lado a otro.

—Las casas serán realmente bonitas —dijo, mirándolos.

—No habrá más huelgas —dijo Worsley—. Todo funcionará como debe. Sí, creo que podemos estar satisfechos. Todos los propietarios de fábricas en Londres querrán usar la seda, cuando vean cómo transforma a nuestros trabajadores. Eso debería ser suficiente para hacernos millonarios. —Asintió, satisfecho, mirando la nada; después, una sonrisa se extendió despacio por su rostro, como si hubiera visto a un viejo amigo—. Pero ese es solo el principio. Ah, Latimer, debería haber sido obvio. No tendríamos que haber necesitado el diario de una histérica para caer en ello. El mundo se divide en depredadores y presas, ¿no está de acuerdo? Es solo cuestión de decidir quién es qué… —Hizo un gesto cansado, suspiró—. Oh, ¡tranquilo, Gower! No estoy hablando de darwinismo, solo de realidad. —Después miró a Henry de nuevo—. Imagine que el orden se estableciera, de una vez por todas. En todos los países, en todas las ciudades, en cada calle, en cada casa. Los que son presas no sentirán dolor. Se resignarán fácilmente, con comodidad, a su destino: sin sufrimiento, sin lucha, sin agotadora resistencia. Los sirvientes servirán. Los niños obedecerán. Las mujeres se tumbarán y se entregarán y nunca dirán una palabra. Los hombres como usted... —Se detuvo, deliberadamente, como si estuviera tirando de un largo hilo, viendo cuánto puede estirarse—. Bueno, ¿quién sabe? Puede que los hombres como usted, los parásitos, quiero decir, mueran naturalmente.

Gower se aclaró la garganta.

—Los experimentos con... con animales no han sido... Es decir, fue fortuito. No intentábamos hacerles daño. Nadie usará jamás la seda para eso. No ahora. Lo que hemos inventado elimina cualquier necesidad de... ese tipo de actos. Es mucho mejor así, ¿sabe?

Se produjo otro silencio. Un hilillo de agua de lluvia se filtró bajo la puerta.

—Supongo —dijo Worsley al final, con una especie de resoplido— que está ahí sentado sintiendo que lo han tratado injustamente. Pero no debe vanagloriarse. Bloquear el sonido de los organilleros o ayudar a dormir a unas viejas o evitar que la digestión de una dama distraiga a sus acompañantes... es muy trivial. Una bonita mina de oro, pero eso es todo. ¿A quién le *importa* si el bebé se despierta? Manicomios y reuniones de cuáqueros y salas de conciertos... ¡Asuntos de mujeres! —Le lanzó a Gower una sonrisa maliciosa—. Cuando podemos hacer *esto*. Solo espere. El señor Edward no solo será millonario. Será el hombre más poderoso de Inglaterra.

—Y podría tener otros muchos usos —dijo Gower—, si el resto de lo que cuenta el diario es cierto. Quirófanos. Edificios religiosos. Será una... una bendición para la humanidad.

—Todos los detalles son secretos, por supuesto —añadió Worsley—, a pesar del anuncio de ayer. Lo obliga el honor a no mencionarlo. No es que tengamos competidores... Las arañas son nuestras, y no tenemos intención de dejar que nadie más ponga las manos en ellas. Pero anunciaremos los nuevos productos a nuestra manera, a nuestro propio ritmo.

La lluvia siguió golpeando el tejado. El aroma del agua sobre la tierra seca entró con una brisa fría por la ventana.

—¿Y el señor Edward sabe todo esto? —se oyó decir a sí mismo—. ¿Ha sabido siempre lo que estaban haciendo?

—Por supuesto que sí. Él es nuestro jefe, ¿no?

Henry se levantó, tomó su sombrero y abrió la puerta. Una ráfaga de lluvia le golpeó la cara mientras el ruido inundaba sus oídos. Caía con tanta fuerza que el aire parecía estar lleno de varillas de vidrio que se hacían añicos sobre el agua estancada. Se mojaría los pies y los tobillos en cuanto saliera, pero el resto estaría empapado en cuestión de segundos. Pero, después de todo, no importaba, no parecía real, seguía teniendo un entumecimiento bajo la piel.

—No volveremos a verlo, espero —dijo Worsley.

Henry no contestó. Salió al patio y el frío inundó sus zapatos y sus calcetines, trepó por sus pantalones para aferrarse a sus pantorrillas. La tierra se había cocido en las largas semanas de calor y ahora el agua se detenía en la superficie sin filtrarse, ya a un palmo de altura. Caminó, levantando los pies como un ave acuática, hacia el callejón que conducía al patio principal. El ruido era tan denso que era como si se hubiera quedado sordo: no podía percibir sonidos individuales, solo un rugido indistinto y vertiginoso. Pero cuando entró en el callejón, miró atrás. Gower estaba caminando tras él, salpicando, sin preocuparse por mojarse los pies. Mientras se acercaba, Henry captó algunas sílabas no del todo ocultas; después, el hombre estuvo lo bastante cerca para hacerse oír sobre la tormenta y las máquinas.

—No debe pensar que estuvo en peligro de verdad —le aseguró—. No lo estuvo, se lo prometo.

Henry lo miró fijamente. La lluvia estaba colándose bajo su sombrero. Cuando parpadeó, el agua abandonó sus pestañas y bajó por sus mejillas, y tardó un instante antes de poder ver de nuevo con claridad.

—Aunque él hubiera querido hacerlo, yo no se lo habría permitido —le aseguró—. Por favor, créame. Yo no le habría dejado… matarlo.

Henry sintió de nuevo la corbata bajo su barbilla y vio las nubes negras esperando a tragárselo. No dijo nada.

Gower se mordió el labio, retorciéndose un poco, con los anteojos salpicados y el cabello de su cabeza sin sombrero golpeado por la lluvia.

—No es culpa nuestra, ¿sabe? No lo es. No somos malas personas. Son los hombres como Ashmore-Percy. Los que tienen el poder. No podemos oponernos a ellos. Nadie puede.

Henry se giró y atravesó los crecientes charcos, con la cabeza baja, sin contestar.

Cruzó el umbral del Ángel como el superviviente de un naufragio, calado hasta los huesos y con tanto frío que apenas podía girar el pomo de la puerta. Se dirigió a la barra y pidió un coñac, murmurando con los labios fríos. El agua se arrastraba como piojos por su cuero cabelludo y su rostro. El tabernero le puso un vaso delante y se lo bebió, apenas sin saborearlo.

—Por Dios, necesito un trago —dijo alguien a su espalda, con una sombría carcajada—. Este maldito tiempo. No lo he visto tan malo en años. En la parte de la ciudad que linda con la fábrica esta noche habrá hemorragias nasales y dolores de cabeza, y mañana suicidios.

—No me preocupan los suicidios —dijo otro hombre—, sino el río. Esta lluvia, después de la primavera que hemos tenido… bajará de los páramos en torrentes.

—Ah, bien. Espero que pare —dijo la primera voz—, pero me alegro de no vivir en la calle Leat.

—Apuesto a que pondrán sacos de arena en Sharland's Court.

Henry soltó su vaso.

—Una habitación —dijo, y una doncella lo condujo por una estrecha escalera hasta una deslucida habitación. No se quitó la ropa mojada; se metió en la cama tal como estaba y enterró la cara en la almohada blanda, tiritando como si se le fueran a romper los huesos. No quería pensar, ni sentir, pero no consiguió mantenerlo a raya para siempre.

El señor Edward. El señor Edward, de quien estaba enamorado. A quien *había*... No, a quien todavía amaba, oh, Dios, sí, todavía lo amaba. Ese beso, ¿cómo podría olvidar ese beso, después de haber soñado con él durante tanto tiempo? Tampoco conseguía arrepentirse. O, mejor dicho, si tuviera la oportunidad de hacerlo de nuevo o de darle la espalda, de retirar lo que había dicho... No, no lo haría. «Te quiero». Lo diría de nuevo. Lo haría todo de nuevo. Haría cualquier cosa...

No. Era demasiado tarde.

No quería creer que el señor Edward conocía la existencia de la jaula fantasma. Seguramente no podía estar al tanto de los obscenos experimentos, de los cachorros catatónicos, de la huella de la mano infantil en el suelo del laboratorio. No, era imposible. Era un hombre decente, lleno de humanidad y generosidad; «Anímese», le había dicho. Había sido amable, era amable...

Pero debía saberlo. Por supuesto que sí. Worsley se lo había dicho. Y el discurso en la Sub Rosa... «El final de todos los delitos de insubordinación». ¿Era eso lo que había querido decir?

Henry aplastó la cara contra la almohada, pero no sirvió de nada. La señorita Fielding había tenido razón. Si la hubiera escuchado, en lugar de permitir que sus deseos lo cegaran... Sus deseos y su ambición. La seda era una atrocidad. Ahora lo sabía, y nada volvería a ser lo mismo, ni siquiera el recuerdo de la boca del señor Edward contra la suya. Vio de nuevo las ventanas cubiertas de seda del ala este, y el niño que había reptado bajo los telares como un pequeño anciano. Nadie le ayudaría. A nadie le importaba.

No podía quedarse tumbado, después de eso. Se puso en pie y se tambaleó hasta la ventana, intentando distraerse. Era más tarde de lo que había creído, y apenas había luz. La lluvia seguía cayendo a mares, repiqueteando en el panel de la ventana con tanta fuerza que apenas podía distinguir los edificios de enfrente. A pesar de sus esfuerzos, pensó en las mujeres de la fábrica, que enviaban a sus hijos con niñeras que les daban sirope de opio para mantenerlos tranquilos; pensó en el hijo de Mercy, expulsado de su propia mente por el ruido de las máquinas; pensó en Philomel, ensordecida en el vientre por un accidente que no había sido un accidente.

En la habitación de abajo, alguien elevó la voz sobre el alboroto del bar, seguido por un caos de sillas arrastradas y pasos. Miró por la ventana para ver a varios hombres saliendo a la calle y bajando apresuradamente la calle Silver, con las cabezas gachas para protegerse de la lluvia. Otra silueta corría en dirección contraria. El bar de abajo se había quedado extrañamente silencioso.

Después de un momento, tocó la campana. Cuando la doncella apareció, le preguntó:

—¿Qué está pasando? —Y cuando ella lo miró sin expresión, él señaló la ventana con la cabeza—. ¿A dónde han ido?

—Ah, sí. Han llamado urgentemente a los hombres. Están montando barricadas en la calle Percy, por si se inunda. Los almacenes de la seda.

—¿Y la fábrica?

—¿Qué pasa con ella?

—¿Está en peligro? El molino…

—No. ¿Alguna vez ha estado allí? Está rodeado de muros de ladrillo con la altura de un hombre. El agua no llegará tan alto. Como sea, el Tell nunca se desborda tanto como el Exe.

—Muy bien. Gracias —le dijo, y ella se marchó, cerrando la puerta a su espalda. ¿Qué iba a hacer? La pregunta había pendido en el aire tanto tiempo como llevaba en aquella habitación, con la humedad y el olor de la lana mojada; solo ahora la reconocía, y no se le ocurría una respuesta. Bueno… Volvería a casa. ¿Qué más? Regresaría a Londres. Regresaría con Argyll. Volvería a la casa silenciosa y a una vida en la que Madeleine estaba muerta y no tenía ninguna hija…

Casi había cruzado la habitación antes de decidirse. Antes de saber qué estaba haciendo, había atravesado la puerta, la había cerrado de golpe a su espalda y estaba bajando las escaleras corriendo. Dejó atrás el bar y salió a la lluvia. El agua fría le aguijoneó la cara; o estaba fría como el hielo, cerca del aguanieve, o él estaba febril. Se encorvó y luchó contra ella, mientras que el viento lanzaba ráfagas de agua contra su abrigo y conducía las gotas bajo el cuello de la prenda.

No había diseñado un plan, pero sabía a dónde iba. No podría descansar en ningún otro sitio... No había sabido qué esperaba hasta que preguntó si el molino de la fábrica se inundaría, y entonces se lo dijo el salto de su corazón, la chispa de regocijo. Durante esa fracción de segundo había sentido una alegría salvaje ante la perspectiva de la destrucción... la misma que había crepitado como el fuego cuando se imaginó los fardos de seda flotando en los estantes de los almacenes y perdiendo su brillo en el agua contaminada. Cruzó el puente y giró hacia las puertas de la fábrica, que estaban cerradas, por supuesto. Estaba oscuro ahora, y la luz de las farolas era tenue y titilaba, ondulando el cristal. Miró a través de los barrotes de hierro forjado. No veía ninguna otra luz.

Cerró los ojos. Podía sentir las turbulencias bañándolo, transportadas por el viento con el retumbo de la lluvia. Era como estar borracho: el mundo se escabullía y reasentaba, una y otra vez. ¿Cómo había podido disfrutar de esa sensación? Se agarró a la verja, trepó forcejeando y resbalando hasta conseguir pasar la pierna sobre la espiral de arriba, desconcertado tanto por su falta de agilidad como por su audacia, y cayó dolorosamente al otro lado, en un charco profundo hasta los tobillos. Ocurrió tan rápido que no podía creerse que hubiera pretendido hacerlo, pero allí estaba.

Se detuvo un momento, pero la misma sensación de irrealidad lo abordó. No estaba allí en realidad; no estaba entrando sin permiso en la propiedad del señor Edward; no pretendía hacer nada malo... Nadie podía verlo. Era invisible, en la húmeda y veloz oscuridad. Se adentró, chapoteando por el amplio patio, y con cada paso estuvo más seguro de que nadie lo abordaría. Habrían llamado para proteger el almacén a los vigilantes nocturnos, a los mecánicos que trabajaban durante la noche, al desratizador... O a quien fuera, pensó, consciente de lo poco que sabía, después de todo, del funcionamiento de la fábrica, de quién estaba allí normalmente. Estaba solo.

No obstante, algún instinto lo hizo mantenerse en las zonas más oscuras mientras atravesaba el patio y se adentraba en el callejón que conducía al laboratorio. Tenía los pies tan fríos que habían empezado a entumecerse, y el ruido reverberaba como si estuviera en un túnel, viniendo de cada lado. Comenzó a preguntarse si de algún modo se habría perdido. Pero justo cuando el pánico amenazaba con dominarlo, salió al patio más pequeño. Caminó pesadamente por el agua, que allí le llegaba a las rodillas, y comprendió por qué se había desorientado tanto: las aguas tranquilas del molino se habían transformado en un estruendoso torrente, tan ruidoso que quedaba atrapado en su garganta y hacía que le dolieran los oídos. No había palabras para la cacofonía, para el creciente aullido, para la succión, el remolino y los crujidos. Levantó las manos para bloquear el ruido. Con el sonido amortiguado, supo que solo era la corriente, arrastrando todo a su paso desde los páramos. Pero de repente temió que las turbulencias lo abrumaran, y avanzó por el agua hasta la puerta del laboratorio.

Por supuesto, no conseguiría entrar. Pero, mientras se maldecía por su estúpido optimismo, la manija cedió y la puerta se movió un poco; el agua estancada evitaba que girara libremente, pero se movía lo suficiente para que supiera que la habían dejado sin apestillar. Con una nueva desesperación, tiró de ella hasta que consiguió introducirse a través del hueco. Se tambaleó en el umbral, tropezó y corrió frenéticamente por la habitación. Golpeó la mesa con las piernas. Un segundo después, cuando el dolor cedió, vio que se había enganchado el pie en uno de los sacos de arena de la puerta. Cerró la puerta y se apoyó en ella, jadeando.

Había una extraña paz en la pequeña habitación. Con la seda cubriendo las ventanas, el sonido de la tormenta se había amortiguado mucho; tenía la quietud de un suspiro contenido... o de un lecho de muerte, de la pausa tras una respiración en la que otra debería llegar, o no hacerlo. Había una vela sobre la mesa, encendida y titilando. A su lado había una caja medio llena de botellas y dos más con herramientas y libros. Sobre este último montón estaba el diario de Sophia Ashmore. Habían despejado los estantes inferiores, y la puerta de una alacena estaba abierta. Pero quien hubiera estado allí ya no lo estaba. Podía ver la habitación contigua: esta también estaba vacía. Había cometido un error al entrar, pero había tenido suerte.

Y ahora se aprovecharía de su buena suerte, si es que había sido eso. Buscó en la caja de herramientas hasta que encontró un cuchillo y un martillo. Había algo extraño en la imagen de sus manos sosteniéndolos, como un dibujo del *Illustrated London News*. Él no era el tipo de hombre que cometería un delito. Los llevó con cuidado a la habitación contigua y tomó aire profundamente.

La única luz era la que atravesaba la puerta. Levantó la mirada: la falda de la campana brillaba sobre él, y sus bordes se fundían en las sombras. La jaula fantasma, la había llamado Gower. Dudó, todavía mirándola; deseaba más que nada ver a Worsley atrapado, de rodillas, gimoteando, suplicando... No. Él no era Worsley. No quería venganza, quería...

Pero no estaba seguro de qué quería, y no tenía tiempo para pensar en ello. Buscó la cuerda que estaba sujeta al herraje de la pared y la desató, demasiado apresuradamente, de modo que tuvo que rebobinarla para, por fin, poder bajarla al suelo. Pero ahora parecía tan endeble (tan anodina y a la vez tan sugerente como las enaguas de una mujer en un armario) que apenas podía confiar en su memoria. Casi se arrodilló y levantó el aro inferior, dispuesto a meterse debajo de nuevo, solo para asegurarse, cuando vio los surcos y las manchas en el suelo y retrocedió. ¿Tenía aquella cosa algún poder seductor? ¿Atraía a sus víctimas? ¿O era solo que estaba mareado y era un maldito idiota? Por Dios santo, si se hubiera metido debajo y se hubiera quedado allí, privado de pensamiento, de voluntad, hasta que Worsley regresara a la mañana siguiente... Echó mano al cuchillo.

Fue un trabajo rápido. El cuchillo estaba afilado y los hilos estaban tensos; puede que fueran más fuertes de lo que parecían, pero seguían siendo telarañas, pensó. Cortó las hileras una a una, disfrutando de la sensación de la hoja separando la seda. Los aros cayeron al suelo. Al final, no necesitó el martillo; sus pies y el peso de su cuerpo fueron suficientes para astillar la ligera madera.

Cuando terminó, le pareció una victoria trivial. Golpeó los fragmentos con el pie y pensó que, ahora que la seda ya no estaba colgada en sus precisos paralelos, podía oírla susurrar. Su poder para ordenar había sido destruido, pero sería fácil hacer otra. Había pisoteado el trabajo de un par de días, de un par de semanas, como mucho, y seguramente ni siquiera sería Worsley quien asumiera la tarea. Cualquier hombre podría hacerlo, si le daban las instrucciones y las herramientas adecuadas. La campana estaba hecha de muy poco: seda y madera y conocimiento. Ahora que estaba inventada, Henry no podía hacer nada para que fuera olvidada. Y Worsley había dicho que ya había estado en una habitación con seda en las paredes.

Levantó la mirada. ¿Había oído algo? ¿O había visto…? Seguramente había visto algo pasando sobre la seda de la ventana, una tenue oscuridad, un torbellino en la tormenta. Se giró, dejando la jaula rota donde estaba. Si lo atrapaban allí… Se lanzó hacia la puerta. Su mente se anticipó a lo que Worsley haría, al deleite que nacería en sus ojos cuando se diera cuenta de que Henry estaba a su merced.

No había nadie en el laboratorio. No había nadie en la ventana. Pero no esperó. Podría haber sido Worsley o no, y no se atrevía a arriesgarse. Se detuvo solo para hacerse con el desvencijado diario de Sophia Ashmore al pasar; se lo guardó debajo de la camisa y después salió a la lluvia como si fuera un mar furioso. Cuando se sumergió en ella, le robó la respiración. No tomó el callejón de vuelta al patio principal; sin pensar, eligió el camino más estrecho e indirecto que conducía a lo largo del canal, más allá de la casa de las arañas. El ruido creció cuando se acercó a las crecidas aguas del molino. Era como estar sumergido: abruptos sonidos rompieron contra sus orejas, aplanados y medio engullidos, imposibles de descifrar. Creyó oír el llanto de un niño. Y después…

Madeleine. No lo era. No. Pero se giró bruscamente, incapaz de seguir el sonido de su voz. Lo había llamado por su nombre. O, al menos… Se pasó la manga por la cara, intentando aferrarse a la realidad. Era habitual oír voces humanas en el viento; allí, con la tormenta y la riada, tan cerca de la seda, era natural que el fenómeno estuviera en su apogeo. No había ningún bebé ahogándose en el canal. No había ningún fantasma, ningún reproche, ningún:

«¡Henry, por favor, sálvala!». Pero aun así él dijo: «Sí, estoy aquí, estoy aquí», y giró en un círculo, buscando. Oh, Dios. Ella no era real, pero no podía alejarse como si no la hubiera oído, no podía marcharse...

La vio.

Estaba entrando en la casa de las arañas. Era poco más que un borrón en el aguacero, un espacio en el que la lluvia no caía.

La siguió. Creyó estar llamándola, *Madeleine, Madeleine*, aunque no podía oír su propia voz. Si hubo un niño luchando en las aguas del canal, ya lo había arrastrado el agua y no podía ayudarlo. Atravesó tambaleándose la puerta de la casa de las arañas y el diario se le cayó al suelo cuando alargó la mano hacia ella.

La puerta se cerró a su espalda, atenuando el ruido. La pequeña antecámara estaba en penumbras, pero la estufa estaba encendida y había luz suficiente de las brasas para distinguir su cara. En realidad, nunca había creído que fuera Madeleine, y por eso lo sorprendió que el dolor, el deseo de acurrucarse en el suelo y cerrar los ojos, le aplastara la garganta.

No era Madeleine, por supuesto. Era Mercy.

Tenía un hombro encorvado. Apenas tuvo tiempo de preguntarse si sería una nueva lesión cuando ella movió el brazo hacia él y vio que sostenía una pesada barra de hierro. La esquivó, golpeó la silla del vigilante y cayó al suelo. Impactó con la cabeza la esquina de la mesa y su visión se llenó de estrellas blancas. Había volcado la silla al caer y la sostuvo ante él como un escudo, retrocediendo para alejarse. Debía estar ridículo: una parodia indigna de un domador de leones, alejándose de una sola mujer delgada.

—Espere... No voy a hacerle daño... —No es que estuviera en posición de hacerle daño, mientras retrocedía a través del polvo sobre sus corvas— Por favor, no me golpee con eso.

—¿Qué hace aquí?

—Por favor... ¿Puede bajar eso? Por favor. Estoy solo. No deseo hacerle daño. Dejé que se marchara, ¿no? Después de la fiesta. *Por favor*.

Mercy no soltó la barra, pero muy lentamente la bajó a un lado.

—Gracias —le dijo Henry, y se puso en pie con cautela. Dejó la silla de nuevo en su lugar—. La he visto y... Bueno, la confundí con otra persona. Siento haberla asustado. —Su voz sonó inesperadamente natural, como si fueran conocidos que se habían encontrado en una calle, a plena luz del día.

La mujer estaba mirándolo con los ojos entornados.

—Usted es *su* amigo. Se llevó mis cartas y no se las enseñó, ¿verdad? ¿O las leyeron juntos y se rieron? A usted no le importa... Podría haberme ayudado, haber ayudado a Joe...

—No... Bueno, no se las entregué, no exactamente, pero...

La mujer se acercó de nuevo a él. Henry intentó desarmarla, retorciéndole la muñeca contra el codo más fuerte de lo que pretendía. La barra repiqueteó en el suelo.

—¡Suélteme! *Suélte... me...*

La mujer se lanzó hacia atrás. Henry la soltó, desconcertado por el miedo que había en su cara, como si fuera él el atacante. Mercy retrocedió contra la pared, y entonces vio lo delgada que estaba, lo transparente que era su piel, lo frágiles que eran sus huesos. La mujer se tensó como si fuera a soportar algún ultraje a sus manos.

—Me mataré antes de que pueda arrastrarme diez pasos —le dijo. Se sacó un frasco del bolsillo y le quitó el corcho—. Opio y arsénico. Cuando me lo haya bebido, dejará de tener poder sobre mí.

Henry se detuvo, sin apartar los ojos de su cara.

—No pasa nada —le aseguró—. No soy amigo del señor Edward. Me ha despedido. No es necesario que se beba eso. Se lo prometo.

—Entonces, ¿por qué está aquí?

—He venido a destruir algo, en el laboratorio.

Estaba tan concentrado en la mano de Mercy, que sostenía el frasco letal, que apenas prestó atención a lo que decía; solo le importaba que con cada palabra firme se alejara un poco más de su boca.

—Han hecho una... una cosa horrible, en parte debido a algo que yo hice. Y no soportaba pensar en ello, así que vine para hacerlo pedazos.

Se produjo un silencio. Henry deseó que ella volviera a ponerle el corcho al frasco.

—Está intentando engañarme.

—No. ¿Cómo podría demostrárselo?

Ella lo miró fijamente.

—Voy a destrozar los terrarios y a matar a las arañas —anunció. Se produjo un silencio—. Devuélvame la barra —le pidió.

Henry se levantó y la recogió. Tan suavemente como pudo, la puso sobre la mesa y retrocedió.

—¿Dónde está el vigilante nocturno? —le preguntó—. Creí que no se le permitía abandonar su puesto.

—Si lo que ha dicho es cierto, será mejor que se marche antes de que vuelva.

Henry miró la mesa. Junto a la barra había un periódico un poco arrugado, como si lo hubieran tirado apresuradamente, y una pipa que todavía echaba humo. Creyó ver un poco de vapor elevándose del té que había en la taza esmaltada. ¿Cómo había convencido al hombre para que se marchara?

—Lo ha sobornado.

—¡No! Nosotros...

Se detuvo en seco, mordiéndose el labio. Así que tenía un cómplice; eso tenía sentido. Se imaginó algún tipo de distracción: un niño llamando a la puerta y suplicando ayuda, un hombre simulando un accidente o una luz misteriosa cruzando el patio. Eso sería mejor, en cualquier caso, que romperle el cráneo al vigilante con esa barra de hierro.

—Eso no importa —dijo ella—. Ahora déjeme sola. No tengo mucho tiempo. No le diré a nadie que ha estado aquí.

¿Confiaba en él? ¿O solo era que no le importaba, siempre que no se interpusiera en su camino? Tan pronto como estuviera hecho, ¿se llevaría el frasco de nuevo a los labios y bebería?

Henry cruzó la estancia hasta la puerta opuesta, la puerta que conducía a las arañas. Ella se aplastó contra el muro cuando pasó, pero él no la miró. Abrió la puerta y miró la vidriosa oscuridad, con el estómago revuelto. Había olvidado el sonido: ese susurro elusivo, distinto a todos los ruidos de la fábrica y a los efectos de la seda. Incluso ahora, contra la tormenta de fondo, era inconfundible.

Oyó un paso a su espalda. Pero la vibración parecía venir de la dirección equivocada, y por el rabillo del ojo (en la urna más cercana, como si el cristal fuera un lago sin fondo, reflectante y oscuro) atisbó la espiral de un rostro flotante, unos ojos oscuros y unos labios nacarados. Cuando lo miró directamente, no había nada. O más bien, eran los poco definidos hilos y velas de una telaraña, destellando en las sombras, y el reflejo de Mercy. La mujer estaba junto a su hombro.

—Apártese —le dijo ella. Su voz reverberó, destellante, en cada panel de cristal, y durante un momento tuvo la impresión de un pasillo infinito, como la eterna multiplicación de dos espejos, plateados e iluminados por la luna. Y en el extremo opuesto, sí, había una silueta, parecida y muy distinta a él, un hombre envuelto en sombra. Se agarró al marco de la puerta. Solo era una ilusión, solo su propio reflejo. Pero, si se acercaba, vería que ese hombre vestido de oscuro le sonreía. Vería, con asombro, que su rostro no era el suyo, sino uno mayor, más seguro de sí mismo, burlón, y aunque sabía que sería un fantasma, una emanación de sus propios deseos, no había nada que deseara más. Deseaba perseguirlo y perderse en ese laberinto imposible. Se dijo a sí mismo que solo eran la seda y el cristal; solo era un truco de las arañas, afectándolo, desorientándolo, como si fuera su presa, como Worsley había dicho. Pero estaba muy claro, era desgarrador. Y quizás él fuera su presa natural, porque quería sucumbir a ello más que nada. Si permitía que Mercy rompiera el terrario, nunca volvería a ver a ese fantasma.

Y todo lo demás que acompañaba a la seda… Regresó a él, en una oleada, qué implicaría que destruyeran a las arañas. La fábrica, Telverton, toda la fortuna Ashmore-Percy… Todo se echaría a perder. Si lo hubieran sorprendido en el laboratorio, estaba casi seguro de que se habría librado con una excusa. Aquello… No, aquello era diferente. Aquello sería un crimen de la mayor gravedad; aquello implicaría escarnio público, cárcel, trabajos forzados. Jamás regresaría a casa… Su nombre se vería arrastrado por el fango, despreciado… No era demasiado tarde para dar marcha atrás. Podía ir a buscar al guardia; detendrían a Mercy y la fábrica se salvaría, y quizá recompensarían su servicio. Recuperaría la confianza del señor Edward, y con esta todo lo demás, todo lo que había perdido.

Miró las traslúcidas profundidades de cristal y oscuridad con un nudo en la garganta. Ahora podía ver que lo que le había parecido el rostro de un hombre era una combinación especial de telarañas y sombra, y que si se movía a la izquierda o a la derecha se descomponía en las partes que lo formaban.

Mercy lo empujó al pasar. Henry no lo evitó. Se giró, regresó a la antecámara y se encorvó para agarrar el atizador que había junto a la estufa. A su espalda oyó el primer estrépito de metal y cristal, y sintió en las raíces de sus dientes el impacto. El ruido sonó de nuevo y esta vez oyó no solo la urna rompiéndose sino un zumbido espectral, una vibración que atravesó el edificio y al que cada hilo y partícula de seda y madera y cristal respondió con su propia voz, haciéndolo pensar en las campanas de una iglesia resonando en una aldea sumergida. Pero solo fue audible durante una fracción de segundo; al momento siguiente se produjo otro estallido y el cristal cayó al suelo. Henry entró en la casa de las arañas con el atizador en la mano, ya haciéndolo oscilar hacia el terrario más cercano.

No fue satisfactorio, y tampoco frenético, pero estuvo cerca de ambas cosas, tan cerca que Henry perdió totalmente la noción de sí mismo mientras golpeaba y machacaba en un delirante ejercicio. El cristal se rompió a su alrededor como las aguas de una tormenta: roció, le lanzó punzantes astillas a la cara, destelló y cantó. Y la seda se rasgó y ajironó y rompió, convirtiéndose en trapos sucios en la punta de su atizador. Las escaleras de las arañas, sus palacios de marfil, sus lustrosos castillos en el aire… Lo convirtió todo en fragmentos colgantes, jadeando con satisfacción. Era una masacre de velos y encaje, excepto por que había cristales rotos por todas partes, y sangre manchando la empuñadura de su atizador, y todo el tiempo lo acompañó el *ruido*, las implacables y nauseabundas notas que vibraban en sus huesos, el zumbido que le dificultaba la respiración.

Redujo urna tras urna a polvo y desiguales diamantes. Al otro lado de la habitación, Mercy golpeó con la barra los últimos cristales intactos, feroz y metódica; Henry giró bruscamente para esquivar una esquirla grande que voló hacia él y notó que le cortaba la mejilla. Tropezó con una gran tela de araña, lo bastante grande para atraparle el tobillo. Más allá había otra extensión de seda que subía hasta la parte superior de la urna como el dosel del moisés de un niño; le clavó el atizador y la acuchilló una y otra vez, hasta que la ligera cortina se desplomó y ya no parecía nada más que una telaraña. Debajo había un nudo oscuro y escabroso. Retrocedió. Apenas había visto a las arañas, solo atisbos de cosas que se escabullían y lo hacían estremecerse, y un cosquilleo de algo en la cara que lo hizo tanteársela compulsivamente solo para encontrar un mechón mojado de su propio cabello. Pero en ese momento se detuvo, mirando el terrón de oscuridad. ¿Sería una araña, o el disecado cadáver de un murciélago o de una rata? Le dio una patada a un fragmento de cristal y el bulto se movió hacia un lado, pero mantuvo una especie de dignidad, una presencia de ánimo cauta, de patas largas, como si fuera más antiguo y sabio que cualquier agitado humano. «¿Recorrerás mis salones?, le dijo la araña a la mosca, con muy corteses razones». Y Henry levantó el atizador hasta la altura del hombro y lo bajó con todas sus fuerzas.

Pero no era necesario matarlas a todas. Recordó que Worsley le había dicho: «Se comen unas a otras, ¿sabe?». Sería suficiente con romper las urnas y ponerlas en movimiento; después, ellas mismas terminarían el trabajo. Se secó el sudor de la frente y bajó el brazo, examinando los restos. La casa de las arañas era un paisaje de cristales rotos, de esquinas cubiertas de grietas, de seda en festones sucios o curvada en montones grises en el suelo. Algunas arañas negras estaban esparcidas entre el polvo brillante, boca arriba e inmóviles; otras se movían como diminutas manos oscuras, saliendo de las esquinas. Estaba hecho. Ahora, ellas completarían el último acto.

Pero Mercy no se había detenido. Estaba agachada, bajando la barra de hierro una y otra vez, golpeando el mismo punto. Debajo, en el suelo, el cristal se había convertido en polvo, tan blanco y fino como la tiza. Hizo pensar a Henry en la rata que había visto en la jaula, girando sin parar de un lado a otro.

—Mercy…

Ella no lo oyó. Henry soltó el atizador y caminó hacia ella. Al acercarse, distinguió una mancha oscura con algunos filamentos, el abdomen de una araña que había sido machacado hasta quedar reducido a la nada. Apartó la mirada, temiendo ver una cabeza de muchos ojos, intacta y observándolo. La barra seguía cayendo, automática, como una máquina.

—¡Mercy!

Le agarró el brazo, más fuerte de lo que pretendía; ella forcejeó, gruñó, se balanceó hacia los lados sobre sus corvas, se cayó. La barra traqueteó en el suelo. Durante un instante lo arañó, y su mano conectó con el corte que Henry tenía en la cara con una llamarada de dolor. Henry tuvo apenas el autocontrol suficiente para apartarse, en lugar de devolverle el golpe.

—¡Por el amor de Dios!

Después, ella se detuvo por fin.

Quizás uno de ellos habría roto ese frágil silencio. Pero antes de que pudiera tomar aire, antes de que pudiera decir las palabras adecuadas, el tenue vaivén de una luz se derramó en la antecámara. Atrapó cada superficie fracturada, creando destellos y chispas del color de las llamas. Henry se giró. Nada era visible en la entrada, solo el brillante haz de una lámpara de parafina con un grupo de sombras detrás.

Oyó que un hombre contenía el aliento, asombrado, y que se dominaba; y después, solapándose un poco, oyó la voz de Worsley diciendo, con gélido equilibrio:

—Latimer, ¿es usted?

DIECISÉIS

Fue como si unos hilos pegajosos se le hubieran adherido a la cara, cerrándole la boca, cubriéndole la nariz hasta que no pudo conseguir aire suficiente. Intentó quitárselos con el dorso de la mano, pero la sensación persistió. Nadie más se movió, ni Mercy ni los dos borrones de sombra tras la inescrutable lámpara, y el único sonido era el moribundo repiqueteo de la lluvia en el tejado. Despacio, consiguió separar los labios, pero no había manera de escapar. Lo habían descubierto en el acto, y no había nada que pudiera decir o hacer para evitar el desastre.

Entonces Mercy buscó algo en su falda y él lo olvidó todo excepto el conocimiento de que tenía un frasco de veneno para tomarlo por si la atrapaban. Se lanzó sobre sus manos y se las apartó.

—No, no, no debe —le dijo, y algo cayó al suelo. No tuvo tiempo de mirar; ella se resistió, se lanzó de lado a lado, comenzó a llorar, y aquello fue lo único que Henry pudo hacer para detenerla. La agonía cobró vida en su rodilla, pero la ignoró—. ¡Ayúdeme, Worsley!

Lo único que importaba era que ella no encontrara el pequeño frasquito, no podía permitir que…

—Ayúdalo —dijo Worsley, y después, más fuerte—. ¡Ayúdalo! Por el amor de Dios…

El vigilante se acercó, haciendo crujir los restos bajo sus pisadas, y puso a Mercy en pie, apartando a Henry. La mujer gritó y lo golpeó (puede que intentara agarrar la barra que había junto a sus pies), pero él la zarandeó, con fuerza, hasta que le castañetearon los dientes y se detuvo.

—Por favor, no le haga daño…

—Cállate —le ordenó Worsley, que después se dirigió al vigilante—. Sácala de aquí. Átala. —Señaló con el pulgar sobre su hombro y se apartó de la puerta.

El otro hombre empujó a Mercy hacia adelante. Ella dio un par de pasos, tambaleándose, derrotada; después, un último destello de desafío apareció en su rostro y se detuvo en seco, giró la cabeza hacia Henry y le escupió.

Worsley no volvió a hablar hasta que el vigilante atravesó la puerta con Mercy gruñendo. Después se oyó el tenue sonido de las patas de una silla de madera arañando el suelo, el repique de una caja al abrirse y el movimiento de una cuerda. Worsley se acercó y pasó el zapato a través de los cristales rotos hasta que descubrió un mechón de pálida telaraña. Después se agachó, dejó la lámpara junto a su cadera y miró a su alrededor. Soltó una cruel maldición, casi entre dientes. Después miró a Henry.

—Eres un auténtico inútil —dijo, con cansado desprecio.

Henry se puso en pie. Al forcejear con Mercy se había arrodillado sobre una esquirla de cristal; una enorme mancha húmeda estaba floreciendo en sus pantalones, sobre su rodilla, y le dolió al enderezar la pierna. Intentó reunir algunas palabras de desafío, pero tenía la mente en blanco.

—Vamos —dijo Worsley, poniéndose en pie.

Henry lo miró fijamente.

—¿Qué...?

Entonces, sintiendo que algo se retorcía en su vientre, como si una corriente hubiera cambiado de dirección, lo comprendió. Worsley había visto a Henry quitándole a Mercy la barra de hierro, como si la estuviera deteniendo. Para entonces, Henry ya había tirado el atizador. Y le había pedido ayuda, y ella le había escupido por su traición. Debió parecer que había estado intentando proteger a las arañas, como si todavía esperara redimirse ante el señor Edward.

Worsley estaba ya caminando apresuradamente hacia la antecámara. Rígido, Henry corrió tras él y pasó junto al vigilante nocturno, que estaba alimentando la estufa que había al otro lado de la habitación. Mercy estaba atada a la silla, con los ojos cerrados.

—No le quites la vista de encima —le dijo Worsley al vigilante—. Puede que no parezca peligrosa, pero es una puta loca. Se escapará, si puede. Latimer, deje de entretenerse.

Abrió la puerta y salió. Henry dudó; Mercy estaba tan inmóvil como una niña dormida. ¿Podría salvarla? Debía hacerlo. De algún modo. Quizá, si les seguía la corriente, si fingía, entonces... Al menos ganaría algo de tiempo para pensar, para encontrar un modo. Siguió a Worsley al exterior.

La lluvia había cesado. Las nubes se habían deshilachado y apenas quedaban algunos vestigios, y una luna llena parecía correr entre ellas. La luz era furiosamente brillante, atenuando la lámpara de Worsley y convirtiéndola en un rescoldo. El efecto era desconcertante, como si hubieran emergido a un mundo distinto. Aunque las nubes se movían rápidamente, a nivel del suelo el aire estaba inmóvil. Henry se había acostumbrado tanto al siseo de la lluvia que, a pesar del estruendo del canal, tuvo la impresión de una quietud enorme, casi imposible, como si su propio corazón se hubiera detenido.

Worsley cruzó la franja de sombra que proyectaba la chimenea y se apresuró por el callejón que se estrechaba entre la esquina de la casa de las arañas y el edificio principal. Se dirigió a la puerta y la abrió.

—Por aquí.

Habían llegado a la base de una de las escaleras de caracol. La luz de la luna se derramaba a través de las ventanas del rellano superior. Pero no subieron los peldaños; en lugar de eso, Worsley lideró el camino por un pasillo oscuro, elevando la lámpara al andar. Buscó otra llave y abrió otra puerta. Después buscó algo con una mano, mientras la luz lanzaba demenciales fracciones de sombra sobre los estantes. Era una habitación pequeña, o quizás una despensa grande; unas cajas se cayeron al suelo y Worsley se agachó y vació su contenido para después dárselas a Henry.

—Tome —le dijo—, agarre esto.

Y siguió vaciando los estantes. Las cosas se caían y repiqueteaban alrededor de sus pies: clavos, o correas, o bobinas, pensó Henry. Worsley se encorvó y reunió las cajas.

—¿Qué está…?

—Para las arañas, idiota. Se comen unas a otras. Necesitamos salvar tantas como podamos. —Worsley se levantó, sujetando más cajas entre su codo y una mano, y con la lámpara oscilando en la otra—. Si no salvamos suficientes para criarlas… —Le dio a Henry un fuerte empujón en las costillas.

Henry se tambaleó, obediente, en la misma dirección. Debía seguirle la corriente. Aunque tuviera que salvar a las arañas… Si tenía que elegir entre Mercy y la destrucción de las arañas, debía elegir a Mercy. *Pero ¿cómo podría ayudarla?*, pensó. *¿Cómo?* Salieron a la luz de la luna. En su cráneo había un tenue zumbido que disipaba el sobrenatural silencio; se presionó el paladar con la lengua, odiando la distracción, deseando poder pensar más claramente.

—Bien —dijo Worsley—. Registraremos el lugar. Sacaremos de las esquinas a todas las que sigan vivas. Tenga cuidado, ¿me oye? Si le hace daño a alguna, le arrancaré la piel. Esa mujer debió venir durante la tormenta a propósito para que no hubiera nadie que pudiera ayudar. Cuando hayamos salvado a todas las que podamos, la estrangularé.

Henry se detuvo. Suponía que era una forma de hablar, pero no estaba seguro. Había creído que el manicomio de Exminster era lo peor que podía ocurrirle, pero…

—Preferiría matarla ahora —dijo Worsley—. Al señor Edward no le importará. Una puta más o menos, ¿a quién le importa? No es como la otra, no necesitamos guardar las apariencias. —Le mostró los dientes—. Por Dios que, como nos haya arruinado, le voy a dar una paliza.

Henry bajó la mirada. Su sombra yacía, densa, a sus pies, deformada por su carga de cajas. El zumbido distante se incrementó. Oh, Dios, ¡si al menos pudiera *pensar*! Tiempo, necesitaba más tiempo…

—¿La otra? —preguntó, mirando las profundidades de su sombra.

—¿Qué?

—Ha dicho *la otra*. Que no es necesario guardar las apariencias, que no es como la otra.

—¿Sí? Da igual.

—¿La otra vez o la otra… —dijo Henry, sin saber si era o no una pregunta— puta?

Worsley resopló, pero lo único que dijo fue:

—Vamos, dese prisa.

—Se refiere a la esposa del señor Edward, ¿no? A la señora Ashmore-Percy.

Henry no podía apartar la mirada de la oscuridad que había a sus pies. No necesitaba hacerlo; sin levantar los ojos, podía ver a través de los muros de ladrillo que se elevaban entre él y los telares. Ella había gritado que la dejaran salir, mientras el ruido le golpeaba los oídos y dejaba sorda a la niña que había en su vientre.

—¿Fuiste tú? ¿Tú la encerraste allí? ¿Y pusiste la maquinaria en marcha, a propósito?

—Escucha… —Worsley se aclaró la garganta—. No tenemos tiempo para esto. El jefe no va a darnos las gracias por quedarnos de cháchara mientras las arañas…

—Me das asco —le espetó Henry. De repente, descubrió que le era fácil mirar al otro hombre a la cara, y vio con satisfacción que Worsley se quedaba boquiabierto—. Eres un canalla despreciable… Un monstruo, un cobarde. Espero que te arruines. Espero que termines en una cuneta.

A Worsley se le había caído una de las cajas al suelo, pero no se detuvo para recuperarla.

—Oh, yo soy un canalla, ¿no? Obedecía órdenes del señor Edward.

—Eres un mentiroso.

—No. ¡No! —repitió, y se rio—. No en esto, al menos. Y tú, Latimer, *tú*… Llegaste a Telverton arrastrándote, insinuándote para ganarte su favor. Le dijiste lo que quería oír. Oh, sí, alardeas de tus elevados sentimientos, pero harías cualquier cosa por estar en mi lugar, ¿verdad? Engañarías y mentirías y asesinarías por él, como lo hago yo. La única diferencia es que tú también te mientes a ti mismo. Podrías haber tirado la toalla y haber regresado a casa, pero, oh, no, te quedaste tanto tiempo como te dejaron. Acabas de entregarnos a

Mercy, sabiendo que la encerrarán o algo peor. Y nos estás ayudando. Así que cierra esa boca insolente. —Se detuvo, durante un instante—. Y la próxima vez que me hables así, te convertiré en un lunático, igual que a la *señora*... —hizo énfasis en la palabra, burlón— Ashmore-Percy.

Henry cerró los ojos. Durante un momento, oyó la voz de Gower: «No podemos oponernos a ellos». Y seguía sintiendo esa vibración en los huesos, como si se acercara una ola invisible. Dejó que las cajas se le cayeran de los brazos.

—Oh, por el amor de Dios, concentrémonos en el trabajo...

—No. No lo haré. No puedo.

—Joder, ¡vaya momento para ponerse melodramático! Es absurdo.

—No voy a obedecer tus órdenes —le dijo, y pensó que quizá, después de todo, era cierto—. ¿Por qué debería? Me alegraría verte desahuciado... Y también al señor Edward. ¿Por qué crees que estoy aquí?

—¿A qué te refieres? —Pero Henry no tuvo tiempo de responder antes de que Worsley añadiera, con una lenta tensión en su voz—: ¿Por qué *estás* aquí?

—Yo ayudé a Mercy a destruir las urnas de las arañas —dijo Henry. Y, mientras lo decía, creyó que había acudido por eso, y solo eso.

—¿Eres su cómplice? Pero...

Worsley negó con la cabeza. Se le cayó otra caja, y otra; apenas parecía notarlas caer. Despacio, su ceño fruncido dio paso a una expresión diferente: concentrada, casi serena.

—Tú la ayudaste —repitió, con la voz tan suave como la seda—. Tú la ayudaste a matar a las arañas.

Henry no dijo nada.

—Cuando haya terminado con ella —continuó Worsley—, empezaré contigo.

Henry no había temido por sí mismo hasta ese momento. Solo había pensado en Mercy... Y después en Philomel, y en la señora Ashmore-Percy, y la furiosa llama de la justicia había eclipsado todo lo demás. Solo ahora, viendo el cambio en la expresión de Worsley, se daba cuenta de lo insensato que había sido. Estaba solo en la oscuridad con un hombre que disfrutaba infligiendo dolor; si gritaba, nadie acudiría en su rescate.

—Deja que nos marchemos —dijo, intentando que sonara como una orden—. No tienes que decirle al señor Edward que nos has visto.

—¿Y por qué haría yo eso?

—Si nos dejas marchar, nunca repetiré lo que me has contado. Me lo llevaré a la tumba. De lo contrario...

—Podrías estar más cerca de la tumba de lo que crees —le dijo Worsley, y sonrió.

—Una cosa es deshacerse de una mujer como esa, pobre, ya medio loca, que podría ser ingresada en un manicomio con facilidad, sin que nadie hiciera preguntas. Pero un hombre de buena familia, educado, con cultura... Habrá dificultades. Inconvenientes. Sería mucho mejor llegar a un acuerdo.

—Ah —dijo Worsley—, pero no estás teniendo en cuenta el placer.

Se produjo un silencio. Ese retumbo distante llamó la atención de Henry, insistente.

Worsley dio un paso hacia él. Había soltado todas las cajas excepto dos, y la que tenía en la mano derecha estaba aplastada y deformada.

—Disfrutaría —le aseguró—. No lo comprendes, ¿verdad? Oh, la cara que puso esa puta, justo antes de que cerrara la puerta... A menudo cierro los ojos para recordarla. Se creía mejor que yo. Como tú. Me has llamado «cobarde», pero más tarde suplicarás por tu vida. Te diré qué, Latimer: me ocuparé de la mujer con rapidez, como un favor hacia ti. ¡Y después me divertiré tanto contigo! Cuando recuperes la conciencia, estarás en la jaula fantasma. ¿Haré que te cortes el brazo? ¿O las orejas? ¿O quizá la lengua? Y después dejaré que mueras desangrado. Y lo mejor de todo será que no habrá inconvenientes, no habrá dificultades, porque yo no voy a ponerte un dedo encima. Eres viudo, ¿no? Debía sufrir mucho, dirán, debió perder la cabeza. Aunque me da pena tu familia, cuando se enteren de que te mutilaste horriblemente antes de terminar.

—No —le dijo Henry—. No lo harás.

—¿Y eso por qué? ¿Cómo me detendrás? ¿Crees que tus súplicas me derretirán el corazón?

—No —le dijo. Quería meterse los dedos en las orejas para bloquear la distracción de ese tronido, real o imaginario, pero era demasiado consciente de cómo le temblaban las manos—. Porque también he destruido la jaula fantasma.

Worsley parpadeó. Él no parecía oír el sonido; eso significaba, quizá, que estaba en la cabeza de Henry.

—¿Cuándo? —le preguntó.

¿Cuánto tiempo había pasado?

—Una hora... Hace poco tiempo. La puerta del laboratorio estaba abierta. Entré. Corté la seda y rompí la estructura.

La media sonrisa de Worsley había desaparecido. Estaba mirando a Henry como si pudiera ver a través de él, todo el camino hasta el horizonte.

Una ráfaga de viento alejó una nube de la luna y la luz plateada atravesó el cielo y cayó sobre la tierra húmeda. Henry parpadeó. Y entonces Worsley se abalanzó sobre él, se lanzó a través del deslumbrante blanco y negro de la luz de la luna y de las sombras. Agarró a Henry del hombro, haciéndolo perder el equilibrio, y echó el brazo hacia atrás para golpearlo.

Henry intentó esquivarlo, pero con una horrible y lenta claridad supo que no se había movido lo bastante rápido. Vio el puño de Worsley dirigiéndose hacia él y no pudo evitarlo.

No perdió la conciencia, pero se le emborronó la visión mientras el dolor le golpeaba la mandíbula y las costillas. Cuando se irguió de nuevo, parpadeando para alejar la humedad de sus ojos doloridos, Worsley le retorció el brazo a la espalda y no consiguió zafarse. Al principio se derrumbó, sus rodillas rozaron el suelo, pero con un cruel tirón volvió a ponerlo en pie.

—No forcejees —le ordenó, y no lo hizo. Después lo sacó del edificio de la fábrica y lo arrastró por la crujiente gravilla, mientras su aliento caliente iba y venía sobre su nuca. Lo único que Henry podía hacer era caminar: no había posibilidad de escapar, ni quería dislocarse el brazo. El dolor lo debilitaba; ni sus músculos ni su mente trabajaban adecuadamente. Cruzaron un espacio abierto y después las paredes se cerraron a cada lado. Y a continuación…

Estaban ante la puerta de los telares. La reconoció, sin curiosidad, como habría reaccionado a un giro en una de las historias que Madeleine leía en sus revistas. *El protagonista,* pensó, *se enfrenta a un peligro mortal…*

Worsley le apretó la muñeca. Con la otra mano, buscó el llavero en su bolsillo. Las llaves repiquetearon cuando insertó una en la cerradura y la giró.

—Espera un momento, Worsley —le pidió Henry—. ¿Y las arañas? ¿No estás perdiendo el tiempo?

—No tardaré mucho.

—No puedes… En serio, esto es…

—Cállate. —Le dio a Henry un brusco empujón, soltándole el brazo. Y mientras la sangre regresaba a la articulación, y el dolor lo cegaba y ensordecía, Henry se tambaleó en el umbral y colisionó contra la esquina de un telar—. Adiós, Latimer.

Con toda la fuerza tardía de una presa al romperse, Henry sintió que el pánico lo inundaba, alejando el fuego de su hombro, tan feroz como la propia vida. Worsley estaba cerrando la puerta; se lanzó contra ella y la empujó con toda la fuerza que tenía.

Worsley se rio, jadeante. Esto solo incrementó el pánico: fue así como debió reírse, la otra vez. Cuánto debió disfrutar el momento en el que la puerta se cerró…

Pero Henry no era una mujer embarazada y el miedo le proporcionó una ferocidad que nunca había conocido. Abrió la puerta y Worsley retrocedió, tambaleante; la nota de su risa se volvió frágil y aguda. Henry le gritó algo, alguna obscenidad, y su voz resonó en las paredes de ladrillo, multiplicada en ecos que por una vez fueron naturales, comprensibles tanto para su mente como para sus oídos. Worsley se retorció para alejarse, y levantó las manos para defenderse de Henry.

—Vamos, mi querido amigo, no creerá que yo de verdad...

Pero había hecho bien al tener miedo, en tenerlo todavía. Crepitaba y cantaba en cada nervio. Lo empujaba a golpear... Quería lanzar a Worsley al suelo y apalearlo hasta que nunca volviera a levantarse, golpearlo y hacerle daño hasta estar seguro de que estaba a salvo, de que él era el único que podría marcharse con vida. Le temblaban las rodillas. Le...

No. No era miedo, o no solo miedo, lo que se elevó a través de su cuerpo, revolviéndole las entrañas. El retumbo que había oído estaba a su alrededor; ahora estaba seguro de que era real. Se detuvo. La expresión de Worsley cambió, y se giró abruptamente para seguir la mirada de Henry.

El estrépito se hizo más fuerte... Más que el trueno, más que el resto de los sonidos. La vibración hizo temblar el aire y se transmitió por el suelo como si la tierra estuviera a punto de abrirse. Y después, cuando alcanzó la cúspide, se produjo un profundo choque que pareció golpear el abdomen de Henry, ir más allá de sus oídos. El timbre del sonido cambió: ahora, sobre el rugido, había una nota líquida y borboteante, casi melódica.

—Por Dios santo —dijo Worsley.

Bajo la luz de la luna, un torrente de agua se dirigía hacia ellos. La ola atravesó el hueco entre los edificios y rompió contra el suelo, bordeada de espuma; era tan parecido al mar que Henry esperaba que retrocediera, dejando un rastro de burbujas, antes de acercarse de nuevo. Pero no lo hizo. Siguió avanzando, rápida e inexorable. Fría, golpeó los tobillos de Henry y le salpicó las pantorrillas. Contuvo el aliento. Entonces la ola pasó, desapareció de la vista, y a su alrededor se congregó una extensión de agua plateada, salpicada y arrugada por remolinos. La descarnada luz de la luna iluminaba el muro que tenían delante, y podía ver el nivel subiendo constantemente contra las hileras de mortero y ladrillo.

—Algo ha debido romper el muro del canal.

Henry no podía moverse. El agua ya había subido sobre sus rodillas. Un dolor sordo latía allí donde se había arrodillado sobre el fragmento de cristal. Algo lo empujó bajo la superficie, y se estremeció y se tambaleó, pero solo era una rama gruesa que la corriente había empujado contra su espinilla. Se encorvó e intentó quitársela de encima, pero la rama se giró y se encajó entre sus piernas.

—Ayúdame —le dijo Worsley, con voz aguda y ronca—. Ayúdame... No sé nadar.

—La casa de las arañas —dijo Henry—. Mercy.

—¿Qué pasa con ella? —En el rostro de Worsley había una mueca rígida. Comenzó a vadear las aguas hacia el callejón inundado, moviendo los brazos rígidamente—. No deberíamos quedarnos aquí... El agua nos arrastrará. El nivel está subiendo...

—Está atada. Se quedará atrapada. Si el agua sigue creciendo...

—Ayúdame —insistió el otro, casi chillando—. Sujétate a mí, así ninguno de los dos caerá.

Henry miró las aguas que estaban vertiéndose a través del estrecho hueco, inundando el patio con un profundo borde festoneado de cochambre y residuos. Después agarró la rama que se había quedado atrapada entre sus rodillas para ayudarse a mantener el equilibrio. A diferencia de Worsley, él sabía nadar, pero no estaba seguro de que eso pudiera salvarlo si perdía pie en ese río terrible.

Worsley lo vio erguirse con la rama en la mano.

—¡Latimer, por favor!

Tan pronto como Henry estuvo a su alcance, se aferró con ambas manos a su brazo, feroz, convulso.

A pesar de su resentimiento, Henry no se zafó de él. Poco a poco avanzaron contra la apabullante corriente, levantando pie tras pie, tambaleándose y jadeando por el esfuerzo. Después, por fin, salieron del callejón. Frente a ellos, la luz de la luna danzaba y se dividía y destellaba, salpicada de oscuros pecios; los edificios surgían de los titilantes reflejos, transformados en improbables navíos. Las ventanas de la casa de las arañas estaban oscuras.

—Quizá se han puesto a salvo —dijo Henry—, y se han llevado la lámpara.

—No seas estúpido. Seguramente se han ahogado. Debemos ir a un sitio seguro.

—Debemos encontrarlos —insistió Henry, y su corazón se lanzó contra sus costillas como si fuera a romperse—. Si hay alguna posibilidad...

—Oh, ¡por *compasión*! —Worsley le tiró del brazo—. Como si importaran.

Henry se giró.

—Ponte tú a salvo, si quieres —le dijo, elevando la voz sobre el estruendo del agua—, pero yo tengo que... Suéltame, *suéltame*...

Clavó la rama en el agua, intentando mantener el equilibrio mientras Worsley lo agarraba frenéticamente.

—¡Pero no sé *nadar*! —chilló Worsley—. Que le den a Mercy... ¡Ayúdame *a mí*!

Henry se apartó bruscamente y, al retroceder, empujado de lado por la fuerza de la corriente, el palo que sostenía giró en el aire, lanzando gotas. Un impacto atravesó sus huesos e hizo traquetear sus dientes. De repente, los dedos que le agarraban la muñeca lo soltaron, dejándole un hormigueo en la piel en la que habían estado. Se oyó un grito, el movimiento de unas alas de sombra, una colisión contra el agua. Henry se tambaleó hacia atrás, cegado por las salpicaduras. Cuando se secó la cara, Worsley no estaba allí. Era imposible; era como un truco de magia, un hombre desapareciendo en un salón lleno de espejos... Henry miró a su alrededor frenéticamente, pero no vio nada más que la astillada luz de la luna y reflejos.

No. No había desaparecido: estaba allí, en el agua. Henry dijo: «¿Worsley?», pero su voz apenas fue audible sobre el sonido del agua. Ese no podía ser él, boca abajo, ya flotando, ya casi fuera de su alcance. Henry no lo había golpeado tan fuerte como para... No, seguramente se incorporaría en cualquier momento, tomaría aire, soltaría una maldición... Pero no lo hizo. El cabello se extendía en su nuca como si fueran algas.

—¿Worsley...? —dijo de nuevo. Debería haberse zambullido en la traicionera corriente, alargando las manos hasta encontrar algo que agarrar, el cuello de la chaqueta de Worsley, un puñado de cabello... El agua le llegaba ya hasta el pecho. Era demasiado tarde... o lo sería si no se movía ya, ya...

El rechinante y ronco gruñido se convirtió en un grito monstruoso, como si el mundo entero hubiera sido arrancado de sus cimientos. Alzó la mirada.

Frente a él, bajo la luz de la luna, la casa de las arañas estaba rodeada por una sinuosa y jorobada serpiente que parecía tragarse a sí misma, atiborrándose y engordando antes de quedar bajo la superficie de otra ola. Algo más (un muro, una barrera) había cedido. Intentó dar un paso, pero el empuje lanzó su pie hacia atrás. No tenía tiempo para pensar en Worsley; en lugar de eso pensó en Mercy, y después en las urnas rotas, en las arañas muertas... ¿Habría arrastrado la corriente todo ese cristal? Si abría la puerta de la casa de las arañas, ¿lo recibiría una masa de agua tachonada de esquirlas y astillas? Si es que conseguía abrir la puerta.

Resbaló, se hundió, tragó líquido fétido y volvió a ponerse en pie, frenético. La imposibilidad de llegar hasta la casa de las arañas destelló en su mente, y después quedó eclipsada por el terror. No esperaba salvar a Mercy, no más de lo que había podido salvar a Worsley o esperaba salvarse a sí mismo. Iba a morir. No era suficiente con saber nadar: la marea lo arrastraría, lo golpearía con tablones y rocas, lo lanzaría contra una esquina y lo aplastaría.

Miró el camino por el que habían llegado. Frente a él, el edificio principal de la fábrica parecía abrirse paso en el torrente como un gigante, aporreado por la crecida. Pronto, la riada le llegaría a la cabeza; golpearía las altas ventanas, subiría la escalera...

La escalera. Frente a él, vio la puerta por la que había salido con Worsley antes de que cediera el muro del canal. Tenían prisa y los brazos llenos de cajas, y la habían dejado abierta.

Casi lo ahogó la esperanza, pero no se atrevió a detenerse lo suficiente para reconocerla. Se lanzó hacia adelante, frenético, moviendo los brazos a través del agua y parpadeando para librarse de las fétidas gotas que moteaban su rostro.

Después, de algún modo, se agarró al montante de la puerta, asombrado y agradecido al sentir su solidez. Las escaleras subían frente a él sobre los entrecruzados reflejos, resbaladizas y plateadas. Avanzó hasta que sus zapatos se encontraron con el primer escalón;

después, aturdido, subió. Llegó a medio rellano y se detuvo para mirar a través de la estrecha ventana. Se preparó para lo que vería, flotando, pero era difícil distinguir algo en el reflectante caos de desechos.

Allí arriba, el ruido era menor. Se apoyó en la pared con ambas manos. Aunque estaba sobre suelo firme, este parecía moverse bajo sus pies.

Se oyó un enorme crujido y un chirrido, como el de unas garras sobre la piedra, o un clavo oxidado haciendo sangre... Después se amplió, se astilló, se disipó. Era el sonido de la derrota, de una estructura demolida, de su última protesta, su último grito antes de desintegrarse. Miró abajo. Nada.

Entonces vio el paisaje inclinándose, cambiando ante sus ojos. No podía asimilarlo, solo podía mirar, agarrado al alféizar con las manos amoratadas. Se estaban moviendo cosas que no deberían moverse. Se pasó una manga mojada por los ojos, pero no eran sus sentidos los que lo estaban traicionando. Debajo se había producido un cambio en el patrón de los edificios y de la riada, una especie de temblor, un deslizamiento... El agua se amontonó en madejas, enredándose y tejiéndose en una red alrededor y sobre la casa de las arañas, lanzando lazos sobre el tejado. El edificio se sacudió hacia adelante, en un nuevo ángulo. Se acercó y reptó, como si estuviera herido, intentando escapar. Y después, tronando, mientras la corriente le arrancaba las tejas y se vertía por las ventanas, se derrumbó.

Terminó con mayor rapidez de lo que habría creído; desapareció, tragado, dejando solo un montón de madera y vigas rotas, como el mikado de un gigante. Henry se detuvo, sin pensar, sin moverse, hasta que la riada terminó con el edificio. A sus pies oyó el anodino chapoteo del agua al trepar al siguiente escalón.

Entonces caminó, apoyándose pesadamente en la pared como un anciano, hasta el tramo de escaleras que conducía al siguiente rellano. Le sangraba la rodilla. Estaba congelado. Nadie sabía que estaba allí. Nadie acudiría en su ayuda. No encontró la energía para que le importara. Se sentó contra la pared, dejando que el ruido entrara en su cráneo a través del ladrillo, y cerró los ojos.

PARTE VI

¿Cuándo queda, ahora? Espero y espero. Debo haber contado mal. Pero, si lo he hecho, ¿de dónde ha salido este bebé?

Pensé que había una parte del éxtasis que no recordaba. Pensé que debió haber alguien más allí, un hombre, además de Hira. Intenté recordar otra boca, otras manos, otro cuerpo; y aunque no conseguí hacerlo, me alegré al pensar que mi hija había sido engendrada aquella noche, concebida en un templo, durante un ritual de amor. Prefería eso a pensar que James se había impuesto sobre mi cuerpo, después de haberme drogado... Pero ahora cuento y cuento, una y otra vez, y no consigo que la cuenta cuadre de ninguna manera. ¿Podría haberme puesto las manos encima en otro momento, sin despertarme? U otra persona, ya que James despreció mi cuerpo durante meses. Cierro los ojos e intento recordar a los hombres del viaje. Los marineros se encogían cuando pasaba; decían que las arañas traían mala suerte, y me culpaban de ello. No creo que me hubieran tocado. Ni el resto de los pasajeros, los jóvenes que aspiraban a ser poetas, o el viejo que viajaba para visitar a su primo en Marsella. Pero debe existir una respuesta. No estoy histérica; sé que, si no fue un cisne, o una lluvia de oro, o un toro monstruoso, debió ser un hombre. Mi bebé fue engendrado de algún modo. Si fue así como... Bueno, no me importa, porque fuera lo que fuere permitiría que ocurriera de nuevo, sin protesta.

Es terrible escribirlo, o debería serlo. Si me quedara algo de decoro, me sentiría devastada. Pero no lo estoy. Sería hipócrita estar devastada, cuando no me arrepiento de nada de lo que plantó esta semilla en mi vientre. Nunca había sentido un amor como este, ni siquiera hacia James, ni siquiera por Hira. Si puedo sentir el fuego de esta devoción ahora, antes de que mi hija haya tomado su primer aliento, ¿cómo será cuando esté en mis brazos? No me importa quién sea su padre. Que tenga muchos padres, o ninguno. Yo soy su madre. Es mía.

Espero. Pero puedo esperar. Si estos meses me han enseñado algo, es esto. Espero y no digo nada, y mientras ella crece, como si mi silencio la nutriera. Cuando haya nacido... Pronto. Debe ser pronto. Y entonces... Oh, ¡ha pasado tanto tiempo! Hace mucho frío aquí, y todo es gris, aunque es verano, y echo tanto de menos a Hira que a veces me muerdo la mano para no gritar. Pero hay algo que puedo esperar. Una nueva vida, mía y de mi hija.

James también dice estar pensando en el futuro. Quizá lo haga, a su manera. Hemos posado para nuestro retrato. Cuando esté terminado, barnizado y enmarcado, nos colgarán sobre la chimenea de la sala de dibujo. Estaremos allí expuestos durante generaciones. Dice que sus hijos nos admirarán, y que se sentirán agradecidos... porque, después de todo, las arañas serán la base de nuestra fortuna, y los Ashmore serán ricos y famosos. No habla de esta hija, porque es tan capaz de hacer las cuentas como yo, así que no importa que yo sepa (¡lo sé!) que el bebé que llevo en mi vientre será una niña. Ni me cree cuando le digo que no hará fortuna con las arañas. Se pasa horas encorvado en su despacho, tejiendo hilos, tomando notas. Rara vez sale; está pálido y parece enfermo. Yo también, pero estoy dedicando toda mi fuerza a mantener viva a mi hija. Ella toma todo lo que yo puedo darle, y la quiero por ello. Me la imagino dormida en su cama de agua salada, como una perla en una ostra. Pronto. Pronto.

No malgastaré mi fuerza teniendo miedo. Voy a necesitarla: para ella, para mí. Oh, ¡ojalá Hira estuviera aquí! A veces me pregunto qué estará haciendo. Me tumbo en la cama y cierro los ojos. La sigo mientras sube el camino de la aldea, la observo elevar la cara hacia la sombra verde de los robles y sonrío, sola, satisfecha. Huelo su sudor, y la dulzura de las hierbas aplastadas bajo nuestros pies. Después alargo la mano para tomar la suya y siento los kilómetros que nos separan. Oh, ¡quiero que esté aquí, ahora! Quiero tenerla a mi lado cuando me ponga de parto. Quiero que sea ella quien tome a mi hija, que sea la primera en tocarla, en acercarla a mi pecho. Pero nunca volveré a verla. Y tampoco voy a malgastar mis fuerzas en la nostalgia.

Los días se repiten. Nada cambia, excepto que el año avanza y mi hija crece. Ella también está reservando sus fuerzas. Recuerdo que la tía Elizabeth me dijo que sus hijos subían y bajaban, nadando por su vientre, y que daban volteretas cuando masticaba hielo. Pero mi bebé espera el momento; está tranquila, y cauta, y cuando se mueve es solo un aleteo de sus deditos, tan suave que podría confundirlo con el movimiento de mis tripas. Me alegro. Al mundo le gustamos más cuando somos dóciles y silenciosas, y no ocupamos más espacio del necesario. Más tarde le enseñaré a ser astuta, a encontrar su propio camino sin que parezca que se resiste, como el agua que escapa de las manos unidas de un hombre. Ella hará todo lo que yo no puedo hacer.

Oh, ¡ha pasado tanto tiempo! Estoy cansada. Me duele todo, no puedo tragar agua, no puedo comer. Pero es importante. Quiero que venga, y al mismo tiempo no lo deseo, porque, cuando haya nacido, nunca volverá a estar tan cerca de mí.

Esta mañana, cuando fui a dar de comer a las arañas, encontré a James dormido en el invernadero. Era temprano y el día era más frío y gris de lo que debería ser en agosto, incluso en Inglaterra, y me dolían los huesos. Me acerqué a la caja donde las ratas chillaban y se agitaban, y la abrí. Una acababa de tener crías. Conté a las otras: había suficientes para que no tuviera que perturbar su nido de retorcidos bebés rosas, y me alegré. No vi a James hasta que busqué mis guantes; estaba tirado en el suelo, con la cabeza apoyada en el terrario de abajo. Había una botella vacía a su lado, y el aliento le olía a alcohol.

Dejé mis guantes a un lado. Era extraño mirarlo, sobre todo bajo aquella luz plateada y moteada por los olivos: parecía joven, con el cabello pegado a la frente, tan abandonado al sueño como un niño. De no haber sido por las arañas que tenía detrás, habría olvidado todo lo que ha hecho y lo habría querido de nuevo.

Alargué la mano y le toqué la mejilla. Pero el tacto de su carne (sudorosa, fría, un poco áspera por el bozo de la mañana) me hizo apartar la mano, recordando la suavidad de la piel de Hira y el calor líquido de su boca.

No se despertó. La araña más cercana se movió un poco en su tela y creí oír un murmullo, tan suave como si viniera del interior de mi propio cráneo. Son pequeñas, las arañas. Son mucho más pequeñas que las ratas con las que las alimento, y los murciélagos que se comían en la isla. No derrotan a su presa sino que la acunan, dejan que la seda la calme; se las beben hasta dejarlas secas mientras sueñan.

Pensé: *Si quisiera podría abrir la urna, ahora, mientras James está dormido.*

Pensé: *No se despertaría.*

Pensé: *¿Qué ocurriría, si no se despertara?*

Me imaginé a la araña reptando sobre su rostro. Si él no se movía, iría de un lado a otro, despacio, despacio, envolviéndolo en seda, cubriéndole la boca y la nariz y los ojos. Lentamente, convertiría su rostro en otra cosa, en una capucha ciega y blanca, en una crisálida, una nada. Se detendría bajo su mandíbula, encontraría el lugar adecuado para atravesar su piel. Si entonces no se hubiera despertado, ya no lo haría. Yo abriría todas las urnas, hasta que hubiera una araña succionando de cada vena. Quizá no se despertaría nunca. Habría justicia en ello. Más que justicia.

La araña no se movió. Es absurdo, suponer que las arañas pueden sentir odio, pero lo sienten, yo sé que lo sienten. Quieren que James pague por lo que hizo; y si no paga, entonces su odio perdurará durante generaciones, todo lo que sea necesario. Una maldición. *Por favor*, pensé, *si hay una maldición, aléjala de mí y de mi niña.* Si tienen que cobrarse su deuda, que sea yo quien decida, que sea James y no otro quien pague…

Entonces fue demasiado tarde. Antes de que hubiera decidido qué hacer, él abrió los ojos y, durante un instante, sonrió.

—Sophia, ¿qué estás haciendo aquí?

Cuando dudé, miró a su alrededor y pareció recordar dónde estaba. Se puso en pie, volcando la botella, y me miró, avergonzado. ¡Como si yo no hubiera sabido ya que bebía! Se acercó al terrario y golpeó el cristal con el dedo. Aun así, la araña no se movió, pero yo sentí su decepción, y su furia.

James bajó la mano y se giró hacia mí. Por una vez (quizá debido a la clara luz de la mañana) pareció verme, a mí.

—Oh, Sophia —dijo de repente. Tenía una expresión que yo llevaba mucho tiempo sin ver en su cara, desde que perdí a la primera niña—. No es demasiado tarde. Hemos llegado muy lejos. Tenemos mucho que perdonar, los dos. Pero podríamos, si quisiéramos. Nos queríamos, ¿no?

No hablé. Temía las reverberaciones de las telarañas. No quería oír mi respuesta convertida en algo que no era.

—Cuando tu... —Se detuvo y comenzó de nuevo, en voz muy baja—. Cuando nuestro hijo nazca, podremos empezar de nuevo. Por favor, Sophy.

Lo miré fijamente. No sé por qué dijo algo así después de tanto tiempo. Solo sabía que casi me había librado de él, que casi había empezado a pensar que podría haber un modo de...

—No creas que no veo que estás sufriendo. He escrito al doctor para que venga a examinarte. Debería haberlo llamado hace meses.

—Eres muy amable, James —me obligué a decir.

Él asintió. Me dedicó una sonrisa, que se volvió forzada cuando yo no se la devolví.

—Sí —me dijo—. Bien.

Y caminó hasta la caja de las ratas, se puso los guantes y extrajo algo que se retorcía y chillaba. Con la otra mano, abrió la urna más cercana y lo dejó caer dentro. Era la rata con su succionante camada, cuyas diminutas crías eran como las falanges de los deditos de un bebé. Cayeron en el suelo del terrario y se arrastraron mientras su madre se retorcía, atrapada en la telaraña, intentando morder los hilos. La seda amplificó su chillido hasta que casi fue una aguja en mis oídos.

—Vete a la cama, Sophy. Debes descansar. Yo me ocuparé de las arañas desde ahora.

—Sí —le dije. Estaba más cansada que nunca. No miré atrás mientras lo obedecía.

Pronto vendrá el doctor. Me dirá cuánto tiempo tengo que esperar, y cómo será, y que debo hacer para prepararme. No será como Hira, pero me ayudará. Estoy segura.

Pronto, pronto, pronto. Y, cuando mi hija haya nacido, encontraré un modo de romper la maldición de las arañas, si existe. Encontraré un modo de ser libre.

DIECISIETE

uando Henry despertó, no estaba en la mansión Cathermute, ni en el Ángel, ni en su casa de Londres. El dormitorio en el que se encontraba era agradable, escueto y confortable; aunque no sabía dónde estaba, no era un lugar totalmente desconocido, como si no fuera la primera vez que despertara allí. Sentía la cabeza pesada; tenía la sensación de que le había dolido, antes, pero ya no. Se apoyó en los codos. El cielo al otro lado de la ventana estaba blancuzco, con la suave palidez de un nublado día de verano, y los árboles estaban cargados de hojas que habían pasado su mejor momento. Empezó a levantarse de la cama, pero el movimiento lo cansó y se tumbó. La cama no tenía dosel y podía ver tenues sombras verdes bailando en el techo. Eran lo más colorido de la habitación, además de su propia carne: todo lo demás mostraba diversos tonos de gris, y su pijama era del color del marfil. No había cuadros en las paredes, ni alfombra en el suelo.

La casa estaba en silencio. Dormitó y despertó de nuevo, y esta vez, cuando lo hizo, una rolliza mujer mayor con un vestido gris estaba sentada junto a su cama, preparada para darle un caldo de ternera. La mujer le puso la mano en la frente antes de marcharse, y él se sometió tan naturalmente como si fuera su tía, o su madre. Las sombras se intensificaron alrededor de la cama y un círculo dorado brotó en el techo, donde alguien había encendido una lámpara. Los sueños iban y venían, sin dejarle ningún recuerdo, solo vívidos colores y una sensación de algo que había quedado sin hacer.

Cuando volvió de nuevo en sí estaba solo, y sediento. No había reloj en aquella habitación, pero era tarde. Con cautela, bajó los pies al suelo. Se detuvo, por si se mareaba, pero se sentía bastante estable y, después de unos segundos, se puso en pie. Buscó una bata a su alrededor, pero no encontró nada. En lugar de eso, tomó la manta de color carbón de la cama y se rodeó los hombros con ella. Después salió al pasillo.

Desde la parte superior de la escalera vio en la oscuridad de abajo la dorada silueta de una puerta de la que escapaba luz. Bajó las escaleras y llamó.

—Adelante —dijo una voz, y abrió la puerta.

Era Hinshaw, el cuáquero. Estaba leyendo junto a la chimenea apagada, pero tan pronto como vio a Henry, bajó el libro y se puso en pie para agarrarlo del brazo.

—¿Os encontráis indispuesto? —le preguntó.

—No —le dijo Henry—. No podía dormir, y quería un vaso de agua.

—Iré a buscároslo —se ofreció Hinshaw—. ¿Queréis algo de yantar?

—Me encantaría un coñac, si tiene.

—No tenemos licores fuertes en casa —le dijo Hinshaw, con una chispa de humor—. Pero me alegra descubrir que os habéis repuesto en tal manera que así os apetece. Acomodaos.

Pasó junto a Henry para adentrarse en la oscuridad de la casa.

Henry se sentó, con la misma serena ausencia de sorpresa que había sentido antes. Tan pronto como vio a la mujer del vestido gris, debería haber supuesto dónde estaba… O quizá Hinshaw había ido a verlo mientras estaba inconsciente. Apoyó la cabeza en el mullido asiento. Era una habitación mucho más terrenal que el dormitorio; bastante normal, de hecho, con paredes cubiertas de libros, una mesa y una silla, y un espejo sobre la chimenea. Había un tenue olor dulce a tabaco de pipa.

Un momento después, Hinshaw abrió la puerta con el codo y entró en la estancia con una bandeja: el vaso de agua de Henry estaba acompañado de pan, queso y fruta seca.

—Si fuera esto indigesto en demasía, por favor, no os lo comáis —le dijo—, o Rachel me dejará sin pescuezo.

—Debo darle las gracias… —comenzó Henry.

—No es necesario.

—Me refiero a… todo. ¿Cuánto tiempo llevo aquí? He estado recibiendo cuidados, supongo, desde… —Se detuvo. No sabía cómo describir esa noche; parecía imposiblemente lejana, como un suceso en una novela que podría haber comprado en una estación de tren.

—Desde la riada —le dijo Hinshaw—. Tres semanas hará.

—Ha sido muy amable… y después de lo grosero que fui yo, cuando me ofreció su ayuda…

Hinshaw levantó una mano para detenerlo.

—No digáis más. Habéis estado grave. Agotamiento y fiebre, según el médico. El corte de la rodilla empezó a necrosarse y temimos que perdierais la pierna. Pero sois un hombre con suerte.

—¿Los cuáqueros creen en la suerte?

Hinshaw le echó una mirada divertida.

—¿Os molesta que fume?

—En absoluto.

—Tengo muchos vicios —dijo, tomando una pipa y llenándola con dedos diestros—. Haréis bien en no basar en mí vuestro juicio acerca de los cuáqueros. Tomad a Rachel como modelo. Ella es un ejemplo a seguir.

La caridad era menos irritante, viniendo de Hinshaw, de lo que debería, y con una resignación que era en parte fatiga, Henry se echó hacia atrás en su butaca, tomó el vaso y se lo bebió. El agua estaba clara y sabía ligeramente a piedra; si toda el agua era tan buena, de buena gana renunciaría al coñac. Pero la idea trajo en su estela el recuerdo de esa… esa otra agua… Intentó alejar, parpadeando, la imagen del canal inundado, y apartó el vaso vacío, sintiéndose mareado.

Hinshaw estaba observándolo. Le dio una larga calada a su pipa y levantó una mano para rodearse los dedos con el humo, como si fuera un hilo.

—Supongo que tuvisteis la suerte de sobrevivir —le dijo, dándole un ligero énfasis a la palabra—, y la desgracia de veros obligado a hacerlo, por estar allí.

Se produjo un silencio. Henry sabía, con cierto temor, que Hinshaw le estaba planteando (con delicadeza, pero inconfundiblemente) una pregunta; habría sido ingrato, de hecho, no ofrecerle a su anfitrión una respuesta.

—Fui allí para buscar algo mío que me había dejado.

—¿Lo encontrasteis? No portabais demasiado en los bolsillos.

—No —le contestó—. No, yo…

Pero se le cerró la garganta. La visión de la riada cargada de desechos se elevó en su mente tan inexorablemente como lo había hecho en la realidad, arrastrándolo todo consigo, abrumando sus otros sentidos. Sintió de nuevo su presión en el pecho, el impersonal e irresistible aluvión que había intentado tirarlo y ahogarlo. Vio los reflejos fracturados, el horrible brillo de la luz de la luna mientras giraba y salpicaba las paredes. Oyó el rugido, el rechinante aullido cuando la casa de las arañas cedió, el chapoteo cuando Worsley cayó hacia un lado. Apretó los puños, intentando exorcizar la sensación de ese impacto subiendo hasta su hombro y la mano inerte de Worsley abandonando su muñeca. No había hecho nada malo, no había pretendido hacer nada malo… Y, en cualquier caso, no podría haber salvado a Worsley después de que cayera al agua.

—No recuerdo demasiado —dijo Henry—. Solo la inundación, y que corrí para ponerme a salvo… Y la casa de las arañas, vi la casa de las arañas siendo arrastrada.

Hinshaw asintió.

—Os hallaron al día siguiente, casi por azar. Encontraron un cadáver —dijo, sin apartar los ojos del espacio donde habían estado las llamas—. Samuel Worsley. Era uno de los contables de la fábrica, según parece. Creen que estaba intentando poner a salvo a las arañas. Un hombre valiente.

—Sí —dijo Henry—. Supongo que fue así.

Si fuera a contarle a Hinshaw la verdad, habría sido entonces. Solo cuando el momento pasó supo que no lo haría, que se llevaría el secreto a su lecho de muerte y que al hacerlo estaba admitiendo que quizá, después de todo, no era inocente.

Se produjo una pausa. Hinshaw siguió fumando, como si estuviera solo.

—¿Salió… herido alguien más?

—El vigilante nocturno se encuentra desaparecido. Con seguridad debió arrastrarlo el edificio. Sí, fue un mal asunto. Pero podemos dar las gracias al Todopoderoso porque en la fábrica no hubiera nadie más.

—¿No fue la suerte, entonces? —dijo Henry, y se vio recompensado por media sonrisa de Hinshaw. Pero en el silencio que siguió, pensó en Mercy y el destello del alivio y la levedad murieron. Al parecer, su cuerpo había sido arrastrado; su familia, su hijo, nunca sabrían cómo había fallecido, o por qué. Tampoco lo sabría la familia de Worsley—. ¿Y la fábrica? ¿Sigue en pie?

—En gran medida. La casa de las arañas y algunas otras ubicaciones fueron destruidas, pero el resto sigue allí. El caos, no obstante… Todo lo que había en la planta baja lleno está de barro y suciedad, y las máquinas están obstruidas. Si Noé hubiera descendido allí, habría vuelto al arca y rezado para que siguiera lloviendo —dijo Hinshaw, solo con un destello en su mirada que sugería que estaba bromeando—. No, pasará mucho tiempo antes de que alguien vuelva a trabajar allí, si es que ocurre. Aunque las arañas hubieran persistido, sería una causa perdida.

—¿Han desaparecido todas?

—Oh, sí. —Hinshaw suspiró y se pasó la mano por el cabello, agrupándolo inconscientemente—. Ese hombre tampoco tuvo suerte. Lo digo así tras pensarlo bien, porque tentador sería achacarlo a la voluntad de Dios. Me estoy refiriendo al señor Edward Ashmore-Percy, por supuesto. —Miró a Henry, y apartó la mirada.

Henry tragó saliva.

—¿Sufrirá mucho? Financieramente.

—Lo espera la más completa ruina, en mi opinión. —Hinshaw se detuvo, con la mano todavía enterrada en su cabello, y lo contempló—. Eso os sorprende, según parece.

—Sí —dijo Henry, aunque el impulso que lo hizo moverse contra el crujiente cuero no había sido solo sorpresa. Bajó los ojos, esquivando la astuta mirada de Hinshaw.

—La familia era rica, pero los Ashmore hicieron su fortuna con el encaje, hace dos generaciones. También contaron con la dote de la familia de la esposa del señor Edward, pero según dicen todos, eso se agotó antes de que ella terminara en el manicomio. —Lo dijo con practicidad—. No, tienen deudas enormes. Lo sabe todo el mundo, no son rumores. Hubo disputas, y facturas impagadas, cuando construyeron la mansión Cathermute. He oído que el arquitecto murió en la miseria. Y la fábrica… Bueno, sabéis mejor que nadie que el señor Edward lleva algún tiempo buscando inversores desesperadamente. Cada día que pasa lo hace operando sobre préstamos, y lo único que quiere es dinero para tirarlo. —Exhaló un penacho de humo y lo miró con el ceño fruncido—. Se habló mucho al respecto, sobre que os permitiera prometer tanto en su nombre. Supongo que no sabíais que no tenía dinero para gastar… Debería haberos advertido. No me gusta ver apostar a los hombres, sobre todo si no pueden permitírselo. No fue culpa vuestra; el señor Edward debería habéroslo contado.

—Me dijo que tendría todo lo que quisiera, para que la seda tuviera éxito. —Pero Henry lo *había* sabido, o más bien, había decidido no saberlo.

Hinshaw asintió.

—Es un idiota, y un imprudente. Y la seda… No importa cuántas inversiones consiga, nunca será un buen negocio. Es demasiado cara, sin más. Los que pueden permitírsela, también pueden permitirse espacio, aire y aislamiento; los que no pueden, no pueden. El mercado es pequeño. Y los costes de producción… —Suspiró.

Henry se mordió el labio, preguntándose si debía confiarle el secreto de los descubrimientos de Worsley, pero antes de que pudiera decidirse, Hinshaw se puso abruptamente en pie y se acercó a la estantería. Aunque se quedó allí un momento, mirando los lomos, Henry tuvo la impresión de que no estaba viéndolos, de que solo se había movido porque no podía estarse quieto.

—Si la fábrica cierra, me alegraré con toda mi alma —dijo Hinshaw, con un nuevo tono—. Me alegré de verla llena de lodo y cuajada de escombros. Es un lugar putrefacto, una gangrena... Ha hecho que Telverton dejase de ser una ciudad ordinaria para convertirse en un purgatorio lleno de criaturas de mente débil, de borrachos y de suicidas. No es la fábrica lo que aborrezco —dijo, con evidente esfuerzo—; no soy un sentimental: el empleo es un gran bien y debemos tener fábricas, debemos tener industria. Ni siquiera es el ruido, porque toda la maquinaria es ruidosa, y contamos con la lengua de signos de Telverton, algo útil y muy positivo. Verla florecer estos últimos años entre los niños... Incluso nuestros jóvenes usan los signos para hablar entre ellos en las juntas, cuando nadie mira. —Sonrió, brevemente—. Si la sordera fuera todo... Pero la seda Arain es pérfida. A veces creo que corroe el alma humana. Su silencio es pretencioso, y sus turbulencias son una maldición.

Parpadeó por fin, cambió de posición algunos libros y retrocedió, como para mantener la ilusión de que solo había pretendido ordenar el estante.

—Pero yo creía que los cuáqueros estaban considerándola para su... para su Casa de Juntas.

Hinshaw le echó una mirada brillante.

—Así es todavía. Y creo que los almacenes han sobrevivido a la inundación, de modo que el asunto sigue en pie. Pero yo me opondré a ello, y no dudo que saldré victorioso. —Regresó a su asiento, tomó su pipa y pareció desconcertado al descubrirla apagada. Se dispuso a encenderla de nuevo—. Aunque, si no fuera por las turbulencias... El silencio, para los cuáqueros, es algo completamente distinto. Es una disciplina; esperamos una divina inspiración que podría venir a nosotros o no, pero no es un fin en sí mismo. Aunque sin duda algunos amigos no estarán de acuerdo. La seda es lo contrario. Nos protege de aquello que es desagradable, pero tiene un coste para los que se encuentran fuera de su círculo; es una cortesía impuesta, si lo preferís, y una cortesía impuesta no es más que tiranía. Y no es honorable asegurarse de que nadie perturbe nunca su paz, aunque se rece mejor sin la distracción. La imposición propia del silencio puede ser buena; la imposición sobre otro es siempre mala. —Negó con la cabeza, con una repentina sonrisa de autoburla—. Pero estoy divagando. No debéis esperar brevedad de un cuáquero. Es la primera vez que bajáis en semanas, después de una larga fiebre, ¡y lo único que yo hago es hablar! Dejad que os acompañe de nuevo a la cama.

Henry dejó que Hinshaw lo ayudara a ponerse en pie sin levantar la cabeza; no quería ver la expresión del otro hombre, ni exponer la suya a su escrutinio. Las escaleras parecían inacabables, pero el brazo de Hinshaw fue implacable y lo levantó en el preciso momento en el que elevó su peso. Rodearon el rellano y abordaron el pausado camino por el pasillo hasta el dormitorio de Henry.

—Ya está. ¿Queréis una lámpara? ¿O una vela?

—No —dijo Henry, metiéndose en la cama—. Gracias. Voy a dormir.

—Eso está bien. Le diré a Rachel que no os despierte para el desayuno. Que Dios bendiga vuestros sueños. —Se giró para marcharse.

—¿Hinshaw? —dijo Henry. El hombre se detuvo—. ¿Ha llamado el señor Edward, mientras estaba enfermo? ¿O ha dejado una tarjeta o una… una nota?

Hinshaw negó con la cabeza.

—No. No ha recibido correspondencia. —Después de mirar un instante a Henry, añadió—: Si se trata de dinero, no debéis preocuparos.

Henry cerró los ojos.

—No —contestó—. Gracias, pero no es por dinero.

Se produjo un silencio. Hinshaw tomó aire de nuevo, como si estuviera a punto de hacerle una pregunta. Henry se resistió al impulso de abrir los ojos. En lugar de eso, se mantuvo en su autoimpuesta oscuridad hasta que oyó retirarse a Hinshaw y la puerta se cerró; después, se giró y enterró la cara en la almohada.

Al día siguiente durmió hasta tarde, como le habían dicho. Cuando desperté, fue con el suave repique de la campana de la puerta y voces abajo. Escuchó durante un momento, como si fuera música distante; después, con el corazón palpitante, supo de inmediato que una de las voces era de Rachel, otra de Hinshaw y la tercera, más suave y menos segura, pertenecía a la señorita Fielding.

Se levantó de la cama y abrió la puerta del armario para buscar su ropa. Se puso los pantalones y echó mano a una camisa, pero le fue imposiblemente difícil abotonársela y se vio obligado a descansar algunos segundos, apoyándose en los pies de la cama, mareado por el esfuerzo. Oyó pasos en el rellano, y la puerta se abrió.

—Henry —murmuró Rachel—, ¿estáis despierto? ¡Oh! Tumbaos, no debéis agotaros.

—Estoy perfectamente. He oído voces. ¿Era…?

La señorita Fielding apareció ante su vista, detrás de la mujercilla de gris, y se detuvo. De repente, Henry fue consciente de lo amplia que le quedaba la ropa, y de cómo le temblaban los dedos.

—Veo que todavía no está listo para recibir visita —le dijo—. Perdóneme. Le escribiré…

—No —dijo, mientras ella se giraba para marcharse—. No, me alegro de verla. Si la hubiera esperado, habría…

—Bueno, al menos debéis sentaros —lo interrumpió Rachel—, y yo iré a buscar un poco de caldo. Y no debéis quedaros mucho tiempo —añadió, girándose hacia la señorita Fielding—, porque todavía está muy débil. Dejaré la puerta abierta, para oírlos si me llaman.

—Gracias —dijo la señorita Fielding.

—Uhm. Diez minutos, no más. —Los miró a ambos con bastante severidad al marcharse, como si fueran niños.

La señorita Fielding buscó otra silla, vio que él se había sentado en la única que había, y se sentó en la cama.

—No —dijo, cuando él comenzó a levantarse—. Estoy muy cómoda aquí. ¿Cómo está, señor Latimer?

—Estoy bien —le contestó—. O, al menos, me estoy recuperando. ¿Me trae un mensaje? ¿Una carta?

—Al principio temimos por usted —dijo ella, a la vez—. La primera vez que vine, me dijeron que iba a morir. Parece un milagro verlo despierto, después de tanto tiempo.

—¿Y por qué está aquí? ¿La ha enviado el señor Edward...?

—¿Qué? Oh, no. Él no sabe que estoy aquí. Se ha marchado a Londres. ¿No le ha escrito, entonces? No, supongo que no lo ha hecho. —Le echó una mirada que contenía más comprensión de lo que a él le habría gustado, y añadió—: Tendrá que vender la mansión Cathermute para pagar sus deudas, y la fábrica. No creo que tenga tiempo para estar enfadado con usted, si lo ha estado alguna vez.

No era un consuelo. Henry apartó la mirada, odiándose por su propia miseria.

—¿Y usted? —le preguntó al final—. ¿Cómo están usted y Philomel?

—Estamos bien. —Pero movió las manos en su regazo, como si hubiera atrapado un gesto antes de que escapara.

—¿Qué pasa? ¿Qué ocurre? ¿Es Philomel? —Se atascó en su nombre. Si le había pasado algo...

—No. Es cierto, ambas estamos bien. Pero ella... Yo... Bueno, nos marchamos mañana. Voy a llevarla con la familia de su madre en Hampshire. Me quedaré allí con ella solo un mes, y después creo que desean que vaya a una institución para sordomudos.

Henry la miró.

—No sabía que existían sitios así —le dijo, y en su mente apareció una horrible visión, una mezcla entre un manicomio y el colegio de *Nicholas Nickleby*.

—No son tan terribles —le aseguró—. Mi tía hablaba a veces del colegio en Old Kent Road. Estaba contenta allí. Le encantaba poder hablar con otros niños.

—Pero usted es la institutriz de Philomel... No creo que quiera...

—¿Por qué no debería? No me imagino nada mejor para una niña como Phil. Y la mansión Cathermute nunca ha sido un buen lugar para ella, por mucho que yo lo haya intentado.

Henry tomó aire profundamente. Puede que fuera cierto; por favor, Dios, que fuera cierto. Pero, pasara lo que pasara, el mundo de la pequeña cambiaría por completo. Y la señorita Fielding perdería su sustento... Y más, más, por supuesto. Intentó no pensar en la expresión de la señorita Fielding cuando dijo: «Me quedo por Philomel», o la luz que había brillado en sus ojos al signar el nombre de la niña. Ahora podía ver la sombra de esa expresión en su rostro, con la implacable anticipación de la angustia.

De repente, recordó el atizador que había blandido en la casa de las arañas. Había luchado allí como un cruzado; había estado muy seguro de sí mismo, muy decidido a librar al mundo de todo mal; había estado muy ciego, muy enfadado. Vio el cristal rociando el aire y oyó el satisfactorio crujido bajo sus pies. En ese momento se había creído un buen hombre. Pero no había pensado en Philomel, ni en la señorita Fielding, y ni siquiera en la señora Ashmore-Percy, cuyo caro encarcelamiento sería al menos mejor que en el manicomio estatal. ¿Qué sería de ella, de la mujer con el rostro de Aracne, en la apestosa casa de locos de los pobres? Era culpa suya.

Golpeó, estúpidamente, el brazo de su butaca.

—No —dijo—. *No.*

Ella parpadeó.

—¿Disculpe?

—Usted la quiere. ¿No?

—Por supuesto que la quiero —dijo con serenidad—, pero eso no...

—Entonces... —replicó, inclinándose hacia adelante, con voz temblorosa—. Entonces no puede dejar que ellos se la quiten. No puede.

Ella negó un poco con la cabeza, frunciendo el ceño.

—No puedo hacer nada, señor Latimer. Aunque creyera que no es lo mejor para ella... No hay nada que yo pueda hacer, nada en absoluto.

—Pero debe haber algo. Usted no debe dejarla... No debe, se lo *prohíbo.* —Intentó ponerse en pie y descubrió que le temblaba el cuerpo entero—. Si la quiere...

—Si la quiero, debo someterme a lo que es correcto.

—¡Pero eso *no* está bien! —La voz se le había vuelto ronca mientras estaba enfermo, como la de un anciano—. Puede que crea que lo está, pero se dará cuenta de que ella la necesita... Se dará cuenta demasiado tarde, y entonces estará incluso más impotente que ahora. Por el amor de Dios —gimió, tambaleándose—, no debe abandonarla, ¿me oye? No lo soportaré. Si usted... Por favor...

—¿Qué cree que yo podría hacer?

—¡Cualquier cosa! Tómela en brazos y... váyase en un carruaje a algún sitio, a cualquier parte.

—Está delirando. —Se había puesto en pie, y ahora se acercó a él—. Henry, sigue convaleciente, siéntese. Me pregunto dónde se ha metido la señora Hinshaw con ese caldo.

—¡No me está escuchando! Lo digo completamente en serio. Debe creerme.

—¿Cómo se le ocurre...?

—Porque no soporto quedarme de brazos cruzados mientras Philomel pierde a la única persona que se ha preocupado por ella. No puedo. Usted la quiere. Si alguien me hubiera dicho, cuando renuncié a mi hija... —Se detuvo; había olvidado cómo hablar, lo había olvidado todo excepto el dolor de su pecho, de sus ojos y de su vientre y de sus manos, el dolor que era más que un dolor.

La señorita Fielding lo estaba mirando. Gradualmente, una nueva expresión se extendió por su rostro. Era como si una niebla se hubiera disipado y se descubriera en un lugar completamente inesperado.

—¿Su hija? Creí...

—No importa. —Deseó volver a meterse las palabras en la boca y tragárselas.

—Creí que no tenía hijos, que su esposa...

—Murió en el parto. Sí. Pero tengo una hija.

Se produjo un silencio. Debería haber cambiado el mundo entero, decirlo en voz alta después de tanto tiempo, pero nada cambió, la habitación siguió siendo exactamente igual y lo único que le dijo que ella lo había oído fue su expresión.

—Pero... ¿Quiere decir que está...?

—Estuvo a punto de morir. —El aire se quedó atrapado en su garganta, amenazando con asfixiarlo—. No lloró, durante mucho tiempo. Estaba azul y... y muda... y...

Se detuvo. Recordaba el apabullante silencio en la habitación: estaba llena de ruido, la matrona decía algo, Madeleine murmuraba débilmente, algo goteaba en el suelo, su corazón no dejaba de latir, pero ahogándolo todo estaba esa ensordecedora ausencia, el bebé que no lloraba... Había creído que él también se ahogaría. Y entonces... Oh, Dios, fue como un milagro. Madeleine alargó los brazos y la matrona le dijo: «¿Ves? Dije que ella estaría bien». El llanto fue breve y débil, pero suficiente. Y, despacio, el mórbido violeta de la piel del bebé se volvió rosa, y la matrona la envolvió y llamó a la niñera, y... Ojalá hubiera pedido que lo dejaran tenerla en brazos. Pero ni siquiera debería haber estado en la habitación, estaba allí de mala gana, aplastado contra la pared, fuera del camino de la matrona, y en cualquier caso su atención estaba concentrada en Madeleine y en la terrible oscuridad que goteaban las sábanas. Esperó, desvalido, y al final preguntó: «¿Debería llamar a un médico?», y la matrona se mordió el labio y asintió. Para entonces, Madeleine había cerrado los ojos y no respondió cuando pronunció su nombre. Quería decirle que había tenido razón, horas antes, cuando dijo que algo iba mal... que había tenido razón, que ella lo había sabido, que siempre, siempre le haría caso si se quedaba allí con él... Pero no dejaba de perder sangre, y cuando el médico llegó no hubo nada que hacer. Y la niña... El bebé...

—¿Cómo se llama?

Negó con la cabeza. No quería recordar. No quería ver la puerta del dormitorio infantil ante sus ojos y oler la asquerosa miasma de los pañales sucios y las gachas. Los días después de la muerte de Madeleine se quedaba allí durante horas, inmóvil, y escuchaba. Nunca llamaba. Esperaba hasta que, entre los pasos de la niñera o el paso de las páginas o el caer de las ascuas, oía la voz de la niña; así se aseguraba de que estaba, al menos en ese momento, viva. No soportaría entrar. El segundo o tercer día recibió la carta de su primo y se la enseñó, apesadumbrado, a Argyll. Después fue solo cuestión de aguardar hasta el funeral, cuando todo habría terminado. A veces esperaba que se muriera; a veces despertaba sobresaltado tras quedarse dormido en la butaca, gritando, con el rostro húmedo, porque había soñado que lo había hecho.

—Se la llevaron —le contó—. No la he visto desde que tenía apenas unos días.

La señorita Fielding no se movió. Henry se sentó, rígido, y entrelazó los dedos.

—Una casa con dos hombres desconsolados, y ningún niño —le dijo—. Naturalmente, no era adecuada. Era mejor para ella que la cuidara una mujer. Una madre. En el seno de una familia. Mi primo vive en el norte... Es abogado, bastante rico. Y su esposa es... Tienen cinco hijos, y otro de camino. Yo no podía... Mi hija no sería... —No confiaba en su voz. Levantó la mirada hasta el techo, sin parpadear; sobre él, las sombras de las hojas se agitaron bajo la luz gris. Veía las palabras en la letra de su primo: «Mi esposa siempre ha querido una hija, y parece que el Todopoderoso ha inclinado su corazón a responder a tu necesidad. Te propongo criar a la niña como si fuera nuestra. No habrá ninguna diferencia en nuestro trato; tampoco en nuestro amor, ni en nuestro cuidado, ni en nuestra provisión para ella. De este modo te verías aliviado de una carga, sabiendo que para nosotros ella será una bendición». La había leído tres veces, y necesitó todo el autocontrol que poseía para no lanzarla al fuego. Había odiado la ostentación de su primo, su referencia al Todopoderoso; ¿y cómo se atrevía a hablar tan despectivamente de una carga? La niña era suya, de Henry, su hija, y lo único que quedaba vivo de Madeleine... Pero se sentó, con la carta en la rodilla, y cuando se calmó supo que no tenía opción. Podía imaginar la amable incredulidad en los rostros de sus amigos si se atrevía a sugerir que aquella casa vacía, sin mujeres, sería mejor que la de su primo; si quería negarle a su hija el alegre y ruidoso cuarto infantil y cinco divertidos niños, el jardín lleno de aros y de pelotas y de cañas de pescar, sus juegos de soldados y del escondite, su cachorro... Quizá había mantenido incluso la última esperanza de que Argyll resoplara y le lanzara la carta a la cara, pero el hombre apenas terminó de leerla hasta el final antes de decir, pesadamente: «Sí, muchacho, supongo que debemos dar las gracias al Señor por sus inescrutables caminos». Y por eso Henry había escrito para aceptar la oferta.

Los odió entonces, y los odió incluso más cuando llegaron, el día antes del funeral de Madeleine. Los odió por su compasión, por su amabilidad, por cómo su primo se tiró de la nariz y tosió cuando su esposa subió corriendo la escalera hacia el dormitorio infantil, con la expresión rígida por la batalla entre el tacto y la alegría. Le dio la espalda, decidido a no prestar atención por si oía llorar a su hija. Al día siguiente fue el funeral, y los moderados invitados le apretaron la mano, abrumado por el olor de los lirios, por el enfermizo vacío en su estómago. Había querido que se marcharan. Pero, cuando los invitados se fueron por fin y Argyll desapareció para beber whisky a solas en la biblioteca, vio que su primo se ponía el sombrero y los guantes y casi le rogó que se quedara... un día más, una hora más. Levantó la mirada y vio a la niñera bajando las escaleras con la bebé. Un puño enrojecido sobresalía de los pliegues del chal. La niñera dijo:

—Se ha dormido, por fin.

—Entonces será mejor no despertarla —replicó él, y se giró. Si la hubiera tocado, si se hubiera encorvado sobre ese diminuto rostro arrugado, si ella se hubiera despertado, si hubiera abierto los ojos...

—Oh, Henry —dijo la esposa de su primo—, seguramente...

—No pasa nada. Gracias por venir —replicó, estrechando la mano de su primo—. No sé cómo darte las gracias.

Quizá consiguió sonar sincero, porque ninguno de ellos hizo una mueca. Su primo asintió y le dio una palmada en la espalda, y condujo a su mujer por la puerta detrás de la niñera. Pensó que había terminado, pero en el último momento la esposa de su primo dudó y le ofreció la mano.

—Lo siento mucho. Sé lo difícil que debe ser. Escribiremos *todas* las semanas —le había dicho—, y *siempre* que quieras visitarnos...

Él apartó la mano. Ambos habían sabido entonces que no los visitaría.

Y después se marcharon, y su hija con ellos. Podría haber estado bajo tierra, en el mausoleo de Argyll, en los brazos de Madeleine; al menos entonces no tendría que imaginarse la cara de Madeleine si supiera que había entregado a su única hija. O no habría tenido que preguntarse... Oh, Dios, ¡las noches en las que no podía dormir, porque no dejaba de hacerse preguntas! ¿Estaría ella despierta? ¿Estaría llorando? ¿Podía un bebé sentir la pérdida de alguien?

—Les escribí, unas semanas antes de la inauguración. Les dije que debían verla como su hija. Les dije que sería mejor que nunca le dijeran que no lo era. Si sobrevive hasta tener edad de comprender, por supuesto. Dicen que es una criaturilla enfermiza. —Apartó las manos, las miró y las colocó palma contra palma, como si estuviera rezando.

—¿Por qué? —le preguntó la señorita Fielding, al final.

—Creí que podía empezar de nuevo. Estaba comenzando una nueva vida, en Cathermute, con el señor Edward. Fui... idiota. —La miró, y supo que ella podía oír las palabras que él no podía decir—. Quizá *es* lo mejor, de todos modos. Ella será más feliz.

La señorita Fielding bajó la cabeza.

—Lo siento —dijo.

Debería haberse sentido aliviado tras decir la verdad, pero sintió el traicionero cosquilleo del calor bajo sus párpados.

—Yo también —le dijo. Se giró para mirar la ventana, los árboles verdes y exuberantes, los empolvados lechos de flores. Sabía que ella tenía razón; no podía hacer nada para mantener a Philomel a su lado, no tenía más derecho sobre la pequeña que el que daba el amor, y eso no valía nada.

Pasó un minuto o así. Al final, la señorita Fielding se levantó con un susurro de faldas.

—Me temo que debo irme. Solo he venido a despedirme.

Henry le ofreció la mano. Ella se la estrechó.

—Perdóneme —le dijo—. No debería haberle tenido lástima.

Hubo un destello en sus ojos, pero lo único que dijo fue:

—Puede compadecerme todo lo que quiera. Y yo haré lo mismo por usted.

—¿Le dará…? ¿Le dará un beso de mi parte a Philomel?

—Por supuesto.

—Y… Si le apetece escribirme…

—Le escribiré, si desea que lo haga.

—Gracias.

Ella le apretó la mano, y después lo soltó.

—Ya se oye a la señora Hinshaw —le dijo—. Será mejor que lo deje descansar, o me ganaré una franca reprimenda cuáquera.

Henry intentó sonreír y mantuvo el esfuerzo mientras ella caminaba hasta la puerta y la abría, y se giraba para echarle una última mirada.

—Adiós —le dijo Henry, y levantó la mano en uno de los pocos gestos del lenguaje de signos del que estaba seguro.

—Henry, no es demasiado tarde. Cualquiera puede cometer un error.

—No sé a qué se refiere…

—Sigue siendo su hija. Es más hija suya de lo que Philomel lo fue nunca.

Henry soltó una carcajada que fue como astillas en su garganta. Claro que Philomel no era su hija, como tampoco el señor Edward había sido nunca su padre, o su amigo, o su amante.

—Lo sé. Adiós, señorita Fielding.

Ella parecía a punto de añadir algo, pero al final solo asintió y se marchó, y unos minutos después oyó la voz de la señora Hinshaw, y la respuesta de la señorita Fielding.

No deseaba escuchar. Bajó la cabeza, se cubrió los ojos con las manos y lloró.

A veces, en los días siguientes, Henry deseó no haber despertado. Se sentía como si estuviera siguiendo un largo camino sin más objetivo al final que su antigua vida, o lo que quedaba de ella. Su sanación fue lenta, llena de vaivenes y de pequeñas recaídas, así que cuando regresó a su anterior estado de salud, habían arribado al grueso y hediondo final del verano, lleno de lo que siempre había considerado los cielos cuáqueros, cálidos, tranquilos y grises. Lentamente, su horizonte se amplió, y sus paseos diarios lo sacaron del jardín cerrado de los Hinshaw (que era modesto, por supuesto, comparado con la mansión Cathermute) hasta el río, con su orilla de grava y los árboles que se cernían sobre él. Por las tardes leía, solo, abriéndose camino en la biblioteca de Hinshaw, a menudo dejando que los tomos cayeran en su regazo. Era una vida de espera; lo irritaba, pero no quería que terminara. No abusaría de la hospitalidad de los Hinshaw más de lo que exigía su dolencia, pero lo inquietaba la idea de marcharse. Si al menos tuviera algo, o alguien, esperándolo en casa… Pero solo estaba Argyll, y la casa vacía, y el fracaso.

Cuando por fin se decidió, determinado a marcharse a finales de semana, Hinshaw se anticipó. Estaban en su despacho, después de la cena, y Henry había estado mirando sin ver un libro de Historia cuando Hinshaw dejó su pipa a un lado y lo miró con la cabeza ladeada.

—Estáis mejor —le dijo—. Gracias a Dios.

Henry levantó la mirada, no demasiado contento con la entradilla de Hinshaw.

—Sí. Y gracias a usted.

Hinshaw levantó una mano.

—He estado pensando en vos y en vuestros asuntos. Pronto os marcharéis, ¿y entonces qué haréis?

—Iré a casa —dijo Henry, y deseó que la palabra no sonara tan vacía.

Se produjo una pausa.

—Mas no deseáis hacerlo —dijo Hinshaw, como un profesor recordando la lección a un alumno—. Parecéis un hombre que se prepara para el patíbulo. No, no critico vuestra decisión; parlamento lo que hay ante mis ojos.

Henry tragó saliva.

—Debo regresar a Londres —le dijo.

—¿Debéis?

—Allí es donde está mi vida. Y mi hogar.

Hinshaw lo contempló sin expresión.

—¿Con qué familia contáis allí?

—Mi suegro —le contestó Henry, y se encogió de hombros, para cubrir la pausa. Era una lista muy corta.

—Creo que una vez relatasteis que teníais un primo, cerca de York. Que crecisteis con él. Dijisteis que era como un hermano.

—No exactamente... Es decir, él es mucho mayor que yo. Nunca le interesé demasiado. Y ahora... Ya ni siquiera le escribo. —Deslizó la cinta marcapáginas del libro entre sus dedos, evitando los ojos de Hinshaw.

—Ha querido el azar que yo tenga un amigo que lo conoce. Habla bien de él.

—Oh. Eso está bien.

Cuando levantó la mirada, Hinshaw estaba observándolo, con el brillo taimado en los ojos que había llegado a conocer.

—¿No os plantearíais trasladaros al norte, lejos de vuestro suegro?

—No sé por qué debería...

—Seguidme la corriente, y responded a la pregunta.

—Es muy amable por interesarse —le dijo Henry, y el resentimiento que no había sentido antes subió por su garganta—. Pero no es tan sencillo. Trabajo para Argyll, mi suegro, en su tienda. Mi única habilidad es... Bueno, en realidad no tengo ninguna. No me sería fácil mudarme. Y Argyll... —Se mordió el labio. En realidad, estaba seguro de que Argyll estaría deseoso de verlo partir; aliviado, incluso—. No tengo suficiente para vivir sin trabajar, y no le pediré a mi primo que me busque un puesto. —Consternado, se oyó elevar la voz—. No, debo regresar a Londres. No lo deseo, pero es honrado, al menos, y prefiero eso que vivir gorroneándole a mi primo. Si no desea insultar...

—Callad —dijo Hinshaw, sin pestañear—. Erráis el sentido de mis palabras. Tengo algo que quiero proponeros. ¿Me escucharéis, y me permitiréis que os lo cuente?

343

Henry asintió.

—Cuento con otro amigo que regenta una escuela para niños sordomudos. No anda lejos de York, a diez o quince kilómetros, como mucho. Es un sitio encantador. Creo que os animaría verlo; los niños reciben allí una educación mejor que muchos en los colegios de nuestra fundación, y estudian más de lo habitual. Mi amigo intenta prepararlos para que sean hombres de valor, artesanos, contables o maestros. Y está buscando hombres buenos que puedan ayudarlo... No es necesario que sean ya maestros, siempre que tengan una mente inquisitiva y cierta educación —puso un ligero énfasis en las palabras— y, sobre todo, facilidad con la lengua de signos. Creo que conocéis pocos signos, todavía, pero tenéis experiencia con clientes sordos, gracias a la tienda de vuestro suegro, y con empeño y esfuerzo, en poco tiempo podríais saber lo suficiente para empezar.

Henry estaba sin habla. No era lo que había deseado, pero tampoco peor que regresar a Londres y retomar su antiguo trabajo en la tienda. *Maestro*, pensó. *Maestro para niños como Philomel.*

Hinshaw esperó. Cuando la pausa se prolongó, no mostró señal alguna de incomodidad; en lugar de eso, se reclinó y volvió a llenar su pipa, la encendió y emitió un sencillo gruñido de placer.

—No lo sé —dijo Henry, al final—. Debo pensármelo.

—Naturalmente.

—Debería escribirle a su amigo yo mismo, para saber más.

—Sin duda. Os daré su dirección.

—No estoy seguro de si se me daría bien.

—No podréis saberlo por adelantado, claro está.

—Y... si aceptara, querría saber qué materia cree que debería enseñar. Tengo una buena base en Literatura, pero el resto de las asignaturas... Supongo que podría aprender otras cosas. Me gustaría, de hecho. Soy demasiado consciente de las limitaciones de mi conocimiento. ¿Qué necesita? ¿Geografía, Historia, Botánica...?

—Creo que lo descubriréis en su debido momento.

—Tendría que hablar con él antes de pensar en cómo abordar un programa de estudio. Aunque utilizara la lengua de signos con fluidez, tendría que hacer muchos preparativos. Y después está el asunto de encontrar algún sitio donde vivir.

Nada demasiado cerca de su primo; nada donde se arriesgue a toparse con su hija, y a oírla llamar *papá* a su primo, y a tener que mirar su pequeña carita y fingir que no la conoce...

—Me atrevería a decir que podría pedirle a otro amigo que os buscase un alojamiento.

—No es que vaya a aceptar el puesto con seguridad. Debo pensármelo.

—Muy bien. Podéis tomaros el tiempo que necesitéis —le aseguró Hinshaw, y sonrió.

A pesar de que Rachel se ofreció a ayudar, Henry hizo su propio equipaje dos o tres días antes de tener que marcharse a York. Amontonó sus cosas en su vieja maleta tan rápidamente como pudo, sobre las pertenencias que llevaban semanas enmoheciéndose allí, desde que se marchó de Cathermute: los trajes elegantes, los guantes y pañuelos, un par de libros de tomos dorados que había comprado y ni siquiera había abierto, la edición del *Telverton Argus* que contenía el anuncio de la inauguración. Cuando llegara a Yorkshire, se prometió, tiraría todo lo que no le fuera de utilidad en su nuevo puesto. Hasta entonces, había espacio de sobra para añadir su ropa de diario, además de un par de camisas de segunda mano que Rachel le había comprado. Encima, colocó su retrato de Madeleine y su estuche de escritura. Además de su peine, de su cuchilla de afeitar y de la pasta de dientes, eso era lo único que necesitaba.

Pero el día antes de marcharse, se descubrió sacando la maleta de su lugar y buscando en el interior. Llevaba inquieto desde que despertó; fuera estaba lloviendo, así que no le apetecía salir para su acostumbrado paseo. Después de días de textos religiosos sobre moralidad, estaba desesperado por una de las obras de Shakespeare más sangrientas, o una novela sensacionalista, o un romance gótico... Nada de aquello, sospechaba, se permitiría más allá del umbral de los Hinshaw. Entonces, de repente, recordó que unos días antes de la gala había comprado un poemario de la señora Rossetti, y no lo había abierto. Eso serviría. Y abrió la maleta y hurgó bajo las camisas dobladas, buscando el libro por el tacto.

La esquina rígida de un papel se deslizó bajo su pulgar, y apartó la ropa. Pero lo que había tocado no era *El mercado de los duendes*, sino el fardo con las cartas de su primo. Había un par abiertas; el resto seguía cerrado. Bajó la cabeza. Había olvidado que estaban allí. ¿O no? Desde luego, no había querido recordarlas.

Dudó. La carta sobre el montón era la más reciente, la última que su primo le había enviado. ¿Qué bien le haría leerla? Recordaba perfectamente su última carta: «Tengo trabajo que hacer aquí, y no debo permitir que otras preocupaciones me distraigan». Qué insufrible se había mostrado. Y Charles era conocido por ser rencoroso; eso era, a juicio de muchos, lo que lo convertía en un excelente abogado. ¿Se habría decidido por una réplica mordaz o por un glacial asentimiento? O peor, el brinco de las ascuas del fuego, el educado aguijón de un: «Gracias por tu oferta económica, pero por favor, no te preocupes, sospecho que tú lo necesitas más…». Henry apretó la mandíbula. Bueno, se lo merecía. Si su hija leía alguna vez su carta y veía la facilidad con la que había… No, no iba a pensar en eso. Y en parte para distraerse, en parte por un deseo de confirmar lo peor, puso sus dedos a trabajar en el sobre.

«Mi querido Henry», decía la letra de su primo, «me alegro de saber de ti después de tan largo silencio. Siempre he tenido la sensación de que eras un hombre sin dirección, y te deseo de verdad éxito y prosperidad en tu nuevo puesto. No obstante, perdóname si te digo que el entusiasmo puede disiparse, y las expectativas fallar, y que nada es seguro en este mundo; y por eso me parece que es mi deber no tomarme nada de lo que has dicho como definitivo. Déjame decir solo que, aunque queremos a la pequeña Madeleine como queremos a nuestros hijos, somos conscientes de la inescapable verdad del asunto, que es que se trata de tu hija, y no deseamos mentirle, aunque en buena conciencia pudiéramos hacerlo. Puede que me mostrara demasiado ansioso al asegurarte que sería bienvenida en el seno de nuestra familia, y que no tenías que temer que fuera menos querida por no ser de nuestra sangre. Si lo he hecho, perdóname. Nosotros nunca intentaremos desviar su afecto y gratitud de su justo objeto, es decir, tú, y tampoco del recuerdo de su madre. Y, si todavía no estás en condiciones de recibir sus sentimientos filiales, solo tendrá que esperar a que lo estés».

Durante un momento, las palabras danzaron ante los ojos de Henry. *Siempre*, pensó, con *m*. Y oyó la voz de la señorita Fielding: «Ella sigue siendo tu hija».

Al día siguiente estaría a apenas quince kilómetros de la casa de su primo… Al día siguiente, y los días después, las semanas, quizás el resto de su vida.

Algo más cayó. Se agachó para recogerlo. Había otra carta, con una caligrafía curvada que no reconocía. «No merece la pena llamar a esto posdata. Solo quería decirte que Linnet (es así como la llamamos, pues todavía es demasiado pequeña para Madeleine) ha comenzado a sentarse, y se ríe y señala con el dedo cuando oye los trinos de los pájaros. Sigue delicada pero al crecer se hará más fuerte, esperamos. Aquí tienes un dibujo que Andrew ha hecho de ella».

Desplegó la hoja de papel grueso. Su hija lo miró, totalmente desconocida, sonriendo. Sostuvo el papel con mucho cuidado, asegurándose de no emborronar el lápiz con las puntas de los dedos. Miró la pequeña y rechoncha cara. Había un abrupto nudo en su garganta. Era dolor, por supuesto, mezclado con esperanza, y vergüenza; pero no sabía si la vergüenza estaba originada por su confianza o por su desconfianza, ambas tan descorazonadoramente equivocadas.

Llamaron a la puerta. El sonido tenía una pesada paciencia que sugería que los nudillos llevaban algún tiempo golpeando.

—Adelante —dijo, automáticamente, pero no pudo levantar los ojos del papel.

—Cualquiera pensaría que sois un prisionero aquí —le dijo Hinshaw—. ¿Cuántos pasos hay de esa pared a la ventana?

Henry parpadeó y levantó la mirada; le pareció extraordinario que la habitación no hubiera cambiado, que los muros y la ventana siguieran en los mismos lugares, que el propio Hinshaw siguiera tan recio y sarcástico como siempre.

—Lo siento —dijo, con esfuerzo—. ¿Le he molestado? No volveré a hacerlo.

—No me refería a eso. ¿Qué os aqueja?

—Nada. Solo que he guardado todo lo que puedo y no consigo encontrar nada en lo que entretenerme.

Vio que los ojos de Hinshaw se deslizaban hasta el papel que tenía en la mano, y se lo guardó rápidamente en el bolsillo. No estaba listo para dejar que alguien, ni siquiera Hinshaw, lo mirara.

Hinshaw asintió. Durante un momento, Henry estuvo seguro de que le haría otra pregunta, pero al final lo único que dijo fue:

—Entonces será mejor que salgáis. Cansaos. Rachel dice que el ejercicio nos hace bien, y apuesto a que mañana pasareis más tiempo sentado del que deseareis.

—Sí —dijo Henry—. Pero está lloviendo…

—Ya no —replicó Hinshaw—. Marchaos.

Henry asintió y se puso en pie con dificultad. No le dijo nada a Hinshaw; agradecía, casi hasta las lágrimas, que a Hinshaw no le ofendiera la ausencia de una cortesía convencional. Ni siquiera miró a su alrededor cuando salió tambaleándose y bajó las escaleras, desesperado de repente por estar al aire libre, y solo.

La lluvia había amainado, y era un día suave y tranquilo. Durante el primer kilómetro o dos apenas supo dónde estaba, pero al final miró de lado a lado y vio que había tomado un camino distinto del habitual. En lugar de río abajo, había elegido el camino que se curvaba al norte, siguiendo la carretera de Telverton, y ahora estaba paseando por las afueras de la ciudad en dirección a la calle principal.

No había estado en la ciudad desde la riada, y le sorprendió ver rocas todavía esparcidas por todas partes, y los edificios que se habían derrumbado y habían sido abandonados por falta de fondos para la reconstrucción. No se había dado cuenta de la magnitud del daño; había pensado solo en la fábrica, y en sí mismo. Pero lo más extraño era el ruido, o su ausencia. Por supuesto, todavía se oía la habitual cacofonía (los carruajes y caballos, los golpes y gritos, el ordinario trasiego de la gente en sus quehaceres) pero había una especie de limpieza. Era como, pensó, oler estiércol después del hedor de una carne gangrenada; no era bonito, pero no remitía a un mundo que estaba podrido. Levantó la mirada hacia la chimenea de la fábrica. El aire estaba también más limpio. ¿Qué había dicho Hinshaw? «Si la fábrica cierra, me alegraré con toda mi alma».

No pasó junto a la fábrica, ni junto a la Sub Rosa, aunque se detuvo un momento en la esquina de la calle Clovelly para mirar las ventanas desnudas y las habitaciones vacías del interior. No deseaba acercarse. ¿Qué vería a través de las ventanas además de su propio fracaso, y de las huellas ensangrentadas que había dejado sobre todo lo que había tocado? Tomó la carretera que salía de Telverton, subía la alta colina y se adentraba en la aldea; y allí, después de pasar junto a la hilera de casitas con sus floridos jardines de finales de verano y la iglesia, llegó a la puerta de la mansión Cathermute.

Estaba cerrada. No podía ver si había alguien en la portería. Estaba muy silenciosa. No había pretendido detenerse (no había pretendido llegar tan lejos, antes de regresar a casa), pero en ese momento se detuvo y esperó, como si el señor Edward pudiera saber que estaba allí, como si fuera a ceder y a caminar por la hierba hacia él, extendiendo las manos. Nada se movió, excepto algunas hojas marrones que cayeron sobre el camino.

Agarró las rejas de la verja. El frío metal estaba resbaladizo contra sus palmas. La sensación lo hizo recordar algo, algo distante, pero durante un momento no se apercibió de ello. Si consiguiera entrar en la casa, y ser bienvenido allí... Olvidó la carta de su primo y a su hija; mientras estaba agarrado a la verja, esperando, apenas respirando, lo olvidó todo excepto la boca del señor Edward, sus manos, la luz de sus ojos. Le dolía, y aun así no quería moverse. No era demasiado tarde, pensó. Quizá todavía había algo que salvar, aunque fuera solo una amistad... Y quizá serían iguales, ahora que Henry no era su empleado y que el señor Edward estaba arruinado. «Arruinado». La palabra lo hizo recuperar la razón, y retrocedió. A aquello era a lo que le había recordado, a la puerta de la fábrica, justo antes de trepar sobre ella.

No podía deshacer lo que había hecho. Se marcharía, y su hija estaba esperándolo, y el señor Edward estaría muy lejos, en Londres. El señor Edward no había correspondido a lo que Henry había sentido por él. Y había sido amor, pensó; amor, sin importar con qué más estuviera mezclado. Pero no se lo había merecido.

Henry tomó aire profundamente y lo contuvo, como si tuviera que prepararse para la primera punción de un escalpelo. Después, se giró y se alejó. Le dolía el cuello, por el esfuerzo que tuvo que hacer para no mirar atrás.

Cruzó el río por el pequeño puente de piedra y atravesó una zona de bosque. Pretendía seguir el curso del agua, pero el camino giró y no prestó atención suficiente a dónde iba; un poco después, descubrió que se había perdido, más o menos. Tardó una buena hora en descubrir dónde estaba. Pero, al final, llegó a una escarpada pendiente cubierta de hierba y vio que, frente a él, al otro lado del río, se extendían las afueras de la ciudad, con la chimenea de la fábrica como un gnomon; y a su derecha, río abajo, estaba el caserío donde los Hinshaw vivían.

Comenzó a bajar en dirección a la orilla del río. Donde las aguas se curvaban, se vio obligado a pasar sobre los restos de la inundación, apilados en la grava de la orilla: bobinas y cajas rotas, herramientas amontonadas contra las raíces colgantes y una celosía de planchas astilladas e hinchadas por el agua. Al otro lado, atrapado en un grupo de zarzas, había un montón de páginas de un viejo diario, cuyos escritos había borrado el agua. Las palabras que habían estado allí se habían disuelto en el torrente y habían sido transportadas por la crecida hasta el mar.

Después, justo más allá del recodo del río, llegó a una zona llana de hierba entre los árboles, una repentina cámara rodeada de verde, abierta por un lado a la ondulación del agua sobre las tintineantes piedras. El río resplandecía como si lo iluminara el sol, aunque las nubes seguían cubriendo el cielo. Se acercó para saber si había algún modo de pasar, y entonces, cuando la brisa arrancó la dulzura de la hierba húmeda y le enfrió la cara, se detuvo. Oyó...

Por un segundo creyó que había oído una voz, y en ese espacio entre dos latidos supo que era la risa de Madeleine... o de Linnet. Se llevó la mano al bolsillo de su chaqueta, donde el dibujo de su hija estaba contra su corazón.

Parpadeó. Había una telaraña suspendida ante él; era tan fina que apenas podía distinguir las líneas que brillaban bajo la luz nacarada. En su centro había un nudo negro, con las patas apoyadas en los hilos radiados. La telaraña se agitaba con la brisa como una vela, y oyó el adorable susurro eólico al brincar un poco en sus puntos de anclaje.

Levantó la mano. Le temblaba. La detuvo allí, a un dedo de distancia de la araña, con la boca seca y las rodillas débiles. Las turbulencias cantaban en sus oídos.

Entonces, con la misma fuerza de voluntad que lo había alejado de la mansión Cathermute, retrocedió. Se movió muy despacio, paso a paso, hasta que estuvo seguro de que no se había enganchado en la seda, de que ninguna criatura había reptado bajo el cuello de su camisa sin que la viera. En el límite del claro tomó aire por última vez, escuchando las notas sobrenaturales del aire y del agua, pero allí eran tan tenues que apenas podía oírlas. Allí solo estaba ese anhelo, que era el reconocimiento del amor, y del amor perdido.

Después se giró y subió la orilla sobre sus manos y rodillas, ridículamente, para buscar otro camino a casa.